westermann

W0364215

Andre Bruckner, Dorothee Reichert, Sabine Weißgerber

WiSo praktisch

1. Auflage

Bestellnummer 23172

Die in diesem Produkt gemachten Angaben zu Unternehmen (Namen, Internet- und E-Mail-Adressen, Handelsregistereintragungen, Bankverbindungen, Steuer-, Telefon- und Faxnummern und alle weiteren Angaben) sind i. d. R. fiktiv, d. h., sie stehen in keinem Zusammenhang mit einem real existierenden Unternehmen in der dargestellten oder einer ähnlichen Form. Dies gilt auch für alle Kunden, Lieferanten und sonstigen Geschäftspartner der Unternehmen wie z. B. Kreditinstitute, Versicherungsunternehmen und andere Dienstleistungsunternehmen. Ausschließlich zum Zwecke der Authentizität werden die Namen real existierender Unternehmen und z. B. im Fall von Kreditinstituten auch deren IBANs und BICs verwendet.

Zusatzmaterialien zu WiSo praktisch

Für Lehrerinnen und Lehrer

Lösungen zum Schulbuch: 978-3-427-23176-9
Lösungen zum Schulbuch Download: 978-3-427-23175-2
Lösungen zum Arbeitsheft: 978-3-427-23185-1
Lösungen zum Arbeitsheft Download: 978-3-427-23184-4

BiBox westermann inkl. E-Book

BiBox Einzellizenz für Lehrer/-innen (Dauerlizenz): 978-3-427-23190-5
BiBox Kollegiumslizenz für Lehrer/-innen (Dauerlizenz): 978-3-427-23191-2
BiBox Kollegiumslizenz für Lehrer/-innen (1 Schuljahr): 978-3-427-23192-9

Für Schülerinnen und Schüler

Arbeitsheft: 978-3-427-23181-3

BiBox westermann inkl. E-Book

BiBox Einzellizenz für Schüler/-innen (1 Schuljahr): 978-3-427-23193-6
BiBox Klassensatz PrintPlus (1 Schuljahr): 978-3-427-23194-3

Druck und Bindung: Westermann Druck GmbH, Georg-Westermann-Allee 66, 38104 Braunschweig

ISBN: 978-3-427-23172-1

PRÜFGEBIET

Jugendliche in Ausbildung und Beruf

INHALTSVERZEICHNIS

PRÜFGEBIET

Nachhaltige Existenzsicherung

PRÜFGEBIET

Unternehmen und Verbraucher in Wirtschaft und Gesellschaft sowie im Rahmen weltwirtschaftlicher Verflechtungen

Vorwort für Lehrkräfte

Sie haben sich für die Arbeit mit dem neuen Lehrwerk „WiSo praktisch“ entschieden. Der Titel weist auf die Grundidee des Lehrbuches hin: die Welt der Wirtschaft den Lernenden praxis- und lebensnah in verständlicher Sprache zu erklären.

Das Lehrwerk wurde für einen handlungsorientierten Unterricht entwickelt: Die Jugendlichen werden mit dem notwendigen Fachwissen ausgerüstet, um Probleme zu lösen, weiter zu recherchieren und auch Handlungsprodukte zu erstellen. „WiSo praktisch“ richtet sich an Auszubildende des dualen Systems aus gewerblich-technischen Berufen. Das Schülerbuch ist inhaltlich so konzipiert, dass es auf die Prüfung im Bereich Wirtschafts- und Sozialkunde hinführt. Das Lehrwerk orientiert sich an den Anforderungen des Rahmenlehrplans KMK im Bereich Wirtschafts- und Sozialkunde für gewerblich-technische Berufe sowie an den aktualisierten Standardberufsbildpositionen für alle Ausbildungsberufe, die ab dem 01.08.2021 gelten. Neu aufgenommen in den Katalog wurden die Positionen „Umweltschutz und Nachhaltigkeit“ und „Digitalisierte Arbeitswelt“, die auch in diesem Lehrwerk als eigenständige Kapitel behandelt werden.

Struktur

Jeder Gliederungspunkt beginnt mit einer Einstiegssituation, die aus der Berufswelt oder dem privaten Leben der Jugendlichen stammen könnte. Die Situation beinhaltet ein Problem oder einen Impuls, die die Lernenden motivieren, sich über die Thematik zu informieren, um dann abschließend zu einer eigenständigen Lösung zu kommen.

Gezielt werden Grafiken, Schaubilder, Fremdtexte eingebaut, um die Anschaulichkeit auch komplexer Sachverhalte zu erhöhen und den Blick zu erweitern. Die gleiche Funktion übernehmen die zahlreichen Beispiele. Aufgaben am Ende des Kapitels übernehmen die Sicherungsfunktion der Lerninhalte. Die kompetenzorientierten Arbeitsaufträge sind dabei unterschiedlich farblich unterlegt: Die Farbe Blau kennzeichnet Aufträge, bei denen Fachwissen wiedergegeben und angewandt wird. Die Farbe Lila erfordert kreative, selbstständige und handlungsorientierte Lösungsstrategien von den Lernenden.

Jedes Kapitel wird mit einer strukturierten Zusammenfassung abgeschlossen. Aus übersichtlichen Schaubildern oder Kurztexten sind die zentralen Begriffe und Zusammenhänge des Abschnittes zu erkennen.

In der Marginalspalte finden die Lernenden Links, die auf weiterführende Informationen verweisen und damit das Hintergrundwissen noch erweitern.

QR-Codes führen zu einem Glossar, in dem zentrale Fachbegriffe verständlich erläutert und visuell veranschaulicht werden. Die Lernenden sollen durch ihre Aktivität motiviert werden, für sie noch unverständliche Begriffe erneut nachzulesen und Unklarheiten auszuräumen.

Wir wünschen Ihnen viel Erfolg mit unserem Lehrwerk „WiSo praktisch“.
Ihr Autorenteam

Vorwort für Auszubildende

Sie haben sich entschieden, eine **duale Ausbildung** zu machen. Nun nehmen Sie stärker am wirtschaftlichen und gesellschaftlichen Leben teil. Dieses Buch soll Ihnen helfen, komplizierte wirtschaftliche und gesellschaftliche Zusammenhänge leicht zu verstehen. Gleichzeitig orientieren sich die Inhalte an den möglichen Themen der Abschlussprüfung des Fachs Wirtschafts- und Sozialkunde Ihres Ausbildungsberufes.

duale Ausbildung

Ihr Lernen wird mit diesem Buch durch einfache Texte, Bilder und Situationen aus dem Azubi-Alltag unterstützt.

Jedes Kapitel beginnt mit einer Situation und stimmt Sie so auf das Thema ein. In diesem Buch sind schwierige Begriffe farblich hervorgehoben. Sie können sich über die QR-Codes weiterführende Erklärungen zu den Begriffen anzeigen lassen.

4.3 Tarifvertragsparteien

Einstiegssituation

Pia ist auf dem Weg zur Arbeit. Heute ist viel los auf der Straße vor dem Eingangstor. Es werden auch Flugblätter verteilt. Auf diesen stehen Forderungen wie „weniger Überstunden", „bessere Bezahlung" oder „Nachtarbeit – mehr Lohn oder mehr Freizeit JETZT!". Pia möchte gern gerecht bezahlt werden. Sie würde sich über mehr Erholungszeit nach der Nachtarbeit freuen. Aber wie könnte sie das als Azubi bei ihrem Chef durchsetzen?

Zusammenfassung

Die einzelnen Kapitel sind am Ende in kurzen Sätzen oder Grafiken zusammengefasst. Sie können als Lernkarte genutzt werden, um Ihren Wissensstand zu prüfen.

Mit diesem Konzept hoffen wir, Ihnen wirtschaftliche, soziale und politische Themen unterhaltsam und einfach erklärend zu präsentieren, damit Sie am Ausbildungsende die Abschlussprüfung im Fach Wirtschafts- und Sozialkunde erfolgreich bestehen.

Mit den besten Wünschen
Ihr Autorenteam

PRÜFGEBIET

Jugendliche in Ausbildung und Beruf

1 Präsentation des Ausbildungsbetriebes – Rechtsrahmen zur Begründung eines Berufsausbildungsverhältnisses

- Stellung des Betriebes in der Branche und in der Gesamtwirtschaft
- Wandel von Berufen
- Arbeitsbedingungen
- Entgeltabrechnung

1.1 Stellung des Betriebes in der Branche und in der Gesamtwirtschaft

Einstiegssituation

Emil hat kürzlich eine Ausbildung im gewerblich-technischen Bereich angefangen und ist sehr gespannt, was genau auf ihn zukommen wird. Er möchte gerne mehr über seinen Ausbildungsbetrieb erfahren. Seine Schwester Ella behauptet, dass sein Ausbildungsberuf Feinmechaniker keine Zukunft mehr habe. Von seinem Opa weiß Emil, dass es früher ganz andere Ausbildungsberufe gab. Emil ist etwas verunsichert.

Die Begriffe Betrieb und Unternehmen werden häufig synonym verwendet. Doch es gibt Unterschiede.

Ein **Betrieb** ist eine organisatorische Einheit oder der Ort, an dem die Leistungserstellung stattfindet. Man sagt umgangssprachlich auch Fabrik oder Werk. Es ist also eine Produktionsstätte, an der Güter oder Dienstleistungen beschafft, verarbeitet und verkauft werden.

Bei Betrieben wird auch nach dem Zweck unterschieden. Es gibt Produktionsbetriebe wie Handwerksbetriebe, die etwas produzieren, und es gibt Dienstleistungsbetriebe wie Banken oder Friseursalons, die Dienstleistungen erbringen und verkaufen. Außerdem gibt es noch Handelsbetriebe, die selbst nicht produzieren, sondern von verschiedenen Lieferanten Produkte einkaufen und dann weiterverkaufen. Hier wird zwischen Großhandelsbetrieben und Einzelhandelsbetrieben unterschieden.

Ein **Unternehmen** hingegen ist der rechtliche und organisatorische Rahmen, in dem ein Betrieb tätig ist. Es muss seine Geschäfte dokumentieren, indem es Bücher führt und das finanzielle Gefüge im Blick hat. Es kann sein, dass ein Unternehmen aus mehreren Betrieben besteht.

Generell gilt, dass jedes Unternehmen ein Betrieb ist, aber nicht jeder Betrieb ist ein Unternehmen.

Ein Betrieb kann allein nicht existieren. Er ist in vielfältiger Weise von anderen Akteuren abhängig und somit in die Gesamtwirtschaft eingebunden. So nützt es einem Betrieb nichts, wenn er Waren produziert oder Dienstleistungen anbietet, wenn er keine Kunden hat, die sie kaufen. Nur durch das Geld, das die Kunden über die Umsatzerlöse in den Betrieb bringen, kann ein Unternehmen langfristig Gewinn erzielen und überleben. Damit Betriebe ihre Aufgaben erfüllen können, müssen sie sich mit

- der Beschaffung,
- der Produktion und
- dem Absatz

auseinandersetzen – und das manchmal weltweit.

Die Beschaffung ist die Bereitstellung von Materialien, um arbeitsfähig zu sein, sprich der Einkauf. Die Produktion ist die Herstellung der Güter und der Absatz ist das Anbieten der Güter auf dem Markt, also das Verkaufen.

Weiterhin werden Betriebe je nach Anzahl der Beschäftigten in kleine, mittlere und große Betriebe unterschieden:

- bis 49 Beschäftigte – Kleinbetrieb
- bis 249 Beschäftigte – mittlerer Betrieb
- ab 250 Beschäftigten – Großbetrieb

Gewerblich-technische Betriebe erbringen Sachleistungen in unterschiedlichen Branchen.

Eine Branche oder ein Wirtschaftszweig ist eine Gruppe von Betrieben und Unternehmen, die gleiche, ähnliche oder verwandte Produkte herstellen und verkaufen oder vergleichbare **Dienstleistungen** anbieten. So gibt es z. B. die Automobilindustrie, die Telekommunikationsbranche, die Bauwirtschaft – um nur einige zu nennen. Insgesamt gibt es in Deutschland sehr viele Branchen.

Dienstleistungen

Alle Betriebe und Unternehmen in Deutschland gehören verschiedenen **Wirtschaftssektoren** an.

Zum **primären Sektor** gehören alle Unternehmen der Land- und Forstwirtschaft sowie der Rohstoffgewinnung (Bergbau, Gas- und Ölexploration). Er wird auch Urproduktion genannt.

Der **sekundäre Sektor** umfasst alle Unternehmen, die etwas produzieren. Handwerksbetriebe werden dem sekundären Sektor zugeordnet. Das ist der Bereich einer Volkswirtschaft, der Rohstoffe, Stoffe oder Güter weiterverarbeitet. Er wird auch industrieller Sektor genannt.

Zum **tertiären Sektor** gehören alle Dienstleistungsunternehmen wie Friseure oder Taxiunternehmen. Er wird auch Dienstleistungssektor genannt.

Mittlerweile gibt es auch einen **quartären Sektor** – eine Weiterentwicklung des Dienstleistungssektors. Der quartäre Sektor umfasst alle Unternehmen, die sich mit der Sammlung und Verarbeitung von Informationen beschäftigen und in denen höherwertige, komplexe Tätigkeiten stattfinden, z. B. in der Steuerberatung, bei Banken und Versicherungen, in der Forschung und Entwicklung, der Lehre oder im Management.

Es gibt einen stetigen Wandel von land- und forstwirtschaftlich geprägten über industrialisierte Gesellschaften zu Dienstleistungsgesellschaften, also von immer weniger Betrieben im primären und sekundären Sektor zu immer mehr Unternehmen im tertiären und quartären Sektor. Damit wandeln sich auch die Berufe. So haben wir heute Berufe, die es früher nicht gab, aber auch welche, die ausgestorben sind.

Arbeitsaufgaben

1. Recherchieren Sie die verschiedenen Branchen in Deutschland.
2. Welcher Branche und welchem Wirtschaftssektor gehört Ihr Ausbildungsbetrieb an?

1.2 Wandel von Berufen

Einstiegssituation

Annette und Jürgen haben vor Kurzem ihre erste eigene Wohnung bezogen. Die Möbel stehen, alle Kartons sind ausgepackt. Aber richtig gemütlich ist es in der Wohnung noch nicht. Daher beschließen sie, am Wochenende ein großes Einrichtungshaus zu besuchen, um noch Deko-Artikel zu kaufen. Im Kassenbereich fällt ihnen auf, dass sie die Wahl haben zwischen einer Selbstbedienungskasse und einer klassischen Kasse. Annette schlägt vor, einmal eine Selbstbedienungskasse auszuprobieren. Jürgen willigt ein. Da an der Kasse keine Person mehr sitzt, die die Waren über den Scanner zieht und ihnen den Gesamtpreis nennt, den sie zu zahlen haben, müssen sie diese Tätigkeiten komplett selbst übernehmen. Das ist ungewohnt und ganz schön anstrengend. Jürgen fragt Annette, warum es denn immer weniger Kassiererinnen und Kassierer gibt und die Kundinnen und Kunden jetzt auch noch an der Kasse selbst tätig werden müssen. Im Laufe des Gesprächs stellen sie fest, dass auch andere Berufe sich ändern.

Wer schon einmal in einem großen schwedischen Einrichtungshaus oder in einem großen Supermarkt eingekauft hat, dem sind sicherlich schon die Selbstbedienungskassen aufgefallen, die sich immer größerer Beliebtheit erfreuen.

Stetiges Wachstum des Onlinehandels führt zu einem großen Bedarf von Fachkräften in diesem Bereich. So sind neue Ausbildungsberufe wie Kaufleute im E-Commerce oder für Digitalisierungsmanagement entstanden. Auch der Ausbildungsberuf Elektroniker für Gebäudesystemintegration/Elektronikerin für Gebäudesystemintegration ist kürzlich neu entstanden. Hier wurde der Beruf konkretisiert, da es immer neuere Anforderungen in diesem Berufsfeld gibt.

Aber auch Berufe, die es schon lange gibt, haben sich den neuen Gegebenheiten angepasst und werden inhaltlich modernisiert, z. B. die Berufe Brauer und Mälzer. In diesen Berufsbranchen arbeitet man in einer Brauerei und produziert Bier.

Oft werden nicht nur Inhalte des Berufes angepasst, sondern auch der Name. Früher gab es den Beruf Arzthelfer/Arzthelferin, heute heißt es Medizinische/-r Fachangestelle/-r.

Aufgehobene Berufe nennt die Bundesagentur für Arbeit: https://berufenet.arbeitsagentur.de/berufenet/faces/aufgehobeneBerufe

Berufe im Wandel

https://www.youtube.com/watch?v=-NEefqdNSFpg

https://berufenet.arbeitsagentur.de/berufenet/faces/aufgehobeneBerufe

Im Gegenzug fallen immer wieder Berufe komplett weg. So gibt es beispielsweise die Berufe Wagner, Köhler oder Küfer nicht mehr. Ein Wagner oder Stellmacher baut Wagen, Räder und landwirtschaftliche Geräte. Ein Köhler stellt Holzkohle her. Ein Küfer fertigt Fässer aus Holzdauben und Eisenreifen.

Arbeitsaufgaben

1. Informieren Sie sich über Berufe, die es heute nicht mehr gibt.
2. Erläutern Sie gemeinsam mit einem Partner/einer Partnerin, welchen Wandel es in den Berufsbildern in Ihrer Branche gegeben hat, und notieren Sie Ihre Ergebnisse.
3. Stellen Sie sich vor, Sie leben 40 Jahre später. Welche Berufe könnte es dann wohl geben? Begeben Sie sich auf eine kreative Zeitreise mit Ihren Sitznachbarn und halten Sie Ihre Ergebnisse schriftlich fest.

1.3 Arbeitsbedingungen

Einstiegssituation

Marlu kommt genervt von der Arbeit nach Hause. Heute musste sie den halben Tag die Werkstatt kehren und Botengänge erledigen. Kurz vor Feierabend musste sie dann noch für ihre Chefin einen kleinen Kundenauftrag erledigen, da dieser schnellstmöglich fertig werden muss. Das erzählt sie ihrem Vater, der amüsiert zuhört.
Marlu fragt ihn, was daran so lustig sei. Er antwortet: „Du kannst froh sein, dass du in der heutigen Zeit deine Ausbildung machst. Als dein Großvater in der Lehre war, gab es noch viel strengere Arbeitsbedingungen. Er musste z. B. viel länger arbeiten als die Azubis heute.“

Nicht nur die Berufe, auch die Bedingungen, unter denen sie ausgeübt werden, unterliegen einem permanenten Wandel. So beeinflusst die fortschreitende Digitalisierung nicht nur die gewerblich-technischen Berufe weitreichend. Gute Arbeitsbedingungen sind dabei eine wichtige Voraussetzung für eine hohe Zufriedenheit mit der Arbeit, um die Herausforderung ständiger Veränderung stemmen zu können.

Unter **Arbeitsbedingungen** versteht man die Umstände, unter denen das Arbeiten stattfindet: Arbeitszeit, örtliche Gegebenheiten, Überstundenregelung, Urlaubsanspruch, Arbeitsplatz und Ausrüstung. Je nach Beruf, Branche und Betrieb herrschen andere Arbeitsbedingungen.

Das Betriebsklima

Das **Betriebsklima** ist ein wichtiger Aspekt für die Zufriedenheit von Mitarbeiterinnen und Mitarbeitern eines Betriebes. Da meist der Arbeitnehmer nicht allein an seinem Arbeitsplatz ist, sondern in vielfältiger Weise mit anderen Menschen zu tun hat, entstehen soziale Beziehungen. Diese können voller Sympathie oder voller Spannungen sein. Wenn es keine oder nur wenige Konflikte und Spannungen gibt, dann fühlen sich die Arbeitnehmer wohl. Zu diesem guten Betriebsklima tragen viele Punkte bei:

- Mitgestaltungsmöglichkeiten
- angemessene Bezahlung
- gute Umgangsformen
- Wertschätzung durch Vorgesetzte, Kolleginnen und Kollegen
- Toleranz
- eindeutige Kommunikation

Andererseits entsteht ein schlechtes Betriebsklima, wenn in einem Betrieb Angst, Ablehnung, Isolierung, Unsicherheit, Misstrauen oder Mobbing herrschen. Die Folgen können schwerwiegend sein:

- Die Freude an der Arbeit lässt nach.
- Die Motivation sinkt.
- Die Seele wird belastet.
- Die Krankheitstage erhöhen sich.

Doch nicht nur für die Arbeitnehmer, sondern auch für Arbeitgeber gibt es nachteilige Folgen:

- Alle Beschäftigten machen mehr Fehler.
- Einige Beschäftigte haben innerlich schon gekündigt.
- Einige Beschäftigte bringen weniger Arbeitsleistung.
- Das Produktionsergebnis wird schlechter.

Daher ist auch ein Arbeitgeber an einem guten Betriebsklima interessiert.

Die Arbeitszeit

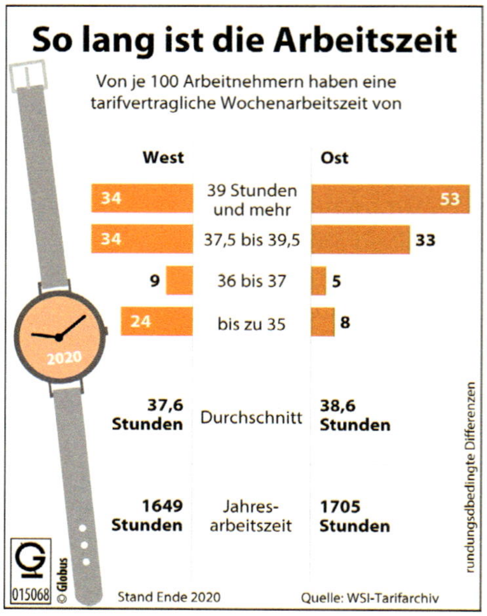

Eine wesentliche Arbeitsbedingung ist auch die Arbeitszeit – zum einen die Gesamtarbeitszeit und zum anderen die Tageszeit.

Es ist nicht unwichtig, zu welcher Zeit des Tages man seine Arbeit verrichten muss. So ist in vielen Branchen und Betrieben Schichtarbeit üblich, es wird tagsüber, aber auch nachts und am Wochenende gearbeitet. Sonntagsarbeit und Nachtarbeit werden als besonders belastend empfunden und können auf Dauer die Gesundheit des Arbeitnehmers schädigen. Oft gibt es für die größere Belastung bei Schichtarbeit einen Ausgleich durch bessere Bezahlung.

Auch die Gesamtarbeitszeit ist maßgeblich. In Deutschland liegt die Wochenarbeitszeit einer Vollzeitstelle in der Regel zwischen 35 und 40 Stunden.

Die Entlohnung

Entgelt

Eine der wichtigsten Arbeitsbedingungen ist Lohn oder Gehalt. Als Überbegriff hierfür wird der Begriff **Entgelt** verwendet. Ob jemand Lohn oder Gehalt erhält, hängt vom Beruf ab.

Ein Gehalt ist fest definiert und immer gleich. Bei der monatlichen Gehaltsauszahlung gibt es kaum Abweichungen. Manchmal wird das Gehalt mit Provisionen oder Boni kombiniert. Das ist ein zusätzliches Entgelt für besondere Leistungen wie das Erreichen eines bestimmten Umsatzziels.

Beispiel: Karsten Schmeidl ist Verkäufer bei der Göldner Landtechnik GmbH und verkauft Traktoren und landwirtschaftliche Maschinen. Er bekommt ein monatliches Gehalt von 2.000,00 €. Wenn er einen Umsatz von 150.000,00 € pro Monat erreicht, bekommt er eine Provision von 1 % seines erreichten Umsatzes. In diesem Monat hat er Traktoren und Maschinen im Wert von 175.800,00 € verkauft. Das bedeutet, dass er zu seinem Gehalt zusätzlich 1.758,00 € bekommt, also insgesamt 3.758,00 €.

Im Handwerk und in der industriellen Produktion wird den Beschäftigten üblicherweise ein Lohn für ihre Arbeit gezahlt. Dieser kann je nach den geleisteten Arbeitsstunden variieren, man bekommt also umso mehr Lohn, je länger man gearbeitet hat. Es gibt auch einen Leistungslohn, dann bekommt man mehr Lohn, je schneller oder besser man die Arbeit verrichtet hat. Beim Prämienlohn wird eine Prämie für besondere Leistungen zum Grundlohn bezahlt.

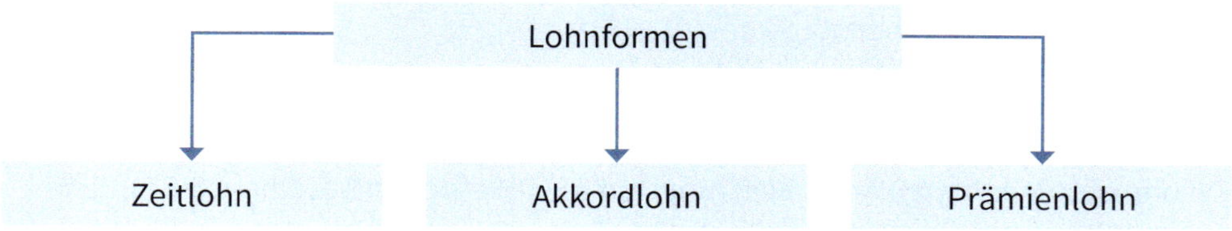

Zeitlohn

Beim Zeitlohn bekommen Beschäftigte für die Zeit, die sie am Arbeitsplatz verbringen und arbeiten, einen Stundenlohn – unabhängig von der erbrachten Leistung. Der Stundenlohn wird mit den Arbeitsstunden pro Tag und den Arbeitstagen multipliziert, sodass sich am Monatsende der Gesamtlohn ergibt.

Beispiel: Dennis Deubel arbeitet als Konstruktionsmechaniker bei der Firma Boß, einem Metallbaubetrieb. Er bekommt einen Stundenlohn von 18,00 €. Da er 8 Stunden am Tag arbeitet, erhält er täglich 144,00 €. Im vergangenen Monat hat er an 20 Tagen gearbeitet. Somit ergibt sich am Monatsende ein Bruttolohn von 18,00 €/Stunde · 8 Stunden/Tag · 20 Tage = 2.880,00 €.

Akkordlohn

Beim Akkordlohn ist die monatliche Auszahlung von der geleisteten Arbeitsmenge abhängig. Ein Arbeiter wird genau nach seiner geleisteten Arbeit bezahlt. Also kann ein Arbeitnehmer den Monatslohn durch gute Arbeitsleistung erhöhen.

Es gibt einen garantierten Mindestlohn und einen Akkordzuschlag, der oft in Tarifverträgen ausgehandelt wird. Akkordlohn wird meist in der Produktion gezahlt, also bei Arbeiten am Fließband oder in Firmen, die eine hohe Stückzahl produzieren. Man geht davon aus, dass der Arbeitnehmer eine sogenannte Normalleistung erbringen kann. Das ist die Leistung, die ein Arbeiter problemlos mit einer „normalen" Geschwindigkeit in einer Stunde erbringen kann.

Beispiel: Fabienne arbeitet in einer Fabrik, die Autoteile produziert. Sie muss einzelne Teile zu einem Getriebe zusammenbauen. Die Normalleistung beträgt 15 Stück je Stunde. Sie erhält einen garantierten Mindestlohn von 13,00 € pro Stunde und einen Akkordzuschlag von 20 %:

Mindestlohn + Akkordzuschlag = 13,00 €/Stunde + 2,60 €/Stunde = 15,60 €/Stunde

Aufgrund der Normalleistung in Stück pro Stunde ergibt sich ein Stücklohn: 15,60 €/Stunde : 15 Stück/Stunde = 1,04 €/Stück

Diesen Stücklohn nennt man auch Akkordsatz. Durch den Akkordsatz und ihre geleistete Stückzahl kann Fabienne ihren Gesamtlohn pro Monat beeinflussen.

- Lohn bei einer geringen Arbeitsleistung von 1 600 Getrieben bei einem 8-Stunden-Arbeitstag und 20 Arbeitstagen:
  2 100 Stück · 1,04 €/Stück = 2.184,00 €
- Lohn bei Normalleistung an 8-Stunden-Tagen und 20 Arbeitstagen:
  15 Stück/Stunde · 8 Stunden/Tag · 20 Tage · 1,04 €/Stück = 2.496,00 €
- Lohn bei einer hohen Arbeitsleistung von 3 800 Getrieben bei einem 8-Stunden-Arbeitstag und 20 Arbeitstagen:
  3 400 Stück · 1,04 €/Stück = 3.536,00 €

Prämienlohn

Ein Arbeitnehmer erhält einen festen Grundlohn und zusätzlich eine Prämie für besondere Leistungen. Es wird der Zeitlohn mit einem Leistungslohn kombiniert. Prämien gibt es beispielsweise für

- das Erreichen einer bestimmten Qualität,
- das Erreichen einer bestimmten Menge,
- das Erreichen einer geringen Fehlleistung/Ausschussmenge,
- das Einhalten eines bestimmten Termins.

Beispiel: Kevin ist Mitarbeiter bei einer Maschinenfabrik, die sich auf Metzgereimaschinen spezialisiert hat. Für einen aktuellen Auftrag soll eine Vakuummaschine für eine Großmetzgerei gebaut werden. Wenn der Auftrag bis Ende des Monats ausgeführt ist und der Kunde beliefert wurde, erhalten Kevin und alle weiteren Mitarbeiter, die an diesem Auftrag mitgearbeitet haben, jeweils eine Prämie von 200,00 €.

Der Lohn und das Gehalt sind für die Empfänger so wichtig, weil sie damit ihren Lebensunterhalt bestreiten. Ein zu niedriger Lohn ist demotivierend und führt zu Mitarbeiterinnen und Mitarbeitern, die nicht gerne zur Arbeit kommen, unzufrieden sind und nachlassende Arbeitsleistungen erbringen. Werden sie hingegen angemessen für ihre Arbeitsleistung bezahlt, herrscht oft eine hohe Zufriedenheit, was sich positiv auf das Betriebsklima, die Arbeitsleistung oder den Unternehmenserfolg auswirkt.

Dabei haben die verschiedenen Lohnformen jeweils Vor- und Nachteile. So kann eine Prämie motivierend für die Mitarbeiter sein. Beim Akkordlohn ist es gut, dass die Mitarbeiter ihren Lohn beeinflussen können. Allerdings kann dies auch zu einem Leistungsdruck führen, was eine Gefahr für die Gesundheit der Mitarbeiter darstellen kann. Auch Maschinen können beim Akkordlohn in Mitleidenschaft gezogen werden, da die Arbeitnehmer nur auf die Arbeitsgeschwindigkeit achten, aber nicht auf Sorgfalt im Umgang mit Maschinen und Material.

Beim Zeitlohn müssen die Mitarbeiter meist nicht auf Geschwindigkeit achten, was eine höhere Sorgfalt, Genauigkeit und Qualität der Arbeitsergebnisse nach sich zieht.

Der Nachteil besteht darin, dass die Arbeitnehmer keinen Anreiz haben, eine höhere Arbeitsleistung zu erbringen.

Arbeitsaufgaben

1. Beschreiben Sie die Unterschiede zwischen den drei Lohnformen und gehen Sie dabei auch auf deren Vor- und Nachteile ein.
2. Berechnen Sie den Prämienlohn von Alfred Steudter, der monatlich 2.700,00 € Grundgehalt verdient. Er hat bei einem Auftrag besonders gute Qualität erarbeitet und bekommt dafür zusätzlich 400,00 €.
3. Berechnen Sie den Akkordlohn von Steven Lomp, der eine Monatsleistung von 3 900 Stück geschafft hat. Er bekommt einen Grundlohn von 13,00 € je Stunde und einen Akkordzuschlag von 10 %. Die Normalleistung liegt bei 18 Stück je Stunde.
4. Berechnen Sie den Zeitlohn von Peter Schwarzgerber, einem Techniker bei der EET GmbH. Er verdient 22,00 € je Stunde und arbeitet 8 Stunden am Tag. In diesem Monat hat er 20 Tage gearbeitet.

1.4 Die Entgeltabrechnung

Einstiegssituation

In allen Unternehmen müssen jeden Monat die Lohn- und Gehaltsabrechnungen für die Beschäftigten erstellt werden. Jeder Arbeitnehmer erhält eine eigene Abrechnung. Man spricht auch von der Entgeltabrechnung. Der Begriff **Entgelt** wird anders als „Geld“ am Ende mit t geschrieben. Beide gehen auf „entgelten“ zurück, das bedeutet vergüten, entschädigen oder ausgleichen.

Entgelt

In der Entgeltabrechnung wird der Bruttoverdienst des jeweiligen Mitarbeiters erfasst, die Steuern, die gezahlt werden müssen, die Beiträge zu den Sozialversicherungen und der Nettoverdienst. Letzteres ist der Betrag, der ausgezahlt wird. Also gibt es einen Unterschied zwischen dem Brutto- und Nettolohn:

- Der **Bruttolohn** ist der Gesamtbetrag des Lohnes und der Betrag, der auch im Ausbildungs- oder Arbeitsvertrag steht. Von diesem Betrag werden noch Steuern und Sozialabgaben abgezogen, sodass der Bruttolohn immer höher ist als der Nettolohn.
- Der **Nettolohn** ist der Betrag, der nach allen Abzügen auf das Konto des Arbeitnehmers überwiesen wird. Er ist immer kleiner als der Bruttolohn.

Steuern

Um den Nettolohn zu ermitteln, müssen vom Bruttolohn die Steuern und die Beiträge zur Sozialversicherung abgezogen werden. Zu den Steuern gehören die Lohnsteuer, der Solidaritätszuschlag und die Kirchensteuer. Um die Lohnsteuer zu ermitteln, muss der Arbeitgeber wissen, in welcher **Steuerklasse** sich der Arbeitnehmer befindet.

Steuer-klasse	Personenkreise (vereinfachte Angaben)
I	**Alleinstehende** Ledige, Geschiedene und verwitwete oder dauernd getrennt lebende Ehepartner, in eingetragener Lebenspartnerschaft Lebende
II	**Alleinstehende der Klasse I mit Kind**, für das ein Kinderfreibetrag eingetragen ist
III	**Verheiratete**, wenn nur einer der Eheleute Arbeitslohn bezieht oder beide arbeiten und der geringer verdienende Ehepartner Steuerklasse V wählt (Ehegatten-Splitting)
IV	**Verheiratete**, wenn beide Eheleute arbeiten
V	**Verheiratete**, wenn der geringer verdienende Ehepartner Steuerklasse V, der besser verdienende Steuerklasse III wählt (Ehegatten-Splitting)
VI	**Alle Arbeitnehmer mit mehr als einem Arbeitsverhältnis** werden im zweiten und weiteren Arbeitsverhältnissen nach Klasse VI besteuert. Nach Klasse VI wird auch versteuert, wenn die Lohnsteuerkarte nicht oder verspätet vorgelegt wird oder verloren ging.

Vgl. Bundeszentrale für politische Bildung (Hrsg.): Lohnsteuerklassen. Unter https://m.bpb.de/nachschlagen/lexika/lexikon-der-wirtschaft/20743/steuerklassen [04.01.2023]

Neben Ehe und Anzahl der Kinder ist die Zugehörigkeit zur evangelischen oder katholischen Kirche maßgeblich. All diese Merkmale zusammen heißen Lohnsteuerabzugsmerkmale und werden dem Arbeitgeber in elektronischer Form über die Finanzverwaltung bereitgestellt.

Lohnsteuertabelle

Ein wichtiges Dokument zur Ermittlung der Lohnsteuer eines Arbeitnehmers ist die **Lohnsteuertabelle**. Aus dieser Tabelle lässt sich ablesen, wie viel der Arbeitgeber an Lohnsteuer, Kirchensteuer und Solidaritätszuschlag einbehalten muss. Es gibt sie mittlerweile auch in elektronischer Form.

Auf der Seite https://www.bmf-steuerrechner.de/ stellt das Bundesministerium der Finanzen einen interaktiven Rechner zur Verfügung, um online die Höhe der Lohnsteuer zu berechnen.

Lohn- und Einkommensteuerrechner

https://www.bmf-steuerrechner.de/

Der Arbeitgeber behält dann die Lohnsteuer gleich ein und führt sie an das Finanzamt ab.

In der Lohnsteuertabelle wird auch die Höhe des Solidaritätszuschlages (umgangssprachlich „Soli“) abgelesen. Das ist eine Zusatzabgabe zur Lohnsteuer. Diese müssen allerdings nur noch wenige Menschen zahlen, da die Grenze zur Zahlung des Solidaritätszuschlags im Jahr 2021 angehoben wurde. So muss kein Solidaritätszuschlag mehr gezahlt werden, wenn die zu zahlende Lohn- oder Einkommensteuer unter 16.956,00 € pro Person liegt, und das trifft auf die meisten Arbeitnehmer zu.

Zuletzt wird in der Lohnsteuertabelle noch die Kirchensteuer abgelesen. Jeder Arbeitnehmer, der Mitglied in der evangelischen oder katholischen Kirche ist, muss diese Steuer zahlen. Sie wird wie die Lohnsteuer und der Solidaritätszuschlag direkt vom Arbeitgeber einbehalten und vom Bruttolohn abgezogen. Die Höhe der Kirchensteuer beträgt 9 % von der Lohnsteuer – nur in Bayern und Baden-Württemberg beträgt sie 8 % der Lohnsteuer.

Sozialabgaben

Nachdem die Lohnsteuer, der Solidaritätszuschlag und die Kirchensteuer ermittelt wurden, sind die Abzüge für die Sozialversicherung zu ermitteln. Die Sozialversicherungen sind gesetzlich vorgeschrieben und sollen den Arbeitnehmer vor den Risiken Krankheit, Pflegebedürftigkeit, Armut im Alter und Arbeitslosigkeit schützen. Die Höhe der Sozialabgaben wird jährlich vom Gesetzgeber neu festgelegt. Der Arbeitgeber zahlt den Gesamtbetrag aller Abzüge für die Sozialversicherung an die Krankenkasse und diese leitet das Geld dann an die anderen Sozialversicherungsträger weiter. Generell tragen Arbeitgeber und Arbeitnehmer die Abzüge für die Sozialversicherung gemeinsam. Das bedeutet, der Anteil des Arbeitnehmers wird bei der Lohnabrechnung ermittelt und abgeführt, der Anteil des Arbeitgebers kommt noch dazu.

Zu den gesetzlichen Sozialversicherungen gehören

- die Krankenversicherung,
- die Pflegeversicherung,
- die Rentenversicherung,
- die Arbeitslosenversicherung.

Es gibt noch die gesetzliche Unfallversicherung. Die Beiträge hierfür muss der Arbeitgeber allein zahlen, deswegen ist sie für die Lohnabrechnung nicht relevant.

Die 2023 aktuellen Beitragssätze für die gesetzlichen Sozialversicherungen zeigt die Tabelle.

Sozialversicherung	Gesamtbeitrag	Arbeitgeberanteil	Arbeitnehmeranteil
Krankenversicherung	14,6 % vom Bruttolohn	7,3 %	7,3 %
Pflegeversicherung	3,05 % vom Bruttolohn, für Kinderlose über 23 Jahren Zuschlag von 0,35 %	1,525 %	1,525 %, für Kinderlose über 23 Jahren 1,875 %
Rentenversicherung	18,6 % vom Bruttolohn	9,3 %	9,3 %
Arbeitslosenversicherung	2,6 % vom Bruttolohn	1,3 %	1,3 %

Um vom Bruttolohn zum Nettolohn zu gelangen, werden vom Bruttolohn die Lohnsteuer, der Solidaritätszuschlag, die Kirchensteuer und die vier Sozialversicherungsbeiträge abgezogen. Dieses Schema bleibt immer gleich:

	Bruttolohn
–	Lohnsteuer
–	Solidaritätszuschlag
–	Kirchensteuer
–	Krankenversicherung
–	Pflegeversicherung
–	Rentenversicherung
–	Arbeitslosenversicherung
=	Nettolohn

Dieses Schema ist allgemeingültig und trifft sowohl auf die Lohnabrechnung für einen Arbeiter als auch auf die Gehaltsabrechnung eines Angestellten zu.

Beispiel: Kai Ziegel ist Tischler und bekommt einen Bruttolohn von 2.900,00 €. Aus der Kirche ist er ausgetreten. Er hat zwei Kinder und ist 30 Jahre alt.

	Bruttolohn	2.900,00 €	
–	Lohnsteuer	106,50 €	aus der Lohnsteuertabelle
–	Solidaritätszuschlag	0,00 €	
–	Kirchensteuer	0,00 €	
–	Krankenversicherung	211,70 €	= 2.900,00 € · 7,3 %
–	Pflegeversicherung	44,23 €	= 2.900,00 € · 1,525 %
–	Rentenversicherung	269,70 €	= 2.900,00 € · 9,3 %
–	Arbeitslosenversicherung	37,70 €	= 2.900,00 € · 1,3 %
=	Nettolohn	2.230,17 €	

Arbeitsaufgaben

1. Erstellen Sie für Ella, Mitarbeiterin der Fürth Messtechnik, eine Gehaltsabrechnung. Sie ist 24 Jahre alt und verdient 3.250,00 € brutto. Sie ist ledig und hat keine Kinder. Außerdem gehört sie keiner Kirche an.
Hinweis: Im Internet finden Sie die Lohnsteuertabelle, aus der Sie die Lohnsteuer, die Kirchensteuer und den Solidaritätszuschlag ablesen können.

Zusammenfassung

- Es gibt viele verschiedene Branchen in Deutschland.
- Betriebe und Unternehmen variieren stark in der Zahl der Beschäftigten (Klein- bis Großbetriebe).
- Ein Betrieb ist Teil eines Unternehmens.
- Berufe sind in einem dauernden Wandel – neue Anforderungen schaffen neue Berufsbilder, alte sterben aus.
- Gute Arbeitsbedingungen fördern das Wohlergehen von Arbeitnehmern und Arbeitgebern.
- Man unterscheidet Gehalt und Lohn, man unterteilt Löhne in Zeitlohn, Leistungslohn und Prämienlohn.
- Auf Arbeitsentgelte sind Steuern und Sozialabgaben zu entrichten:

  Bruttolohn
  – Lohnsteuer
  – Solidaritätszuschlag
  – Kirchensteuer
  – Krankenversicherung
  – Pflegeversicherung
  – Rentenversicherung
  – Arbeitslosenversicherung
  = Nettolohn

2 Das duale System – Rechte und Pflichten der Beteiligten

- Berufsbildungsgesetz
- Handwerksordnung
- Ausbildungsordnung
- Ausbildungsrahmenplan und Ausbildungsplan
- Ausbildungsvertrag
- Rahmenlehrplan
- Zuständige Stellen

2.1 Das Berufsbildungsgesetz

Einstiegssituation

Sergej ist Auszubildender bei der Anlagenbau Münther GmbH, einem mittelständischen Unternehmen, das Sortieranlagen herstellt. Im Pausenraum unterhält er sich mit dem Praktikanten Marco.

Sergej: „Na, wie läuft's bei dir?"

Marco: „Ganz gut. Ist zwar ganz schön viel Neues für mich und auch an den langen Arbeitstag muss ich mich erst gewöhnen, aber im Großen und Ganzen macht es mir Spaß. Die Kolleginnen und Kollegen sind nett."

Sergej: „Wenn du nächstes Jahr mit der Schule fertig bist, möchtest du dann auch eine Ausbildung hier bei uns machen? Dann wären wir Kollegen, das wäre echt cool."

Marco: „Ich weiß es noch nicht genau, vorstellen kann ich mir das schon. Aber dann müsste ich auch in die Berufsschule gehen und auf Schule habe ich eigentlich keine Lust mehr."

Sergej: „Ach, das geht schon. Man muss ja nur an zwei Tagen in der Woche in die Berufsschule. Außerdem lernst du das meiste hier im Betrieb."

Marco: „Du meinst, wenn ich im Betrieb immer schön aufpasse, dann bestehe ich die Abschlussprüfung auf jeden Fall?"

Sergej: „Nicht ganz. Die Inhalte aus der Berufsschule sind natürlich auch wichtig für das Bestehen der Abschlussprüfung."

In Deutschland gibt es 324 anerkannte Ausbildungsberufe, zu denen in den meisten Fällen sowohl im Betrieb als auch in der Berufsschule ausgebildet wird. Da zwei Partner – Ausbildungsbetrieb und Berufsschule – an der Ausbildung beteiligt sind, sagt man dazu **duales System**. Um eine gute Ausbildung zu gewährleisten, sollen Berufsschule und Ausbildungsbetrieb miteinander kommunizieren und sich abstimmen.

https://www.bibb.de/dienst/veroeffentlichungen/de/publication/show/17944

duales System

Es gibt aber auch Berufe, die ausschließlich schulisch ausgebildet werden und somit nicht im dualen System ausgebildet werden. Hier ist kein Ausbildungsbetrieb beteiligt, sondern meist Berufsfachschulen. Dies betrifft vor allem Ausbildungsberufe im sozialen und medizinischen Bereich. Aber auch im technischen Bereich und in der Medienbranche gibt es rein schulische Ausbildungsberufe, beispielsweise:

- Laborassistent/-in
- Ergotherapeut/-in
- Logopäde/Logopädin
- Modedesigner/-in
- Dolmetscher/-in

Die duale Berufsausbildung hat in Deutschland einen hohen Stellenwert und viele Länder beneiden uns darum, da die Ausbildung praxisnah und qualitativ hochwertig ist. Die duale Berufsausbildung wird durch das Berufsbildungsgesetz (BBiG) geregelt. Dieses entstand bereits im Jahr 1969. Mit dem Gesetz soll die Qualität der Berufsausbildung in Deutschland gesichert werden. Das BBiG gilt nur für duale Ausbildungen, nicht für schulische Ausbildungen.

Sowohl der Arbeitgeber, also der Ausbilder, als auch der Auszubildende – umgangssprachlich oft Azubi genannt – hat Pflichten zu erfüllen. Diese sind ebenfalls im Berufsbildungsgesetz geregelt (vgl. 2.5 Berufsausbildungsvertrag).

2.2 Die Handwerksordnung

Einstiegssituation

Paul trifft am Wochenende auf einer Party seinen früheren Schulfreund Janosch wieder. Janosch erzählt, dass er ein Jahr wiederholen musste in der Schule, aber in wenigen Wochen den Schulabschluss hat.
„Danach lerne ich Maurer bei meinem Onkel in der Firma", sagt er. Paul wundert sich und fragt: „Wirklich? Dein Onkel hat doch nur ein kleines Auto, mit dem er alleine auf Baustellen fährt, und kein richtiges Firmengebäude. Ist er überhaupt Meister und darf dich ausbilden?"
Janosch erwidert: „Ich glaube, Meister ist er nicht. Aber er kann so gut mauern wie kein anderer, also kann er mich auch ausbilden."
Ob das tatsächlich richtig ist?

Für die Berufsausbildung im Handwerk gilt neben dem Berufsbildungsgesetz noch das **Gesetz zur Ordnung des Handwerks**, kurz die **Handwerksordnung**. In diesem Gesetz wird zum einen die Ausübung des Handwerks generell geregelt, zum anderen die Aus- und Fortbildung im Handwerk. Die Handwerksordnung gilt genau wie das Berufsbildungsgesetz deutschlandweit.

Für Auszubildende im Handwerk gilt also nicht nur das Berufsbildungsgesetz (BBiG), sondern auch die Handwerksordnung. Inhaltlich sind beide Gesetze aufeinander abgestimmt und sehr ähnlich.

In §§ 21 bis 41 Handwerksordnung ist geregelt,

- wer einen Auszubildenden einstellen und ausbilden darf,
- die Ausbildungsordnung und die Änderung der Ausbildungszeit,
- das Prüfungswesen,
- die Überwachung der Berufsausbildung.

2.3 Die Ausbildungsordnung

Einstiegssituation

Marlène und Peter sitzen in der Pausenhalle ihrer Berufsschule und lernen für die nächste Klassenarbeit.
Peter: „Oje, diese ganzen Begriffe verwirren mich total."
Marlène: „Am besten schreiben wir uns eine Art Spickzettel, wo alle Begriffe kurz erklärt sind. Mit dem Begriff Ausbildungsordnung fangen wir an."

Ausbildungsordnung

Für jeden Ausbildungsberuf existiert eine **Ausbildungsordnung**, manchmal auch Ausbildungsverordnung genannt. Sie beschreibt das Wichtigste zu diesem Ausbildungsberuf. In einer Ausbildungsordnung werden bundeseinheitliche Standards für die betriebliche Ausbildung in einem anerkannten Ausbildungsberuf festgelegt.

Sowohl § 5 Berufsbildungsgesetz als auch § 26 Handwerksordnung gibt vor, was in einer Ausbildungsordnung stehen muss:

- die Berufsbezeichnung, z. B. „Mechatroniker/-in Kältetechnik" oder „Maurer/-in"
- die Ausbildungsdauer, in der Regel drei Jahre
- die Fertigkeiten und Kenntnisse, die man während der Ausbildung erwerben soll (Ausbildungsberufsbild)

- der Ausbildungsrahmenplan
- die Anforderungen an die Zwischen- und die Abschlussprüfung

2.4 Ausbildungsrahmenplan und betrieblicher Ausbildungsplan

Einstiegssituation

Marlène und Peter arbeiten an ihrer Übersicht zu den Begriffen zur Berufsausbildung weiter.
Peter: „Ausbildungsordung haben wir. Jetzt kommen Ausbildungsrahmenplan und Ausbildungsplan."
Marlène: „Hä? Das ist doch dasselbe, oder?"

Aus der Ausbildungsordnung folgt der für den Ausbildungsbetrieb und die Auszubildenden wichtige **Ausbildungsrahmenplan**. Er ist eine sachliche und zeitliche Gliederung der Berufsausbildung. Darin kann man nachlesen, in welchem Zeitraum welche Kenntnisse und Fähigkeiten vermittelt werden sollen. Meist ist der Ausbildungsrahmenplan als Tabelle dargestellt.

Ausbildungs-rahmenplan

Der Ausbildungsrahmenplan ist Teil der Ausbildungsordnung und wird von Bundesministerien erstellt. Der Ausbildungsbetrieb legt den Ausbildungsrahmenplan nicht fest. Aber er ist für den Ausbilder/die Ausbilderin im Betrieb wichtig, da er eine Art Anleitung darstellt, wie die Ausbildung zu erfolgen hat.

Bei der IHK Dortmund finden Sie Beispiele für Ausbildungs-rahmenpläne.

https://www.ihk.de/dortmund/menue/bildung/ausbildung/ausbildungsberatung/ausbildungsordnungen-index-314584

Beispiel: Ausschnitt aus einem Ausbildungsrahmenplan

Nr.	Teil des Ausbildungsberufs	Zu vermittelnde Fertigkeiten, Kenntnisse und Fähigkeiten	Ausbildungs-monate
1	Aufbau und Organisation des Ausbildungsberufes	Aufbau des Ausbildungsbetriebes erläutern Aufgaben des Ausbildungsbetriebes erklären Beziehungen des Ausbildungsbetriebes zu Externen erläutern	1–12

Während der Ausbildungsrahmenplan auf Bundesebene festgelegt wird, schreibt jeder Ausbildungsbetrieb den **Ausbildungsplan** selbst. Jeder Ausbildungsbetrieb ist verpflichtet, für jede/-n Auszubildende/-n einen betrieblichen Ausbildungsplan zu erstellen. Auch dieser umfasst den sachlichen und zeitlichen Ablauf der Berufsausbildung – nur auf den Ausbildungsbetrieb zugeschnitten. Im betrieblichen Ausbildungsplan steht, wie die Vorgaben aus dem Ausbildungsrahmenplan umgesetzt werden.

Beispiel: Ausschnitt aus dem betrieblichen Ausbildungsplan Industriemechaniker der Firma Schlamm & Co.

Abteilung	Zu vermittelnde Kenntnisse	Ausbilder/-in	Ausbildungs-monate (Dauer)
Fräserei	Werkstücke fräsen	Herr Schrimpf	3
Dreherei	Werkstücke drehen	Herr Caspar	3

2.5 Berufsausbildungsvertrag

Einstiegssituation

Marlène kommt nach der großen Pause wieder in den Klassenraum, die Lehrerin ist noch nicht da.

Marlène: „Stell dir vor, was ich gerade von Juri erfahren habe!“

Peter: „Was denn?“

Marlène: „Er ist schon im dritten Lehrjahr und hat noch nichts von seiner Ausbilderin gelernt!“

Peter: „Wie bitte? Das geht doch gar nicht.“

Marlène: „Juri hat es mir so erzählt. Alles, was er weiß, wüsste er ausschließlich aus der Beurfsschule.“

Peter: „Dafür gibt es doch einen Berufsausbildungsvertrag, da steht doch zu diesem Thema bestimmt etwas drin.“

§

Wer andere Personen zur Berufsausbildung einstellt (Ausbildende), hat mit den Auszubildenden einen Berufsausbildungsvertrag zu schließen.
§ 10 (1) BBiG

Im Berufsausbildungsvertrag müssen diese Dinge geregelt sein:

264 203 © Erich Schmidt Verlag

Einen Mustervertrag hält der DIHK zum Download bereit:

https://www.dihk.de/de/themen-und-positionen/fachkraefte/aus-und-weiterbildung/ausbildung/mustervertraege-15280

Jeder Ausbildungsvertrag muss schriftlich abgeschlossen werden und beide Parteien müssen unterschreiben. Das sind zum einen der Ausbildungsbetrieb als Ausbilder und zum anderen der Auszubildende. Bei Jugendlichen, die noch nicht 18 Jahre alt sind, müssen auch die Eltern oder Erziehungsberechtigten den Vertrag unterschreiben.

Die Begriffe Ausbilder, Ausbildender und Auszubildender

Manchmal wird im Ausbildungsvertrag auch der **Ausbilder** namentlich benannt. Das ist die Person, die im Betrieb für die Ausbildung verantwortlich ist. Somit gibt es einen Unterschied zwischen dem Ausbildenden und dem Ausbilder. Der **Ausbildende** ist der Betrieb, der Ausbilder/die Ausbilderin ist die Einzelperson, die sich um die Ausbildung im Betrieb kümmert. In kleineren Betrieben, z. B. in Betrieben des Handwerks, ist es aber so, dass Ausbildender und Ausbilder ein und dieselbe Person sind.

Ausbilder

Ausbildende

Auszubildende

Beispiel: Amira wird von der Speck Werkzeugbau GmbH ausgebildet. Die Speck Werkzeugbau GmbH ist Ausbildende. In der Werkstatt ist Armin Ruhl für Amira zuständig, er bildet sie aus. Armin Ruhl ist Ausbilder. Amira ist **Auszubildende**.

Pflichten aus dem Berufsausbildungsvertrag

Für den Ausbildenden und den Auszubildenden bestehen während der Berufsausbildung Pflichten. Diese sind in §§ 13 bis 16 des Berufsbildungsgesetzes geregelt.

Die Auszubildenden haben nach § 13 BBiG die Pflichten,

- sich zu bemühen, dass das Ausbildungsziel erreicht wird;
- die aufgetragenen Aufgaben auszuführen;
- an Ausbildungsmaßnahmen wie dem Berufsschulunterricht teilzunehmen;
- den Weisungen des Ausbilders oder der Ausbilderin zu folgen;
- die im Ausbildungsbetrieb geltende Ordnung zu beachten;
- die Werkzeuge, Maschinen und sonstige Einrichtung pfleglich zu behandeln;
- Betriebsgeheimnisse nicht zu verraten;
- einen Ausbildungsnachweis oder ein Berichtsheft zu führen.

Die Ausbildenden haben nach § 14 BBiG die Pflichten,

- alle Kenntnisse und Fähigkeiten zum Erreichen des Ausbildungsziels zu vermitteln;
- einen Ausbilder oder eine Ausbilderin zu beauftragen, wenn sie nicht selbst ausbilden können;
- die benötigten Ausbildungsmittel kostenlos zur Verfügung zu stellen;
- die Auszubildenden für den Berufsschulunterricht freizustellen;
- dafür zu sorgen, dass die Auszubildenden charakterlich gefördert und nicht sittlich oder körperlich gefährdet werden.

Probezeit

Sollte es einem Auszubildenden im Ausbildungsberuf gar nicht gefallen, kann das Ausbildungsverhältnis auch wieder beendet werden. Am Anfang jeder Ausbildung gibt es eine **Probezeit**, die zwischen einem und vier Monaten dauert. Während dieser Zeit können Ausbildender und Auszubildender sich vergewissern, ob der Beruf der richtige ist. Sollte das nicht der Fall sein, können beide Vertragsparteien während der Probezeit kündigen – ohne Angabe von Gründen.

Nach der Probezeit kann der/die Auszubildende mit einer Frist von vier Wochen kündigen, wenn er oder sie den Beruf aufgeben möchte. Der Arbeitgeber des Auszubildenden darf nur aus wichtigen Gründen kündigen. Das ist z. B. bei Diebstahl der Fall.

2.6 Rahmenlehrplan

Einstiegssituation

Sabine Grünschnabel ist Berufsschullehrerin der Klasse 10g, einer Klasse mit Auszubildenden im Beruf Konstruktionsmechaniker/-in.
Heute begrüßt sie die Klasse und erläutert, dass sie mit einem neuen Thema anfangen möchte.
Einer ihrer Schüler meldet sich und fragt sie: „Frau Grünschnabel, woher wissen Sie eigentlich, welche Themen Sie unterrichten müssen?“
Sie antwortet: „Das steht im Rahmenlehrplan!“

Für die Berufsschule ist der **Rahmenlehrplan** maßgeblich. Das ist eine Übersicht der Inhalte, die in der Berufsschule vermittelt werden sollen. Die Rahmenlehrpläne werden von der Kultusministerkonferenz beschlossen und alle Lehrerinnen und Lehrer in der Berufsschule müssen sich daran halten.

Rahmenlehrplan

In der Regel gibt es in den Rahmenlehrplänen Vorbemerkungen zu den Kompetenzen, die erlangt werden sollen. Der Kern des Rahmenlehrplans ist die Darstellung der Lernfelder in übersichtlicher Form mit dem Hinweis, in welchem Ausbildungsjahr diese unterrichtet werden.

Auf der Homepage der Kultusministerkonferenz sind die Rahmenlehrpläne zum Download erhältlich:

https://www.kmk.org/themen/berufliche-schulen/duale-berufsausbildung/download-bereich-rahmenlehrplaene.html

Beispiel: Auszug aus dem Rahmenlehrplan für den Ausbildungsberuf Industriemechaniker/Industriemechanikerin

Lernfelder	Zeitrichtwerte				
	1. Jahr	2. Jahr	3. Jahr	4. Jahr	Summe
1 **Fertigen von Bauelementen mit handgeführten Werkzeugen**	80				
2 **Fertigen von Bauelementen mit Maschinen**	80				
3 **Herstellen von einfachen Baugruppen**	80				

Lernfelder	Zeitrichtwerte				
	1. Jahr	2. Jahr	3. Jahr	4. Jahr	Summe
4 **Warten technischer Systeme**	80				

2.7 Zuständige Stellen der Überwachung und Berufsausbildungsvorbereitung

Einstiegssituation

Marlène hat Post bekommen. Vor einiger Zeit hat sie ihre Handwerksausbildung angefangen. Nun schreibt ihr die Handwerkskammer. In dem Brief steht, dass ihr Ausbildungsvertrag eingegangen sei.
Sie versteht nicht alles und fragt sich, was die Handwerkskammer mit ihrer Berufsausbildung zu tun hat.

Der unterschriebene Ausbildungsvertrag muss vom Ausbildungsbetrieb an die zuständige Stelle weitergegeben werden. Dort wird der Vertrag geprüft und in ein Verzeichnis eingetragen. Welche Stelle zuständig ist, erfährt man anhand des Stempels auf dem Ausbildungsvertrag. Oder durch den Ausbildungsbetrieb, denn er ist Mitglied der zuständigen Stelle.

Die zuständigen Stellen nennt § 71 BBiG:

- Handwerkskammern (HWK) für Berufe aus dem Handwerk, z. B. bei einer Ausbildung zum/zur Tischler/-in oder zum/zur Fleischer/-in
- Industrie- und Handelskammern (IHK) für nichthandwerkliche gewerbliche Berufe und alle kaufmännischen Berufe, z. B. bei einer Ausbildung zum/zur Industriemechaniker/-in
- Landwirtschaftskammern für landwirtschaftliche Berufe, z. B. bei einer Ausbildung zum/zur Landwirt/-in
- Rechtsanwaltskammern und Notarkammern für Berufe in der Rechtspflege, z. B. bei einer Ausbildung zum/zur Rechtsanwaltsfachangestellten
- Wirtschaftsprüfer- und Steuerberaterkammern für Berufe im Bereich der Wirtschaftsprüfung und Steuerberatung, z. B. bei einer Ausbildung zum/zur Steuerfachangestellten

- Ärzte-, Zahnärzte-, Tierärzte- und Apothekerkammern für den Bereich des Gesundheitsdienstes, z. B. bei einer Ausbildung zum/zur Medizinischen Fachangestellten

Aufgaben der zuständigen Stellen

Die IHK und die Handwerkskammern informieren und beraten die Mitgliedsunternehmen und ihre Betriebe. Sie sind wichtige Ansprechpartner der Ausbildungsbetriebe.

Eine der wichtigsten Aufgaben der IHK und der Handwerkskammern ist, die Ausbildung zu überwachen. So wird sichergestellt, dass eine Ausbildung rechtskonform und in hoher Qualität stattfindet. Sie prüfen die Eignung der Ausbildungsbetriebe, eine Berufsausbildung durchzuführen. Dafür kommen Vertreter der Kammern auch in die Betriebe.

Die zuständige Stelle überprüft auch alle Ausbildungsverträge und trägt sie in ein Verzeichnis ein. Erst dann ist die Ausbildung „amtlich“. Alle Ausbildungsverträge im Handwerk werden in die **Lehrlingsrolle** eingetragen. Manchmal müssen in diesem Ausbildungsverzeichnis auch Änderungen oder Löschungen vorgenommen werden – auch dies erledigt die zuständige Stelle. Ebenso gehört zu den Aufgaben der zuständigen Stelle das Prüfen, wer zur Abschlussprüfung zugelassen wird. Die Ausbildungsbetriebe müssen jeden Auszubildenden zur Abschlussprüfung bei der zuständigen Stelle anmelden.

Ein weiteres großes Aufgabengebiet stellt das Prüfungswesen dar. Die zuständigen Stellen führen die Zwischen- und Abschlussprüfungen sowie die Gesellenprüfungen der Handwerksberufe durch. Dafür erstellen sie die Prüfungsvorschriften.

Wer seine Ausbildungszeit verkürzen oder verlängern will oder vorzeitig zur Abschlussprüfung zugelassen werden möchte, muss bei der zuständigen Stelle einen Antrag stellen.

Arbeitsaufgaben

1. Besorgen Sie sich Ihren Ausbildungsrahmenplan und vergleichen Sie diesen mit den Ausbildungsplänen Ihrer Mitschülerinnen und Mitschüler. Arbeiten Sie Gemeinsamkeiten und Unterschiede heraus.
2. Grenzen Sie die Begriffe Ausbildungsordnung, betrieblicher Ausbildungsplan, Ausbildungsrahmenplan und Rahmenlehrplan voneinander ab.
3. Erläutern Sie den Unterschied zwischen dem Ausbildungsrahmenplan und dem Ausbildungsplan.
4. Recherchieren Sie den Rahmenlehrplan für Ihren Ausbildungsberuf und sichten Sie ihn.
5. Fassen Sie die Aufgaben der zuständigen Stellen für die Berufsausbildung in Stichpunkten mit eigenen Worten zusammen.

Zusammenfassung

Berufsbildungsgesetz (BBiG)

Rechtsgrundlage der Berufsausbildung

Handwerksordnung, Ausbildungsordnung, Rahmenlehrplan

weitere Rechtsgrundlagen der Berufsausbildung

IHK und Handwerkskammern

überwachen die Berufsausbildung und prüfen die Auszubildenden

Pflichten Auszubildende/-r

- sich zu bemühen, dass das Ausbildungsziel erreicht wird
- die aufgetragenen Aufgaben auszuführen
- an Ausbildungsmaßnahmen wie dem Berufsschulunterricht teilzunehmen
- den Weisungen des Ausbilders oder der Ausbilderin zu folgen
- die im Ausbildungsbetrieb geltende Ordnung zu beachten
- die Werkzeuge, Maschinen und sonstige Einrichtung pfleglich zu behandeln
- Betriebsgeheimnisse nicht zu verraten
- einen Ausbildungsnachweis oder ein Berichtsheft zu führen

Pflichten Ausbildender

- alle Kenntnisse und Fähigkeiten zum Erreichen des Ausbildungsziels zu vermitteln
- einen Ausbilder oder eine Ausbilderin zu beauftragen, wenn er nicht selbst ausbilden kann
- die benötigten Ausbildungsmittel kostenlos zur Verfügung zu stellen
- die Auszubildenden für den Berufsschulunterricht freizustellen
- dafür zu sorgen, dass die Auszubildenden charakterlich gefördert und nicht sittlich oder körperlich gefährdet werden

Berufsausbildungsvertrag

- muss schriftlich abgeschlossen werden
- vorgeschriebene Inhalte: Gliederung und Art der Ausbildung, Dauer der Probezeit, Entgelt, Urlaubsanspruch u. a.
- Kündigung während der Probezeit zwischen einem Monat und vier Monaten ohne Angabe von Gründen möglich

PRÜFGEBIET

Jugendliche in Ausbildung und Beruf

3 Rechte und Pflichten des Arbeitsverhältnisses

- Arbeitsvertrag
- Arbeitsrecht
- Arbeitsgerichtsbarkeit
- Arbeitsplatzsicherheit

3.1 Arbeitsvertrag

Einstiegssituation

Ella und Emil werden in wenigen Monaten ihre Berufsausbildung bei der Tischlerei Oestreich beenden. Dann sind beide ausgebildete Tischler. Ihr Freund Marco wollte so schnell wie möglich mehr Geld verdienen und hat die Ausbildung verkürzt. Deswegen hat er bereits jetzt einen Arbeitsvertrag in der Tasche. Am letzten Wochenende hat er den beiden seinen Arbeitsvertrag gezeigt – da stand ganz schön viel drin. Hannes, ein weiterer Freund, behauptet hingegen, dass er nach seiner Ausbildung sowieso bei seinem Ausbildungsbetrieb als Geselle weiterbeschäftigt wird und deswegen gar keinen Arbeitsvertrag braucht.

Im **Arbeitsvertrag** werden alle wichtigen Dinge einer beruflichen Tätigkeit geregelt. Das Dokument umfasst alle Rechte und Pflichten der Beteiligten. Die Parteien, die einen Arbeitsvertrag abschließen, sind der Arbeitgeber und der Arbeitnehmer.

Beim Inhalt des Arbeitsvertrages sind die beteiligten Partner grundsätzlich frei in der Ausgestaltung. Die getroffenen Vereinbarungen dürfen aber den gesetzlichen Vorgaben nicht widersprechen. In Deutschland gibt es gesetzliche Regelungen zu den Themen

- Arbeitszeit,
- Urlaub,
- Kündigung,
- Mutterschutz,
- Tarifverträge.

Ein Arbeitsvertrag muss nicht zwingend schriftlich abgeschlossen werden, dies kann auch mündlich geschehen. Ein mündlich geschlossener Arbeitsvertrag ist genauso wirksam wie ein schriftlich geschlossener. Es ist auch möglich, dass ein Arbeitsvertrag am Ende einer Berufsausbildung stillschweigend zustande kommt. Das ist im § 24 des Berufsbildungsgesetzes geregelt. In der Regel werden Arbeitsverträge aber schriftlich geschlossen.

Beispiel: Eine Bekannte fragt Sie, ob Sie am Wochenende Zeit und Lust haben, in ihrem Catering-Unternehmen auszuhelfen und auf einer Veranstaltung Gäste zu bewirten. Sie stimmen mündlich zu, erscheinen zur vereinbarten Zeit am vereinbarten Ort und fangen an zu arbeiten.

Obwohl es nicht zwingend erforderlich ist, dass ein Arbeitsvertrag schriftlich abgeschlossen wird, ist der Arbeitgeber verpflichtet, dem Arbeitnehmer zumindest eine schriftliche Zusammenfassung des Arbeitsvertrages zu geben. Das gilt auch für mündlich geschlossene Arbeitsverträge. Hier greift das **Nachweisgesetz (NachwG)**, welches zuletzt am 01.08.2022 aktualisiert wurde. Spätestens am ersten Tag der Arbeitsleistung muss der Arbeitgeber dem Arbeitnehmer einen schriftlichen Arbeitsvertrag mit Name und Anschrift beider Parteien, dem Arbeitsentgelt und der Arbeitszeit aushändigen.

§

(1) Der Arbeitgeber hat die wesentlichen Vertragsbedingungen des Arbeitsverhältnisses innerhalb der Fristen des Satzes 4 schriftlich niederzulegen, die Niederschrift zu unterzeichnen und dem Arbeitnehmer auszuhändigen. In die Niederschrift sind mindestens aufzunehmen:

1. der Name und die Anschrift der Vertragsparteien,
2. der Zeitpunkt des Beginns des Arbeitsverhältnisses,
3. bei befristeten Arbeitsverhältnissen: das Enddatum oder die vorhersehbare Dauer des Arbeitsverhältnisses,
4. der Arbeitsort oder, falls der Arbeitnehmer nicht nur an einem bestimmten Arbeitsort tätig sein soll, ein Hinweis darauf, daß der Arbeitnehmer an verschiedenen Orten beschäftigt werden oder seinen Arbeitsort frei wählen kann,
5. eine kurze Charakterisierung oder Beschreibung der vom Arbeitnehmer zu leistenden Tätigkeit,
6. sofern vereinbart, die Dauer der Probezeit,
7. die Zusammensetzung und die Höhe des Arbeitsentgelts einschließlich der Vergütung von Überstunden, der Zuschläge, der Zulagen, Prämien und Sonderzahlungen sowie anderer Bestandteile des Arbeitsentgelts, die jeweils getrennt anzugeben sind, und deren Fälligkeit sowie die Art der Auszahlung,
8. die vereinbarte Arbeitszeit, vereinbarte Ruhepausen und Ruhezeiten sowie bei vereinbarter Schichtarbeit das Schichtsystem, der Schichtrhythmus und Voraussetzungen für Schichtänderungen,
9. bei Arbeit auf Abruf nach § 12 des Teilzeit- und Befristungsgesetzes:
   a) die Vereinbarung, dass der Arbeitnehmer seine Arbeitsleistung entsprechend dem Arbeitsanfall zu erbringen hat,
   b) die Zahl der mindestens zu vergütenden Stunden,
   c) der Zeitrahmen, bestimmt durch Referenztage und Referenzstunden, der für die Erbringung der Arbeitsleistung festgelegt ist, und
   d) die Frist, innerhalb derer der Arbeitgeber die Lage der Arbeitszeit im Voraus mitzuteilen hat,

10. sofern vereinbart, die Möglichkeit der Anordnung von Überstunden und deren Voraussetzungen,
11. die Dauer des jährlichen Erholungsurlaubs,
12. ein etwaiger Anspruch auf vom Arbeitgeber bereitgestellte Fortbildung,
13. wenn der Arbeitgeber dem Arbeitnehmer eine betriebliche Altersversorgung über einen Versorgungsträger zusagt, der Name und die Anschrift dieses Versorgungsträgers; die Nachweispflicht entfällt, wenn der Versorgungsträger zu dieser Information verpflichtet ist,
14. das bei der Kündigung des Arbeitsverhältnisses von Arbeitgeber und Arbeitnehmer einzuhaltende Verfahren, mindestens das Schriftformerfordernis und die Fristen für die Kündigung des Arbeitsverhältnisses, sowie die Frist zur Erhebung einer Kündigungsschutzklage; § 7 des Kündigungsschutzgesetzes ist auch bei einem nicht ordnungsgemäßen Nachweis der Frist zur Erhebung einer Kündigungsschutzklage anzuwenden,
15. ein in allgemeiner Form gehaltener Hinweis auf die auf das Arbeitsverhältnis anwendbaren Tarifverträge, Betriebs- oder Dienstvereinbarungen sowie Regelungen paritätisch besetzter Kommissionen, die auf der Grundlage kirchlichen Rechts Arbeitsbedingungen für den Bereich kirchlicher Arbeitgeber festlegen.

Der Nachweis der wesentlichen Vertragsbedingungen in elektronischer Form ist ausgeschlossen. Dem Arbeitnehmer ist die Niederschrift mit den Angaben nach Satz 2 Nummer 1, 7 und 8 spätestens am ersten Tag der Arbeitsleistung, die Niederschrift mit den Angaben nach Satz 2 Nummer 2 bis 6, 9 und 10 spätestens am siebten Kalendertag nach dem vereinbarten Beginn des Arbeitsverhältnisses und die Niederschrift mit den übrigen Angaben nach Satz 2 spätestens einen Monat nach dem vereinbarten Beginn des Arbeitsverhältnisses auszuhändigen.

Der Arbeitsvertrag zählt zum Individualarbeitsrecht, denn hier werden Regelungen zwischen einem einzelnen Arbeitnehmer und einem einzelnen Arbeitgeber getroffen.

Individualarbeitsrecht

Fehlen zu bestimmten Themen Vereinbarungen im Arbeitsvertrag, greifen automatisch die gesetzlichen Regelungen.

Darüber hinaus gibt es noch das Kollektivarbeitsrecht für Zusammenschlüsse von Arbeitgebern und Arbeitnehmern. Es regelt das Verhältnis zwischen Arbeitgeberverbänden und Gewerkschaften oder Betriebsräten und Arbeitgebern.

Kollektivarbeitsrecht

Arbeitsaufgaben

1. Geben Sie an, welche Inhalte in der Niederschrift eines Arbeitsvertrages enthalten sein müssen.

Zusammenfassung

In einem Arbeitsvertrag wird vieles geregelt. In Deutschland gibt es gesetzliche Regelungen zu den Themen
- Arbeitszeit,
- Urlaub,
- Kündigung,
- Mutterschutz,
- Tarifverträge.

3.2 Arbeitsrecht

Einstiegssituation

Marie arbeitet in der Personalabteilung der Weisteudter KG, einem Heizungs- und Sanitärbetrieb mit ca. 100 Mitarbeiterinnen und Mitarbeitern.

Alleine heute Morgen hatte sie schon fünf persönliche Gespräche und viele Telefonate. Viele Mitarbeitende wenden sich an Marie, da sie bei den verschiedenen Anliegen Unterstützung brauchen.
Marco wollte z. B. wissen, warum er zwei Tage weniger Urlaub hat als Kevin, der in einem anderen Betrieb arbeitet.
Stefanie fragte bei Marie an, wann ihr letzter Arbeitstag sei, da sie schwanger ist.
Robert hat die Kündigung bekommen und ist damit nicht einverstanden.

All dies gehört zum Arbeitsrecht.

Überblick gesetzlicher Bestimmungen

Die meisten Menschen arbeiten als abhängig Beschäftigte. Das bedeutet, dass sie bei einem Arbeitgeber angestellt sind. Es kommt zu einer beruflichen Beziehung zwischen Arbeitgeber und Arbeitnehmer. Das ist nicht immer problemlos. Deswegen gibt es in Deutschland das **Arbeitsrecht**. Darunter versteht man alle Gesetze und Bestimmungen zum Thema Erwerbstätigkeit.

Arbeitsrecht

Grundsätzlich können Arbeitgeber und Arbeitnehmer Vereinbarungen treffen und diese auch schriftlich festhalten. Diese Vereinbarungen dürfen nicht den Gesetzen und Bestimmungen widersprechen. Davon gibt es in Deutschland einige. Nachfolgend sind die wichtigsten beschrieben, es gibt aber noch viele weitere.

Bereits im Grundgesetz stehen Regelungen zum Arbeitsrecht:

§

Art. 12 (1) Satz 1 Grundgesetz
Alle Deutschen haben das Recht, Beruf, Arbeitsplatz und Ausbildungsstätte frei zu wählen.

Man darf sich seinen Beruf und Arbeitsplatz aussuchen und kann nicht zu einer bestimmten Arbeit gezwungen werden.

§

Art. 9 (3) Grundgesetz
Das Recht, zur Wahrung und Förderung der Arbeits- und Wirtschaftsbedingungen Vereinigungen zu bilden, ist für jedermann und für alle Berufe gewährleistet. Abreden, die dieses Recht einschränken oder zu behindern suchen, sind nichtig, hierauf gerichtete Maßnahmen sind rechtswidrig. [...]

Sowohl die Arbeitnehmer als auch die Arbeitgeber dürfen sich mit anderen zusammentun, um ihre Interessen durchzusetzen und zu wahren.

Es gibt auch das **Betriebsverfassungsgesetz.** Darin wird die Zusammenarbeit zwischen dem Arbeitgeber und dem Betriebsrat (siehe Kapitel 4) geregelt.

Für große Firmen, die eine Aktiengesellschaft (AG) sind, gibt es das **Mitbestimmungsgesetz**, das Arbeitnehmervertreter im Aufsichtsrat, dem obersten Kontrollgremium einer AG, vorsieht.

Weiterhin gibt es Gesetze im Bereich des sozialen Arbeitsschutzes.

Eine Neuerung gibt es bei der Erfassung der Arbeitszeit. Der Europäische Gerichtshof hat entschieden, dass Arbeitgeber verpflichtet sind, die Arbeitszeiten ab der nullten Stunde zu erfassen. Bisher mussten Arbeitgeber nur die Arbeitszeit dokumentieren, die über acht Stunden hinausging. In der Praxis ist nun eine reine Vertrauensarbeitszeit ohne Dokumentation nicht mehr möglich.

Im **Arbeitszeitgesetz (ArbZG)** ist alles rund um die Arbeitszeit geregelt. Zum Beispiel ist in den §§ 1–3 ArbZG nachzulesen, dass die tägliche Arbeitszeit auf acht Stunden begrenzt ist. Unter bestimmten Bedingungen kann diese auf zehn Stunden ausgedehnt werden. Arbeit an Sonn- und Feiertagen ist grundsätzlich verboten. Aber auch hier gibt es Ausnahmen, z. B. in der Gastronomie und in Krankenhäusern. Zwischen zwei Arbeitstagen muss eine mindestens zwölfstündige Ruhezeit liegen.

Auch Erholung ist wichtig und jedem Arbeitnehmer steht Erholungsurlaub zu. Die Regelungen hierzu stehen im **Bundesurlaubsgesetz (BUrlG).**

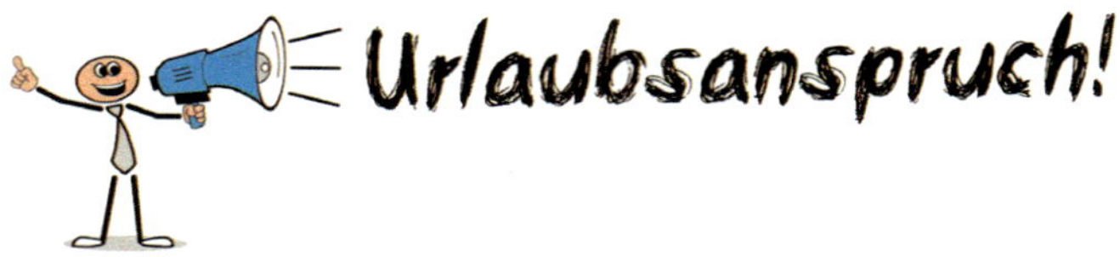

So beträgt der Urlaub mindestens 24 Werktage nach § 3 BUrlG. Durch tarifliche oder individuelle Vereinbarungen kann mehr Urlaub gewährt werden. Dabei verfallen Urlaubstage am Jahresende nicht mehr. Man darf nicht in Anspruch genommene Urlaubstage auch noch im neuen Jahr nehmen. Möchte das der Arbeitgeber nicht, so muss er darauf hinweisen, dass der Urlaub verfällt bzw. dass der Urlaub bald genommen werden muss.

§ 7 (1) BUrlG
(1) Bei der zeitlichen Festlegung des Urlaubs sind die Urlaubswünsche des Arbeitnehmers zu berücksichtigen [...]

Für schwangere Frauen gilt das **Mutterschutzgesetz (MuSchG)**. Werdende Mütter sollen vor zu hoher Belastung geschützt werden. Die wichtigsten Bestimmungen dieses Gesetzes sind:

- Sechs Wochen vor der Geburt und acht Wochen nach der Geburt darf eine Frau nicht beschäftigt werden (§ 3).
- Bei Früh- oder Mehrlingsgeburten darf eine Frau sogar zwölf Wochen nach der Entbindung nicht beschäftigt werden (§ 3).
- Außerdem ist es verboten, während der Schwangerschaft und Stillzeit eine Frau schwere und gefährliche Arbeiten ausüben zu lassen sowie im Akkord oder am Fließband arbeiten zu lassen (§ 11).

Nach der Geburt des Kindes kann sich eine Elternzeit bis zu drei Jahre pro Kind anschließen, bestimmt das **Bundeselterngeld- und Elternzeitgesetz (BEEG)**.

In einem Betrieb können Menschen arbeiten, die wegen ihrer Hautfarbe oder Religion zu einer Minderheit gehören. Das Grundgesetz verbietet die Benachteiligung oder Diskriminierung anhand von persönlichen Merkmalen.

Art. 3 (3) Grundgesetz
Niemand darf wegen seines Geschlechtes, seiner Abstammung, seiner Rasse, seiner Sprache, seiner Heimat und Herkunft, seines Glaubens, seiner religiösen oder politischen Anschauungen benachteiligt oder bevorzugt werden. Niemand darf wegen seiner Behinderung benachteiligt werden.

Das **Allgemeine Gleichbehandlungsgesetz (AGG)** soll in der Arbeitswelt bestehende Benachteiligungen oder Diskriminierungen verhindern oder beseitigen, indem es beispielsweise herabsetzende Auswahlkriterien und Einstellungsbedingungen verbietet (vgl. § 2 AGG).

Arbeitnehmern, deren Erwerbsfähigkeit zu mindestens 50 % eingeschränkt ist, garantiert das **Neunte Buch des Sozialgesetzbuches (SGB IX)** besonderen Schutz. Beispielsweise erhalten sie mehr Jahresurlaub (vgl. § 208 SGB IX). Sie haben auch einen besonderen Kündigungsschutz (vgl. § 168 SGB IX).

Wenn in einem Betrieb mehr als zehn Mitarbeiterinnen und Mitarbeiter beschäftigt sind und diese länger als sechs Monate ohne Unterbrechung im Betrieb sind, dann kommt das **Kündigungsschutzgesetz** zum Tragen. Damit sollen Arbeitnehmer vor einer ungerechtfertigten Kündigung des Arbeitgebers geschützt werden. Eine Kündigung vonseiten des Arbeitgebers darf nur aus drei Gründen erfolgen:

- als personenbedingte Kündigung aus Gründen, die in der Person liegen;
- als verhaltensbedingte Kündigung aus Gründen, die im Verhalten des Mitarbeiters oder der Mitarbeiterin liegen;
- als betriebsbedingte Kündigung aus Gründen, die im Betrieb liegen.

Beispiele:

- **Personenbedingte Kündigung**
  Anja hat seit ca. acht Wochen Schmerzen in der linken Schulter und kann seitdem nicht mehr arbeiten. Ihrem Arbeitgeber legt sie immer wieder Krankmeldungen vor. Dieser ist nicht begeistert, da er damit rechnen muss, dass Anja arbeitsunfähig wird. Einige Zeit später bestätigt sich diese Vermutung, denn Anja hat die Diagnose einer schweren Krankheit erhalten. Eine schnelle Besserung ist nicht in Sicht. Daraufhin erhält Anja die Kündigung.
  Wichtig: Der Arbeitnehmer hat in der Regel kein Verschulden, da er meistens nichts für seine Krankheit kann.
- **Verhaltensbedingte Kündigung**
  Mareike arbeitet im Schichtdienst. Wenn sie Frühschicht hat, kommt sie immer zu spät zur Arbeit. Das missfällt ihrem Arbeitgeber sehr. Sie hat schon zwei Abmahnungen deswegen bekommen, aber sie schafft es dennoch nicht, pünktlich zur Arbeit zu kommen. Daraufhin erhält Mareike die Kündigung.
- **Betriebsbedingte Kündigung**
  Jakob arbeitet seit vielen Jahren bei seinem Arbeitgeber – einer Firma für den Schaltschrankbau. Seit der Corona-Pandemie ist der Umsatz der Firma stark eingebrochen. Sein Arbeitgeber kann nicht mehr alle Mitarbeiterinnen und Mitarbeiter bezahlen. Deswegen spricht die Firma Jakob und drei weiteren Mitarbeitern die Kündigung aus.

Günstigkeitsprinzip und Rangfolgeprinzip

Es kann vorkommen, dass die verschiedenen Gesetze und Bestimmungen mit anderen oder mit einem einzelnen Arbeitsvertrag im Konflikt stehen. Da es in Deutschland so viele gesetzliche Bestimmungen gibt, stellt sich oft die Frage, wann welche Gesetze und Bestimmungen Vorrang vor anderen haben.

Hier sind zwei wesentliche Prinzipien zu beachten: Das **Günstigkeitsprinzip** und das **Rangfolgeprinzip**.

Günstigkeitsprinzip

Rangfolgeprinzip

Beim Günstigkeitsprinzip geht es um die Besserstellung des Arbeitnehmers, ob er also die für ihn günstigeren Bedingungen in Anspruch nehmen darf.

Beispiel: Michel hat mit seinem Arbeitgeber einen Arbeitsvertrag ausgehandelt.

- Michel hat nach dem Arbeitsvertrag 45 Tage Urlaub, da er oft auf Montage im Ausland ist. Im Bundesurlaubsgesetz steht ein Mindesturlaub von mindestens 24 Tagen. Die in seinem Arbeitsvertrag festgelegten 45 Tage Urlaub sind deutlich besser – dies ist „günstiger" für ihn. Somit gilt der Inhalt seines Arbeitsvertrages.
- Im Arbeitsvertrag von Michel steht, dass er Anspruch auf einen Tag Elternzeit hat. Im Bundeselterngeld- und Elternzeitgesetz ist allerdings geregelt, dass er bis zu drei Jahre Elternzeit nehmen darf. Das Gesetz ist für ihn günstiger und die Regelung in seinem Arbeitsvertrag ist nicht gültig.

Beim Rangfolgeprinzip wird festgelegt, welche Regel Vorrang vor einer anderen hat. Grundsätzlich ist immer das ranghöhere Gesetz anzuwenden. Es gibt eine Normenpyramide, die anschaulich zeigt, dass das EU-Recht das oberste Recht ist und über allen anderen Gesetzen, Bestimmungen und Vereinbarungen steht.

Beispiel: Der Europäische Gerichtshof hat geurteilt, dass die Arbeitszeiten nach einer EU-Regel ausnahmslos ab dem Beginn der Arbeit zu erfassen sind.
Die Trimani OHG hat mit ihren Beschäftigten eine Betriebsvereinbarung geschlossen, das ist ein Vertrag zwischen Arbeitgeber und Arbeitnehmern, nach der die Arbeitszeit der gewerblichen Mitarbeiterinnen und Mitarbeiter nicht erfasst werden soll.
Weil das EU-Recht über der Betriebsvereinbarung steht, muss die Arbeitszeit der Mitarbeiterinnen und Mitarbeiter erfasst werden.

Normenpyramide im Arbeitsrecht

Arbeitsaufgaben

In der Personalabteilung der Weisteudter KG geht es teilweise stressig zu. Zahlreiche Gesetze und Bestimmungen müssen beachtet werden. Oft haben die Mitarbeiterinnen und Mitarbeiter Fragen an die Sachbearbeiterinnen und Sachbearbeiter der Personalabteilung.
Ordnen Sie zu, um welche arbeitsrechtliche Bestimmung es sich jeweils handelt.

1. Miriam, eine Angestellte, arbeitet von Montag bis Freitag jeweils 13 Stunden am Tag.
2. Yunus hat die Kündigung erhalten, da betriebsbedingte Gründe vorliegen. Der Betriebsrat ist dazu nicht angehört worden.
3. Kevin möchte mit seiner Freundin eine Weltreise machen. Dafür haben sie acht Wochen eingeplant. In der ersten Juniwoche soll die Reise beginnen.
4. Katja ist aufgrund einer Krebsdiagnose schwerbehindert. Sie hat genauso viele Tage Urlaub im Jahr wie alle anderen Mitarbeiterinnen und Mitarbeiter.
5. Sabine ist schwanger und möchte nach der Geburt ihres Kindes in Elternzeit gehen. Sie bittet um Informationen.
6. Es hat sich herausgestellt, dass Sabine mit Zwillingen schwanger ist. Da sie mit ihrem Mann ein Haus gekauft hat, möchte sie nach der Geburt so

schnell wie möglich wieder arbeiten. Sie teilt ihrem Chef mit, dass sie fünf Wochen nach der Geburt wieder bei der Weisteudter KG arbeiten wird.

7 Die Weisteudter KG sucht dringend Mitarbeiter in der Werkstatt. Der Werkstattleiter Herr Krause hat ganz genaue Vorstellungen und möchte eine Stellenanzeige aufgeben:

> Sie sind auf der Suche nach einem Job, der Spaß macht und auch Ihre Kreativität fordert?
>
> **Dann sind Sie bei uns genau richtig!**
>
> Wir suchen ab sofort einen
>
> **männlichen Werkzeugmechaniker**
>
> **mit Muttersprache Deutsch**
> **und flexibler Arbeitszeitgestaltung.**
>
> **Wir bieten ...**
>
> - leistungsgerechte Entlohnung,
> - Arbeiten in einem jungen & dynamischen Team,
> - Fortbildungen und hausinterne Schulungen,
> - einen sicheren Arbeitsplatz.
>
> Bewerbungen senden Sie bitte an:
> Weisteudter KG, z. Hd. Herrn Krause, Potsdamer Platz 2,
> 35390 Gießen.
> Gerne auch per E-Mail an info@weisteudter.de.

Zusammenfassung

Arbeitsrecht ist ein Überbegriff für Gesetze und Verordnungen, die gelten, wenn man ein Arbeitsverhältnis eingeht. Beide Seiten – Arbeitgeber und Arbeitnehmer – müssen sich daran halten. Gesetze des Arbeitsrechts sind beispielsweise:

- Betriebsverfassungsgesetz
- Mitbestimmungsgesetz
- Arbeitszeitengesetz
- Bundesurlaubsgesetz
- Mutterschutzgesetz
- Bundeselterngeld- und Elternzeitgesetz
- Allgemeines Gleichbehandlungsgesetz
- Sozialgesetzbuch
- Kündigungsschutzgesetz

3.3 Arbeitsgerichtsbarkeit

Einstiegssituation

Steven und sein Vater Alwin unterhalten sich am Mittagstisch.

Alwin: „Ich kann es kaum glauben, ich habe heute die Kündigung erhalten. Aus betriebsbedingten Gründen, sie wollen den Standort dichtmachen. Und das nach 30 Jahren Betriebszugehörigkeit ..."

Steven: „Wie bitte? Das geht doch gar nicht so einfach, oder? Die können dich doch nicht so einfach rausschmeißen."

Alwin: „Leider doch. Allerdings steht mir eine Abfindung zu und genau die möchte mir mein Arbeitgeber nicht zahlen. Ich denke, ich werde vor das Arbeitsgericht gehen."

Steven: „Was bedeutet das denn?"

Arbeitsgericht

Nicht immer läuft das Arbeitsleben friedlich ab. Kommt es zwischen Arbeitgeber und Arbeitnehmer zu Streit um etwas, das das Arbeitsverhältnis betrifft, dann kann Klage vor dem **Arbeitsgericht** erhoben werden. Arbeitsgerichtsbarkeit bedeutet, dass sowohl Arbeitgeber als auch Arbeitnehmer vor Gericht ihre Rechte einfordern können.

Beispiel: Arbeitnehmer und Arbeitgeber streiten häufig über
- Lohn oder Gehalt,
- Urlaub,
- Kündigung oder Abfindung,
- Beurteilung im Arbeitszeugnis,
- Mutterschutz,
- unerlaubte Handlungen wie geschäftsschädigende Äußerungen, Schmiergeldzahlungen oder das Verraten von Geschäftsgeheimnissen.

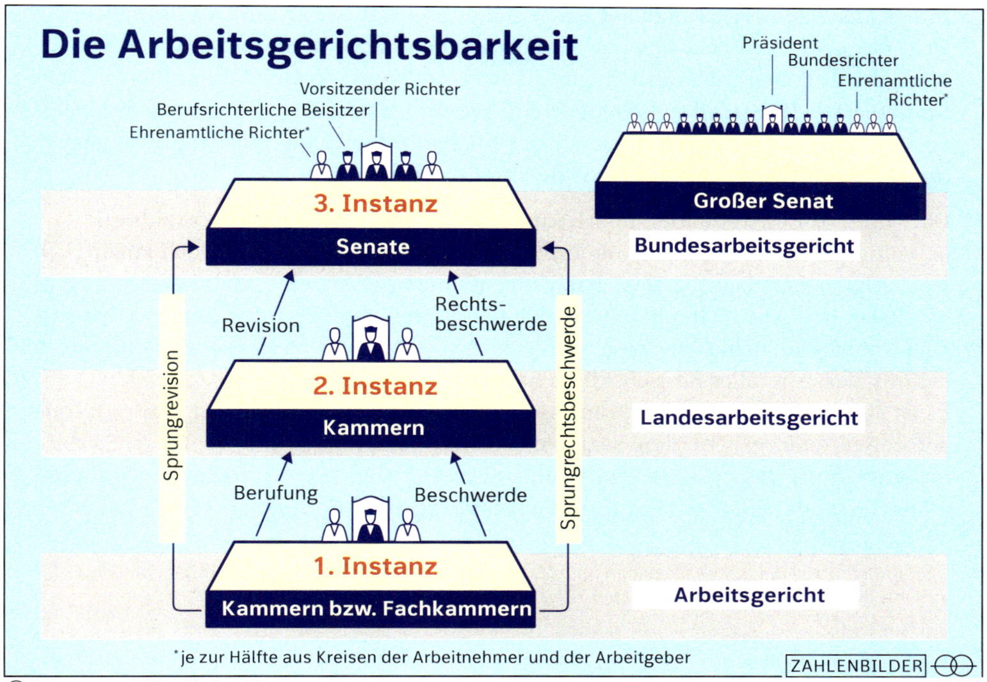

 129 160

In Deutschland gibt es über 100 Arbeitsgerichte. Für jeden Arbeitsort ist ein Arbeitsgericht zuständig, bei dem geklagt werden kann. Über den mehr als 100 örtlich zuständigen Arbeitsgerichten gibt es mehrere Landesarbeitsgerichte und das Bundesarbeitsgericht als oberstes Arbeitsgericht (Instanzenzug). Wenn ein Urteil eines Arbeitsgerichts angefochten wird, landet es bei der nächsthöheren Instanz, dem Landesarbeitsgericht. Urteile der Landesarbeitsgerichte können vor dem Bundesarbeitsgericht geprüft werden, dann geht es aber nicht mehr um die ursprüngliche Streitsache, sondern um rechtliche Formfragen.

Ein Beispiel aus der Praxis, bei dem es zum Streit zwischen Arbeitgeber und Arbeitnehmer kommen kann, ist das Ausplaudern eines Geschäftsgeheimnisses.

Betriebsgeheimnis: Wer plaudert, riskiert rechtliche Folgen

[...] Das Geheimrezept von Coca-Cola, die Konstruktionszeichnung einer neuen Erfindung oder die Personaldaten der neuen Kollegin – klar, dass solche sensiblen Informationen nicht für fremde Ohren bestimmt sind. Aber natürlich erzählt jeder mal die eine oder andere Geschichte aus dem Berufsalltag. Was dabei völlig okay ist und wann man besser den Mund halten sollte: Das erklärt Kristina Harrer-Kouliev, Arbeitsrechtsexpertin bei der Bundesvereinigung der Deutschen Arbeitgeberverbände. [...]

Und was genau ist ein Geschäftsgeheimnis?
Laut Gesetz sind das die Informationen, die die drei folgenden Kriterien erfüllen. Erstens: Die Information ist weder allgemein bekannt noch ohne Weiteres zugänglich – und hat deshalb einen wirtschaftlichen Wert für das Unternehmen.

Zweitens: Das Unternehmen hat ein berechtigtes Interesse an der Geheimhaltung.
Drittens: Die Information ist durch angemessene Geheimhaltungsmaßnahmen geschützt, beispielsweise Zugangskarten oder einen Tresor. Ohne einen solchen Schutz ist die Information kein Geschäftsgeheimnis. Hat beispielsweise jeder beliebige Mitarbeiter, egal ob Ingenieur oder Küchenhilfe, freien Zugriff auf Konstruktionspläne, sind diese Pläne kein Geschäftsgeheimnis.

Darf man Außenstehenden überhaupt irgendetwas von der Arbeit erzählen?
Ja. Völlig problemlos sind da alle Informationen, die sowieso öffentlich zugänglich sind. Also beispielsweise, dass das Unternehmen gerade eine Stelle extern ausgeschrieben hat. Ansonsten hängt es auch hier vom Einzelfall ab. Sicherlich wird sich kein Unternehmen darüber beschweren, wenn ein Mitarbeiter in seinem Sportverein erzählt, dass ein tolles Betriebsklima herrscht [...].
Es ist aber definitiv nicht in Ordnung, wenn man sensible Interna in großer Runde verbreitet oder gar in den sozialen Medien veröffentlicht. Wer beispielsweise herumerzählt, dass die Geschäftsführung zerstritten ist, ein Produkt Qualitätsmängel hat oder ein wichtiger Kunde abgesprungen ist, der riskiert seinen Job!

Quelle: Becker, Silke: Lieber nicht zu locker nehmen. Betriebsgeheimnis: Wer plaudert, riskiert rechtliche Folgen. Institut der deutschen Wirtschaft Köln Medien GmbH (Hrsg.), Unter https://www.aktiv-online.de/ratgeber/betriebsgeheimnis-wer-plaudert-riskiert-rechtliche-folgen-4360 [17.02.2023]

Seit 2019 gibt es ein neues Gesetz, das den Umgang mit Geschäftsgeheimnissen regelt, das **Gesetz zum Schutz von Geschäftsgeheimnissen (GeschGehG)**. Es regelt, was als Geschäftsgeheimnis gilt und welche Informationen besonders geschützt werden sollen. Geschäftsgeheimnisse können sich sowohl auf den kaufmännischen als auch den technischen Bereich beziehen.

Beispiel: Besonders vertrauliche Daten, die nicht ausgeplaudert werden dürfen und als Geschäftsgeheimnis gelten:
- Kundenliste
- Umsatzliste
- Konstruktionszeichnungen
- Bilanzen
- Einkaufskonditionen

Arbeitsaufgaben

1. Erstellen Sie eine Checkliste mithilfe des Gesetzes zum Schutz von Geschäftsgeheimnissen (GeschGehG), welche Handhabe ein Unternehmenseigentümer hat, wenn ein Mitarbeiter/eine Mitarbeiterin ein Geschäftsgeheimnis ausgeplaudert hat.

Das Bundesministerium der Justiz stellt nahezu alle Gesetze kostenlos zur Ansicht bereit.

https://www.gesetze-im-internet.de

3.4 Arbeitsschutzvorschriften

Einstiegssituation

Hannes arbeitet bei Weber Bau, einer kleinen Bauunternehmung. Während seines Arbeitstages auf der Baustelle geht er mehrmals das Gerüst rauf und runter, fährt Bagger und Radlader, arbeitet mit Schaufel, Pickel und vielen anderen Werkzeugen, mischt Beton an, benutzt den Presslufthammer, atmet Staub und Abgase ein. Der Auftrag hätte schon längst fertig sein müssen. Kurz gesagt – es ergeben sich täglich Gefahren durch Staub, Abgase, Lärm, Höhe, Werkzeuge, Maschinen, Chemikalien, Zeitdruck usw.

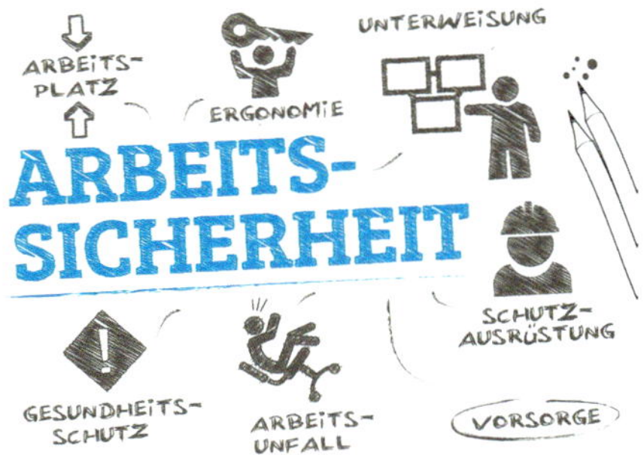

Die Sicherheit am Arbeitsplatz nimmt eine wichtige Rolle ein. Es gibt Berufe, die grundsätzlich gefährlicher sind als andere. So hat ein Dachdecker ein größeres Risiko, einen **Arbeitsunfall** zu erleiden, als ein Mediengestalter. Auch ein Maurer hat einen gefährlicheren Beruf als ein Vermessungstechniker. Generell aber ist jeder, der arbeiten geht, einem Risiko ausgesetzt, denn an jedem Arbeitsplatz kann immer etwas passieren.

Arbeitsunfall

Seit den 1990er-Jahren bis heute ist die Zahl der Arbeitsunfälle zurückgegangen. Aber durch Arbeitsunfälle werden noch immer Menschen schwer verletzt oder sogar getötet.

Tödliche Arbeitsunfälle nach Bundesländern

	2019	2020	2021	Veränderung[1] in % 2020 zu 2021	
Baden-Württemberg	47	57	48	–	15,79
Bayern	85	61	112	+	83,61
Berlin	13	13	12	–	7,69
Brandenburg	11	12	23	+	91,67
Bremen	5	3	3		x
Hamburg	9	7	8	+	x
Hessen	19	22	36	+	63,64
Mecklenburg-Vorpommern	9	9	9		x

Tödliche Arbeitsunfälle nach Bundesländern					
	2019	2020	2021	Veränderung[1] in % 2020 zu 2021	
Niedersachsen	121	45	46	+	2,22
Nordrhein-Westfalen	83	93	103	+	10,75
Rheinland-Pfalz	24	15	24	+	60
Saarland	9	5	4	–	x
Sachsen	14	22	22		-
Sachsen-Anhalt	21	15	30	+	100
Schleswig-Holstein	11	8	16	+	x
Thüringen	6	10	11	+	10
übrige (Ausland, nicht zuzuordnen, keine Angabe)	10	2	3	+	x
insgesamt	**497**	**399**	**510**	+	**27,82**

[1] Prozent nur bei Fallzahl >10

Vgl. Deutsche Gesetzliche Unfallversicherung e. V.: Tödliche Arbeitsunfälle. Unter https://www.dguv.de/de/zahlen-fakten/au-wu-geschehen/toedliche-au/index.jsp [25.10.2022]

Wegeunfall

Neben den Arbeitsunfällen gibt es noch die **Wegeunfälle**. Das sind Unfälle, die auf dem Weg von der Wohnung zur Arbeit oder zurück passieren. Außerdem müssen noch die **Berufskrankheiten** erwähnt werden. Das sind Krankheiten, die man aufgrund seiner Berufsausübung bekommen kann.

Beispiel: Robert arbeitet als Bäcker in einer Backstube und steht jeden Tag um 3 Uhr auf, um Brot, Brötchen, Croissants und Kuchen zu backen. Dabei hantiert er mit großen Mengen Mehl, das nicht selten staubt. Seit einiger Zeit hat er starken Husten und manchmal sogar Atemnot. Als er zu seinem Hausarzt geht, sagt dieser zu ihm, dass er Bäckerasthma hat – eine Lungenkrankheit, die aufgrund des vielen Mehlstaubs entstanden ist.

Um die Gefahren am Arbeitsplatz zu minimieren, hat der Gesetzgeber in Deutschland einige Vorschriften und Gesetze erlassen.

Arbeitsschutzgesetz (ArbSchG)

Dieses Gesetz gibt es, um die Mitarbeiterinnen und Mitarbeiter vor Gefahren und Gesundheitsgefährdungen am Arbeitsplatz zu bewahren. Es gilt in allen Tätigkeitsbereichen – in gewerblichen Betrieben, in kaufmännischen Betrieben, im öffentlichen Dienst, in der Land- und Forstwirtschaft, auf Anlagen in der Wirtschaftszone vor der deutschen Küste und in den freien Berufen.

Das Arbeitsschutzgesetz sieht vor, dass der Arbeitgeber Erste-Hilfe-Maßnahmen treffen muss. Außerdem muss er seine Mitarbeiterinnen und Mitarbeiter unterweisen. Das bedeutet, dass er sie vor besonderen Gefahren am Arbeitsplatz warnt und richtiges Verhalten lehrt.

Arbeitssicherheitsgesetz (ASiG)

Dieses Gesetz sieht vor, dass jeder Arbeitgeber einen Betriebsarzt oder eine Fachkraft für Arbeitssicherheit bereitzustellen hat, wenn es Betriebsart, damit verbundene Gefahren, die Organisation oder die Zusammensetzung der Mitarbeiter erfordern. Betriebsärzte und Fachkräfte für Arbeitssicherheit sollen den Arbeitgeber beim Gesundheitsschutz unterstützen.

Arbeitsstättenverordnung (ArbStättV)

Sie umfasst Mindestanforderungen an Sicherheit und Gesundheitsschutz, die eine Arbeitsstätte – also ein Arbeitsplatz – erfüllen muss. Es werden einige Bereiche wie Bergbau und Reisegewerbe ausgeschlossen, weil sie eigene Verordnungen haben. Nach der Arbeitsstättenverordnung müssen beispielsweise

- Nichtraucher besonders geschützt werden,
- Mängel an der Arbeitsstätte sofort beseitigt werden,
- genügend Toiletten vorhanden sein,
- ergonomische Anforderungen erfüllt werden.

Ergonomische Anforderungen bedeuten beispielsweise ausreichend Frischluft, Licht und gute Sitzplätze in Büros, Hebezeuge auf Baustellen und in medizinischen Bereichen.

Je nach Branche gelten noch weitere Verordnungen. So gilt in der Baubranche z. B. auch die Baustellenverordnung. Darin steht, dass die Bauarbeiterinnen und Bauarbeiter über die einzuhaltenden Schutzvorschriften informiert werden müssen.

Weitere Verordnungen, die je nach Betriebsumständen anzuwenden sind:

- Betriebssicherheitsverordnung
- Gefahrstoffverordnung
- Verordnung zur arbeitsmedizinischen Vorsorge
- PSA-Benutzungsverordnung (Verordnung bezüglich der persönlichen Schutzausrüstung)
- Verordnung zum Schutz der Beschäftigten vor Gefährdungen durch Lärm und Vibrationen
- Verordnung zum Schutz der Beschäftigten vor Gefährdungen durch künstliche optische Strahlung
- Lastenhandhabungsverordnung

- Biostoffverordnung
- Baustellenverordnung

Vgl. Bundesministerium für Arbeit und Soziales: Was ist Arbeitsschutz? 20.01.2021. Unter https://www.bmas.de/DE/Arbeit/Arbeitsschutz/erklaerung-arbeitsschutz.html [22.12.2022]

Überwachung der Schutzvorschriften

Um die Beschäftigten tatsächlich vor den Gefahren am Arbeitsplatz zu schützen, muss kontrolliert werden, ob die Schutzvorschriften eingehalten werden. Dafür sind verschiedene Personen und Gremien zuständig.

Innerbetriebliche Kontrolle

Zum einen überwacht der Betriebsrat im Interesse der Beschäftigten, dass die Arbeitsschutzvorschriften im Betrieb eingehalten werden. Zum anderen gibt es in größeren Betrieben meist einen Sicherheitsbeauftragten oder eine Fachkraft für Arbeitssicherheit. Sie unterstützen den Arbeitgeber bei der Durchführung des Gesundheits- und Arbeitsschutzes. In einigen Betrieben ist gesetzlich ein Betriebsarzt vorgeschrieben.

Außerbetriebliche Kontrolle

Die wichtigsten außerbetrieblichen Stellen, die kontrollieren, ob der Arbeitsschutz eingehalten wurde, sind die Berufsgenossenschaften.

Berufsgenossenschaft

Eine **Berufsgenossenschaft** ist Träger der gesetzlichen Unfallversicherung. Sie ist für den Arbeitsschutz in den Betrieben zuständig. Aber auch Arbeitsunfälle, Wegeunfälle und Berufskrankheiten gehören zu den Tätigkeitsfeldern einer Berufsgenossenschaft. Es gibt viele verschiedene Berufsgenossenschaften. Je nach Branche ist eine andere zuständig.

Kleine Betriebe können statt eigener Fachkräfte für Arbeitssicherheit auch Dienstleister wie den TÜV mit der Aufgabe betrauen.

Arbeitsaufgaben

1. Tauschen Sie sich mit einem Partner oder einer Partnerin darüber aus, welche konkreten Ursachen Arbeitsunfälle haben können.
2. Recherchieren Sie im Internet die häufigsten Berufskrankheiten in Deutschland.
3. Recherchieren Sie im Internet, welche Berufsgenossenschaften es in Deutschland gibt, und erstellen Sie ein persönliches Infoblatt.

3.5 Arbeitsplatzsicherheit

Einstiegssituation

Paul kommt nach zwei Wochen aus dem Krankenhaus. Er hatte sich während der Arbeit den Fuß gebrochen. An den Unfall kann er sich nur schwach erinnern. Mit seinem Arbeitskollegen Fred baute er ein Gerüst in der Fertigungshalle auf, um die Deckenleuchten auszutauschen. Irgendwie muss Paul ausgerutscht sein und dann kam er mit dem Rettungswagen ins Krankenhaus. Dort wurde Paul sofort operiert.
Als ihn ein paar Tage später sein Arbeitskollege Fred besucht, fragt ihn dieser: „Hast du denn das Schild nicht gesehen?“ Paul überlegt kurz und sagt: „Doch, aber ich fand das nicht so wichtig.“

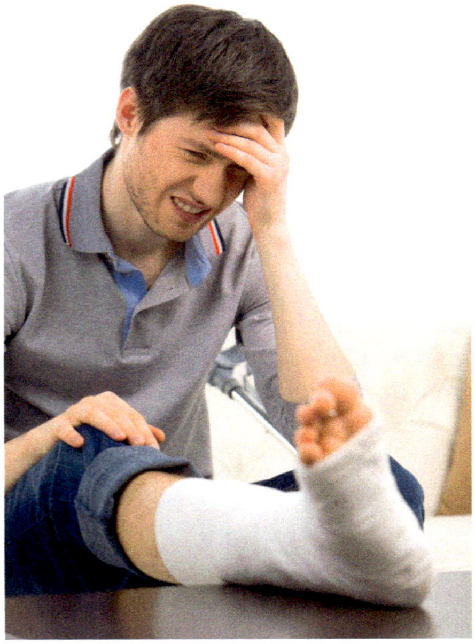

In jedem Betrieb kann man Zeichen oder Piktogramme sehen. Sie sollen vor speziellen Gefahren warnen, Handlungen verbieten, Schutzmaßnahmen anordnen oder Hinweise geben. Daher gibt es:

- Warnzeichen
- Verbotszeichen
- Gebotszeichen
- Rettungszeichen
- Brandschutzzeichen
- Gefahrstoffzeichen

Die **Technischen Regeln für Arbeitsstätten** – auch Arbeitsstättenregeln oder ASR genannt – führen die Zeichen mit Symbol und Bedeutung verbindlich ein. Für jede Art dieser Zeichen gibt es eine Form und Farbkombination. Einheitliche Symbole ohne Text sorgen für problemloses Verständnis und sind international genormt. In Europa werden an allen Arbeitsstätten die Gefahren einheitlich gekennzeichnet.

Piktogramme der Arbeitssicherheit

https://www.bghm.de/arbeitsschuetzer/praxishilfen/sicherheitszeichen

Übersicht der Warnzeichen

https://www.bghm.de/arbeitsschuetzer/praxishilfen/sicherheitszeichen/warnzeichen

Die **Warnzeichen** erkennt man an der dreieckigen Form, dem gelben Hintergrund mit schwarzem Symbol und Rand. Gewarnt wird beispielsweise vor einer Stolper- oder Sturzgefahr.

Warnzeichen W008 „Warnung vor Absturz“

Übersicht der Verbotszeichen

https://www.bghm.de/arbeitsschuetzer/praxishilfen/sicherheitszeichen/verbotszeichen

Die **Verbotszeichen** erkennt man an der runden Form mit roter Umrandung, einem schwarzen Zeichen auf weißem Hintergrund. An Arbeitsplätzen können viele Dinge verboten sein, z. B. das Rauchen, die Nutzung von Mobiltelefonen, das Betreten einer Fläche oder das Mitführen von Hunden.

Verbotszeichen P002 „Rauchen verboten“

Übersicht der Gebotszeichen

https://www.bghm.de/arbeitsschuetzer/praxishilfen/sicherheitszeichen/gebotszeichen

Die **Gebotszeichen** sind runde, blaue Schilder mit einem weißen Symbol und Rand. Im Arbeitsbereich ordnen sie an – sie gebieten –, dass man die abgebildete Schutzausrüstung tragen oder nutzen soll, z. B. einen Gehörschutz tragen, einen Handlauf an einer Treppe oder ein Geländer nutzen. Auch das Tragen einer Maske kann ein Gebot auf einem Schild sein, z. B. in einer Lackiererei, um nicht unnötig giftige Gase einzuatmen.

Gebotszeichen M003 „Gehörschutz benutzen“

Übersicht der Rettungszeichen

https://www.bghm.de/arbeitsschuetzer/praxishilfen/sicherheitszeichen/rettungszeichen

Die **Rettungszeichen** sind immer rechteckig und haben ein weißes Zeichen auf grünem Hintergrund. Sie geben Hinweise, die für die Rettung von Personen wichtig sind. Zu den bekanntesten Rettungszeichen gehören die Schilder Rettungsweg, Sammelstelle und Erste Hilfe.

Rettungszeichen E003 „Erste Hilfe“

Die **Brandschutzzeichen** sind immer quadratisch und haben ein weißes Zeichen auf rotem Hintergrund. Manche Brandschutzzeichen leuchten im Dunkeln, um sie auch bei Dunkelheit sehen zu können. Sie geben Hinweise, die im Brandfall wichtig sind, z. B. auf Standorte von Feuerlöschern, Löschschläuchen und Brandmeldern.

Brandschutzzeichen F001 „Feuerlöscher“

Übersicht der Brandschutzzeichen

https://www.bghm.de/arbeitsschuetzer/praxishilfen/sicherheitszeichen/brandschutzzeichen.

Die **Gefahrstoffzeichen** sind auf der Spitze stehende Quadrate (Rauten) mit schwarzem Symbol auf weißem Hintergrund und rotem Rand. Gefahrstoffe sind meist chemische Substanzen, von denen besondere Gefahren ausgehen, weil sie giftig, ätzend, explosiv, entzündlich oder umweltgefährdend sind. Das bekannteste Schild ist der Totenkopf auf weißem Hintergrund und roter Umrandung. Es weist darauf hin, dass eine Substanz giftig ist. Auch auf Putzmitteln findet man solche Gefahrstoffhinweise.

Gefahrstoffzeichen GHS06 „Gefahr, giftig“

Übersicht der Gefahrstoffzeichen

https://www.bghm.de/arbeitsschuetzer/praxishilfen/sicherheitszeichen/kennzeichnung-von-gefahrstoffen

Arbeitsaufgaben

1. Nutzen Sie die angegebenen Links und informieren Sie sich über alle existierenden Zeichen, die es in Deutschland gibt.
2. Überlegen Sie, welches Zeichen an Pauls Arbeitsstätte (siehe Einstiegssituation) vermutlich montiert war, das er ignoriert hat. Schauen Sie sich auch in Ihrem Ausbildungsbetrieb um, welche Zeichen dort zu sehen sind.
3. Beurteilen Sie, ob es sich bei den abgebildeten Zeichen um ein Warnzeichen, Verbotszeichen, Gebotszeichen, Rettungszeichen, Brandschutzzeichen oder Gefahrstoffzeichen handelt. Notieren Sie außerdem die genaue Bezeichnung des Schildes.

a) 

b) 

c) 

d) 

e) 

Zusammenfassung

Die Sicherheit am Arbeitsplatz wird in Deutschland großgeschrieben. Verschiedene Gesetze und Verordnungen regeln dies.

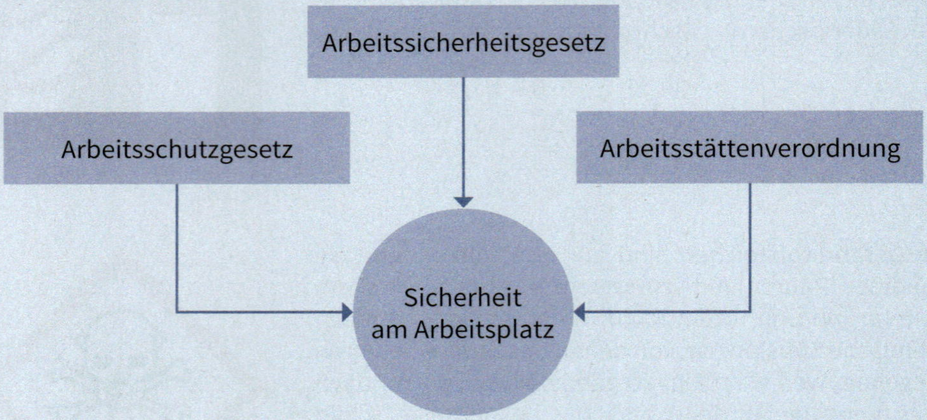

Um die Sicherheit am Arbeitsplatz zu gewährleisten, gibt es verschiedene Zeichen, die warnen, hinweisen, gebieten (anordnen) oder verbieten:

- Warnzeichen als schwarz-gelbe Dreiecke
- Verbotszeichen als weiß-rote Kreise
- Gebotszeichen als blau-weiße Kreise
- Rettungszeichen als grün-weiße Quadrate
- Brandschutzzeichen als rot-weiße Quadrate
- Gefahrstoffzeichen als weiß-rote Rauten

PRÜFGEBIET

Jugendliche in Ausbildung und Beruf

4 Möglichkeiten und Grenzen betrieblicher Mitbestimmung: Partizipationsstrategien

- Aufgaben, Rechte und Wahl eines Betriebsrates
- Betriebsversammlung
- Betriebsvereinbarung
- Jugend- und Auszubildendenvertretung
- Tarifvertragsparteien
- Arten von Tarifverträgen
- Ablauf einer Tarifverhandlung

4.1 Betriebsrat

Einstiegssituation

Als Fachkraft für Schutz und Sicherheit ist die Auszubildende Pia beim Objektschutz tätig. Sie wird bei der Einlasskontrolle der Modemesse Düsseldorf eingesetzt. Bevor die Schicht losgeht, trifft sie sich mit ihrem Team. Der Teamleiter Burak liest eine E-Mail von ihrer Firma vor: „Aufgrund von Personalengpässen wird die Arbeitszeit vorübergehend erhöht.“ Alle beginnen wild zu schimpfen. Als Jasira anfängt zu sprechen, ist sofort Stille, denn sie ist im Betriebsrat: „Das können die nicht so einfach machen. Die müssen erst mal mit uns reden.“ Da denkt Pia, dass der Betriebsrat doch eine gute Sache ist. Pia würde gern mehr über den Betriebsrat wissen. Was er für Aufgaben hat, wie er Beschäftigte unterstützen und schützen kann. Helfen Sie Pia dabei!

Aufgaben und Rechte

Der **Betriebsrat** vertritt die Interessen der Beschäftigten. Die Mitglieder des Betriebsrates können bei schwierigen Problemen anderer Meinung als die Betriebsleitung sein. Sie brauchen keine Angst vor einer Kündigung zu haben, denn sie sind für die Amtszeit und bis ein Jahr danach nicht kündbar. Somit kann sich der Betriebsrat für die Kolleginnen und Kollegen einsetzen. Die Aufgaben des Betriebsrates sind im **Betriebsverfassungsgesetz (BetrVG)** beschrieben.

Überwachung	Unterstützung	Förderung
• der Einhaltung von Gesetzen, unter anderem Arbeitszeitgesetz, Kündigungsschutzgesetz • des Unfallschutzes im Betrieb (Unfallverhütung) • der richtigen Anwendung der Betriebsvereinbarung	• von Ausländern, Älteren und Schwerbehinderten • von schutzbedürftigen Arbeitnehmern wie Schwangeren, Jugendlichen und Auszubildenden • bei Beschwerden von Beschäftigten gegenüber dem Arbeitgeber	• von jugendlichen Arbeitnehmern und Auszubildenden • der Gleichstellung von männlichen, weiblichen und diversen Arbeitnehmern • von Maßnahmen für ein besseres Gleichgewicht von Arbeit und Freizeit

Zur Erfüllung seiner Aufgaben stehen dem Betriebsrat unterschiedliche Rechte zu. Sie erlauben ihm, im sozialen, personellen und wirtschaftlichen Bereich des Betriebs auf verschiedene Weise zu reagieren.

sozialer Bereich	**personeller Bereich**	**wirtschaftlicher Bereich**
↓	↓	↓
Mitbestimmungsrecht	**Zustimmungsrecht**	**Informationsrecht**
↓	↓	↓
Ohne den Betriebsrat kann die Betriebsleitung keine Entscheidung treffen.	Der Betriebsrat kann der Entscheidung der Betriebsleitung zustimmen oder widersprechen.	Der Betriebsrat **muss** über die Entscheidungen der Betriebsleitung informiert werden und kann beraten.
Beispiele: • Beginn und Ende der Arbeitszeit • Lage der Pausen • Aufstellen von Regeln, um Arbeitsunfälle zu vermeiden • Verwaltung einer Betriebskantine	**Beispiele:** • Kündigung von Beschäftigten • Einstellung von neuen Beschäftigten • Versetzungen in andere Abteilungen • Änderung der Lohngruppe für einzelne Beschäftigte	**Beispiele:** • Einführung neuer Produkte • Kauf von Maschinen • aktuelle Zahlen zur wirtschaftlichen Lage des Betriebs • Schließen von Bereichen oder Abteilungen des Betriebs

Um diese Vielzahl an Aufgaben zu erfüllen, trifft sich der Betriebsrat regelmäßig. Der Betriebsrat bietet auch Sprechstunden an, um für die Beschäftigten da zu sein. Sie können bei Problemen oder Beschwerden den Betriebsrat auch direkt ansprechen oder zu den betrieblichen Beschwerdestellen gehen, z. B. den direkten Vorgesetzten wie Meisterin oder Meister.

Alle Ausgaben für die Arbeit eines Betriebsrates bezahlt der Betrieb (§ 40 BetrVG). Dies können z. B. sein:

- Freistellen von der bisherigen Arbeit ohne Nachteile
- Weiterbezahlen des bisherigen Lohnes trotz Betriebsratsarbeit
- Bereitstellen von Büroräumen, Büropersonal
- Bereitstellen von Computern, Telefon und Büromaterial

Voraussetzungen und Wahl

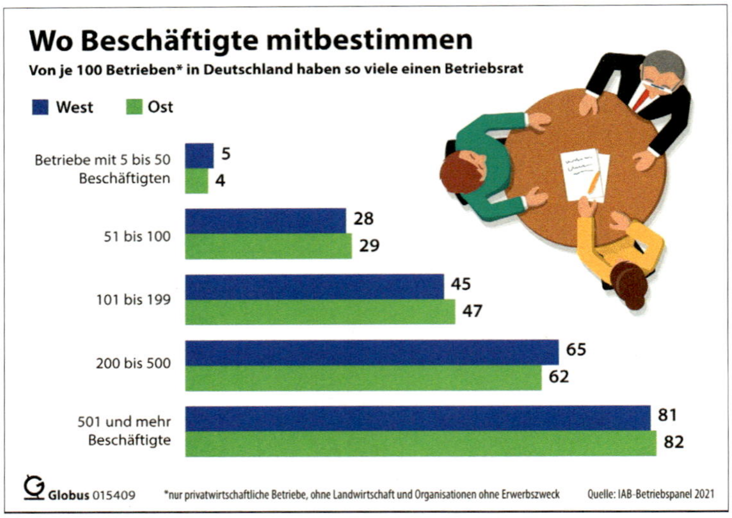

Die Größe eines Betriebsrates ist von der Anzahl der Beschäftigten im Betrieb abhängig. In einem Betrieb kann eine Wahl zum Betriebsrat unter zwei Voraussetzungen durchgeführt werden:

1. Mindestens fünf Beschäftigte sind **wahlberechtigt** und
2. von denen sind drei Beschäftigte **wählbar**.

wahlberechtigt

wählbar

Alle Arbeitnehmerinnen und Arbeitnehmer des Betriebes, die das 16. Lebensjahr vollendet haben, sind wahlberechtigt. Eine Ausnahme besteht für ausgeliehene Beschäftigte; sie müssen mindestens drei Monate im Betrieb tätig sein (§ 7 BetrVG). Alle Wahlberechtigten, die das 18. Lebensjahr vollendet haben und mindestens sechs Monate im Betrieb arbeiten, sind wählbar (§ 8 BetrVG). Der Betriebsrat wird auf vier Jahre gewählt. Die Wahl wird von einem Wahlvorstand geleitet. Jeder wählbare Beschäftigte kann sich als Kandidat aufstellen lassen. Die Wahl findet zwischen dem 01.03. und dem 31.05. statt. Der Betrieb trägt alle Kosten für die Vorbereitung und Durchführung der Wahl (§ 20 BetrVG).

Betriebsvereinbarung

Vermögensbildung

Ein Vertrag zwischen Betriebsrat und Betriebsleitung wird als **Betriebsvereinbarung** bezeichnet. Sie kann alle Inhalte des Mitbestimmungsrechtes betreffen, z. B. Beginn und Ende der Arbeitszeit, Pausenregelungen, Vorschriften zur Unfallvermeidung, Einbau von Geräten zur Leistungsüberwachung usw. Es können nach § 88 BetrVG auch zusätzliche Vereinbarungen getroffen werden, z. B. Regeln zur Bekämpfung von Rassismus im Betrieb oder Förderung der **Vermögensbildung** usw.

Damit eine Betriebsvereinbarung gültig ist, muss sie

- schriftlich festgehalten sein,
- vom Betriebsrat und der Betriebsleitung unterschrieben sein,
- an geeigneter Stelle im Betrieb ausliegen.

Öffnungsklausel

Die Betriebsvereinbarung darf keine tarifvertraglichen Inhalte enthalten, außer im Tarifvertrag gibt es eine entsprechende **Öffnungsklausel**. Außerdem dürfen die Beschäftigten in der Betriebsvereinbarung keine schlechteren Regeln haben als im Arbeitsvertrag.

Vgl. Günstigkeitsprinzip und Rangfolgeprinzip in Kap. 3.2 Arbeitsrecht.

Ausschüsse

Im Betriebsverfassungsgesetz sind verschiedene Ausschüsse zur Beratung und Kontrolle vorgesehen. Sie sollen helfen, die Betriebsratsarbeit für beide Seiten zu vereinfachen.

Ausschuss	Voraussetzungen	Aufgabe
Betriebsversammlung	Der Betriebsrat lädt die Beschäftigten und Betriebsleitung einmal im Vierteljahr ein.	Der Betriebsrat berichtet über seine Tätigkeit. Die Betriebsleitung berichtet über die wirtschaftliche und soziale Lage des Betriebs.
Betriebsausschuss	Der Betriebsrat hat mehr als neun Personen.	Er übernimmt die laufenden Geschäfte des Betriebsrates. Grund: Der Betriebsausschuss kann schneller und effektiver arbeiten als der Betriebsrat.
Wirtschaftsausschuss	Der Betrieb hat mehr als 100 Beschäftigte.	Er berät die Betriebsleitung in wirtschaftlichen Themen. Er informiert den Betriebsrat darüber.
Einigungsstelle	Sie besteht aus einer gleichen Anzahl von Vertretern des Betriebsrates und der Betriebsleitung. Hinzu kommt ein neutraler Vorsitzender.	Sie soll Streitigkeiten zwischen Betriebsrat und Betriebsleitung lösen.

Arbeitsaufgaben

1. Nennen Sie drei Aufgaben eines Betriebsrates.
2. Erklären Sie an einem Beispiel das Zustimmungsrecht.
3. Erklären Sie den Begriff Mitbestimmungsrecht.
4. Nennen Sie die Vertragspartner einer Betriebsvereinbarung.
5. In der Einstiegssituation soll die Arbeitszeit vorübergehend erhöht werden. Begründen Sie, welche Rechte der Betriebsrat hat, und stellen Sie mögliche Lösungen vor.
6. In einem Betrieb gibt es 436 wahlberechtigte Beschäftigte. Recherchieren Sie im § 9 BetrVG, wie viele Personen der Betriebsrat haben muss.

https://www.gesetze-im-internet.de/betrvg/index.html

4.2 Jugend- und Auszubildendenvertretung

Einstiegssituation

Heute trifft sich die **Jugend- und Auszubildendenvertretung** (JAV) von Pias Ausbildungsbetrieb. Ein wichtiges Thema für die Auszubildenden sind die gestiegenen Preise für die Lehrbücher. Denn in ihrem Betrieb müssen sie die Lehrbücher selbst zahlen. Sie haben sich Argumente überlegt, um den Betrieb zu bewegen, die Lehrbücher zu bezahlen. Die Mitglieder beschließen einstimmig, auf der nächsten Sitzung des Betriebsrates einen Antrag zur Übernahme der Bücherkosten durch den Betrieb zu stellen. Als Nächstes steht auf der To-do-Liste: „die neuen Auszubildenden über die JAV informieren". Dabei sollen Sie die JAV unterstützen!

Die JAV kümmert sich um die Interessen der jugendlichen Arbeitnehmerinnen und Arbeitnehmer sowie der Auszubildenden. Sie prüft, ob Vorschriften des Jugendarbeitsschutzgesetzes oder des Berufsbildungsgesetzes eingehalten werden. Falls es Verstöße gibt, informieren die Mitglieder der JAV den Betriebsrat, denn sie dürfen nicht direkt mit der Betriebsleitung sprechen. Über ihre vergangene Arbeit berichten sie in der Jugend- und Auszubildendenversammlung. Sie findet vor oder nach einer Betriebsversammlung statt. Die Versammlung kann mit Zustimmung des Betriebsrates und der Betriebsleitung nach § 71 BetrVG auch zu einem anderen Zeitpunkt stattfinden.

https://www.gesetze-im-internet.de/kschg/__15.html

Alle Auszubildenden und Beschäftigten unter 18 Jahren dürfen an der Wahl zur JAV teilnehmen, sie sind wahlberechtigt. Neben allen Auszubildenden können Beschäftigte bis zum 25. Lebensjahr gewählt werden, sie sind wählbar. Es ist nicht erlaubt, gleichzeitig in der JAV und im Betriebsrat zu sein. Somit dürfen Mitglieder des Betriebsrates sich nicht zur Wahl aufstellen und umgekehrt. Mitglieder der JAV haben nach § 15 (1) KSchG einen besonderen Kündigungsschutz für die Amtszeit von zwei Jahren und bis ein Jahr nach der Amtszeit.

Arbeitsaufgaben

https://www.gesetze-im-internet.de/betrvg/index.html

1. Nennen Sie drei Aufgaben einer Jugend- und Auszubildendenvertretung.
2. Nennen Sie die Bedingungen, um die JAV zu wählen und für die JAV gewählt zu werden.
3. In einem Betrieb gibt es neun Beschäftigte unter 18 Jahren, acht Auszubildende unter 25 Jahren und vier Auszubildende über 25 Jahren. Recherchieren Sie im § 62 BetrVG, wie viele Mitglieder die JAV haben kann.

Zusammenfassung

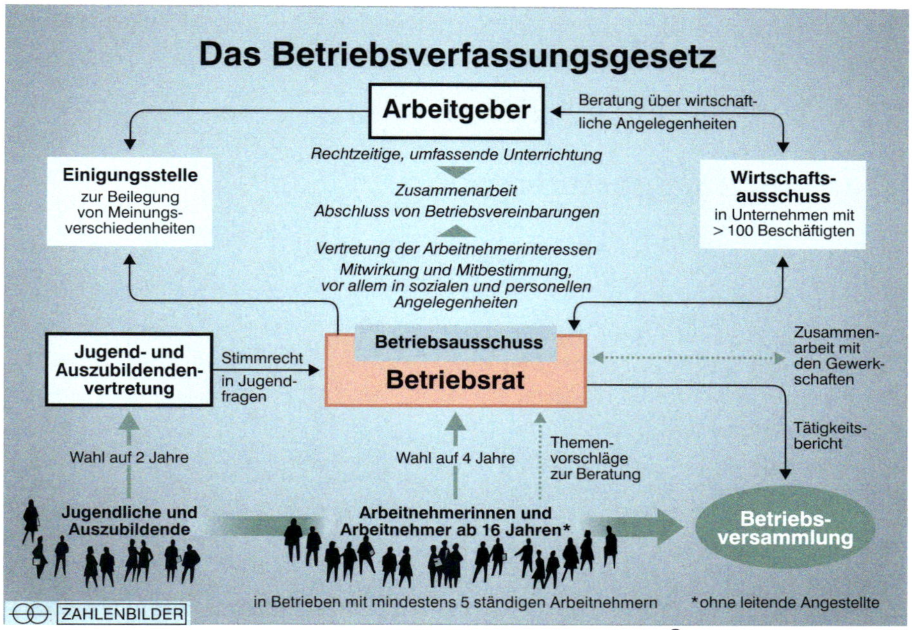

243 511

Der Betriebsratsvorsitzende muss der JAV eine Einladung mit der Tagesordnung zusenden. Die JAV kann nun einen Vertreter zur Betriebsratssitzung schicken. Er darf aber nicht abstimmen. Falls ein Tagesordnungspunkt sich mit Themen der JAV beschäftigt, dürfen alle Mitglieder der JAV teilnehmen und abstimmen.

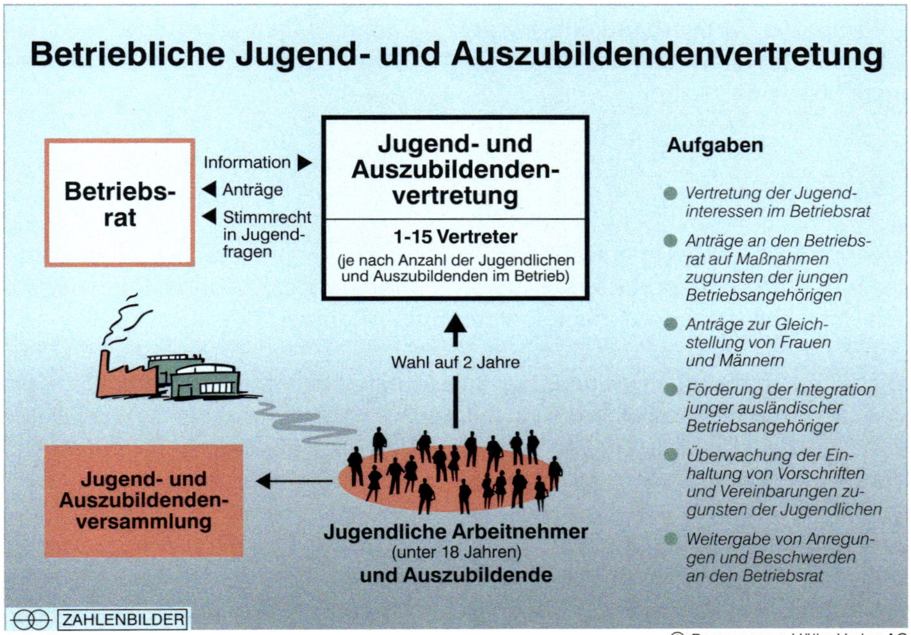

243 513

Achtung: Nur dem Betriebsrat steht das Recht zu, die Interessen aller Beschäftigten (auch Jugendliche und Auszubildende) gegenüber der Betriebsleitung zu vertreten. Die JAV-Mitglieder können sich nur an den Betriebsrat wenden und nicht direkt an die Betriebsleitung.

4.3 Tarifvertragsparteien

Einstiegssituation

Pia ist auf dem Weg zur Arbeit. Heute ist viel los auf der Straße vor dem Eingangstor. Es werden auch Flugblätter verteilt. Auf diesen stehen Forderungen wie „weniger Überstunden", „bessere Bezahlung" oder „Nachtarbeit – mehr Lohn oder mehr Freizeit JETZT!". Pia möchte gern gerecht bezahlt werden. Sie würde sich über mehr Erholungszeit nach der Nachtarbeit freuen. Aber wie könnte sie das als Azubi bei ihrem Chef durchsetzen?

Einzelne Unternehmen, Arbeitgeberverbände und Gewerkschaften sind die Tarifvertragsparteien. Sie verhandeln über Löhne, Arbeitszeiten und Arbeitsbedingungen. Die Ergebnisse der Tarifverhandlung werden in Tarifverträgen schriftlich festgehalten. An diese Verträge müssen sich die beteiligten Unternehmen und Gewerkschaften für die vereinbarte Zeit halten.

Gewerkschaften

Eine **Gewerkschaft** ist die Organisation von Beschäftigten aus verschiedenen Unternehmen eines Wirtschaftsbereiches. Gewerkschaften handeln für ihre Mitglieder mit einzelnen Unternehmen oder Arbeitgeberverbänden Tarifverträge aus.

Gewerkschaften finanzieren sich hauptsächlich durch die Beiträge der Mitglieder, die bis zu 1 % des Bruttolohnes oder der Ausbildungsvergütung bezahlen. Für einzelne Gruppen wie Arbeitslose wird der Beitrag ermäßigt. Die Mitgliedschaft in einer Gewerkschaft ist freiwillig.

Um die sozialen und wirtschaftlichen Arbeitsbedingungen ihrer Mitglieder zu verbessern, schließen Gewerkschaften Tarifverträge ab oder unterstützen ihre Mitglieder auf vielfältige Weise:

- helfen bei arbeitsrechtlichen Problemen
- unterstützen durch Streikgeld bei Lohnausfällen durch Streiks
- bieten Rechtsschutz und Rechtsberatung bei Streitigkeiten bezüglich des Arbeitsvertrags an
- vertreten ihre Mitglieder vor dem Arbeitsgericht
- fördern die Vermögensbildung durch vergünstigte Sparverträge
- bieten Weiterbildungen zu arbeitsrechtlichen Themen an

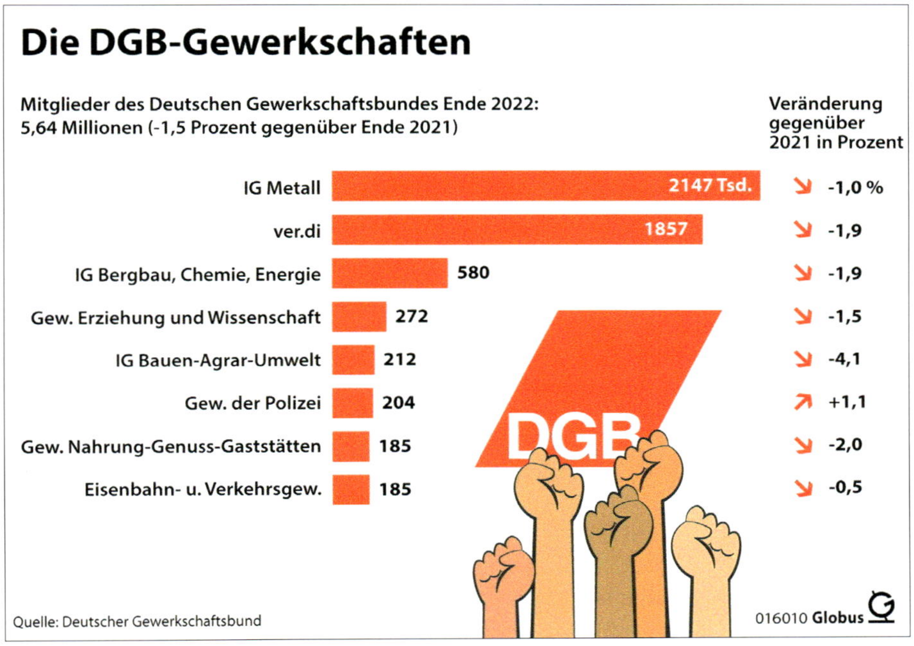

Einer der größten Zusammenschlüsse von einzelnen Gewerkschaften ist der Deutsche Gewerkschaftsbund (DGB). Wie das Schaubild „Die DGB-Gewerkschaften“ zeigt, besteht der DGB aus acht Einzelgewerkschaften mit zusammen 5,73 Millionen Mitgliedern (Stand Dezember 2022). Die größte Einzelgewerkschaft ist die Industriegewerkschaft Metall (IG Metall) mit rund 2,2 Millionen Mitgliedern. Der DGB ist nach dem **Industrieverbandsprinzip** organisiert. Beispielsweise können Beschäftigte in der Kantine eines Autoherstellers nur der IG Metall und nicht der Gewerkschaft Nahrung-Genuss-Gaststätten (NGG) beitreten. Der Wirtschaftsbereich des Unternehmens bestimmt also die Zugehörigkeit zu einer bestimmten Gewerkschaft.

Industrieverbandsprinzip

Andere Gewerkschaften können nach dem **Berufsverbandsprinzip** organisiert sein, z. B. die Gewerkschaft Deutscher Lokomotivführer (GDL). Sie können anderen Gewerkschaftsverbänden angehören, z. B. dem DBB Beamtenbund und Tarifunion. Bei Berufsverbands-Gewerkschaften muss ein Unternehmen oder Arbeitgeberverband mit mehreren Gewerkschaften Tarifverträge für die jeweiligen Berufsgruppen aushandeln, z. B. die Deutsche Bahn AG mit der Eisenbahn- und Verkehrsgewerkschaft (EVG) und der GDL. Damit ein Betrieb mit mehreren Gewerkschaften nicht durch Streiks der einen und dann der anderen zum Stillstand kommt, gibt es das Tarifeinheitsgesetz. Im Streitfall soll der Tarifvertrag der größeren Gewerkschaft gelten.

Berufsverbandsprinzip

Unternehmen

Jedes einzelne Unternehmen kann mit einer Gewerkschaft einen Tarifvertrag abschließen. Jedoch verfügen nicht alle Unternehmen über nötige Kenntnisse, Erfahrungen oder Größe, um Tarifverhandlungen zu führen. Daher haben sich Unternehmen eines Wirtschaftsbereiches zu einem **Fachverband** oder **Arbeitgeberverband** zusammengetan. Im Handwerk sind es **Innungen**.

Neben der Aufgabe, die Interessen der einzelnen Unternehmen bei den Tarifverhandlungen gegenüber den Gewerkschaften durchzusetzen, haben sie noch weitere Aufgaben übernommen:

Lobbyarbeit

- Unterstützung und Hilfe bei sozialen, tariflichen oder arbeitsrechtlichen Fragen
- Angebot an Fort- und Weiterbildungen
- Verbesserung des Images der Unternehmen durch positive Öffentlichkeitsarbeit
- Beeinflussung der Gesetzgebung zu ihren Gunsten durch **Lobbyarbeit**

Die Fachverbände haben sich in der Bundesvereinigung der Deutschen Arbeitgeberverbände zusammengeschlossen. Sie besteht aus 14 Landesvereinigungen und 47 (Stand 24.03.2023) Bundesfachspitzenverbänden.

https://arbeitgeber.de/mitglieder/#Mitglieder

Arbeitsaufgaben

1. Nennen Sie die Tarifvertragsparteien, die über Löhne verhandeln dürfen.
2. Nennen Sie jeweils drei Aufgaben der beiden Tarifvertragsparteien.
3. Bestimmen Sie, welche Tarifvertragspartei für Pia und welche für Sie zuständig ist. Sie können auch das Internet nutzen.

4.4 Tarifvertrag

Einstiegssituation

Pia und ihr Mitschüler Jamal arbeiten an einer Aufgabe. Er macht die Ausbildung in einem anderen Unternehmen.

Pia: „Weißt du, was wir machen sollen?“
Jamal: „Ja, klar. Ich bin heute super drauf.“
Pia: „Wieso?
Jamal: „Ich habe gestern Urlaubsgeld aufs Konto bekommen.“
Pia: „Unsere Firma zahlt kein Urlaubsgeld. Warum ist das so?“

In Deutschland werden viele verschiedene Tarifverträge geschlossen. Die Grundlage für den Abschluss ist § 1 **Tarifvertragsgesetz** (**TVG**).

> Der Tarifvertrag regelt die Rechte und Pflichten der Tarifvertragsparteien und enthält Rechtsnormen, die den Inhalt, den Abschluss und die Beendigung von Arbeitsverhältnissen sowie betriebliche und betriebsverfassungsrechtliche Fragen ordnen können.
> § 1 (1) TVG

Die Tarifvertragsparteien sind auf der einen Seite die Gewerkschaften und auf der anderen Seite die Arbeitgeberverbände oder einzelne Unternehmen. Bei einer Einigung werden die Details schriftlich festgehalten. Der Abschluss wird in ein Tarifregister beim Bundesministerium für Arbeit und Soziales eingetragen. Die Eintragung in ein Tarifregister zeigt die hohe Bedeutung der Tarifverträge.

Zum einen ist der überwiegende Teil der Beschäftigten in einem Unternehmen abhängig beschäftigt. Zum anderen haben die meisten Beschäftigten allein zu wenig Einfluss auf ihre Unternehmen, um bessere Arbeitsbedingungen auszuhandeln. Deshalb regeln Tarifverträge vor allem Arbeitsbedingungen wie Pausen- und Arbeitszeiten, Löhne, Urlaub oder Akkordarbeit. Sie regeln Bedingungen für die Einstellung und Kündigung von Beschäftigten. In Tarifverträgen werden auch Tätigkeiten und ihre nötigen **Qualifikationen** beschrieben.

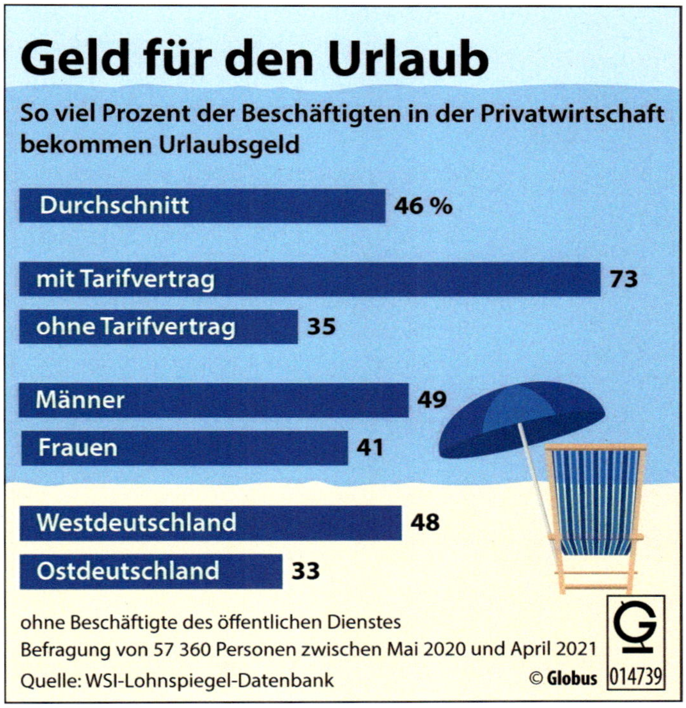

Die Grafik „Geld für den Urlaub" zeigt, dass 73 % der Beschäftigten Urlaubsgeld bekommen, wenn ihr Unternehmen einen Tarifvertrag hat.

Beispiel: Die Tätigkeit „Einlasskontrolle" – Prüfen der Gültigkeit des Beschäftigtenausweises und des Lichtbildes mit der Person – erfordert die Qualifikationen „Kennen der Regeln zur Kommunikation" sowie „gute Kenntnisse in Deutsch in Wort und Schrift".

Qualifikation

Tätigkeiten mit gleichen Qualifikationen werden zu Lohngruppen zusammengefasst. Mitglieder einer Lohngruppe erhalten dann die gleiche Bezahlung.

Die ausgehandelten Tarifverträge gelten nur für organisierte Beschäftigte und bestimmte Unternehmen. Für diese **Tarifbindung** müssen zwei Bedingungen erfüllt sein:

Tarifbindung

Bedingung 1	Bedingung 2
Die oder der **Arbeitnehmer/-in** muss Mitglied einer Gewerkschaft sein.	Das **Unternehmen** muss selbst einen Tarifvertrag abgeschlossen haben oder Mitglied eines Arbeitgeberverbands sein.

Wenn eine von beiden Bedingungen nicht erfüllt ist, dann haben die Beschäftigten keinen Anspruch auf Vereinbarungen eines bestehenden Tarifvertrags. Es gibt jedoch zwei Ausnahmen:

- Ein Unternehmen bezieht sich in einem Arbeitsvertrag freiwillig auf einen Tarifvertrag, dann gilt dieser Tarifvertrag für diese Arbeitnehmerin oder diesen Arbeitnehmer.
- Der Bundesminister für Arbeit und Soziales erklärt einen Tarifvertrag für **allgemeinverbindlich**, sodass auch nicht tarifgebundene Beschäftige und Unternehmen daran gebunden werden.

allgemein-verbindlich

Für den zweiten Fall stellen Gewerkschaften und Arbeitgeberverbände einen gemeinsamen Antrag beim Bundesministerium für Arbeit und Soziales, das darauf einen Tarifvertrag nach § 5 TVG für allgemeinverbindlich erklären kann.

Rangfolgeprinzip

Günstigkeitsprinzip

Die Vereinbarungen eines Tarifvertrages dürfen durch schlechtere betriebliche oder individuelle Vereinbarungen nicht unterschritten werden, wenn der Tarifvertrag auch für einen einzelnen Arbeitnehmer gilt (**Rangfolgeprinzip**). Aber in einer Betriebsvereinbarung oder einem Arbeitsvertrag können bessere Bedingungen als in einem Tarifvertrag vereinbart werden (**Günstigkeitsprinzip**).

Rangfolgeprinzip

Beispiel:
- Im Arbeitsvertrag von Pia sind 26 Urlaubstage vereinbart.
- Im gültigen Tarifvertrag sind 28 Urlaubstage vereinbart.

Der Tarifvertrag ist ranghöher als der Arbeitsvertrag.

↓

Der Tarifvertrag gilt, Pia erhält 28 Urlaubstage.

Günstigkeitsprinzip

Beispiel:
- Im Arbeitsvertrag von Jamal sind 29 Urlaubstage vereinbart.
- Im gültigen Tarifvertrag sind 28 Urlaubstage vereinbart.

Der Arbeitsvertrag hat bessere Bedingungen als der Tarifvertrag.

↓

Der Arbeitsvertrag gilt, Jamal erhält 29 Urlaubstage.

Öffnungsklausel

Eine Ausnahme für die Unterschreitung von tariflichen Regeln ist die **Öffnungsklausel**. Die Tarifvertragsparteien vereinbaren, von welchen Inhalten ein einzelnes Unternehmen abweichen darf.

Beispiel: So ist in einem Tarifvertrag die wöchentliche Arbeitszeit von 35 Stunden mit Öffnungsklausel vereinbart worden. Ein Unternehmen kann nun die wöchentliche Arbeitszeit in einem Firmentarifvertrag, in einer Betriebsvereinbarung oder im jeweiligen Arbeitsvertrag anders regeln, z. B. wäre eine wöchentliche Arbeitszeit von 40 Stunden möglich, obwohl es schlechter für die Beschäftigten ist.

Alle möglichen Inhalte und rechtlichen Regelungen eines Tarifvertrages können zu drei wesentlichen Funktionen (Aufgaben) zusammengefasst werden:

- **Schutzfunktion**: Es gelten die vereinbarten Arbeitsbedingungen.
- **Ordnungsfunktion**: Es gelten einheitliche Tätigkeitsbeschreibungen für jede Lohngruppe.
- **Friedensfunktion**: Es gilt das Streikverbot während der Laufzeit.

Es gibt viele Unternehmen, Arbeitgeberverbände und Gewerkschaften. Sie können in verschiedenen Kombinationen Tarifverträge abschließen. Jeder Tarifvertrag hat bestimmte Inhalte, Laufzeiten und gilt für eine bestimmte Region. Das Schaubild zeigt einige wichtige Arten von Tarifverträgen.

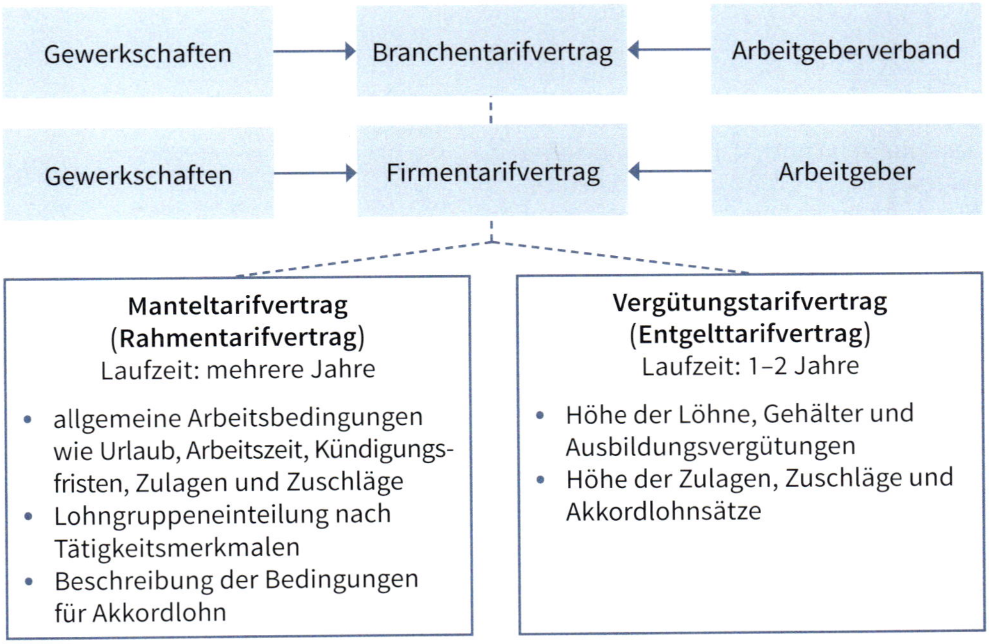

Arbeitsaufgaben

1. Nennen Sie drei Inhalte eines Tarifvertrages.
2. Nennen Sie drei Funktionen eines Tarifvertrages.
3. Erklären Sie den Begriff Tarifbindung.
4. Recherchieren Sie im Internet, ob für Ihre Branche ein Tarifvertrag gilt.

4.5 Tarifverhandlungen

Einstiegssituation

Nach der Schulpause arbeitet Pia mit Daria an einer Aufgabe. Daria ist nicht ganz bei der Sache.

Pia: „Alles klar?"

Daria: „Ver.di hat mich in der Pause angerufen. Ich soll morgen streiken."

Pia: „Hä, verstehe ich nicht. Was heißt das?"

Daria: „Ich soll vor der Firma demonstrieren und bekomme keine Vergütung. Was mach ich bloß?"

Pia: „Unterstützt dich die Gewerkschaft nicht?"

Daria: „Ah, das kann sein. Googeln wir mal."

Ein Tarifvertrag endet durch Ablauf der vereinbarten Laufzeit, Kündigung aus einem wichtigen Grund oder eine beidseitige Aufhebung. Danach wird eine Tarifkommission aus der gleichen Anzahl von Vertreterinnen und Vertretern der Gewerkschaft und der Unternehmen gebildet. Diese Kommission führt dann die Tarifverhandlung. Da es in den vielen Unternehmen einer Branche sehr viele verschiedene Tätigkeiten mit unterschiedlicher Bezahlung gibt, wird nur der Lohn für eine bestimmte Tätigkeit verhandelt, der **Ecklohn**. Nachdem sich die Tarifvertragsparteien über die Erhöhung des Ecklohns geeinigt haben, werden alle anderen Löhne angepasst. So werden übermäßig lange Tarifverhandlungen vermieden.

Ecklohn

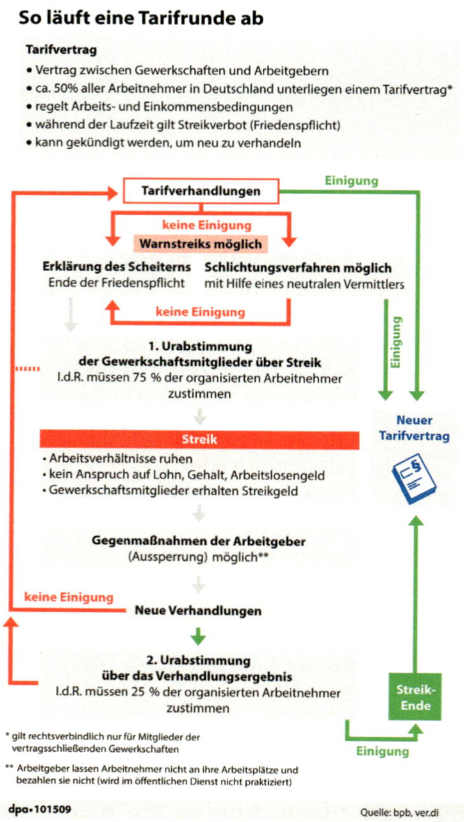

Ablauf von Tarifverhandlungen

Wenn sich die Tarifvertragsparteien nicht einigen können, werden die Ver handlungen für gescheitert erklärt. In diesem Fall kann eine Partei ein Schlichtungsverfahren beantragen. Wenn auch die Schlichtung durch einen unabhängigen Schlichter abgelehnt wird, kommt es zu einer **1. Urabstimmung**. In einer geheimen Wahl müssen sich mindestens 75 % der befragten Mitglieder der Gewerkschaft für einen **Streik** aussprechen. Ob gestreikt wird, entscheidet der Vorstand der Gewerkschaft.

1. Urabstimmung

Streik

Ein Streik ist eine Maßnahme der Gewerkschaften im Arbeitskampf. Die streikenden Mitglieder der Gewerkschaft gehen nicht mehr zur Arbeit. Die Gegenmaßnahme der Unternehmen ist die **Aussperrung**. Die betroffenen Beschäftigten haben keinen Zutritt mehr zum Betrieb.

Aussperrung

Während oder nach dem Streik kommt es zur erneuten Tarifverhandlung. Wenn eine Einigung erzielt wird, dann dürfen die Mitglieder der Gewerkschaft in einer **2. Urabstimmung** über das Ergebnis abstimmen. Es gilt als angenommen, wenn 25 % mit „Ja" stimmen. Am Ende wird vereinbart, dass ausgesperrte und streikende Beschäftigte nicht benachteiligt werden. Sie müssen nicht für die entstandenen Schäden wie Umsatzeinbußen zahlen.

2. Urabstimmung

Aussperrung

Abwehr-aussperrung

Die Aussperrung oder **Abwehraussperrung** ist das Mittel der Unternehmen im Arbeitskampf. Erst wenn in einem Betrieb gestreikt wird, dürfen Beschäftigte ausgesperrt werden (Abwehr). Die Aussperrung soll einem Streik entgegenwirken. Das Ziel ist, die Forderung der Gewerkschaft zu verringern. Die Beschäftigten dürfen nicht mehr in den Betrieb kommen und arbeiten. Sie erhalten für die Dauer der Aussperrung keinen Lohn. Während dieser Zeit ruht der Arbeitsvertrag. Die Beschäftigten sind **nicht gekündigt**. Die ausgesperrten Beschäftigten haben keinen Anspruch auf Arbeitslosengeld. Ausgesperrte Mitglieder einer Gewerkschaft bekommen **Streikgeld**.

Streikgeld

Streik

Streik ist eine gemeinsame und planmäßige Arbeitsniederlegung der Mitglieder einer Gewerkschaft in einem Betrieb. Sie demonstrieren vor dem Betrieb oder auf öffentlichen Plätzen für die Forderungen ihrer Gewerkschaft – bessere Arbeitsbedingungen oder mehr Lohn. Sie haben keinen Anspruch mehr auf ihren Lohn. Deshalb zahlt ihnen die Gewerkschaft eine Unterstützung – das Streikgeld. Je größer die Zahl von streikenden Beschäftigten ist, desto eher und besser kann das Streikziel erreicht werden. Wichtig ist, dass die Streikenden nach dem Ende wieder ihre Arbeit ohne rechtliche und wirtschaftliche Folgen aufnehmen können.

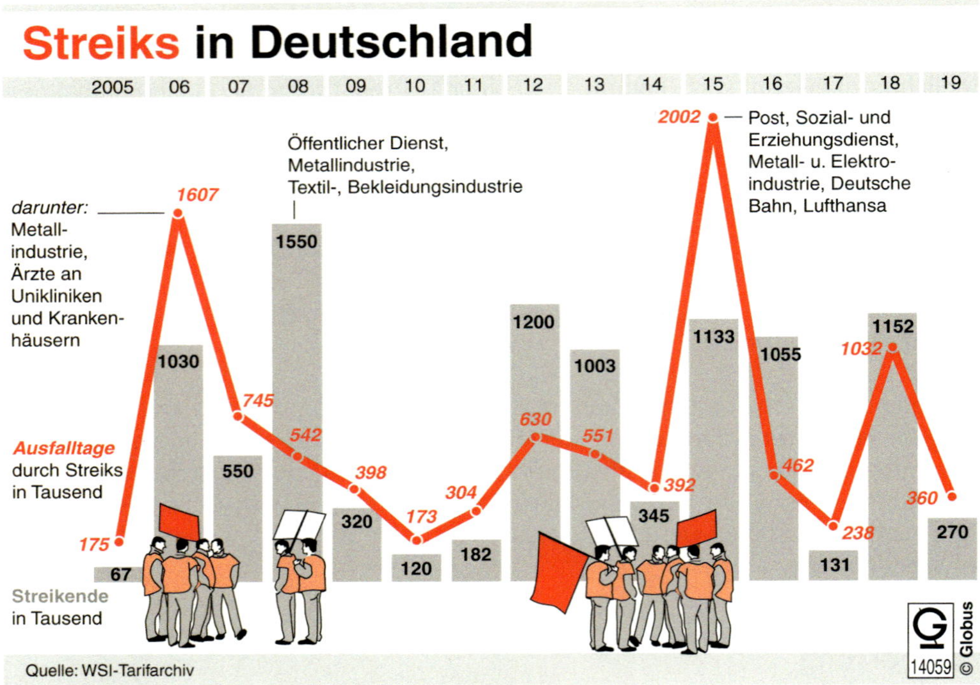

Es gibt in Deutschland drei zulässige Arten von Streiks, die sich auf Arbeitsbedingungen beschränken. Streiks für anderes, wie politische Forderungen, sind nicht zulässig.

Art des Streiks	Erklärung
Warnstreik	Die Arbeit wird nur für kurze Zeit unterbrochen, um die Streikentschlossenheit zu demonstrieren.
Teilstreik	Nur in bestimmten Bereichen eines Unternehmens wird die Arbeit niedergelegt, z. B. Lokomotivführer bei der Bahn.
Schwerpunktstreik	Nur in bestimmten Betrieben oder Gebieten eines Wirtschaftszweiges wird die Arbeit niedergelegt, z. B. sitzt ein Drittel der Automobilindustrie in Baden-Württemberg ⇒ geringe Streikkosten, aber große Wirkung bei mehreren Unternehmen.

Für und Wider des Streikrechts

Das Ziel der Gewerkschaften in Tarifverhandlungen ist immer, die Arbeitsbedingungen der Beschäftigten, z. B. durch höhere Löhne, geringere Arbeitszeiten, mehr Urlaub oder vergünstigtes Mittagessen, zu verbessern. Die Arbeitnehmerinnen und Arbeitnehmer haben ein Recht auf Streik, um ihren Forderungen mehr Gewicht zu geben. Jedoch kann ein Streik zu Nachteilen für Menschen außerhalb des Betriebes führen.

Beispiel: Bei einem Streik in den Verkehrsbetrieben können die Betroffenen keine Busse mehr nutzen. Es entsteht ihnen ein finanzieller Schaden, wenn sie z. B. ein Taxi nehmen müssen.

Dieses Für und Wider beim Streikrecht zeigt die verschiedenen Argumente der Befürworter und Gegner.

Für ein Streikrecht	Gegen ein Streikrecht
• demokratisches Grundrecht • einziges Mittel, um gerechte Bezahlung und faire Arbeitsbedingungen durchzusetzen • Einzelne Beschäftigte können keinen gerechten Lohn durchsetzen. • Beteiligung der Beschäftigten am Erfolg des Unternehmens	• Die gesamte Wirtschaft wird geschwächt. • Bestreikte Unternehmen haben Verluste, z. B. gehen Kunden woanders hin. • Lohnverzicht bedeutet mehr Investitionen, auch in neue Beschäftigte. • Gewerkschaften handeln nur für ihre Mitglieder, nicht für Arbeitslose.

In Deutschland laufen Tarifverhandlungen nach Art. 9 (3) des Grundgesetzes ohne Einfluss aus der Politik ab (**Tarifautonomie**). Der Staat setzt durch Gesetze gewisse Rahmenbedingungen. So sind z. B. der Mindestlohn (Mindestlohngesetz), Mindesturlaub (Bundesurlaubsgesetz) oder eine maximale wöchentliche Arbeitszeit für alle Beschäftigte (Arbeitszeitgesetz) staatlich festgelegt.

Tarifautonomie

Arbeitsaufgaben

1. Nennen Sie das Arbeitskampfmittel, das die Gewerkschaften bei Tarifverhandlungen haben.
2. Nennen Sie das Arbeitskampfmittel, welches die Unternehmen bei Tarifverhandlungen haben.
3. Erklären Sie an einem selbstgewählten Beispiel das Günstigkeitsprinzip.
4. Beschreiben Sie mit eigenen Worten den Ablauf einer Tarifrunde.
5. Helfen Sie Daria aus der Eingangssituation und recherchieren Sie, wie ver.di die Mitglieder bei Streik unterstützt.
6. In den Nachrichten heißt es: „Streikende und ausgesperrte Arbeitnehmer erhalten kein Arbeitslosengeld." Nehmen Sie zu dieser Aussage begründet Stellung.

Zusammenfassung

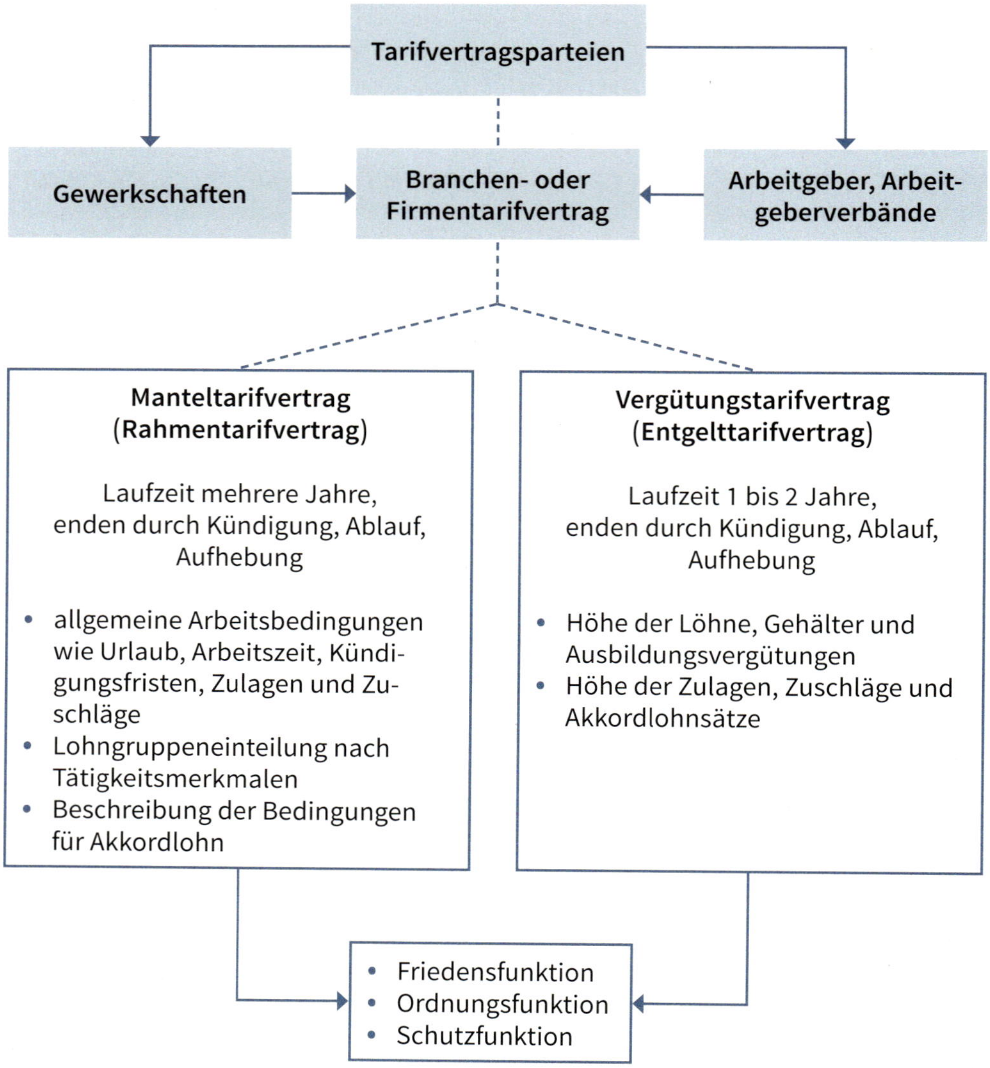

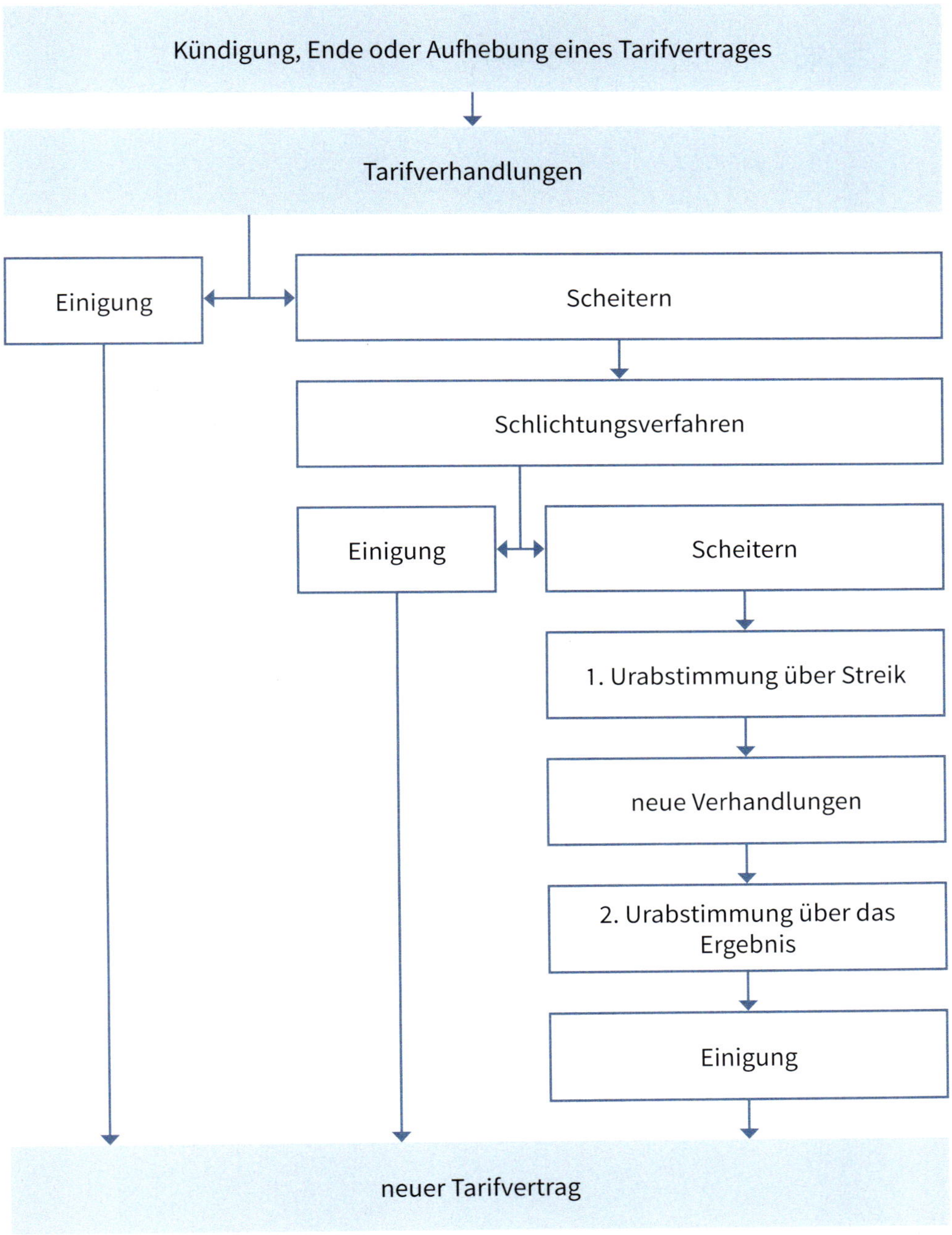
Kündigung, Ende oder Aufhebung eines Tarifvertrages
Tarifverhandlungen
Einigung
Scheitern
Schlichtungsverfahren
Einigung
Scheitern
1. Urabstimmung über Streik
neue Verhandlungen
2. Urabstimmung über das Ergebnis
Einigung
neuer Tarifvertrag

PRÜFGEBIET

Jugendliche in Ausbildung und Beruf

5 Lebenslanges Lernen – Wandel der Arbeitswelt

- Berufliche Fortbildung und Umschulung
- Staatliche Fördermaßnahmen
- Mobilität und Flexibilität des Einzelnen

Einstiegssituation

Kira und Serkan arbeiten in der Werkstatt ihrer Eltern. Serkan hat die Abschlussprüfung als Bodenleger geschafft und erzählt es seiner großen Schwester.

Serkan: „Endlich nie wieder lernen und jetzt Geld verdienen!"

Kira: „Klasse, leider ist das Lernen nicht vorbei."

Serkan: „Echt?"

Kira: „Ich besuche die Meisterschule, da muss ich wieder lernen."

Serkan: „Warum das denn?"

Kira: „Na ja, erstens will ich mehr Geld verdienen und zweitens habe ich eine höhere Qualifikation."

Helfen Sie Serkan herauszufinden, was Qualifikation bedeutet und warum das Lernen wichtig bleibt.

Berufliche Fortbildung und Umschulung

In der Berufsausbildung werden Fähigkeiten, theoretische und praktische Kenntnisse über einen Zeitraum von bis zu 3,5 Jahren vermittelt. In der modernen und vernetzten Arbeitswelt entwickeln sich schnell neue Techniken. Schon während der Ausbildung kann sich das benötigte Wissen ändern oder Erlerntes veralten. Um einen Beruf über viele Jahre ausüben zu können, muss ständig Neues erlernt werden. Das Lernen hört nicht mit der Ausbildung auf, sondern begleitet die Berufstätigen die ganze Zeit. Dies nennt man **lebenslanges Lernen**. Das Berufsbildungsgesetz (BBiG) unterscheidet berufliche Qualifikationen der Berufsbildung in:

lebenslanges Lernen

- Berufsausbildungsvorbereitung
- Berufsausbildung
- berufliche Fortbildungen
- berufliche Umschulungen

Bei den beruflichen Qualifikationen werden Hard Skills und Soft Skills unterschieden. **Hard Skills** sind Fachwissen und fachliche Fertigkeiten, die durch Tests überprüft werden können, z. B. Fremdsprachen- oder Computerkenntnisse. **Soft Skills** sind nicht berufsfachliche Methoden und Kenntnisse, z. B. für die Analyse persönlicher Stärken, oder die Fähigkeiten, sich in neue Teams einzufügen oder Teams zu leiten.

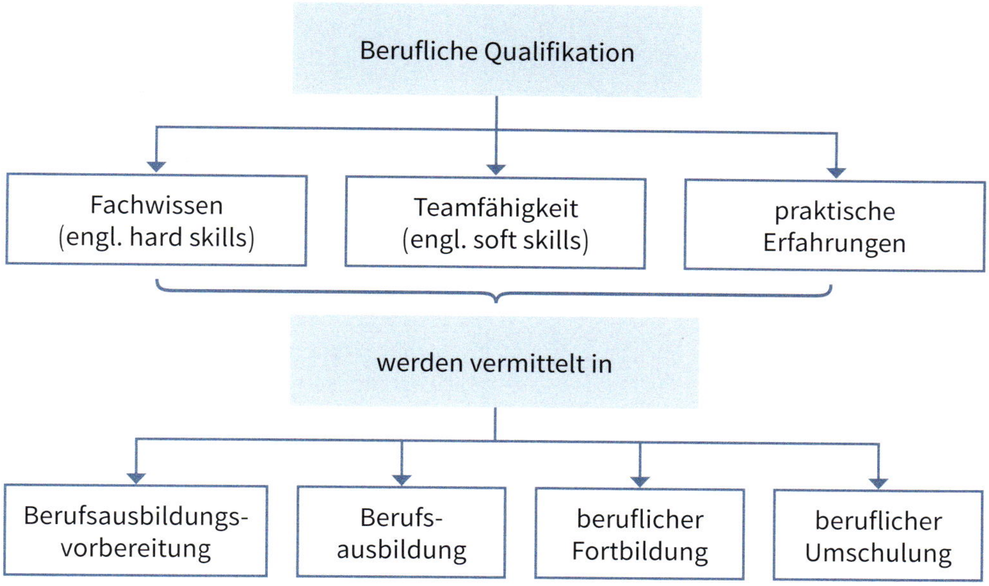

Die **berufliche Fortbildung** unterteilt sich nach § 1 BBiG wiederum in

- **Anpassungsfortbildung**, die hilft, sich an berufliche Veränderungen anzupassen oder mit beruflichen Veränderungen Schritt zu halten,
- **Aufstiegsfortbildung**, um die beruflichen Fähigkeiten und Kenntnisse zu erweitern, um beruflich aufzusteigen.

https://www.gesetze-im-internet.de/bbig_2005/

Neben privaten Meisterschulen bieten Handwerkskammern, Industrie- und Handelskammern Meisterkurse oder spezielle Fachkurse an. Mit deren Abschluss sind berufliche Aufstiege möglich. Berufliche Fortbildungen können sich auch aus anderen Wünschen ergeben:

- höheres Gehalt,
- mehr Selbstständigkeit im Beruf,
- mehr Sicherheit, den Arbeitsplatz bei steigenden oder sich veränderten Anforderungen zu behalten.

Die Europäische Union hat die Abschlüsse in den europäischen Staaten angeglichen oder vergleichbar gemacht. So erhalten geprüfte Handwerksmeister den Titel „Bachelor Professional“ mit der jeweiligen Fachrichtung. Sie sind Absolventen von Fachhochschulen sowie Universitäten gleichgestellt.

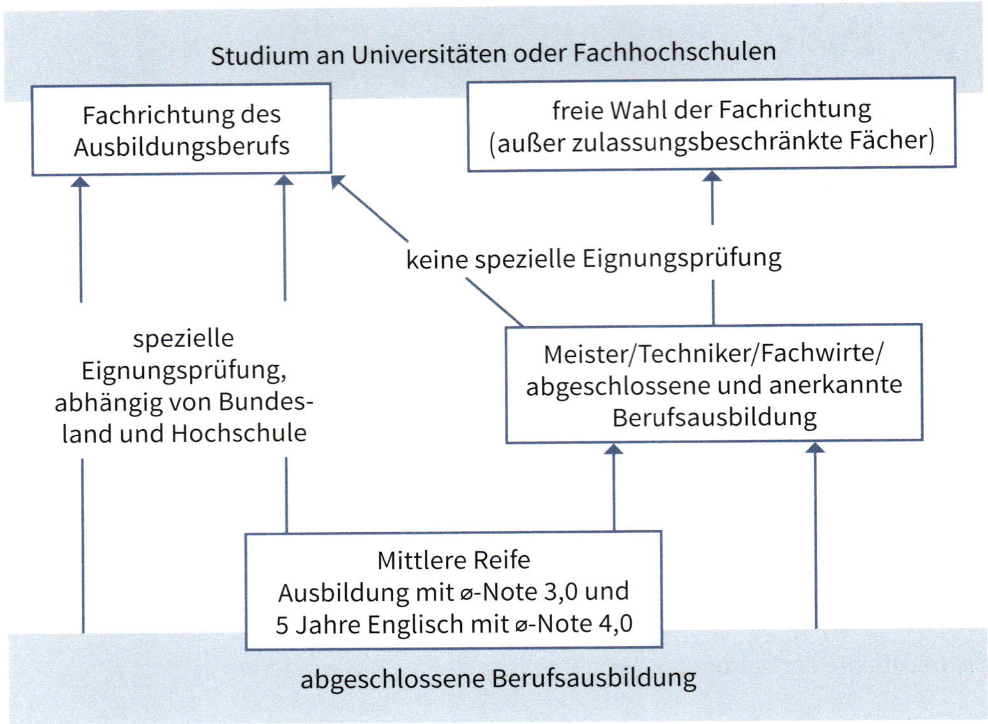

Neue technische Errungenschaften wie der Einsatz von Computern und deren Vernetzung können auch Berufe verschwinden lassen. Der Wandel unserer Lebensgewohnheiten, z. B. die Nutzung von Handys zum Einkaufen, verändert die Arbeitswelt. Auch die Beschäftigten können durch Arbeitsunfälle, Berufskrankheiten, Unzufriedenheit im bisherigen Beruf oder längere Arbeitslosigkeit gezwungen sein, einen neuen Beruf zu erlernen.

Das nachfolgende Schaubild zeigt, dass für einige die berufliche Umschulung unvermeidlich ist. Die Vorhersage der möglichen zukünftigen Entwicklung (Prognose) zeigt, dass industrielle Berufe weniger werden. Dafür steigen die Beschäftigtenzahlen in den unternehmensnahen Dienstleistungen am stärksten an. Zu diesem Wirtschaftsbereich zählen unter anderem Transport- und Lagerlogistik, Rechts- und IT-Beratung, Softwareherstellung, Überwachung und Wartung von IT-Systemen, Architektur- und Ingenieurbüros, Wach- und Sicherheitsdienste, Gebäudereinigung und andere.

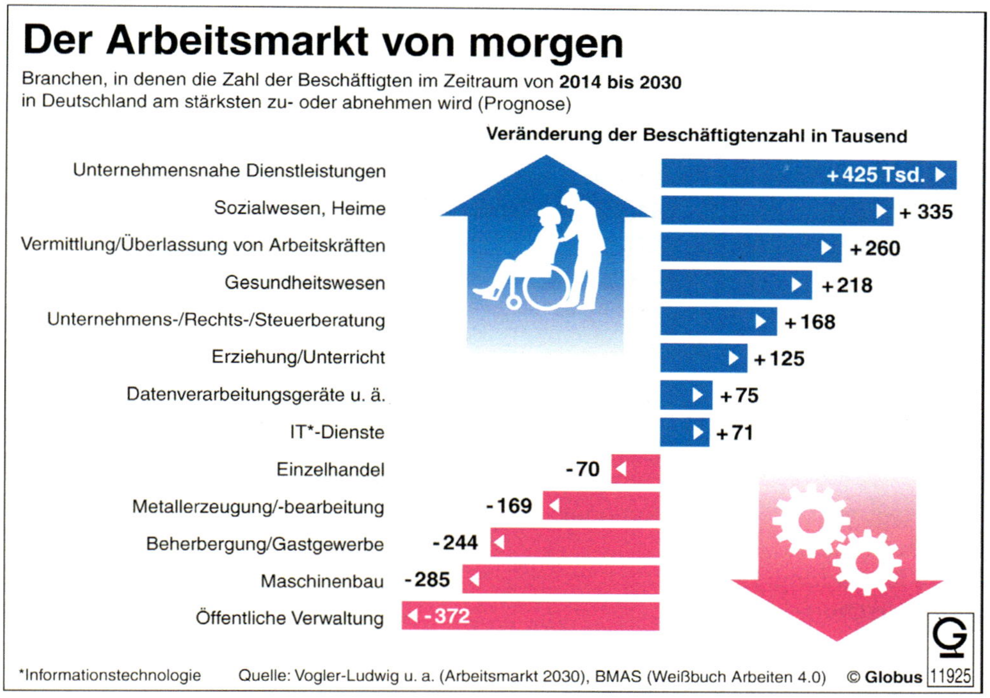

Staatliche Fördermaßnahmen

Nicht jeder kann sich eine berufliche Qualifikation finanziell leisten. Noch schwieriger wird es, den gewünschten Traumberuf weit weg vom Elternhaus zu beginnen. Dafür wurden in Deutschland verschiedene Fördermaßnahmen ins Leben gerufen. Die staatliche Hilfe ist je nach Fördermaßnahme unterschiedlich. Bei einigen Maßnahmen muss die staatliche Hilfe nicht oder nur teilweise zurückgezahlt werden. Es kann auch sein, dass die gesamte Hilfe als Kredit gewährt wird. Jedoch ist die Rückzahlung dann über einen langen Zeitraum mit keinen oder sehr geringen Zinsen möglich.

Übersicht staatlicher Fördermaßnahmen

Fördermaßnahme, Träger	Voraussetzungen	Förderung
Berufsausbildungsbeihilfe (BAB) für duale Ausbildungen nach § 60 SGB III, **Bundesagentur für Arbeit**	Sie sind Auszubildende/-r und einer der Punkte trifft zu: • Sie wohnen am Ausbildungsort, weil der zu weit vom Elternhaus entfernt ist. • Sie sind über 18 Jahre oder verheiratet und leben mit Partnerin oder Partner zusammen. • Sie haben mindestens ein Kind und leben nicht bei den Eltern.	abhängig von den Kosten am Ausbildungsort, der Ausbildungsvergütung und dem Einkommen der Eltern

https://www.arbeitsagentur.de/bildung/ausbildung/berufsausbildungsbeihilfe-bab

https://www.bafög.de/bafoeg/de/das-bafoeg-alle-infos-auf-einen-blick/das-bafoeg-alle-infos-auf-einen-blick_node.html

https://www.aufstiegs-bafoeg.de/aufstiegsbafoeg/de/home/home_node.html

Fördermaßnahme, Träger	Voraussetzungen	Förderung
Bundesausbildungsförderungsgesetz (BAföG) für die individuelle Förderung der Ausbildung, **Bundesministerium für Bildung und Forschung**	• Sie besuchen mit oder ohne abgeschlossene Berufsausbildung eine Schule, z. B. Berufsfachschule, Fachschule, Fachoberschule, Abendschule, Kolleg, Hochschule. • Sie sind bei Beginn der Ausbildung jünger als 45 Jahre.	abhängig von der Schulform (Ausbildung, Studium) und der Wohnsituation (allein oder bei Eltern) oder eigenen Kindern
Aufstiegsfortbildungsförderungsgesetz (AFBG) oder Aufstiegs-BAföG, **Bundesministerium für Bildung und Forschung**	Sie lassen sich fortbilden, z. B. Meister/-in, Techniker/-in, „Bachelor Professional", „Master Professional" usw.	• 50 % Zuschuss bei Lehrgangs- und Prüfungsgebühren und der Rest als zinsgünstiger Kredit • 50 % Zuschuss zum Meisterprüfungsstück • 50 % Rabatt auf den Kredit bei bestandener Prüfung

Mobilität und Flexibilität des Einzelnen

Mobilität und Flexibilität sind in der Arbeitswelt sehr wichtig. Sie beeinflussen die Sicherheit des Arbeitsplatzes, den beruflichen Aufstieg und die Lebensfreude der Beschäftigten.

Mit **Mobilität** können zwei Varianten gemeint sein:

- das Pendeln zwischen Arbeitsort und Wohnort
- die Arbeitsaufnahme an einem weit entfernten Ort, z. B. im Ausland

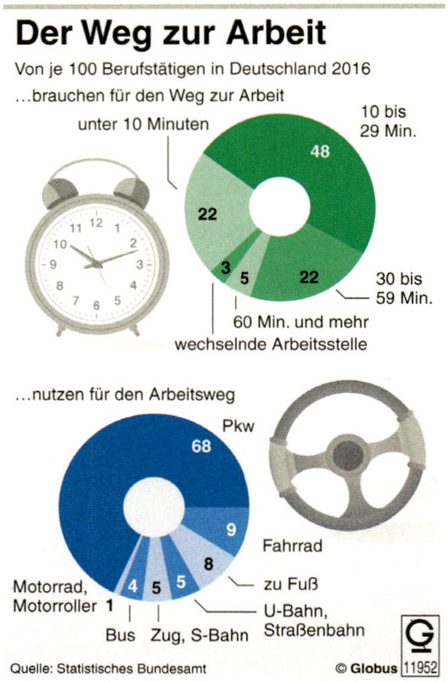

Kommunikationstechnik

Durch Verwendung von **Kommunikationstechnik** ist auch ein Arbeiten außerhalb des Betriebs möglich. Dann werden **Telearbeit** und **mobile Arbeit** unterschieden. Bei Telearbeit ist in der eigenen Wohnung ein PC-Arbeitsplatz durch das Unternehmen fest eingerichtet (§ 2 (7) ArbStättV). Homeoffice findet nur zeitweise oder ohne eingerichteten PC-Arbeitsplatz in der eigenen Wohnung statt. Bei der mobilen Arbeit sind die Beschäftigten nicht an ihre eigene Wohnung gebunden, sondern können mithilfe von Tablets, Laptops oder anderen mobilen Geräten überall arbeiten.

https://www.gesetze-im-internet.de/arbst_ttv_2004/index.html#BJNR217910004BJNE000302128

In jedem Arbeitsvertrag ist eine Arbeitszeit vereinbart. Wenn die Arbeitgeberinnen und Arbeitgeber von **Flexibilität** reden, dann meinen sie, ob die Beschäftigten bereit sind

- zeitweilig mehr als vereinbart zu arbeiten,
- zu unterschiedlichen Zeiten oder in Schichten zu arbeiten.

https://mittlerer-niederrhein.ihk.de/de/recht/merkblaetter2/home-office-und-telearbeit.html

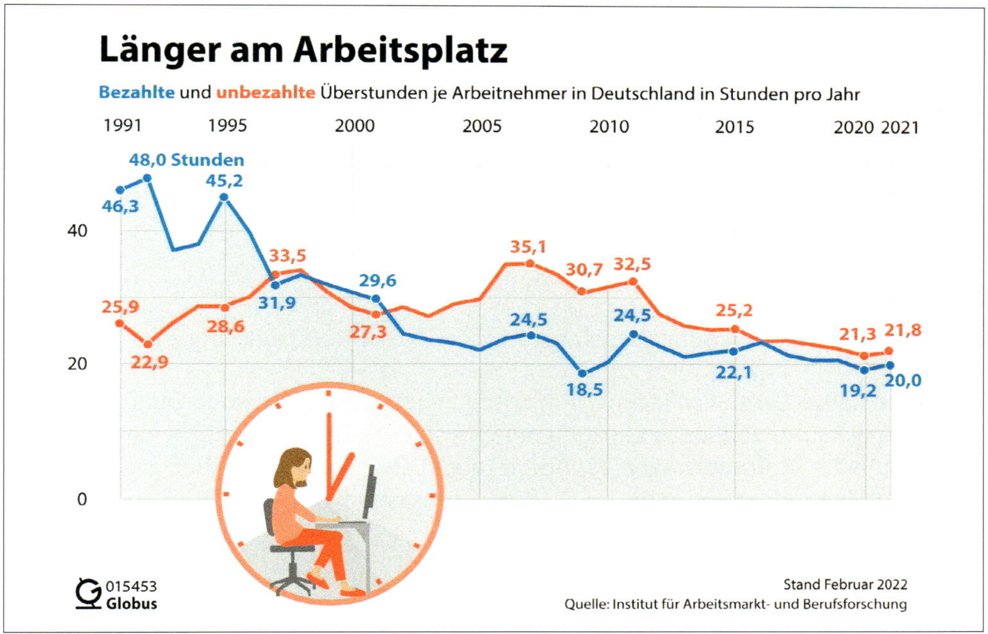

Die Überschreitung der vereinbarten Arbeitszeit wird **Überstunden** genannt. In Deutschland sind im Jahr 2021 insgesamt 41,8 Stunden je Beschäftigten mehr gearbeitet worden als vereinbart. Davon waren 20 Stunden bezahlt und 21,8 Stunden unbezahlt, wie die Grafik zeigt.

Arbeitsaufgaben

1. Nennen Sie die beiden Arten der beruflichen Fortbildung laut BBiG.
2. Helfen Sie Serkan, indem Sie vier Gründe für eine berufliche Fortbildung oder Umschulung aufzählen.
3. Erklären Sie den Begriff mobile Arbeit.
4. Recherchieren Sie im Internet Lehrgangskosten für Meisterkurse Ihres Ausbildungsberufs.

Zusammenfassung

Berufsbildung laut BBiG

- Berufsausbildungsvorbereitung
- Berufsausbildung
- berufliche Fortbildung
- berufliche Umschulung

Gründe

berufliche Fortbildung
- neue Techniken
- höherer Verdienst
- den Arbeitsplatz sichern

berufliche Umschulung
- Berufe verschwinden
- Krankheit, Arbeitsunfälle
- Unzufriedenheit im Beruf

staatliche Förderung:
BAB, BAföG, Aufstiegs-BAföG

… und wie ordnet sich nun lebenslanges Lernen in die Berufsbildung ein?

Das lebenslange Lernen soll Menschen ermöglichen, sich Wissen und Qualifikationen über ihre gesamte Lebenszeit anzueignen. Diese Bereitschaft ist nötig, da sich nicht nur berufliche Anforderungen, sondern alle Lebensbereiche über die gesamte Lebenszeit verändern können.

Mobilität und Flexibilität

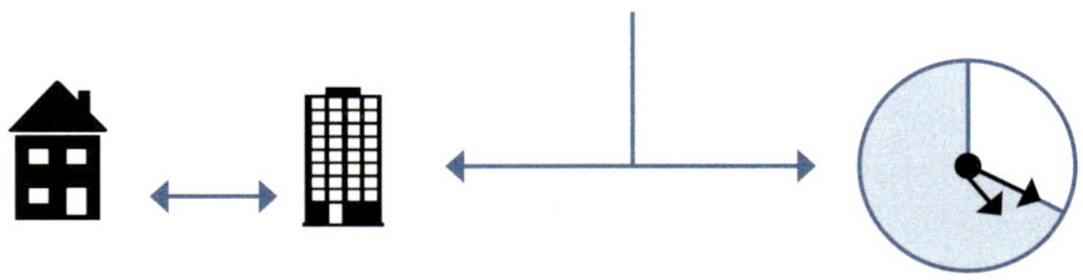

Mobilität:
Weg zwischen
Arbeitsort und
Wohnort

Flexibilität:
zeitlich länger
arbeiten als
vereinbart

Achtung:
- Telearbeit ist ein fester gesetzlicher Begriff (Arbeitsstättenverordnung).
- Telearbeit ist das Arbeiten in der eigenen Wohnung mit einem PC-Arbeitsplatz vom Arbeitgeber.
- Telearbeit ist im Arbeitsvertrag oder einer Vereinbarung genau festgelegt.

PRÜFGEBIET

Jugendliche in Ausbildung und Beruf

6 Leben, Lernen und Arbeiten in Europa

- Europass – Vereinfachung der Bewerbung für Europa
- Mobilitätsprogramme – Erasmus+ Berufsbildung und Erwachsenenbildung
- Europäische Sozialcharta und Charta der Grundrechte der EU

Einstiegssituation

Falls du Lust hast,

- andere Länder,
- andere Lebensweisen,
- andere Arbeitsweisen,
- einfach etwas Neues

kennenzulernen, dann:

PROBIER EIN PRAKTIKUM IN EUROPA!

Europass

https://europa.eu/europass/de

Europäische Union (EU)

Ein Kernbestandteil des Unionsrechts ist die Arbeitnehmerfreizügigkeit, das Recht, nach freier Wahl im europäischen Ausland zu lernen oder zu arbeiten. Daher schufen die Mitgliedsstaaten der **Europäischen Union (EU)** das gemeinsame Onlineportal **Europass**. Auf einer Website bietet die EU kostenlos Informationen und Hilfen für die europaweite Bewerbung, Jobsuche und Fortbildung. Die Europass-Tools unterstützen unter anderem

- beim Schreiben des Anschreibens und Lebenslaufes in verschiedenen Sprachen,
- bei der Arbeitssuche in 35 Europass-Ländern,
- bei der Suche nach Fortbildungskursen,
- beim Testen der digitalen Kompetenzen.

Da alle persönlichen Unterlagen für das Berufsleben gespeichert werden können, kann es auch zur Karriereplanung genutzt werden.

Europass
Lernen und Arbeiten in Europa

Europass-Portal

- Profil mit Qualifikationen erstellen
- Lebenslauf erstellen
- Anschreiben erstellen
- Suchfunktion für Jobs
- weitere Tools

Europass-Dokumente

- Diplomzusatz
- Zeugniserläuterungen
- Europass-Mobilitätsnachweis

Es sind Hilfen, um Abschlüsse und Arbeitsbescheinigungen länderübergreifend zu verstehen und zu vergleichen.

digitale Zertifikate

Hier können erhaltene Nachweise digital ausgestellt, überprüft, gespeichert und europaweit geteilt werden.

europäischer Qualitätsrahmen

Es sind Informationen über die verschiedenen Niveaus europäischer Abschlüsse und die jeweilige nationale Einstufung enthalten.

Die **Europäische Kommission** bietet einen weiteren kostenlosen Dienst für die europaweite Jobsuche an – **EURES** (engl. European Employment Services), das europäische Programm zur Förderung der grenzüberschreitenden Mobilität der Arbeitskräfte. Es ist ein Kooperationsnetz der öffentlichen Arbeitsagenturen unter Beteiligung von Gewerkschaften und Arbeitgeberverbänden. Das Ziel ist, die Mobilität der Arbeitskräfte innerhalb der 27 Mitgliedsstaaten der Europäischen Union, Norwegens, Liechtensteins, Islands und der Schweiz zu erleichtern, damit Arbeitssuchende motiviert werden, sich in anderen europäischen Ländern zu bewerben. Das Leben und Arbeiten in einem anderen Land erhöht die Chance, danach einen sicheren oder besser bezahlten Job im Heimatland zu erhalten, weil

https://eures.ec.europa.eu/index_de?lang=de

- die beruflichen und praxisnahen Sprachkenntnisse verbessert werden,
- das tägliche Miteinander die Toleranz gegenüber Menschen anderer Herkunft beeinflusst,
- die neue Kultur die Offenheit gegenüber Kunden und Lieferanten aus dem Ausland erhöht.

Mobilitätsprogramme

Die EU fördert die Mobilität von Jugendlichen, Auszubildenden und Arbeitskräften innerhalb von Europa. Mit dem Bildungsprogramm **Erasmus+** werden Lernen und Zusammenarbeit in Europa in den Bereichen Bildung, Jugend und Sport unterstützt. Die Ziele sind, die

Europäische Kommission

- europäische Einheit zu fördern und zu stärken,
- europäische Gesellschaft klimafreundlicher zu gestalten,
- europäischen Arbeitskräfte auf eine digitale Zukunft vorzubereiten.

Die Förderung besteht in kostenlosen Informationen und Beratungen. Es werden beispielsweise Teile der Kosten für die Unterkunft im Ausland, die Fahrt und die Vorbereitung übernommen.

https://www.na-bibb.de/neu-bei-erasmus

https://www.erasmusplus.de

Erasmus+ Berufsbildung

- Auslandspraktikum während der Ausbildung über mehrere Wochen in Europa absolvieren
- Fortbildung während der Ausbildung in Europa ablegen

Erasmus+ Erwachsenenbildung

- Fortbildungen in Europa für alle erwachsenen Lernenden, die bisher nur geringe Chancen hatten
- Beschäftigte, die vom Arbeitgeber für Fortbildungen ins Ausland geschickt werden

Europäische Sozialcharta

Europäische Sozialcharta

https://www.bpb de/kurz-knapp/lexika/das-europa lexikon/176894 europaeische-sozialcharta/

Die **Europäische Sozialcharta** ist ein von 45 europäischen Staaten unterzeichneter Vertrag, der aber noch nicht von allen umgesetzt ist. Er beinhaltet soziale und wirtschaftliche Grundrechte. Ein Staat muss fünf der sieben bindenden Rechte akzeptieren:

1. Recht auf Arbeit
2. Koalitions- oder Vereinigungsrecht
3. Recht auf Kollektivverhandlungen
4. Recht auf soziale Sicherheit
5. Recht auf soziale Fürsorge
6. Recht auf besonderen gesetzlichen, wirtschaftlichen und sozialen Schutz der Familie
7. Schutzrechte für Wanderarbeiter und ihre Familien

Die 1996 verbesserte Fassung der Europäischen Sozialcharta beinhaltet 31 Rechte. Sie ergänzt damit die alte Fassung um das Recht auf eine Wohnung, das Recht auf Schutz gegen Armut und soziale Ausgrenzung, das Recht auf Arbeitslosenunterstützung und das Recht auf Schutz vor sexueller Belästigung am Arbeitsplatz und einige mehr.

Charta der Grundrechte der EU

Charta

https://eur-lex.europa.eu/legal-content/DE/TXT/HTML/?uri=CELEX:12012P/TXT&from=DE

Die **Charta der Grundrechte der EU** soll die rechtlichen Unterschiede der einzelnen EU-Staaten angleichen. Der Gesetzestext umfasst alle bürgerlichen, politischen, wirtschaftlichen und sozialen Rechte der Bürgerinnen und Bürger der EU. Er ist seit 2009 gültig und in sechs Kapitel unterteilt:

1. Würde des Menschen
2. Freiheiten
3. Gleichheit
4. Solidarität
5. Bürgerrechte
6. justizielle Rechte

Arbeitsaufgaben

1. Nennen Sie drei Rechte der Europäischen Sozialcharta.
2. Nennen Sie drei Ziele des Erasmus+-Programms.
3. Nennen Sie drei Gründe, die für einen Job im Ausland sprechen.
4. Recherchieren Sie drei Fragen, die Sie sich stellen sollten, bevor Sie ins Ausland gehen. Nutzen Sie den QR-Code mit dem Link in der Marginalie.

https://wege-ins-ausland.org/wegweiser/

Zusammenfassung

Europass – Bewerbung für Europa

- Europass-Portal: Profil, Lebenslauf und Anschreiben
- Europass-Dokumente: Hilfen, um nationale Abschlüsse europaweit zu vergleichen
- digitale Zertifikate: Nachweise digitalisieren, prüfen und europaweit teilen
- europäischer Qualitätsrahmen: Einstufung nationaler Abschlüsse verstehen

Erasmus+ Berufsbildung für Auszubildende → Förderung von Fortbildungen und Auslandsaufenthalten ← Erasmus+ Erwachsenenbildung für Beschäftigte und Arbeitslose

Soziale Rechte in Europa

Charta der Grundrechte der EU

1. Würde des Menschen
2. Freiheiten
3. Gleichheit
4. Solidarität
5. Bürgerrechte
6. justizielle Rechte

gilt für

alle Bürgerinnen und Bürger der einzelnen EU-Staaten

Beispiele:

- Recht auf Leben
- Recht auf Freiheit und Sicherheit
- Recht auf Bildung

Europäische Sozialcharta

1. Recht auf Arbeit
2. Koalitions- oder Vereinigungsrecht
3. Recht auf Kollektivverhandlungen
4. Recht auf soziale Sicherheit
5. Recht auf soziale Fürsorge
6. Recht auf besonderen gesetzlichen, wirtschaftlichen und sozialen Schutz der Familie
7. Schutzrechte für Wanderarbeiter und ihre Familien

gilt für

alle Bürgerinnen und Bürger eines europäischen Staates, die fünf von sieben Grundrechten akzeptieren

PRÜFGEBIET

Nachhaltige Existenzsicherung

7 Grundzüge des Sozialversicherungssystems – Bedeutung für Individuum und Gesellschaft

- Versicherungsprinzipien
- Gesetzliche und private Vorsorge
- Sozialversicherungen
- Sozialgerichtsbarkeit

7.1 Versicherungsprinzipien

Einstiegssituation

In ihrer Freizeit spielen Fabian und Leon in der A-Jugend der Eintracht Neuss.
Ihr neuer Trainer legt Wert darauf, dass die Mannschaft neben der körperlichen Fitness auch Stärke als Team zeigt. Denn erst im Zusammenspiel können Tore erzielt werden. Für Einzelkämpfer ist in einer Fußballmannschaft kein Platz. Dafür geben sich die Spieler untereinander Tipps, springen füreinander ein und motivieren sich gegenseitig. Je stärker die Solidarität im Team ist, umso größer sind die erzielten Siege.
Was hat der Teamgeist in einer Fußballmannschaft mit den Sozialversicherungen zu tun?

Das Leben ist stets mit Risiken behaftet. Unerwartet kann man durch Krankheit, Arbeitslosigkeit oder einen Unfall kein Einkommen mehr haben. Auch im Alter braucht man eine finanzielle Absicherung.

Die Bundesrepublik Deutschland ist als sozialer Staat gegründet worden (Art. 20 GG) – er hilft Menschen in Not. Ein wichtiges und zentrales Vorsorgeinstrument sind die Sozialversicherungen. Alle Personen, die in einem Beschäftigungsverhältnis stehen, sind automatisch sozialversichert. Arbeitslosigkeit, Krankheit, Pflegebedürftigkeit, Arbeitsunfälle und Altersversorgung sind durch die Sozialversicherungen abgedeckt. Die Versicherten dürfen alle Leistungen in Anspruch nehmen und bezahlen dafür jeden Monat einen Teil ihres Gehaltes als Beitrag.

Prinzipien der Sozialversicherung

1. Versicherungspflicht

Sobald man in einem Arbeits- oder Ausbildungsverhältnis steht, ist man automatisch sozialversichert. Es besteht keine Möglichkeit, sich von der **Sozialversicherungspflicht** befreien zu lassen. Ausnahmen sind z. B. Selbstständige und Beamte.

Sozialversicherungspflicht

Man ist gegen viele Risiken abgesichert, die zu einer Einschränkung oder sogar zum Verlust der Arbeitsfähigkeit führen können. Damit man in diesen Fällen nicht ohne Einkommen ist, unterstützen die Sozialversicherungen mit ihren Leistungen.

2. Selbstverwaltung

Die Träger der Sozialversicherungen, wie die Bundesagentur für Arbeit als Träger der Arbeitslosenversicherung, verwalten sich selbst. Die Versicherten können durch die **Sozialwahl** beeinflussen, wie sich die Verwaltungsorgane zusammensetzen. Die Bundesregierung führt die Aufsicht.

3. Finanzierung durch Beiträge

Sowohl Arbeitgeber als auch Arbeitnehmer finanzieren die Leistungen der Sozialversicherungen, indem sie monatlich Beiträge einzahlen. Die Höhe der Einzahlungen richtet sich nach der Höhe des Bruttolohnes.

4. Solidaritätsprinzip

Alle beitragszahlenden Menschen haben Anspruch auf die Leistungen der Sozialversicherungen. Es spielt keine Rolle, wie viel Geld sie einzahlen und wie lange. Alle Beitragszahler bilden eine **Solidargemeinschaft**. Das bedeutet, dass Gesunde die Kranken oder Erwerbstätige die Arbeitslosen mit ihren Beiträgen unterstützen.

Solidargemeinschaft

5. Äquivalenzprinzip

Bei einigen Leistungen wie Rente oder Arbeitslosengeld hängt die Höhe der Leistungen davon ab, wie viel Geld man bisher in die Sozialversicherung eingezahlt hat. Je höher die Einzahlungen in die Rentenversicherung sind, umso höher werden später die Rentenzahlungen sein. Es besteht ein Verhältnis der Gleichwertigkeit von Beiträgen und Versicherungsleistungen (**Äquivalenz**).

Äquivalenz

Arbeitsaufgaben

1. Beschreiben Sie die grundsätzliche Aufgabe der Sozialversicherungen.
2. Erläutern Sie die Bedeutungen des Solidaritätsprinzips und des Äquivalenzprinzips.
3. Mehmet ist aufgebracht, als er entdeckt, dass von seinem Bruttolohn Sozialversicherungsbeiträge automatisch abgebucht werden. Er fragt seinen Ausbilder, ob es möglich ist, die Sozialversicherungen zu kündigen. Formulieren Sie eine Antwort des Ausbilders.
4. Beurteilen Sie die Bedeutung der Sozialversicherungen für Ihr eigenes Leben.

Zusammenfassung

Sozialversicherungen

- **Aufgabe:** Vorsorge für die elementaren Risiken des Lebens
  - Krankheit
  - Pflegebedürftigkeit
  - Arbeitslosigkeit
  - Rente
  - Arbeitsunfälle
- **Versicherungsprinzipien**
  - **Versicherungspflicht:** Sobald man einen Arbeitsvertrag oder ein Ausbildungsverhältnis begonnen hat, ist man sozialversicherungspflichtig.
  - **Selbstverwaltung:** Die Träger der Sozialversicherungen verwalten sich selbst.
  - **Finanzierung durch Beiträge:** Arbeitnehmer und Arbeitgeber teilen sich die Finanzierung.
  - **Solidaritätsprinzip:** Unabhängig von Höhe und Dauer der Beitragszahlung hat jeder Anspruch auf Sozialleistungen.
  - **Äquivalenzprinzip:** Die Höhe der Rente und der Arbeitslosenversicherung richtet sich nach der Höhe der geleisteten Beiträge.

7.2 Gesetzliche und private Vorsorge

Einstiegssituation

Markus, ein auszubildender Elektroniker, ist mit seinem Auto unterwegs, das er sich vor einem Monat von seinem gesparten Ausbildungsgehalt gekauft hat. Neben ihm sitzt seine Freundin Dafina. Sie hat gerade ein Video ihrer Freundin erhalten, das sie gedankenlos Markus zeigt. Markus wirft nur einen kurzen Blick auf das Video. Da passiert es – er übersieht einen Radfahrer, der aus einer Vorfahrtstraße kommt. Obwohl Markus noch eine Vollbremsung macht, streift sein Auto das Fahrrad und der Radfahrer wird mehrere Meter durch die Luft geschleudert. Herr Kranz, der Radfahrer, bleibt schwer verletzt liegen. Sein rechtes Bein ist gebrochen und er kann als Landschaftsgärtner sechs Monate nicht arbeiten. Außerdem hat das Fahrrad einen Totalschaden und auch Markus' Auto ist beschädigt. Markus, der einsieht, den Unfall verschuldet zu haben, muss mit hohen Kosten rechnen. Wie soll er das mit seinem Ausbildungsgehalt nur bezahlen?

7.2.1 Gesetzliche Vorsorge

Es gibt Versicherungen, die der Staat dem Einzelnen vorschreibt, weil einige Risiken uns jederzeit betreffen können, z. B. Krankheit oder Unfall. In diesen Fällen braucht man finanzielle Unterstützung.

Das Sozialversicherungssystem in Deutschland

Staat	**Arbeitnehmer und Arbeitgeber**	**Träger der Sozialversicherungen**
setzt den gesetzlichen Rahmen	finanzieren Sozialversicherungen mit ihren Beiträgen	setzen Leistungen der Sozialversicherungen um

Arbeitslosenversicherung	Krankenversicherung	Pflegeversicherung	Rentenversicherung	Unfallversicherung

Pflichtversicherungen, die die Funktion eines sozialen Netzes übernehmen

Vgl. Kap. 7.3 Sozialversicherungen.

Alle **Sozialversicherungen** werden vom Gesetzgeber vorgeschrieben, aber auch für andere Risiken gibt es Versicherungspflichten.

Beispiel: Für den Betrieb eines Autos oder Motorrads muss jeder eine Kraftfahrzeughaftpflichtversicherung abschließen, weil deren Betrieb gefährlich ist. Nach einem verschuldeten Unfall entschädigt die Haftpflichtversicherung die Unfallgegner. Sie übernimmt deren Kosten für Heilbehandlung, Reparatur, Abschleppen, Gutachter usw., die durch den Unfall verursacht wurden.

7.2.2 Private Vorsorge

Die Sozialversicherungen, die automatisch abgeschlossen werden, decken nicht alle Risiken ab. Deshalb ist es notwendig, dass man sich zusätzlich um eine private Vorsorge für diese Risiken kümmert. Besonders wichtig ist es, sich gegen Risiken abzusichern, die einen Schaden in Millionenhöhe verursachen könnten.

Berufsunfähigkeitsversicherung

Tritt der Fall ein, dass man nach einer Krankheit oder einem Unfall nicht mehr arbeiten kann, dann reicht es nicht, eine Krankenversicherung abgeschlossen zu haben. Diese zahlt nur Heilungskosten und Lohnersatz für eine begrenzte Zeit, aber nicht für langfristige Gesundheitsbeeinträchtigungen. Der Abschluss einer **Berufsunfähigkeitsversicherung** ist schon in der Ausbildung wichtig. Die Versicherung zahlt eine monatliche Rente aus, wenn man seinen Beruf nicht mehr ausüben kann. Wie hoch die Rente sein soll, darüber entscheidet jeder selbst beim Abschluss der Versicherung. Man sollte so viel Geld erhalten, dass man sein gewohntes Leben ohne finanzielle Einschränkung weiterführen kann. Je jünger man ist, desto weniger muss man als Versicherungsbeitrag zahlen. Auch ist entscheidend, wie gefährlich ein Beruf ist. Ein Dachdecker muss einen höheren Beitrag zahlen als ein Sachbearbeiter in einem Büro.

Private Haftpflichtversicherung

Wer einem anderen einen Schaden zufügt, haftet nach dem Gesetz in unbegrenzter Höhe. Eine Privathaftpflichtversicherung trägt die Kosten, die aus einem Schaden entstehen, auch Schmerzensgeld oder Behandlungskosten eines Verletzten. Voraussetzung ist, dass der Schaden nicht vorsätzlich zugefügt wird. Junge Leute in schulischen oder dualen Berufsausbildungen sind über ihre Eltern mitversichert, wenn diese eine private Haftpflichtversicherung haben. Nach der Ausbildung brauchen sie eine eigene Versicherung.

Quelle: Gesamtverband der Deutschen Versicherungswirtschaft e. V.: Die private Haftpflichtversicherung auf einen Blick. In: www.dieversicherer.de. Unter https://www.dieversicherer.de/resource/blob/962/646176531152616070da07386265fcdc/haftpflicht-infografik-produktseite-bild-data.jpg [16.11.2022]

Arbeitsaufgaben

1. Beschreiben Sie den Unterschied zwischen gesetzlicher und privater Vorsorge.
2. Erklären Sie das Sozialversicherungssystem in Deutschland.
3. Erläutern Sie die Bedeutung einer Berufsunfähigkeitsversicherung für einen jungen Menschen in der Ausbildung.
4. Beraten Sie Markus, welche Versicherungen in der Einstiegssituation leistungspflichtig sein könnten.
5. Recherchieren Sie im Internet, welche weiteren privaten Versicherungen es gibt. Wählen Sie zwei Versicherungen aus, die Sie abschließen würden, und begründen Sie Ihre Entscheidung.

Zusammenfassung

- **Gesetzliche Vorsorge**: Jeder ist gesetzlich zum Abschluss der Versicherung verpflichtet.
  Beispiele: alle Sozialversicherungen, Kfz-Haftpflichtversicherung

- **Private Vorsorge**: Jeder kann frei entscheiden, ob er die Versicherung abschließt.
  Beispiele: Berufsunfähigkeitsversicherung, private Haftpflichtversicherung

7.3 Sozialversicherungen

7.3.1 Arbeitslosenversicherung

Einstiegssituation

Uwe, 45 Jahre, Vertriebsleiter in einem mittelständischen Unternehmen: „Durch den Lockdown in der Corona-Zeit bekam unser Unternehmen immer weniger Aufträge. Und dann – Insolvenz! Fast alle haben ihren Job verloren, ich auch. Ich habe zwei Kinder, meine Frau arbeitet als Verkäuferin in Teilzeit. Wie sollten wir klarkommen ohne mein Gehalt? Zum Glück habe ich Arbeitslosengeld erhalten. Und nach einem halben Jahr habe ich auch wieder durch Vermittlung der Arbeitsagentur einen neuen Job gefunden."

Versicherte

Selbstständige, Freiberufler

Alle Menschen, die gegen ein Arbeitsentgelt beschäftigt sind oder eine Ausbildung machen, sind versicherungspflichtig. Keine Arbeitslosenversicherung zahlen **Selbstständige**, **Freiberufler**, Beamte, Zeit- und Berufssoldaten.

Leistungen

Arbeitslosengeld

Kurzarbeitergeld

Kurzarbeit: Wegen einer wirtschaftlichen Notlage des Unternehmens werden weniger Stunden als im Vertrag vereinbart gearbeitet.

Wird jemand arbeitslos, so zahlt die Agentur für Arbeit dem Arbeitnehmer das **Arbeitslosengeld**. Voraussetzung ist jedoch, dass man mindestens zwölf Monate in Folge vorher versicherungspflichtig gearbeitet hat. Außerdem muss man sich vorher elektronisch bei der Bundesagentur für Arbeit arbeitslos melden.

Im Falle von Arbeitsausfall zahlt die Arbeitslosenversicherung das **Kurzarbeitergeld.**

Die Arbeitslosenversicherung finanziert aber auch Maßnahmen, damit der Arbeitnehmer eine neue Stelle oder Ausbildung erhält. Dazu zählen die Berufsberatung oder die Übernahme von Reise- und Bewerbungskosten. Eine weitere Leistung ist die Förderung der beruflichen Weiterbildung.

Finanzierung

Auf der Grundlage des Bruttoentgelts wird ein Prozentsatz berechnet, den sich Arbeitnehmer und Arbeitgeber genau gleich aufteilen (2023: 2,6 %). Allerdings ist der Beitrag zur Arbeitslosenversicherung nach oben hin begrenzt. Steigt das Einkommen über eine bestimmte Höhe, die **Beitragsbemessungsgrenze**, wird der Einkommensteil über der Grenze nicht mehr angerechnet.

Beitragsbemessungsgrenze

Arbeitsaufgaben

1. Erläutern Sie die Bedeutung der Arbeitslosenversicherung in unserer Gesellschaft.
2. Erklären Sie den Begriff Beitragsbemessungsgrenze. Erläutern Sie, warum diese Grenze zugunsten der Beitragszahler eingeführt wurde.
3. Recherchieren Sie, welche konkreten Maßnahmen die Bundesagentur für Arbeit in Ihrer Stadt anbietet.

7.3.2 Krankenversicherung

Einstiegssituation

Selin, 17 Jahre alt, auszubildende Friseurin:
„Seit zwei Jahren lebe ich mit Diabetes. Die Diagnose war zunächst für mich ein großer Schock. Ich habe dann meine Lebensweise radikal geändert. Ich checke mehrfach täglich meinen Blutzuckerwert und spritze mir täglich Insulin. Mein ganzes Leben lang werde ich Medikamente nehmen müssen. Glücklicherweise werden die Kosten für die Medikamente und die Behandlung übernommen. Und ich blicke jetzt wieder positiv in die Zukunft."

Versicherte

Fast 90 % der Bevölkerung in Deutschland sind Mitglied in einer gesetzlichen Krankenversicherung, z. B. AOK, Betriebskrankenkassen, Ersatzkassen. Alle Arbeitnehmer, die weniger als die Beitragsbemessungsgrenze verdienen, sind gesetzlich pflichtversichert, alle anderen können sich freiwillig gesetzlich versichern. Familienangehörige ohne eigenes Einkommen oder Studenten bis zum 25. Lebensjahr sind familienversichert, ohne Beiträge zu zahlen.

Leistungen

Die gesetzliche Krankenversicherung trägt die Kosten, die durch eine Krankheit entstehen. Aufgaben der Krankenversicherung sind,

- die Gesundheit der versicherten Personen zu erhalten,
- bei Krankheit ihre Gesundheit wiederherzustellen oder zu verbessern.

So werden alle Kontrolluntersuchungen, Behandlungen, Therapien und Impfungen als Leistung von der Krankenkasse übernommen. Das gilt auch für verschriebene Medikamente und Hilfsmittel, wie Krücken oder Rollstühle. Bei einem Krankenhausaufenthalt zahlt man nur 10,00 € pro Tag, alle anderen Kosten werden von der Krankenversicherung gezahlt.

Finanzierung

Bei jedem Versicherten wird ein bestimmter Prozentsatz vom Arbeitsentgelt eingezogen, im Jahr 2023 sind es 14,6 %. Dabei teilen sich Arbeitnehmer und Arbeitgeber den Beitrag hälftig. Als Solidargemeinschaft finanziert man alle Kosten, die von der Krankenversicherung zu zahlen sind.

Arbeitsaufgaben

1. Beschreiben Sie die Leistungen der gesetzlichen Krankenversicherung.
2. Erklären Sie den Begriff Solidargemeinschaft im Zusammenhang mit der Krankenversicherung.
3. Diskutieren Sie, ob es gerecht ist, wenn Menschen, die rauchen oder sich ungesund ernähren, höhere Beiträge zur Krankenversicherung zahlen müssten.

7.3.3 Pflegeversicherung

Einstiegssituation

Jan, 17 Jahre, auszubildender Mechatroniker:
„Mein Opa sitzt im Rollstuhl und wohnt nun bei uns. Wir bekommen Hilfe bei der Betreuung. Einmal täglich kommt eine Pflegekraft und hilft beim Waschen und Anziehen. Auch der Umbau unseres Hauses wurde finanziell unterstützt. So kann Opa jeden Tag bei uns sein und an unserem Leben teilnehmen.“

Versicherte

Die Pflegeversicherung ist eng mit der Krankenversicherung verbunden. Alle, die gesetzlich krankenversichert sind, gehören zu den sozial Pflegeversicherten. Wer privat krankenversichert ist, muss sich privat pflegeversichern.

Die Menschen in den Industrieländern werden immer älter. Mit dem Alter steigt auch die Wahrscheinlichkeit, auf Hilfe angewiesen zu sein. Da Familien diese Hilfe oft nicht mehr leisten können, muss man dafür vorsorgen, eine fremde Hilfe zu bezahlen.

Leistungen

Wenn man im Alter auf Unterstützung angewiesen ist, stehen mehrere Möglichkeiten zur Verfügung. Man kann zu Hause durch einen ambulanten Pflegedienst versorgt werden, man kann in einem Alten- und Pflegeheim leben und es gibt auch immer neue Wohnformen, wie betreute Wohngruppen oder Senioren-WGs. Abhängig von dem Grad der Pflegebedürftigkeit steigt auch der Umfang der Betreuung und der Kosten.

Finanzierung

Die Ausgaben der Pflegeversicherung werden durch die Beiträge der Mitglieder gedeckt. Im Jahr 2023 liegt der Beitragssatz bei 3,05 % des Bruttoeinkommens. Dieser Beitrag wird je zur Hälfte von Arbeitnehmer- und Arbeitgeberseite übernommen. Jemand, der älter als 23 Jahre ist und keine Kinder hat, muss mehr zahlen (2023 beträgt der Zuschlag 0,35 %), denn oft übernehmen Kinder Pflegeaufgaben bei ihren Eltern.

Arbeitsaufgaben

1. Erklären Sie die Bedeutung der Pflegeversicherung.
2. Recherchieren Sie, welche Arten von Pflegestufen es gibt. Erläutern Sie, warum man sich entschieden hat, mehrere Stufen einzuführen.

7.3.4 Rentenversicherung

Einstiegssituation

Melanie, 18 Jahre, auszubildende Schreinerin:
„Meine Oma hat lange Zeit als Krankenschwester gearbeitet. Auch oft am Wochenende. Sie war immer für andere da und hat für sie gesorgt. Jetzt ist sie Rentnerin. Sie genießt ihre freie Zeit und reist mit ihren Freundinnen mit einem Campingbus durch Europa. Aus jedem Land sendet sie mir eine Spezialität und viele Fotos. Sie erfüllt sich ihren Traum und hat trotzdem keine Geldsorgen."

Versicherte

Grundsätzlich ist die gesetzliche Rentenversicherung eine Versicherung für alle abhängig beschäftigten Personen. Allerdings hat sich die Versichertengruppe ständig erweitert. So sind z. B. auch junge Menschen, die ein freiwilliges Jahr machen, Bezieher von Krankengeld oder Arbeitslosengeld, Eltern für die Dauer der Elternzeit rentenversichert.

Leistungen

Die Rentenversicherung verschafft den Rentenversicherten ein Einkommen, wenn man wegen des Alters oder einer Einschränkung der Arbeitsfähigkeit nicht mehr selbst Geld verdient. Beim Tod einer versicherten Person erhalten einige enge Angehörige eine Hinterbliebenenrente. Außerdem beteiligt sich die gesetzliche Rentenversicherung an der Krankenversicherung der Rentner. Sie finanziert Heilbehandlungen für Personen, die nur eingeschränkt arbeiten können, damit diese Personen wieder uneingeschränkt arbeiten können.

Die Höhe der ausgezahlten Rente richtet sich danach, wie lange und wie viel man in seinem Arbeitsleben als Beitrag gezahlt hat (**Äquivalenzprinzip**). Alle Monate, in denen man in die Rente eingezahlt hat, werden auf einem Rentenkonto gespeichert. Wer in seinem Arbeitsleben ausreichend lange beschäftigt war und auch ein relativ hohes Einkommen hatte, erhält auch eine relativ hohe Rente ausgezahlt. Wer allerdings ein niedriges Einkommen hatte, in Teilzeit gearbeitet oder nur wenige Jahre gearbeitet hat, dessen Rente reicht oft nicht, um den Lebensstandard zu sichern. Werden in einigen besonderen Lebensphasen, wie in Zeiten der Kindererziehung, beim Bezug von Arbeitslosengeld I oder Krankengeld, keine Rentenbeiträge gezahlt, dann übernimmt dies der Staat (Solidarprinzip). Er zahlt dann auf das persönliche Rentenkonto ein.

Finanzierung durch Generationenvertrag

Die Renten, die heute ausgezahlt werden, werden von den Personen finanziert, die gerade monatlich mit ihrem Einkommen in die Rentenversicherung einzahlen. Man nennt dieses Prinzip den **Generationenvertrag** – die arbeitende Generation sorgt für die Rentner.

Generationenvertrag

Da einerseits immer weniger Menschen arbeiten, andererseits die Menschen immer älter werden und länger Rente erhalten, kommt es zu einem Ungleichgewicht. So müssen im Jahr 2030 zwei Beschäftigte die monatliche Rente für eine Person finanzieren. Wenn die jüngere Generation nicht zu stark mit Rentenbeiträgen belastet werden soll, folgt daraus, dass das Renteneintrittsalter immer höher gesetzt wird und die ausgezahlten Renten immer niedriger werden.

Generationenvertrag

Das Verhältnis von Rentnern zu Beitragszahlern in der gesetzlichen Krankenversicherung wird stetig geringer:

Immer weniger Beitragszahler pro Rentner

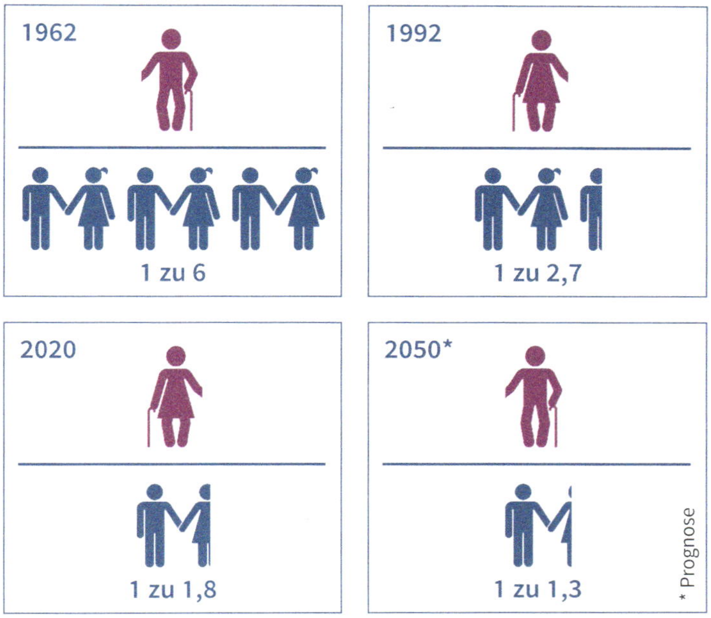

Datenquelle: Bundesinstitut für Bevölkerungsforschung, Institut der deutschen Wirtschaft

Herausforderung Generationenvertrag.

Das Drei-Säulen-System

Altersvorsorge

Betriebliche Altersversorgung

- Direktversicherung
- Pensionskasse
- Pensionsfonds
- Unterstützungskasse
- Direktzusage

Ergänzungsfunktion

Öffentlich-rechtliche Pflichtsysteme

- gesetzliche Rentenversicherung
- Beamtenversorgung
- Alterssicherung der Landwirte
- berufsständische Versorgung

Regelsicherungsfunktion

Private Vorsorge

z. B.
- „Riester"-Verträge
- Basisrenten-Verträge
- private Rentenversicherung

Ergänzungsfunktion

Die erste Säule der Altersvorsorge ist die gesetzliche Rentenversicherung. Aber es reicht nicht mehr, im Alter allein auf die gesetzliche Rentenversicherung zu bauen. Deshalb organisiert der Arbeitgeber eine **betriebliche Altersvorsorge** für seine Mitarbeiter, indem er beispielsweise eine Betriebsrente anbietet. Beteiligen sich Arbeitnehmer daran, unterstützt der Staat sie zusätzlich mit einer Prämie.

betriebliche Altersvorsorge

Die dritte Säule bildet die **private Altersvorsorge**. Sie wird von dem Arbeitnehmer persönlich ausgewählt und abgeschlossen. Dies kann in Form von Aktien, durch Kauf einer Immobilie oder Abschluss einer Lebensversicherung geschehen.

Arbeitsaufgaben

1. Beschreiben Sie die verschiedenen Arten von Leistungen der gesetzlichen Rentenversicherung.
2. Erklären Sie das Prinzip, das hinter dem Generationenvertrag steht.
3. Entwerfen Sie auf der Grundlage des Schaubildes „Herausforderung Generationenvertrag“ einen Beitrag für die Website der Auszubildendenvertretung Ihres Unternehmens.
4. Entwerfen Sie einen Dialog zwischen zwei Auszubildenden, die sich über die optimale Altersvorsorge streiten.

7.3.5 Unfallversicherung

Einstiegssituation

Ahmed, 24 Jahre, Dachdecker:
„Täglich bin ich auf Dächern herumgeklettert, habe Dachziegel angereicht und Holzbalken befestigt. Und dann geschah es – ich war unkonzentriert, habe den Halt verloren und bin mehrere Meter auf ein Gerüst gefallen, das meinen Sturz gebremst hat. Ich hatte mehrere Prellungen und einen gebrochenen Arm. Da der Bruch kompliziert war, musste ich operiert werden und hatte danach noch Physio. Ich bin jetzt wieder fit und starte nächste Woche wieder in meinem Job als Dachdecker.“

Versicherte

Die **gesetzliche Unfallversicherung** ist für alle Arbeitnehmer und Auszubildenden zuständig. Aber auch ehrenamtlich tätige Personen, Schüler und Studenten oder häusliche Pflegepersonen erhalten Schutz von der Unfallversicherung, wenn sie sich an beruflichen oder schulischen Orten aufhalten oder auf dem Weg dorthin sind.

Leistungen

Die Unfallversicherung kann in Anspruch genommen werden, wenn es zu einem Arbeitsunfall gekommen ist oder der Unfall auf dem Weg zur oder von der Arbeit passiert ist.

Auch bei Berufskrankheiten unterstützt die Unfallversicherung. Eine Berufskrankheit ist eine Krankheit, die man durch Ausübung des Berufes erleidet.

Beispiel: Dachdecker erleiden durch schweres Heben und Tragen chronische Schäden der Wirbelsäule oder der Kniegelenke. Bäcker erleiden durch Mehlstaub Asthma.

Die Leistungen einer Unfallversicherung umfassen alle Arten medizinischer Behandlung, um wieder gesund zu werden, sowie medizinische Rehabilitation. Falls eine Beschäftigung im alten Beruf nicht mehr möglich ist (berufsunfähig), finanziert die Unfallversicherung die Umschulung. Sie zahlt Renten, wenn jemand nicht mehr arbeiten kann (arbeitsunfähig), und unterstützt auch Witwen und Waisen nach tödlichen Arbeits- und Wegeunfällen.

Finanzierung

Die Beiträge der Unfallversicherung werden allein von den Arbeitgebern gezahlt. Versicherte erhalten Versicherungsschutz, ohne etwas zu bezahlen. Die Höhe der Beiträge richtet sich nach der Höhe des Gehalts oder Lohns und nach dem Grad der Unfallgefahr.

Arbeitsaufgaben

1. Beschreiben Sie an dem Fall von Ahmed (Einstiegssituation), welche Leistungen die Unfallversicherung bietet.
2. Erklären Sie, ob in den nachfolgenden Fällen die Unfallversicherung zuständig ist.
   - 2.1 Mehmet ist Stürmer des TuS Regensburg. Bei einem Auswärtsspiel wird er gefoult und hat einen Bänderriss, der operiert werden muss.
   - 2.2 Auf dem Weg zu ihrem Ausbildungsunternehmen rutscht Alina auf einer Bananenschale aus und verstaucht sich ihr Fußgelenk. Sie kann mehrere Tage nicht arbeiten.
   - 2.3 Martins Vater hat 20 Jahre als Fliesenleger gearbeitet. Da er oft auf den Knien arbeitet, ist sein rechtes Kniegelenk beschädigt und er braucht ein künstliches Kniegelenk.
   - 2.4 Melanie hat eine starke Erkältung mit hohem Fieber. Sie besucht deshalb am Wochenende die Notfallpraxis. Die behandelnde Ärztin schreibt Melanie für die folgende Woche krank.
3. Erstellen Sie eine Situation, in der die Leistungen der Unfallversicherung in Anspruch genommen werden können.

Zusammenfassung

Die fünf Säulen des Sozialversicherungssystems

	Arbeitslosenversicherung	Krankenversicherung	Pflegeversicherung	Rentenversicherung	Unfallversicherung
Versicherte	Menschen in der Ausbildung oder in einem abhängigen Beschäftigtenverhältnis	Alle Arbeitnehmer, deren Gehalt unter der Beitragsbemessungsgrenze liegt, sind gesetzlich krankenversichert.	alle Arbeitnehmer, die auch gesetzlich krankenversichert sind	alle abhängig Beschäftigten, Bezieher von Kranken- und Arbeitslosengeld, Eltern in der Elternzeit, junge Menschen im freiwilligen sozialen Jahr	alle Arbeitnehmer und Auszubildenden sowie weitere Gruppen an beruflichen und schulischen Orten
Leistungen	finanzielle Unterstützung bei Arbeitslosigkeit und Kurzarbeit	Finanzierung von Maßnahmen, um die Gesundheit zu erhalten oder wiederherzustellen	Finanzierung von Pflege zu Hause oder in Einrichtungen	Altersrente, Hinterbliebenenrente, Erwerbsminderungsrente	finanziert medizinische Maßnahmen und Reha nach einem Arbeitsunfall
Finanzierung	Arbeitnehmer und Arbeitgeber teilen sich die Beiträge.	Arbeitnehmer und Arbeitgeber teilen sich die Beiträge.	Arbeitnehmer und Arbeitgeber teilen sich die Beiträge.	Generationenvertrag; Beiträge, die aktuell in die Rentenversicherung fließen	Beiträge werden allein von den Arbeitgebern gezahlt.

7.4 Sozialgerichtsbarkeit

Einstiegssituation

Vgl. Bundessozialgericht, Urteil vom 11. Mai 1995 – 2 RU 30/94.

Alicia hat sich in der Mittagspause einen Salat in einem nahe liegenden Supermarkt gekauft. Auf dem Rückweg zu ihrem Büro stolpert sie über einen Blumenkübel und bricht sich ihr rechtes Handgelenk. Die Unfallversicherung ihres Unternehmens verweigert zunächst die Heilbehandlung. Alicia legt Widerspruch ein und es kommt zu einer Verhandlung vor dem Sozialgericht. Dieses fällt das Urteil: Verlässt eine Beschäftigte das Unternehmen, um sich in der Mittagspause etwas zum Essen zu kaufen, so steht der Weg zurück zum Unternehmen in Zusammenhang mit der beruflichen Tätigkeit. Die Unfallversicherung muss zahlen.

Sozialgericht

Sozialgerichte sind in Deutschland für Angelegenheiten des Sozialrechts zuständige Gerichte.

Kommt es zu einer Entscheidung einer Sozialversicherung, mit der man nicht einverstanden ist, wie der Ablehnung eines Antrags auf Arbeitslosengeld, so kann man **Widerspruch** einlegen. Ist die Sozialversicherung nicht bereit, den Widerspruch anzuerkennen, so kann man bei einem Sozialgericht **Klage** erheben. In den meisten Fällen müssen keine Gerichtskosten gezahlt werden.

Klage

Die gerichtliche Auseinandersetzung beginnt mit einer Klage beim Sozialgericht (erste **Instanz**). Ein **Berufsrichter** und zwei ehrenamtliche Richter entscheiden über den Fall.

Instanz

Ist man mit dem Urteil nicht einverstanden, dann kann man Berufung beim Landessozialgericht einlegen (zweite Instanz). Es entscheiden drei Berufsrichter und zwei ehrenamtliche Richter über den Fall.

Berufsrichter

In einer letzten Stufe kann Revision beim Bundessozialgericht eingelegt werden (dritte Instanz). In der dritten Instanz werden nur Rechtsfragen behandelt, also ob Sozial- und Landessozialgericht das Sozialrecht richtig angewendet haben, aber nicht die konkreten Fragen der ersten beiden Instanzen verhandelt. Wenn der Revision stattgegeben wird, muss das Landessozialgericht den Fall erneut verhandeln.

Instanzen der Sozialgerichte

3. Instanz: Bundessozialgericht

↑ **Revision**

2. Instanz: Landessozialgericht

↑ **Berufung**

1. Instanz: Sozialgericht

↑ **Klage**

Urteile der Sozialgerichte

Fall 1: Teilnahme am Betriebsfußballturnier steht nicht unter dem Schutz der gesetzlichen Unfallversicherung

Eine Verletzung bei einem Betriebsfußballturnier ist nur dann ein Betriebsunfall, wenn das Turnier Teil einer Gemeinschaftsveranstaltung für alle Beschäftigten ist, besonders auch die nicht am Fußball Interessierten.

[…]
1. Die Teilnahme an einem Betriebsfußballturnier steht nicht unter dem Schutz der gesetzlichen Unfallversicherung, wenn es nicht Bestandteil einer von der Beschäftigtenversicherung umfassten betrieblichen Gemeinschaftsveranstaltung ist (Gerichtsbescheid vom 30.04.2018, S 1 U 276/18, rechtskräftig).
[…]

Quelle: Sozialgericht Stuttgart, Pressemitteilung. Unter https://sozialgericht-stuttgart.justiz-bw.de/pb/,Lde/5247698/?LISTPAGE=1211600 [14.09.2022]

Fall 2: Kein Versicherungsschutz für Unfall bei Unterbrechung des Heimwegs zum Betanken des Fahrzeugs

Das Auftanken eines Fahrzeugs auf dem Heimweg ist kein Wegeunfall, für den die Unfallversicherung leisten muss, urteilte das Sozialgericht. Daher muss die Kraftfahrzeughaftpflicht des rammenden Fahrzeugs in Anspruch genommen werden.

[…]
2. Unterbricht ein Beschäftigter auf der Fahrt von seiner Arbeitsstelle zu seiner Wohnung seine Heimfahrt, indem er zum Tanken seines Fahrzeugs (hier Mofa) eine Tankstelle anfährt und auf dem Tankstellengelände von einem anderen Fahrzeug gerammt und dadurch verletzt wird, so ist der Versicherte bei diesem Ereignis keiner versicherten Tätigkeit nachgegangen. Die konkrete Verrichtung, bei der er angefahren worden ist und sich eine Prellung der Lendenwirbelsäule zugezogen hat, unterlag nicht dem Versicherungsschutz der gesetzlichen Unfallversicherung (Urteil vom 20.07.2017, S 1 U 2825/16, rechtskräftig). […]

Quelle: Sozialgericht Stuttgart, Pressemitteilung. Unter https://sozialgericht-stuttgart.justiz-bw.de/pb/,Lde/5247698/?LISTPAGE=1211600 [14.09.2022]

Arbeitsaufgaben

1. Begründen Sie, warum Verfahren bei den Sozialgerichten meist für die beteiligten Parteien kostenlos sind.
2. Beschreiben Sie die Instanzen, die ein Verfahren beim Sozialgericht maximal durchlaufen kann.
3. Recherchieren Sie weitere Fälle, zu denen die Sozialgerichte Urteile gefällt haben (z. B. auf www.kostenlose-urteile.de).

Zusammenfassung

- Die Sozialgerichte sind für alle sozialrechtlichen Streitigkeiten zuständig.
- Die Verfahren sind für die Beteiligten kostenlos.
- Ein gerichtliches Verfahren bei einem Sozialgericht kann maximal drei Instanzen durchlaufen.

PRÜFGEBIET

Nachhaltige Existenzsicherung

8 Zielkonflikte: Subsidiarität, Eigenverantwortung, Solidarität und Nachhaltigkeit im Zusammenhang mit sozialer Sicherung

- Entwicklung und Probleme der sozialen Sicherung
- Sparen als individuelle Vermögensbildung – Voraussetzungen, Vorüberlegungen und Möglichkeiten
- Gründe für Steuern und Steuerarten
- Einkommensteuer und Steuererklärung

8.1 Entwicklung und Probleme der sozialen Sicherung

Einstiegssituation

Chloé und Niran erhalten einen Brief von ihrer Krankenkasse.

Chloé: „Sie erhöhen die Beiträge."

Niran: „Aber wir sind doch nie krank."

Chloé: „Das verstehe ich auch nicht."

Niran: „Dann wird es knapp mit der Miete."

Chloé: „Ich habe mal was von Wohngeld gehört."

Niran: „Lass uns gleich im Internet nachschauen."

Gibt es soziale Unterstützung vom Staat nur für den, der dafür vorher etwas bezahlt hat? Warum haben die Sozialversicherungen Probleme?

Entwicklung zur heutigen sozialen Sicherung

https://www.socialnet.de/lexikon/Sozialstaat

Um zu verstehen, was die soziale Sicherung heute ist, ist der Blick zurück wichtig. Otto von Bismarck begann, das Netz der sozialen Sicherung zu knüpfen, indem er die Unfallversicherung (1878), die Krankenversicherung (1883) und die Rentenversicherung (1889) einführte. Denn im 19. Jahrhundert verarmte die arbeitende Bevölkerung durch die Industrialisierung.

In den Jahren von 1918 bis 1933 wurden die Rechte der Beschäftigten gestärkt und der Mutterschutz eingeführt. Erst nach dem Ende des Zweiten Weltkrieges war der soziale Schutz des Einzelnen wieder wichtig. Die Sozialversicherungen wurden erweitert und Gesetze zum Mutterschutz, Tarifvertrag, Betriebsrat oder zur Ausbildungsförderung eingeführt. Die große Anzahl an Gesetzen zur sozialen Sicherung wurden nach und nach zum **Sozialgesetzbuch (SGB)** zusammengefasst.

Sozialgesetzbuch (SGB)

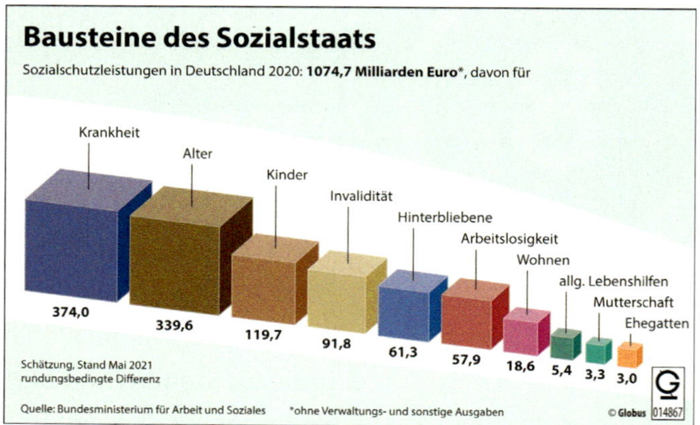

Die meisten Ausgaben der Sozialversicherungen im Jahr 2020 flossen in die Bereiche Krankheit, Alter und Kinder.

Die heutige soziale Sicherung soll die Armut und die soziale Ausgrenzung bekämpfen. Sie hilft den Betroffenen mit Geld, Beratung und langfristiger Unterstützung. In Deutschland zählen die gesetzlichen **Sozialversicherungen**, die **soziale Versorgung** und die **Sozialfürsorge** zur sozialen Sicherung. Jeder Bereich folgt einem Prinzip.

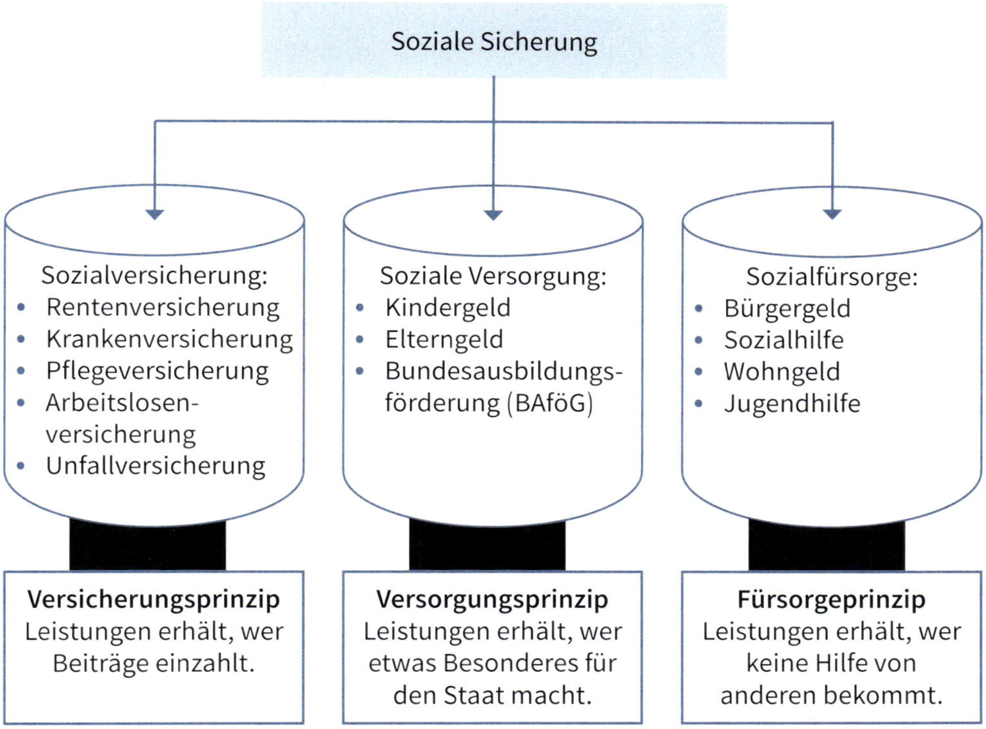

Subsidiarität und Eigenverantwortung

Ein **föderaler Staat** wie Deutschland setzt zusätzlich auf das **Subsidiaritätsprinzip**, denn er möchte die Selbstbestimmung und Eigenverantwortung des Einzelnen schützen, fordern und fördern. Jeder Mensch darf selbst darüber entscheiden, wie er leben möchte (Selbstbestimmung). Diese Freiheit ist gesetzlich geschützt. Die Eigenverantwortung ist die Bereitschaft eines jeden, sich für das eigene Handeln, Fühlen und Denken zu verantworten. Die **Subsidiarität** im Berufsalltag heißt, einen selbst verursachten Fehler zuzugeben und ihn wieder zu beseitigen. Wenn der Einzelne es nicht selbst lösen kann, dann würde sich die Meisterin oder der Meister als nächsthöhere Ebene darum kümmern. Wenn auch sie keine Lösung finden, dann würde die Unternehmensleitung eine Lösung suchen.

föderaler Staat

Subsidiaritäts-prinzip

Subsidiarität

Beispiel: Niran hat Schmieröl verschüttet, er wischt es selbst auf. Naomi hat mit einem Gabelstapler ein Regal gerammt. Sie benötigt Hilfe ihrer Vorgesetzten Sophia. Sie bemerkt, dass im gerammten Regal Ware eines Kunden von erheblichem Wert beschädigt wurde, und wendet sich an die Geschäftsleitung.

Bei öffentlichen Aufgaben wie Straßenreinigung oder Gesundheitsversorgung soll die Verantwortung des Einzelnen, der Familie oder der Kommune, solange es möglich und sinnvoll ist, genutzt werden. Eine höhere staatliche Stelle soll nur dann eingreifen, wenn die niedrigere Stelle keine Lösung findet.

Beispiel: Falls Katharina nach der Ausbildung keinen Job findet, würde sie erst die Familie oder Freunde fragen. Wenn diese keine Arbeit haben, dann würde sie als nächste staatliche Stelle das Jobcenter der Arbeitsagentur fragen.

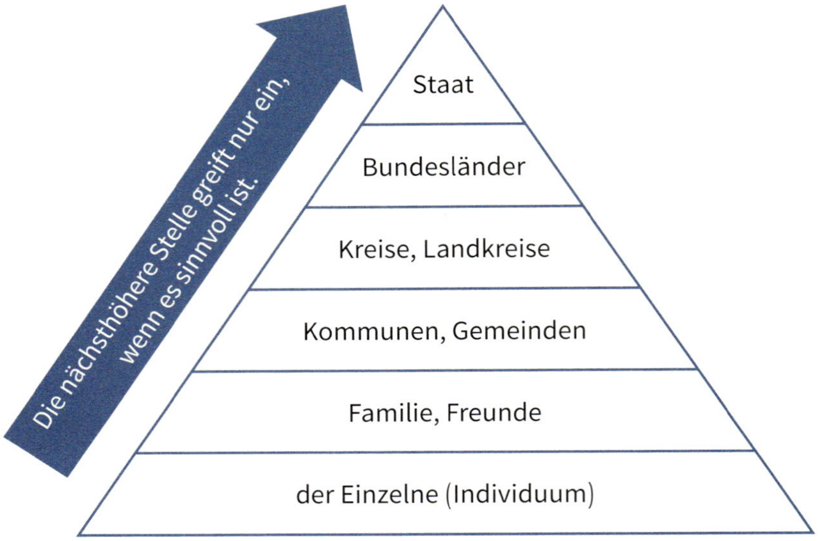

Probleme der sozialen Sicherung

Damit die soziale Sicherung in Deutschland funktioniert, muss Geld durch Beiträge zur Sozialversicherung oder durch Steuern eingenommen werden. Die Summe dieser Einnahmen hängt von der Größe der arbeitenden Bevölkerung und ihren Arbeitsentgelten ab. Mit diesen Einnahmen können in Deutschland 40 % der Ungleichheit beseitigt werden. Um die soziale Ungleichheit gerecht zu beseitigen, muss der Staat die soziale Sicherung verändern und gesellschaftliche Probleme lösen:

- demografischer Wandel
- Empfindung der Ungleichheit
- bürokratische Hürden
- weltweiter Wettbewerb

Demografischer Wandel

Vgl. Kap. 7.3.4 Rentenversicherung.

Die zahlenmäßige Beschreibung der Bevölkerung heißt **Demografie**. In Deutschland wandelt sich die Altersstruktur der Bevölkerung – es gibt wenige Geburten und die Menschen werden immer älter. Das birgt Gefahren für die soziale Sicherung, weil weniger Beschäftigte für die Rente von mehr Älteren zahlen. Der medizinische Fortschritt nutzt allen und verlängert die Lebenserwartung, kostet aber mehr Geld für neue Medikamente, medizinische Geräte und Therapien. Die Beiträge zur Krankenversicherung werden ebenso von weniger Beschäftigten als früher gezahlt. Viele ältere Menschen können nicht mehr allein wohnen, sie brauchen Unterstützung oder Pflege. Wieder tragen weniger Beschäftigte die Beiträge zur Pflegeversicherung. Nebenbei gibt es zu wenige Menschen, die in der Pflege arbeiten.

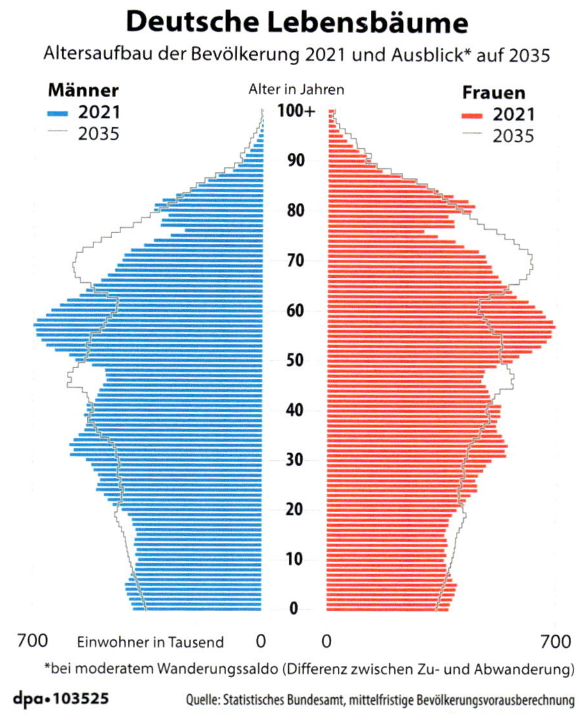

Empfinden der Ungerechtigkeit

Staatliche Hilfe wird von Teilen der Öffentlichkeit als ungerecht und bürokratisch empfunden. Die einen sind der Ansicht, die Hilfe reiche nicht für ein **Existenzminimum**. Anderen sind die Sozialversicherungsbeiträge und Leistungen zu hoch. Dritte lehnen die Erschließung anderer Einnahmequellen als der menschlichen Arbeit ab. Die Unterstützung für ärmere oder hilfsbedürftige Menschen wird zunehmend unterschiedlich gesehen. So akzeptieren immer weniger Menschen die soziale Sicherung als gesellschaftliche Aufgabe.

Existenzminimum

Bürokratische Hürden

Um Sozialleistungen zu bekommen, sind schwer verständliche Antragsformulare bei verschiedenen Ämtern oder Internetportalen auszufüllen. Damit werden ausgerechnet jene weiter benachteiligt, die als gering Qualifizierte auf dem Arbeitsmarkt einen schweren Stand haben und zu den geringer Verdienenden zählen.

Sozialleistung	Zuständige Stelle
Kindergeld	Familienkasse
Arbeitslosengeld	Arbeitsagentur
Wohngeld	Stadtverwaltung oder Landratsamt

Weltweiter Wettbewerb, Globalisierung

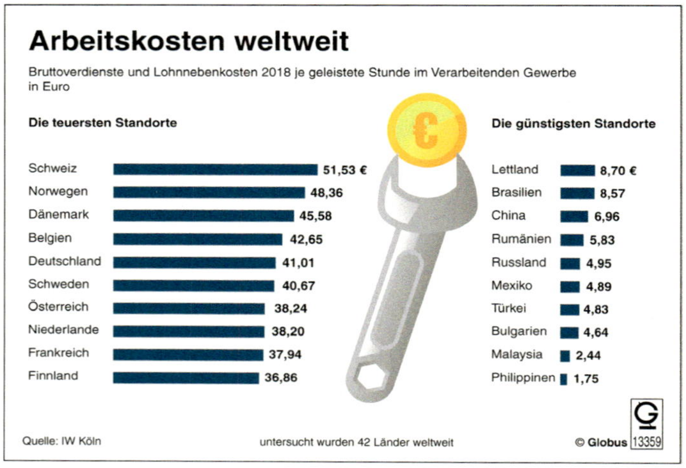

In Deutschland hergestellte Waren sind manchmal teurer als vergleichbare Waren aus anderen Ländern. Der Grund sind oft die Lohnkosten der Herstellung. Sie setzen sich aus dem Lohn und den Beiträgen zur Sozialversicherung zusammen. Um mehr Waren verkaufen zu können, wollen die Unternehmen ihre Steuern und Beiträge zur Sozialversicherung senken. Aber je weniger Steuern und Beiträge der Staat einnimmt, desto weniger kann er helfen.

Arbeitsaufgaben

1. Erklären Sie das Versicherungsprinzip anhand eines Beispiels.
2. Beschreiben Sie das Versorgungsprinzip anhand eines Beispiels.
3. Nennen Sie die vier Problembereiche der sozialen Sicherung.
4. Helfen Sie Chloé und Niran aus der Einstiegssituation. Beantworten Sie die Fragen mithilfe des Internets.
   4.1 Wer ist an Ihrem Wohnort für Wohngeld zuständig?
   4.2 Wer kann Wohngeld beantragen und kann der Antrag auch online gestellt werden?

Zusammenfassung

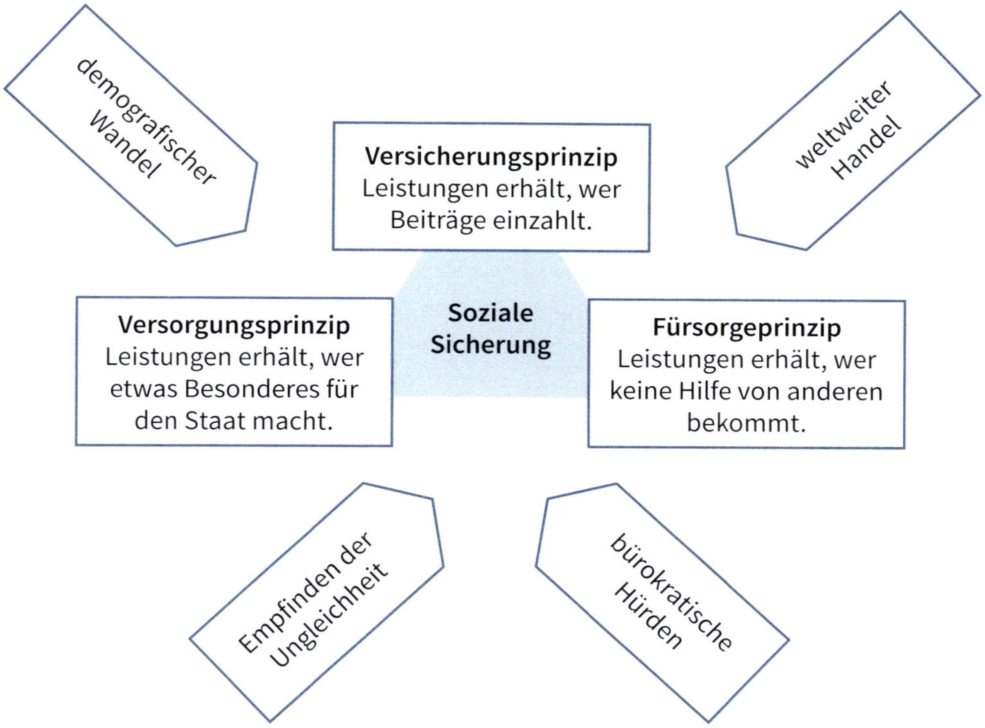

8.2 Individuelle Vermögensbildung

Einstiegssituation

Irina ist auszubildende Vermessungstechnikerin. Sie hat ihren Kontostand gecheckt und ruft sofort ihre Freundin an.

„Hi, morgen bekomme ich Geld und mein Konto ist noch im Plus. Vielleicht können wir doch zusammen nach Thailand fliegen. Aber das kleine Plus reicht nicht. Wie schaffe ich das nur?“

Was sollte Irina beim Sparen beachten? Bekommt Irina auch Geld vom Staat?

Voraussetzungen für das Sparen

Vgl. Kap. 7.2.2 Private Vorsorge.

Am Anfang des Sparens sollten drei Voraussetzungen erfüllt sein:

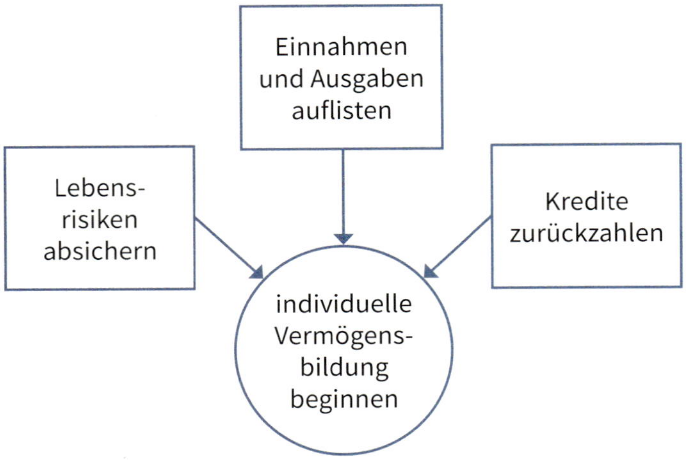

- **Lebensrisiken absichern**
  Die meisten Menschen müssen arbeiten, um Geld für Lebensmittel, Wohnung und Hobbys zu verdienen. Die meisten Unfälle passieren in der Freizeit, z. B. beim Sport. Manchmal ist ein Unfall so schwer, dass im aktuellen Beruf nicht mehr gearbeitet werden kann. Dann hilft eine Berufsunfähigkeitsversicherung, denn sie trägt zum Lebensunterhalt bei, bis ein neuer Beruf erlernt ist. Ein Unfall kann auch andere Personen verletzen oder Sachen beschädigen. Die private Haftpflichtversicherung ersetzt den Schaden anderer und trägt Behandlungskosten.

- **Einnahmen und Ausgaben auflisten**
  Die eigenen Einnahmen und Ausgaben zu kennen, ist wichtig, um Geld für einen Urlaub, ein Auto oder einen anderen Traum zu haben. Ein regelmäßiger Blick auf die Ausgaben zeigt, wo gespart werden kann, beispielsweise beim teuren Handyvertrag oder einer nicht genutzten Mitgliedschaft in einem Verein. Wenn Einnahmen und Ausgaben über mehrere Monate aufgelistet werden, dann wird es **Haushaltsbuch** genannt.

- **Kredite zurückzahlen**
  Die Zinsen für Kredite sind meist höher als die **Rendite** beim Sparen. Falls das Konto im Minus ist (**Dispositionskredit**) oder ein Autokredit vorhanden ist, dann lohnt sich eher die Rückzahlung, als das Geld zu sparen.

Rendite

Dispositionskredit

Geldanlage

Möglichkeiten des Sparens

Es gibt viele Möglichkeiten, sein Geld zu sparen. Bevor das Ersparte in eine **Geldanlage** investiert wird, sollten vier Überlegungen stehen: Risiko, Dauer, Vielfalt und Kosten.

Risiko

Eine Regel gilt bei ehrlichen Geldanlagen – je höher das Risiko, desto höher die Rendite. Ein Risiko besteht darin, das angesparte Geld teilweise oder gar komplett zu verlieren.

Beispiel: Aktienkurse steigen und fallen ständig. Manchmal wird eine Aktie über Nacht wertlos, weil ein Ereignis die Anleger massenhaft verkaufen lässt: Schwarzer Freitag 1929, Schwarzer Montag 1987, Subprime-Krise 2008, Wirtschaftseinbruch durch Corona-Virus 2020.

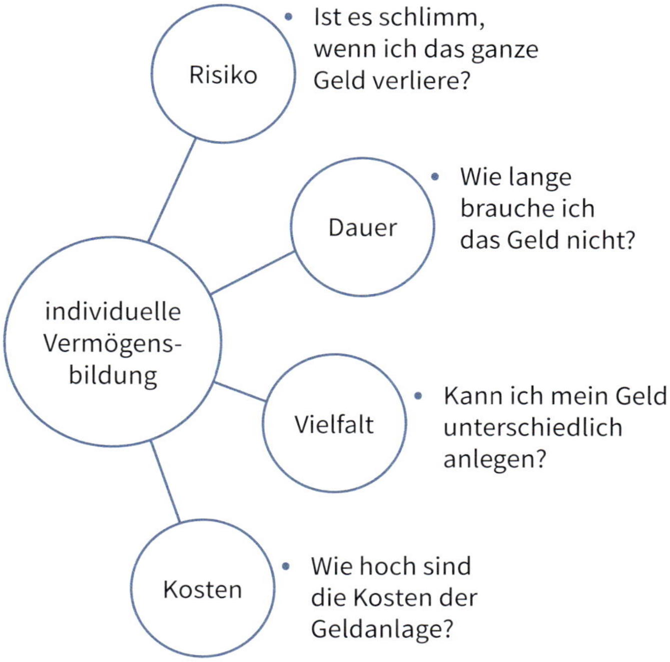

Dauer

Der Erfolg hängt auch mit der Dauer der Geldanlage zusammen. Je länger das Geld angelegt wird, desto höher können die Renditen werden. Bei stark schwankenden Geldanlagen wie Aktien kann eine lange Dauer mögliche Verluste verringern oder ausgleichen.

Beispiel: Die Aktie des Unternehmens HeidelbergCement AG kostete am 31.01.1990 46,94 €, am 31.08.1999 76,90 €, am 28.02.2009 20,20 €, am 31.12.2017 90,50 € und am 30.11.2022 52,48 €.

Vgl. Deutsche Börse AG: HeidelbergCement Aktie. Unter https://www.boerse.de/aktien/HeidelbergCement-Aktie/DE0006047004 [04.01.2023]

Vielfalt

Die große Auswahl an Geldanlagen hilft, das Geld unterschiedlich zu verteilen. Diese Verteilung, auch Diversifikation genannt, kann vor großen Verlusten schützen. Wenn sich Geldanlagen unterschiedlich entwickeln, dann kann der Gewinn der einen Geldanlage den Verlust der anderen ausgleichen.

Beispiel: Irina hat ihr Geld aufgeteilt: 100,00 € auf ein Festgeld für zwölf Monate mit 5 % und eine Aktie von HeidelbergCement. Sie hat nach einem Jahr mit der Aktie einen Verlust von 36,90 € erzielt und erhält 50,00 € Zinsen für das Festgeld. So konnte sie ihren Verlust ausgleichen und 23,10 € verdienen.

Kosten

Manchmal ist die Geldanlage nicht kostenlos. Die Kosten können Gebühren für den Abschluss oder erhöhte Preise für den Kauf der Geldanlage sein. Somit verringern die Kosten den Gewinn der Geldanlage, also die Rendite.

Beispiel: Der Kurs einer Aktie entspricht nicht dem Kaufpreis: Aktienkurs 50,00 € + Bankprovision 3,50 € + Börsengebühr 2,50 € = 56,00 € Kaufkosten. Das Tagesgeldkonto sollte kostenlos sein, aber manchmal Verlangen die Banken für die Zusendung von Kontoauszügen Gebühren.

Geldanlagen

https://www.finanztip.de/geldanlage/

Banken oder Vermögensberatungen bieten Geldanlagen an. Sie haben verschiedene Namen dafür: Anlageprodukte, Finanzprodukte, Kapitalanlage, Investments oder nur Produkte.

Bei jeder Geldanlage sollte der Grundsatz gelten: „Was ich nicht verstehe, kaufe ich nicht."

Tagesgeld

Einlagensicherung

Das Geld ist täglich verfügbar. Das Tagesgeldkonto dient nur zum Sparen. Es ist eine sichere Geldanlage. Denn die Banken und Sparkassen haben es über die **Einlagensicherung** gesetzlich abgesichert. Die Rendite ist aber niedrig.

Festgeld

Auf dem Festgeldkonto wird ein Betrag für eine bestimmte Zeit angelegt. Die Dauer kann von einem Monat bis zu mehreren Jahren sein. Für den gewählten Zeitraum ist das Geld gesperrt. Je länger das Geld gesperrt ist, desto höher ist die Rendite. Das Festgeld ist ebenfalls über die gesetzliche Einlagensicherung geschützt.

Aktien

Aktien sind Anteile an einem Unternehmen der Rechtsform Aktiengesellschaft (AG). Die Eigentümer von Aktien heißen Aktionäre. Aktien können täglich an **Börsen** im Auftrag von Banken und ihren Kunden gehandelt werden.

Börse

Eine Aktiengesellschaft kann Gewinn oder Verlust machen, damit wird der Kurs steigen oder fallen. Das Risiko ist sehr hoch, sein Geld teilweise oder ganz zu verlieren. Falls das Unternehmen Gewinn macht, kann es einen Teil des Gewinnes an die Aktionäre verteilen, sie erhalten eine **Dividende**.

Dividende

Die Aktien erhält der Käufer elektronisch und braucht deshalb bei einer Bank ein besonderes Konto, das Depot. Es zeigt die Anzahl der Aktien, den Kaufpreis, den aktuellen Wert und noch einiges mehr. An die Bank ist für die Kontoführung des Depots eine Gebühr zu zahlen. Beim Kauf oder Verkauf von Aktien entstehen Gebühren bei der Börse und bei der Bank. Alle Gebühren zusammen senken die Rendite.

Aktienfonds

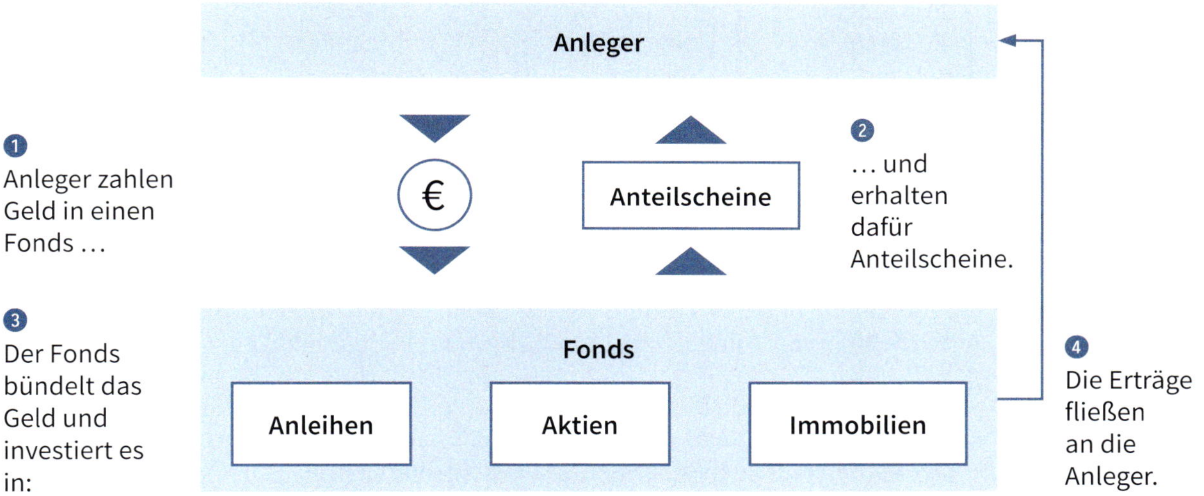

Vgl. BVI Bundesverband Investment und Asset Management e. V. Unter https://upload.wikimedia.org/wikipedia/commons/9/9d/Funktionsweise_von_Investmentfonds_Grafik_BVI_Bundesverband_Investment_und_Asset_Management.jpg [17.02.2023]

Ein Aktienfonds fasst verschiedene Aktien, z. B. alle Aktien von Autoherstellern in Deutschland, zusammen. Das verkleinert das Risiko eines Verlustes durch ein Unternehmen. Statt einem Unternehmen muss es einem ganzen Wirtschaftsbereich, also mehreren Unternehmen, schlecht gehen.

Sie können auch täglich über Börsen gehandelt werden. Je nachdem, bei welcher Bank gekauft wird, muss eine zusätzliche Gebühr auf den Kaufpreis bezahlt werden, der Ausgabeaufschlag. Er kann bis zu 5 % betragen. Daneben fallen alle anderen Gebühren wie bei der Aktie an – Gebühren für die Börse, die Bank und das Depot.

Staatliche Förderung des Sparens

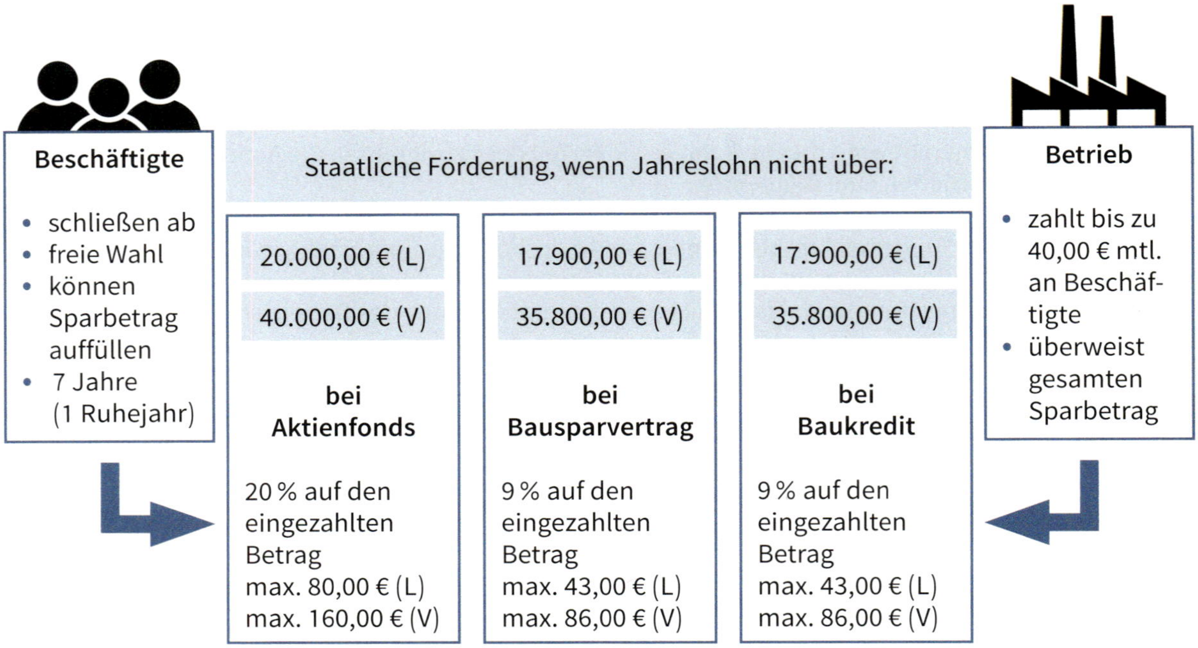

Legende: L = Ledige, V = Verheiratete

Auszubildende und Beschäftigte erhalten beim Sparen Unterstützung vom Staat, die **Arbeitnehmersparzulage**. Dabei gibt es bestimmte Bedingungen:

- Das zu versteuernde Einkommen bleibt unterhalb bestimmter Grenzen.
- Der Sparvertrag dauert sieben Jahre (sechs Jahre einzahlen und ein Jahr warten).
- Der Betrieb muss den gesamten Sparbetrag überweisen.

vermögenswirksame Leistungen

Die **vermögenswirksame Leistung** ist ein Sparbetrag, den der Betrieb für den Beschäftigten überweist. Der Betrieb kann dem Beschäftigten einen Teil des Sparbetrages oder den gesamten Sparbetrag schenken. Dieser Zuschuss wird in Lohnabrechnungen als vermögenswirksame Leistung der Arbeitgeberin oder des Arbeitgebers bezeichnet. Die Förderung des Staates ist also nicht abhängig von der Höhe des Zuschusses des Betriebes, sondern der Einkommenshöhe. Beschäftigte können auch mehrere Sparverträge abschließen. Die Arbeitnehmersparzulage muss mit der Einkommensteuererklärung beim Finanzamt beantragt werden. Den Nachweis über die eingezahlten Sparbeträge sendet die Bank dem Finanzamt automatisch zu. Nach sieben Jahren überweist das Finanzamt die gesamte Arbeitnehmersparzulage.

Arbeitsaufgaben

1. Nennen Sie drei Voraussetzungen, bevor Sie zu sparen beginnen.
2. Nennen Sie zwei Überlegungen vor dem Kauf einer Geldanlage.
3. Erklären Sie das Finanzprodukt Festgeld.
4. Erstellen Sie eine Liste Ihrer Einnahmen und Ausgaben mithilfe des Haushaltsrechners über die Internetseite bzw. den QR-Code: https://www.finanztip.de/haushaltsbuch.
5. Ordnen Sie die Geldanlagen Tagesgeld, Festgeld, Aktien und Aktienfonds tabellarisch den Kategorien geringes Risiko, mittleres Risiko, hohes Risiko, hohe Rendite, mittlere Rendite und geringe Rendite zu.

https://www.finanztip.de/haushaltsbuch

Zusammenfassung

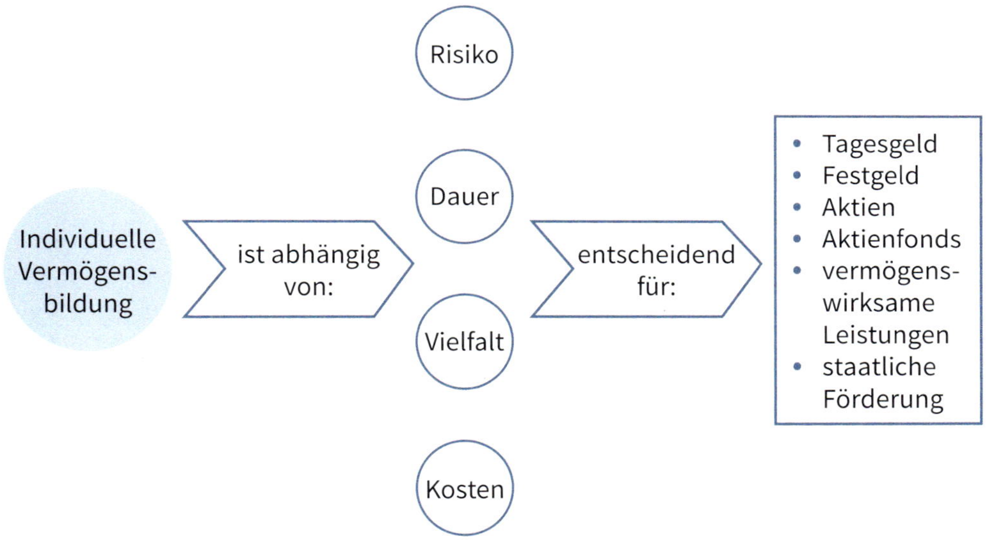

8.3 Steuern und Transferleistungen des Staates

Einstiegssituation

Nach der Arbeit wird im Park gefeiert. Kurz bevor es nach Hause geht, dreht sich's wieder ums Geld:

Carlos: „Ohne Steuern hätten wir mehr Geld zum Feiern."

Dalila: „Ja, aber dann kostet der Park Eintritt."

Szymon: „Kann man nicht Steuern zurückkriegen?"

Kiana: „Ja, da musst du eine Steuererklärung machen."

Was wird mit Steuern bezahlt? Was ist eine Steuererklärung und kann sie jeder machen?

Zusammenhang von Steuern und Transferleistungen

Vgl. Kap. 8.1 Entwicklung und Probleme der sozialen Sicherung.

Während Unternehmen und Beschäftigte Güter oder Dienst- oder Arbeitsleistungen gegen Entgelt anbieten, erhebt der Staat Steuern auf diese Entgelte. Wenn alle gut verdienen, weil die „Wirtschaft brummt", verdient auch der Staat gut. Dieses Geld bekommt er von den Unternehmen und den in Deutschland lebenden Personen. Die Personen verdienen Geld durch ihre Arbeit, die Unternehmen wiederum durch den Verkauf von Waren, z. B. Handyverkauf (Konsum). Der Staat nimmt nicht nur Geld, sondern er gibt auch Geld zurück. Das sind Transferleistungen. Sie unterteilen sich in Subventionen für Unternehmen und Sozialleistungen für Personen. Diese Zahlungen des Staates sind ohne Verpflichtung oder Gegenleistung.

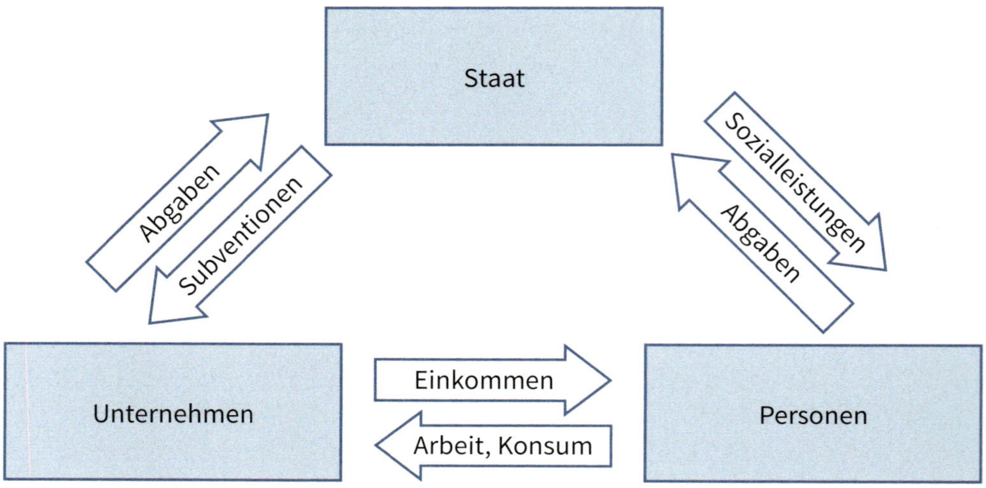

Gründe für Steuern

Der Staat braucht für verschiedene Aufgaben Geld. Der größte Teil der Steuereinnahmen wird für die **Umverteilung** von gut verdienenden und vermögenden Steuerzahlern zu den Bedürftigen verwendet. Das Geld soll Armen, Familien, Jugendlichen und Arbeitslosen helfen. Andere Ausgaben des Staates fließen in Verkehrswege, Außenpolitik, Militär und Polizei, Forschung und Bildung, Umwelt usw. Um diese **allgemeinen Dienste** zu erfüllen, unterhält der Staat eine Verwaltung, die durch Löhne für die Beschäftigten, Gebäude, Arbeitsplatzausstattung, Fahrzeuge usw. Geld kostet.

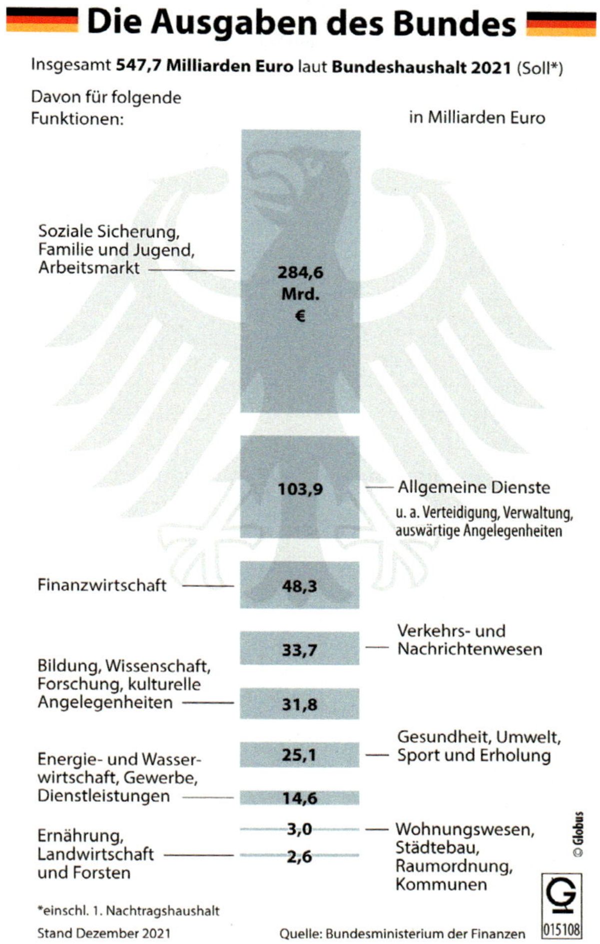

Der Staat will auch **Einfluss auf Wirtschaft und Kaufverhalten** nehmen. Für diese Maßnahmen benötigt er ebenfalls Geld. So senkt er die Steuern für Unternehmen oder gibt Hilfen, wenn es der Wirtschaft schlecht geht. Er schöpft Gewinne ab, wenn Unternehmen ihre Marktstellung zulasten der Käufer missbrauchen.

Er beeinflusst das Kaufverhalten seiner Bürger, um verschiedene Ziele zu erreichen.

Beispiele:

- Menschen sollen gesundheitsschädliches Verhalten aufgeben, weil das die Sozialversicherungen belastet. Also erhöht der Staat die Tabaksteuer, die Preise für Zigaretten steigen. So könnten einige Menschen veranlasst sein, weniger zu rauchen.
- Er subventioniert den Kauf von Elektroautos, um Menschen zur Abkehr von Verbrennungsmotoren zu motivieren und die Umweltverschmutzung zu senken.
- Die Bevölkerung soll mehr Bus und Bahn und weniger ihre Autos nutzen. Der Staat erhöht die Abgaben auf Autos und gibt mehr Geld den Verkehrsbetrieben, wie für das deutschlandweite 49-Euro-Ticket.

Unterscheidung der Steuern

Jede Zahlung an den Staat wird gern als Steuer bezeichnet, doch das stimmt nicht. Der Oberbegriff heißt **Abgabe**. Die Steuer ist eine besondere Abgabe, weil es keine direkte Gegenleistung vom Staat, keine Zweckbindung gibt. Alle anderen Abgaben sind mit Zwecken verbunden:

Steuerschuldner

Steuerträger

- Für einen neuen Ausweis wird eine Gebühr für die Arbeit der Verwaltung der Stadt oder Gemeinde fällig.
- An öffentliche Unternehmen wie Wasserwerke oder öffentliche Rundfunkanstalten (ARD, ZDF) werden Beiträge für die Leistungen Wasser oder Radio und Fernsehen gezahlt.
- Falls Waren in ein anderes Land verkauft werden (Ausfuhr, Export) oder aus einem anderen Land kommen (Einfuhr, Import), dann sind Zölle je nach Ware, Land und Menge zu bezahlen. Daran müssen auch Urlauber denken.

Abgaben

Steuern	Gebühren	Beiträge	Zölle
Zahlungen an den Staat ohne Gegenleistung oder Zweck	Zahlungen an die öffentliche Verwaltung für eine bestimmte Leistung	Zahlung an ein öffentliches Unternehmen für eine bestimmte Leistung	Zahlungen an den Staat bei Kauf oder Verkauf von Waren über die Landesgrenze
Beispiele: Umsatzsteuer, Einkommensteuer	**Beispiele:** Müllgebühren, Ausweisgebühren	**Beispiele:** Rundfunkbeitrag, Sozialversicherungsbeitrag	**Beispiele:** Einfuhrzoll, Ausfuhrzoll

Die Steuern sind die größte Einnahmequelle des Staates. Eine Unterscheidung ist, wer die Steuern zahlt – der Steuerpflichtige oder der **Steuerschuldner**.

direkte Steuer →	Die Person, die mit einer Steuer belastet wird, zahlt direkt an das Finanzamt. **Steuerträger** = Steuerschuldner →	• Einkommensteuer • Gewerbesteuer • Erbschaftssteuer →	Staat
indirekte Steuer →	Die Person, die mit einer Steuer belastet wird, zahlt nicht direkt an das Finanzamt. Ein Steuerträger kauft eine Ware mit Umsatzsteuer, der Verkäufer zahlt die Umsatzsteuer als Steuerschuldner an das Finanzamt. Steuerträger ≠ Steuerschuldner →	• Umsatzsteuer • Biersteuer • Tabaksteuer • Energiesteuer →	Staat

Das Grundgesetz bestimmt in Artikel 106, wie Steuern und Zölle auf Bund, Länder und Gemeinden verteilt werden. Manche Steuern stehen nur einem zu, andere müssen geteilt werden (Gemeinschaftssteuern). In Artikel 108 GG wird bestimmt, wer die Steuern einnehmen darf. Die Steuereinnahmen müssen also noch an die Empfänger umverteilt werden.

Beispiel: Die Kraftfahrzeugsteuer wird seit 2009 vom Bund erhoben, aber den Bundesländern steht ein Teil davon zu. Die Einkommensteuer wird von den Landesfinanzverwaltungen erhoben, aber steht Bund, Ländern und Gemeinden zu.

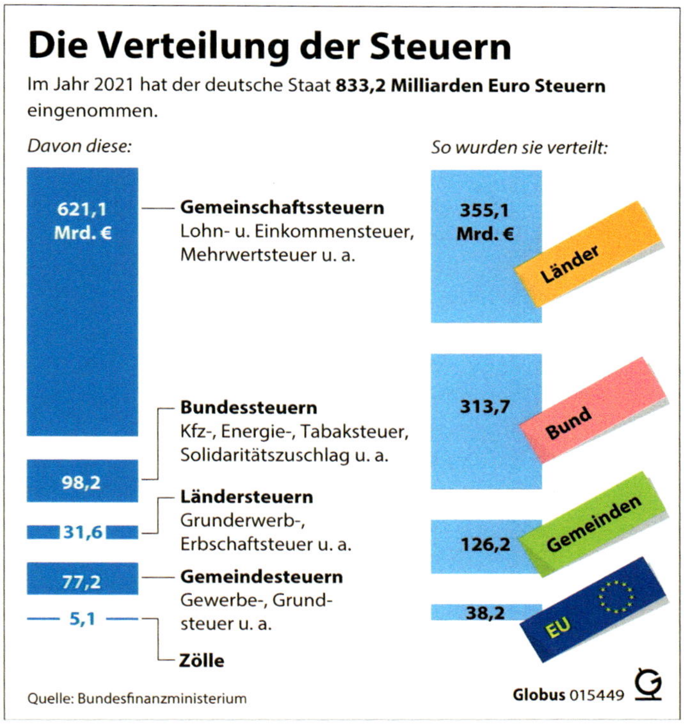

Einkommensteuer

Der Staat unterscheidet bei der Einkommensteuer verschiedene Arten von Einkünften. Die meisten Beschäftigten zahlen Lohnsteuer, da sie bei einem Betrieb arbeiten (Einkünfte aus nichtselbstständiger Arbeit). Falls die Zinsen einer Geldanlage über einen bestimmten Betrag hinausgehen, dann ist Abgeltungssteuer zu zahlen (Einkünfte aus Kapitalvermögen).

Art der Einkünfte

Land- und Forstwirtschaft	Gewerbebetrieb	selbstständige Arbeit	nichtselbstständige Arbeit	Kapitalvermögen	Vermietung und Verpachtung	sonstige Einnahmen
Bauernhöfe, Gärtnereien, Baumschulen	Handwerk, Handel, Industrie	Ärzte, Rechtsanwälte, Autoren, Künstler	Löhne, Gehälter, Ausbildungsvergütung	Zinsen, Dividenden	Mieten, Pachten	Renten, Unterhaltszahlungen

Vgl. Kap. 1.4 Die Entgeltabrechnung.

Die Lohnsteuer ist abhängig von der **Steuerklasse**. Alle Beschäftigten sind einer Steuerklasse zugeordnet. Die Zuordnung soll den persönlichen Verhältnissen der Beschäftigten gerecht werden. So zahlen ledige oder geschiedene Beschäftigte mehr Lohnsteuer als Personen mit Kindern oder Personen in einer Ehe.

Die Lohnsteuer ist monatlich im Voraus zu zahlen. Damit der genaue Steuerbetrag berechnet werden kann, sollte eine Steuererklärung nach dem Jahresende abgegeben werden. Einige Beschäftigte müssen eine Steuererklärung abgeben, andere können es freiwillig tun. Der größte Teil der Beschäftigten erhält Lohnsteuern zurück, wenn eine Steuererklärung abgegeben wird. Typische Gründe für eine freiwillige Steuererklärung sind:

- geringe Einkünfte
- schwankender Arbeitslohn
- hohe Ausgaben, z. B. große Entfernung zum Arbeitsort
- eine Sparförderung, z. B. vermögenswirksame Leistungen
- Heirat usw.

Die zu zahlende Steuer wird auf das zu versteuernde Einkommen berechnet. Die Rechnung zeigt vereinfacht, wie das zu versteuernde Einkommen ermittelt wird:

www.finanztip.de/est-grundlagen/

	Einkünfte aus nichtselbstständiger Arbeit, z. B. Bruttolohn mit vermögenswirksamen Leistungen
–	Werbungskosten, z. B. Fahrtkosten
+	Einkünfte aus Kapitalvermögen, z. B. Zinsen
+	weitere Einkünfte, z. B. Mieten, Pachten, Unterhaltszahlungen von anderen
=	**Summe der Einkünfte**
–	Sonderausgaben, z. B. private Altersvorsorge, Unterhaltszahlungen an andere
–	außergewöhnliche Belastungen, z. B. unzumutbare Krankheitskosten, Folgen von Naturkatastrophen
–	Freibeträge, z. B. für Kinder
=	**zu versteuerndes Einkommen**

Die Steuererklärung sollte elektronisch abgegeben werden. Das spart Zeit. Steuerprogramme oder Steuer-Apps helfen, alles richtig auszufüllen, und geben Tipps. Die **el**ektronische **St**eu**er**erklärung heißt verkürzt **Elster**. Die Website www.elster.de wird als Onlinefinanzamt bezeichnet.

Steuererklärung

Werbungskosten
sind Ausgaben, um den Lohn zu sichern:

- Fahrtkosten zur Arbeit
- Arbeitskleidung
- Fachbücher
- Bewerbungskosten
- Homeoffice-Pauschale
- Meisterprüfung
- Fortbildungen
- ...

Sonderausgaben
sind Ausgaben im staatlichen Interesse oder mit staatlicher Hilfe:

- private Altersvorsorge
- Berufsunfähigkeits-versicherung
- Spenden
- Schulgeld
- Berufsausbildung
- Unterhaltszahlungen an Geschiedene
- Kinderbetreuung
- ...

Außergewöhnliche Belastungen
sind höhere Ausgaben durch eine besondere Not:

- Krankheitskosten
- Pflegekosten
- behindertengerechter Wohnungsumbau
- Unterhaltszahlungen an Eltern, nahe Angehörige
- ...

Arbeitsaufgaben

1. Erklären Sie den Fachbegriff Steuern.
2. Nennen Sie drei Beispiele, wofür der Staat das Geld braucht.
3. Ordnen Sie die Einkommensteuer, Kaffeesteuer, Grundsteuer, Kfz-Steuer, Biersteuer und Energiesteuer den direkten oder indirekten Steuern zu.
4. Berechnen Sie Ihre Lohnsteuer für das aktuelle Jahr mithilfe der Website https://www.bmf-steuerrechner.de/index.xhtml.

https://www.bmf-steuerrechner.de/index.xhtml

Zusammenfassung

Abgaben

Steuern
Zahlungen an den Staat ohne Gegenleistung
Beispiele:
Umsatzsteuer, Einkommensteuer

Gebühr
Zahlung an die öffentliche Verwaltung für eine bestimmte Leistung
Beispiele:
Müllgebühr, Reisepassgebühr

Beitrag
Zahlung an ein öffentliches Unternehmen für eine bestimmte Leistung
Beispiele:
Rundfunkbeitrag, Sozialversicherungsbeitrag

Zoll
Zahlung an den Staat für Kauf und Verkauf von Waren über die Grenze
Beispiele:
Einfuhrzoll, Ausfuhrzoll

direkte Steuern
Beispiele:
Einkommensteuer, Grundsteuer, Gewerbesteuer, Erbschaftssteuer, Kfz-Steuer

indirekte Steuern
Beispiele:
Umsatzsteuer, Biersteuer, Mineralölsteuer, Tabaksteuer, Energiesteuer

Einkommensteuer
- sechs Steuerklassen
- monatliche Vorauszahlung

Einkommensteuererklärung
- sieben Einkünfte
- Werbungskosten (Weg zur Arbeit, Kleidung, Fachbücher, Meisterprüfung …)
- Sonderausgaben (Altersvorsorge, Krankenversicherung, Berufsausbildung …)
- außergewöhnliche Belastungen (Krankheitskosten, Unterhalt für Eltern …)

9 Individuelle Lebensplanung und gesellschaftliches Umfeld: Selbstverantwortliches und unternehmerisches Denken als Perspektive der Berufs- und Lebensplanung

- Selbstreflexion – eigene Ziele beschreiben
- Potenzialanalyse und SMART-Methode als Hilfe für die Lebensplanung
- Erwartungen der Familie, der Schule, im Beruf und Konflikte

Selbstreflexion – eigene Ziele beschreiben

Einstiegssituation

Merle befindet sich in der Ausbildung. Eines Abends auf dem Sofa tippt sie ins Handy ein: „Was will ich im Leben machen?“ Dann poppt ein Post auf.

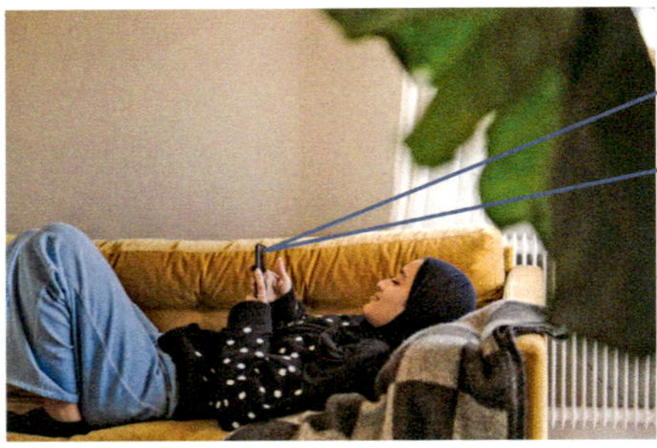

Keine Ahnung, was du willst?

Finde deine Stärken und Schwächen heraus.
Formuliere erreichbare Ziele – Schritt für Schritt.

Mach dich GLÜCKLICH!

In der Berufsausbildung werden viele Eindrücke gesammelt. Einige Dinge sind motivierend und andere sind belastend oder entmutigend. Dies festzustellen, hilft, seine Karriere und teilweise sein Leben zu planen. Eine wichtige Fähigkeit eines Menschen ist die **Selbstreflexion**. Das regelmäßige Nachdenken über eigenes Verhalten, Gedanken und Wünsche bedeutet, selbstreflektiert zu sein. Während des Nachdenkens sind die erlebten Gefühle zu berücksichtigen. Es soll immer die Lösung im Vordergrund stehen und nicht die aufgetretenen Probleme.

Selbstreflexion

Selbstreflexion
Hilfe zur Planung von Familie, Freizeit und Karriere

Glück
Was ist mir wichtig?

- Hohes Einkommen?
- Mein Team?
- Meine Aufgaben?
- Mehr Freizeit?
- Single sein oder bleiben?
- Viele Reisen?
- Hobbys?

Unzufriedenheit
Was stört mich?

- Stress im Job?
- Zoff im Team?
- Verhalten des Chefs?
- Wenige Freunde?
- Langer Arbeits- oder Schulweg?

Motivation
Was begeistert mich?

- Welche Aufgaben erfreuen mich?
- Was mache ich gern in der Freizeit?
- Was mache ich, damit es mir wieder besser geht?

Stärken
Was kann ich gut?

- Kann ich drei Stärken nennen?
- Wie habe ich die Stärken bemerkt?
- Welche möchte ich haben?
- Welche habe ich verbessert?
- Welche möchte ich verbessern?

Schwächen
Wo sind meine Grenzen?

- Kenne ich meine Schwächen?
- Wie gehe ich mit ihnen um?
- Stören sie mich im Beruf oder in der Familie?
- Kann ich sie abstellen?

Je besser sich eine Person reflektieren kann und kennt, desto genauer kann sie eigene Stärken und Schwächen sehen, weiterentwickeln oder ändern. Zwei Verfahren können helfen, Stärken und Schwächen zu entdecken – die Potenzialanalyse und die SMART-Methode.

Potenzialanalyse

Eine **Potenzialanalyse** besteht aus verschiedenen Tests. Sie sollen Stärken und Schwächen der Bewerberinnen und Bewerber, einzelner oder aller Beschäftigten einer Abteilung herausfinden. Die Ergebnisse helfen, die Eignung für ein Unternehmen zu erkennen:

Potenzialanalyse

- **Auswahl des Personals**: Test auf Fachwissen, Persönlichkeit, Motivation oder Belastbarkeit
- **Planung des Personals**: Prüfung, ob Beschäftigte für die aktuelle Arbeit passen oder unterfordert oder überfordert sind
- **Entwicklung des Personals**: Analyse, ob Beschäftigte für höhere Aufgaben geeignet sind oder andere Aufgaben übernehmen können

Da in diesen Analysen die Personen im Mittelpunkt stehen, werden Interviews und Verhaltenstests verwendet. Ein Verfahren ist das **Assessment-Center.** Es besteht aus Konstruktionsübungen, Kooperationsübungen, Problemlösepuzzles, Rollenspielen, Diskussionen und Planungsproblemen.

Während der Übungen erfassen die Beobachter das Verhalten. Zur Beurteilung des Verhaltens werden Kompetenzen festgelegt. Im Allgemeinen bedeutet Kompetenz, das Wissen, die Fähigkeiten und die Fertigkeiten zu haben, um eine berufliche Aufgabe oder Konfliktsituation lösen zu können. Es werden mehrere Kompetenzen unterschieden:

- Sozialkompetenz
- Fachkompetenz
- Methodenkompetenz
- Personalkompetenz

Den vier Kompetenzen sind Eigenschaften wie Schnelligkeit, Genauigkeit, Kritikfähigkeit, Selbstständigkeit usw. zugeordnet. Die beobachtete Person kann anhand der gezeigten Eigenschaften bewertet werden. Es kann nur festgestellt werden, ob eine Eigenschaft vorhanden ist (weil sie gezeigt wurde) oder nicht beobachtet wurde (weil sie nicht gezeigt werden musste).

https://www.berufsorientierungsprogramm.de/bop/de/home/home_node.html

Beispiel: Eine Mathearbeit prüft mathematische Kenntnisse als Eigenschaft eines Schülers, der ein sehr guter Turner ist. Seine Fähigkeit zum Spagat wird in einer Mathearbeit nicht beobachtet, ist aber vorhanden.

https://www.karriereakademie.de/potenzialanalyse

Das Ergebnis ist daher keine Note. Auch nicht beobachtete Eigenschaften sind kein Nachteil, denn sie können erlernt oder durch ähnliche Eigenschaften ausgeglichen werden.

Beispiel: Die Eigenschaft „Strukturiertheit" beschreibt eine geordnete, regelbasierte Arbeitsweise. Ihr ähnlich ist die Eigenschaft „Selbstorganisation", die Arbeit selbstständig zu organisieren. Beide führen zur selbstständigen Lösung der Arbeitsaufgabe.

Kompetenz	Kriterium, Eigenschaft
Sozialkompetenz Fähigkeit, mit anderen an einem Problem zu arbeiten	• zuverlässig Aufgaben erledigen • ohne Ablenkung arbeiten können • offen mit anderen reden können • ...
Fachkompetenz Fähigkeit, berufliche Aufgaben fachlich und selbstständig zu lösen	• Fachsprache kennen • Werkzeuge sachgerecht verwenden • berufsspezifische Techniken • ...
Methodenkompetenz Fähigkeit, auf verschiedenen Wegen Probleme zu lösen	• wichtige Arbeitstechniken kennen • Probleme in Fragen auflösen können • Fragen strukturieren können • ...
Personalkompetenz Fähigkeit, das eigene Handeln zu analysieren, zu kritisieren, zu bewerten	• selbstständig arbeiten können • eigene Wertvorstellungen kennen • aus Fehlern lernen können • ...

Potenzialanalyse

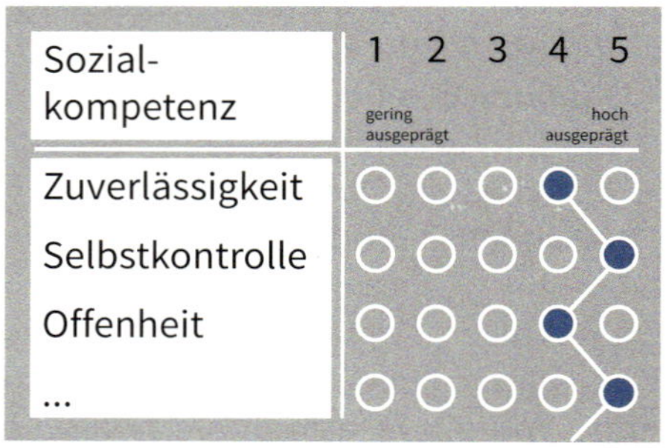

SMART-Methode

Merle hat während der Recherche ein Blatt vollgekritzelt. Das ist unordentlich und so nicht zu gebrauchen. Also versucht sie, ihre Notizen zu strukturieren. Sie hat gelesen, Ziele zu notieren ist nicht unbedingt hilfreich. Die SMART-Methode hilft, in fünf Schritten die Ziele genau zu beschreiben, um sie zu erreichen. Dabei ist „SMART“ eine Abkürzung und soll am schlecht formulierten Ziel „Ich möchte die Abschlussprüfung irgendwie bestehen“ erklärt werden:

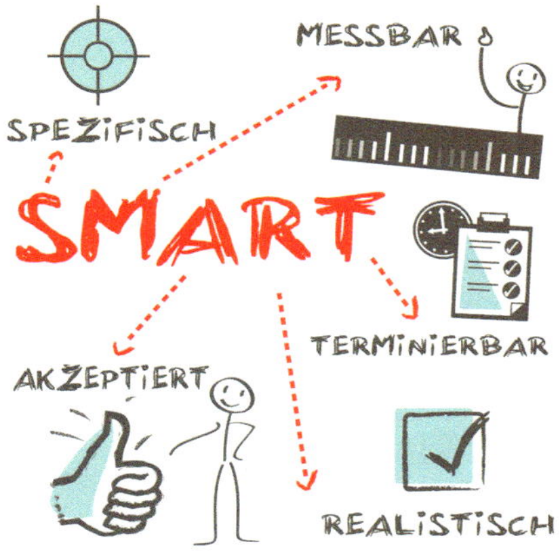

- **S – spezifisch**
  Ein Ziel soll so genau, so einfach und so kurz wie möglich beschrieben werden. Es soll aber auch alles enthalten sein.
  1. Verbesserung des Ziels: „Ich *werde* die Abschlussprüfung *zufrieden* bestehen.“
- **M – messbar**
  Ein Ziel soll zahlenmäßig geprüft werden können. Dies ist schwierig bei Zielen, die eine Wirkung oder eine Fähigkeit beinhalten. So ist das Ziel „ich werde abnehmen“ nicht messbar. Aber mit einem Blick auf die Waage schon: „Ich werde 5 kg abnehmen.“
  2. Verbesserung des Ziels: „Ich werde die Abschlussprüfung mit der *Note 1,2* bestehen.“
- **A – attraktiv (akzeptiert)**
  Ein Ziel soll motivierend, attraktiv sein, also soll es immer positiv beschrieben werden. Das eigene Warum herauszufinden, ist wichtig, um dabei zu bleiben.
  3. Verbesserung des Ziels: „Ich werde die Abschlussprüfung mit der Note 1,2 bestehen, um einen *gut bezahlten Job* zu finden.“
- **R – realistisch**
  Ein Ziel soll mit den eigenen Möglichkeiten zu erreichen sein, also aus der eigenen Sicht realistisch sein. Wer viel Zeit braucht oder schlechte Leistungen hat, muss dies berücksichtigen. Wenn die Leistungen im Durchschnitt bei der Note 3,6 liegen, dann soll das Ziel realistisch angepasst werden.
  4. Verbesserung des Ziels: „Ich werde die Abschlussprüfung mit der *Note 3,6* bestehen, um einen gut bezahlten Job zu finden. Dafür werde ich *zwei Stunden* lernen.“
- **T – terminiert**
  Ein Ziel soll einen genauen Zeitplan oder ein Datum haben. So gibt es eine Kontrollmöglichkeit und ein Ziel kann nicht so leicht verdrängt werden.
  5. Verbesserung des Ziels: „Ich werde die Abschlussprüfung *am 05.05.* mit der Note 3,6 bestehen, um einen gut bezahlten Job zu finden. Dafür werde ich *dienstags*, *donnerstags* und *sonntags* zwei Stunden lernen.“

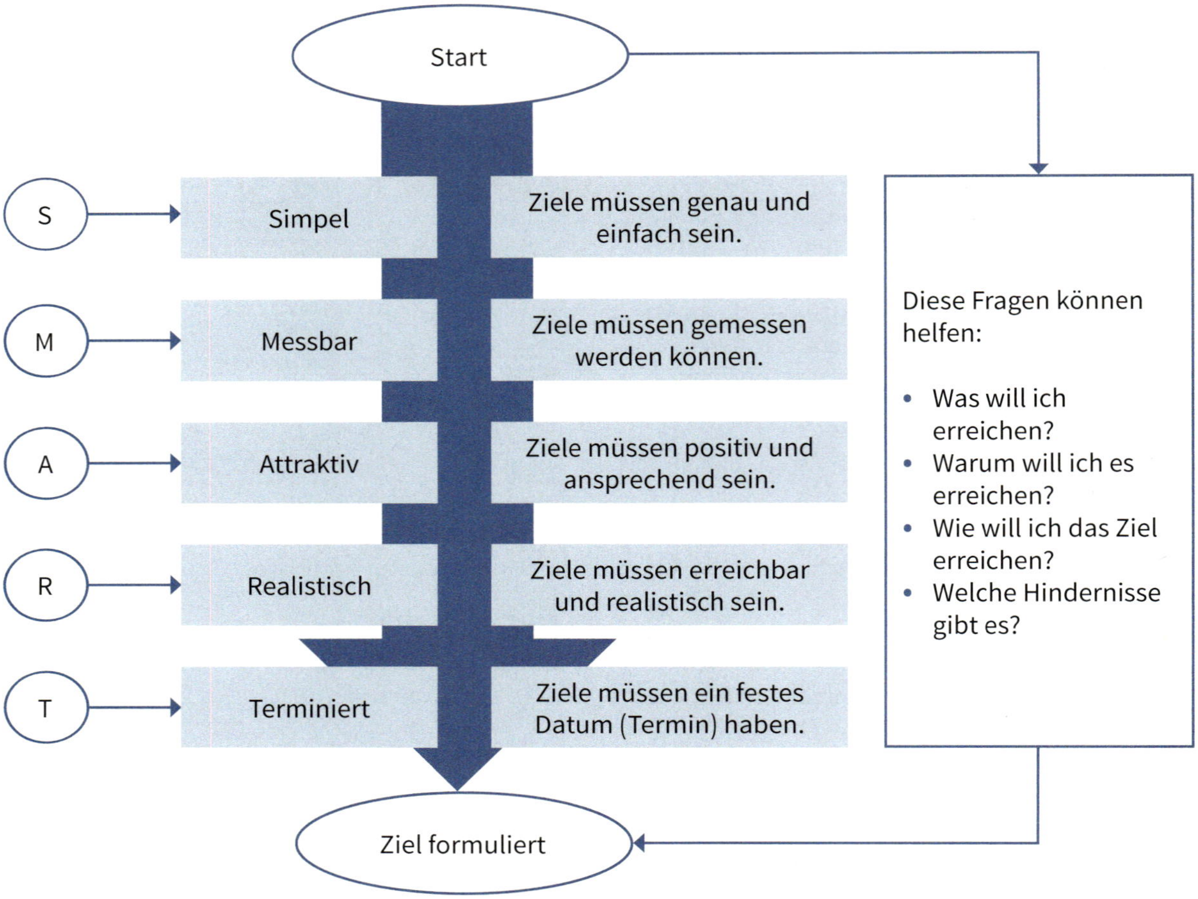

Beispiele: Zielformulierung nach der SMART-Methode

- Ich werde in zwei Monaten das Fachbuch gelesen haben, um meinen Traumjob zu behalten. Dafür werde ich montags, dienstags und donnerstags fünf Seiten lesen.
- Ich werde dreimal die Woche 500 m schwimmen, um bis zum Geburtstag eine für mich zufriedenstellende Figur zu haben. Dafür werde ich jede Woche 0,5 kg verlieren und insgesamt 8 kg abnehmen.

Erwartungen der Familie, in Schule und Beruf

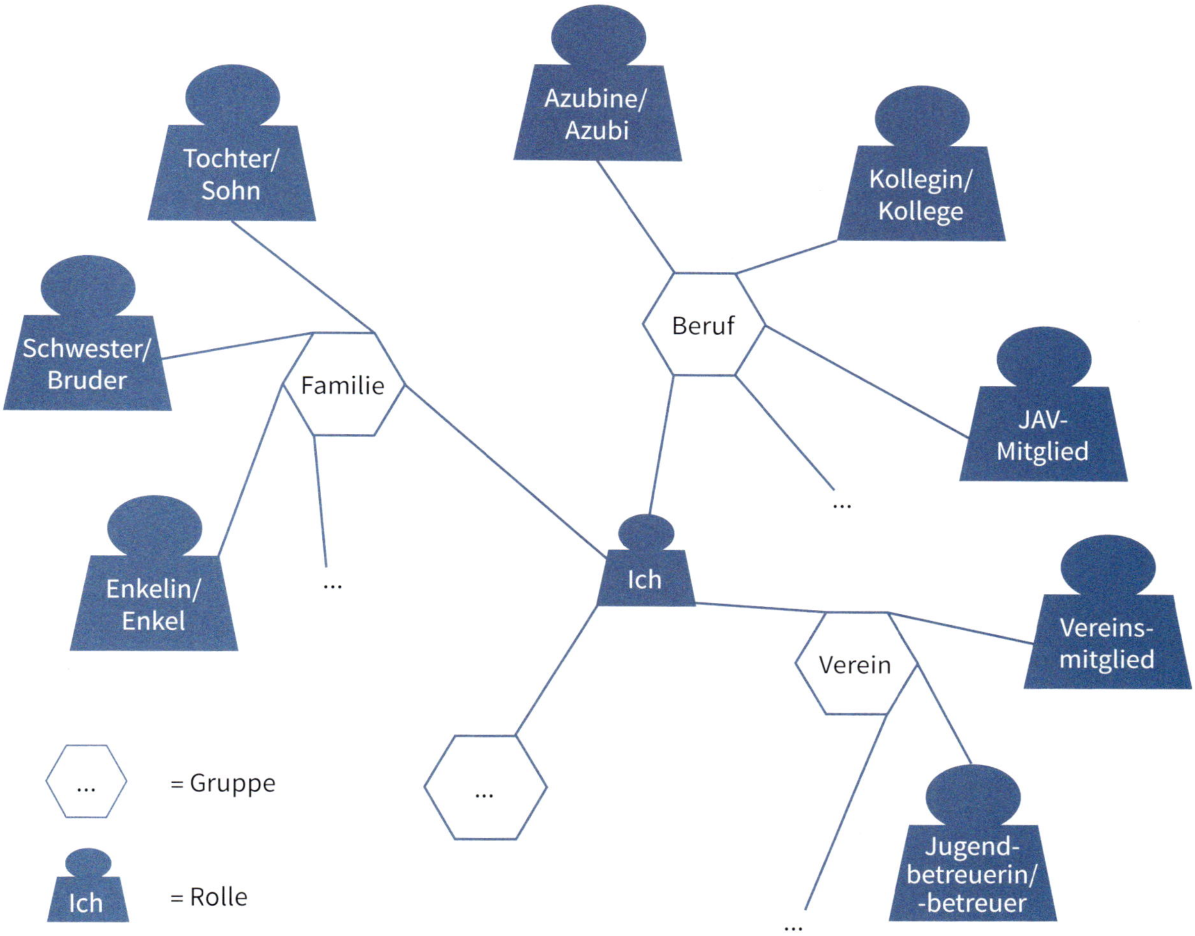

Ob und wie die eigenen Ziele zu erreichen sind, hängt auch von den Erwartungen der Familie, der Schule, der Freunde oder der Arbeit ab. Jede Gruppe hat bestimmte Erwartungen, wie sich jemand zu verhalten hat. Sie hängen von der Position oder der Rolle des Einzelnen in der Gruppe ab. Die Position kann einen höheren oder niedrigeren Rang haben. Diese Rangunterschiede beeinflussen das Verhalten und vor allem die Erwartungen an diese Rolle einer Person:

- Kinder sollen die Regeln der Eltern befolgen.
- Jugendbetreuer/-innen im Sportverein sollen ein Vorbild sein.
- Meister/-innen sollen Erfahrung und Wissen vermitteln können.

Eine Rolle wird von der Persönlichkeit des Einzelnen ausgefüllt. Je länger eine Gruppe besteht, desto mehr wird das persönliche Verhalten zur Erwartung der Rolle. Dies passiert meistens bei langjährigen Freundschaften.

Vgl. Rolle als Element der soziologischen Theorie, 1967; Wiswede, Rollentheorie, 1977, Unter https://www.ruhr-uni-bochum.de/rsozinfo/pdf/Roehl-RS-Kap7.pdf; Vgl. Neuberger Oswald (Hrsg.), Führen und geführt werden, 1995

Beispiel: Wenn einer Person egal ist, was gemacht wird, dann wird man sie nie eine Entscheidung treffen lassen.

Auch die Gesellschaft hat überlieferte oder vorgeschriebene Erwartungen an bestimmte Rollen. Durch die Entwicklung von einer von Traditionen geprägten zu einer offenen, vielfältigen Gesellschaft entstehen Konflikte. So passt eine Mechatronikerin nicht zu der Erwartung an traditionelle Frauenberufe. Die Erwartungen an eine Rolle können auch zu Vorurteilen oder Klischees werden, z. B. Ansichten zum Frauenfußball.

Intra-Rollenkonflikt

Wenn eine Person nicht zu den Erwartungen der Rolle passt, dann handelt es sich um einen **Intra-Rollenkonflikt** (lat. intra – innerhalb), weil die Ursache in der Rolle oder der Person liegt. Entweder können die Personen mit Nachteilen rechnen oder die Rolle wird aufgebrochen, also die Erwartungen geändert.

Beispiel: Die Tochter einer Familie möchte Tierärztin werden. Sie erwartet Unterstützung von ihrer Familie. Aber die Familie möchte für sie eine kaufmännische Ausbildung, um im Familienbetrieb helfen zu können. Entweder erfüllt sie die Erwartung und hat den Nachteil, keine Tierärztin zu werden, oder sie setzt sich über die Erwartungen hinweg und studiert Tiermedizin.

Inter-Rollenkonflikte

Jeder Mensch hat mehrere Rollen, zwischen denen Konflikte entstehen können, weil unterschiedliche Erwartungen wegen verschiedener Rollen entstehen und nicht gleichzeitig erfüllt werden können. Sie heißen **Inter-Rollenkonflikte** (lat. inter – zwischen).

Beispiel: verschiedene Erwartungen nach dem Ende der Berufsschule
- Die Eltern erwarten Sie zum Essen.
- Der Verein erwartet Sie zum Training.
- Der Betrieb erwartet Ihr ausgefülltes Berichtsheft.
- Die Behörde erwartet Ihre Antwort.

Intra-Rollenkonflikt

widersprüchliche Erwartungen an eine Rolle

Inter-Rollenkonflikt

gleichzeitige Erwartungen durch verschiedene Rollen

Arbeitsaufgaben

1. Am Anfang des Kapitels wurde gefragt: „Was macht Sie glücklich?“ Schreiben Sie nun je zwei Dinge auf, die Ihnen wichtig sind, die Sie stören und die Sie begeistern.
2. Beschreiben Sie anhand eines persönlichen oder erdachten Beispiels einen Inter-Rollenkonflikt.
3. Erklären Sie den Begriff Sozialkompetenz anhand eines Beispiels.
4. Testen Sie sich mithilfe der Potenzialanalyse auf der Website https://www.ausbildungspark.com/einstellungstest/potenzialanalyse/.
5. Beschreiben Sie mithilfe eines selbstgewählten Beispiels, was „messbar“ bei der SMART-Methode bedeutet.
6. Formulieren Sie das Ziel „eine Betriebspräsentation erstellen“ mit der SMART-Methode um.
7. Recherchieren Sie im Internet drei Vorteile und drei Nachteile der SMART-Methode.

www.ausbildungspark.com/einstellungstest/potenzialanalyse/

Zusammenfassung

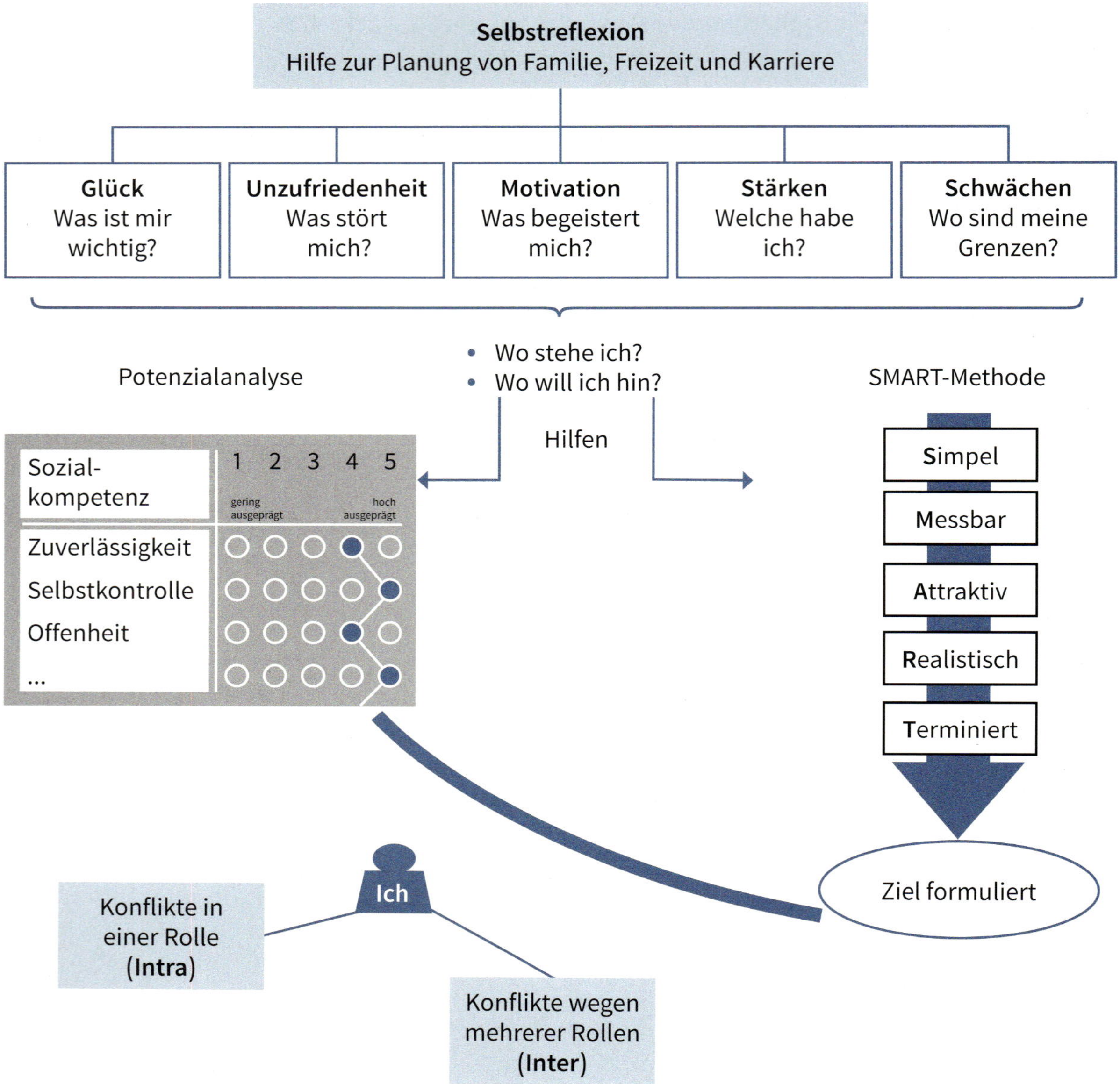

- Die Selbstreflexion enthüllt Wünsche, Unzufriedenheit, Motivation, Stärken und Schwächen.
- Die Potenzialanalyse hilft, seine Eigenschaften herauszufinden.
- Die SMART-Methode hilft, die Wünsche in erreichbare Ziele umzuwandeln.
- Erwartungen anderer (Familie, Freunde, Schule, Beruf) können zum Nachteil oder Vorteil sein für das Erreichen der Ziele.

PRÜFGEBIET

Unternehmen und Verbraucher in Wirtschaft und Gesellschaft sowie im Rahmen weltwirtschaftlicher Verflechtungen

10 Unternehmensanalysen

- Aufgaben, Aufbau und Ziele von Betrieben und Unternehmen
- Wirtschaftliche Verflechtungen
- Rechtsformen

10.1 Aufgaben, Aufbau und Ziele von Betrieben und Unternehmen

Einstiegssituation

Cem beendet im Sommer seine Ausbildung zum Schreiner. In seinem Ausbildungsunternehmen möchte er allerdings nicht weiterarbeiten. Der Arbeitsmarkt bietet ihm viele Stellen. Aus den vielen Unternehmen hat sich Cem zwei herausgesucht, die ihm zusagen. Eines ist der Meisterbetrieb Peter Gerhard GmbH in seiner Nachbarschaft. Es handelt sich um ein mittelständisches Unternehmen mit 15 Mitarbeitern. Der Geschäftsführer Peter Gerhard leitet seinen Betrieb zusammen mit seinem Sohn. Alle Mitarbeiter sind ihnen unterstellt. Der Meisterbetrieb wirbt mit seinem guten Betriebsklima und dem Teamgeist.
Die Alternative ist ein großes Möbelhaus mit mehreren Filialen. Die Organisation umfasst mehrere Abteilungen. Auf der Website wirbt das Unternehmen damit, sich verstärkt für ökologische Ziele einzusetzen.
Cem fragt sich, für welches Unternehmen er sich entscheiden soll. Zuvor möchte er gerne noch mehr über Aufgaben, Aufbau und Ziele von Unternehmen wissen.

Aufgaben von Unternehmen

Versorgung mit Gütern

Dienstleistungen

Unternehmen haben die Aufgabe, auf den Märkten ihre Güter und **Dienstleistungen** anzubieten und damit die Wirtschaftsteilnehmer zu versorgen.

Je nach Art des hergestellten Gutes unterteilt man Unternehmen in vier **Wirtschaftssektoren.**

Vgl. Kap. 1.1 Stellung des Betriebes in der Branche und in der Gesamtwirtschaft.

Wirtschaftssektor	Beispiel	Erläuterung
Primärer Sektor: Urproduktion	• Land- und Forstwirtschaft • Fischerei • Bergbau (Erze, Kohle, Öl und Gas)	Es werden Rohstoffe gewonnen, die Grundlage für die weitere Produktion sind.

Wirtschaftssektor	Beispiel	Erläuterung
Sekundärer Sektor: Verarbeitung, Produktion	• Handwerk • Industrie • Stromerzeugung • Energieträger (Kraftstoffe)	Rohstoffe und Vorprodukte werden zu Endprodukten verarbeitet, die auf Märkten verkauft werden.
Tertiärer Sektor: Dienstleistungen	• Handel • Hotels, Restaurants • Banken • Transport	alle Dienste, für die man zahlen muss, wenn man sie in Anspruch nimmt
Quartärer Sektor: Informationsgewinnung und -verteilung	• Forschung • Lehre • IT-Dienste	Dienstleistungen, die sich auf die Gewinnung und Vermittlung von Daten und Informationen stützen

Arbeitsplätze und Einkommen

Weiterhin bieten Unternehmen den Menschen Arbeitsplätze an. Für die geleistete Arbeit erhalten die Beschäftigten Löhne und Gehälter. Ein Teil wird davon für **Konsumgüter** ausgegeben.

Konsumgüter

Aufbau von Unternehmen

Für die Produktion eines Gutes aus Rohstoffen, Vorprodukten bis hin zum Endprodukt braucht man auch innerhalb eines Unternehmens viele einzelne Arbeitsschritte und mehrere Arbeitsgruppen. Jedes größere Unternehmen hat daher mehrere Abteilungen, in denen gleichartige Aufgaben zusammengeführt werden.

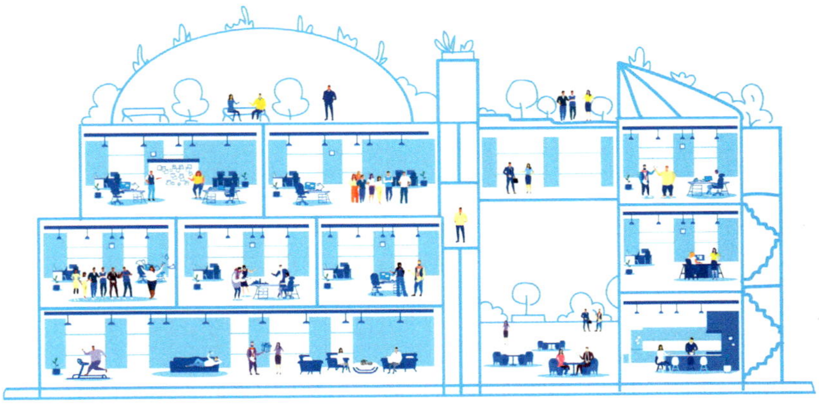

- **Geschäftsführung:** Unternehmensleitung
- **Einkauf:** Beschaffung von Rohstoffen, Materialien
- **Fertigung:** Produktion von Gütern, Dienstleistungen
- **Absatz:** Verkauf der Produkte, Dienstleistungen
- **Verwaltung:** Personal, Buchführung, Controlling …

Aufbauorganisation

Stellen-beschreibung

Aufbauorganisation

Damit jeder Arbeitnehmer in einem Unternehmen weiß, was er genau zu tun hat und mit wem er zusammenarbeitet, erhält er eine **Stellenbeschreibung**.

Dann legt das Unternehmen die genaue Ordnung fest, wie die einzelnen Mitarbeiter und Abteilungen zusammenarbeiten. Das ist die **Aufbauorganisation**. Es bieten sich verschiedene Möglichkeiten, den Aufbau zu organisieren.

Einliniensystem

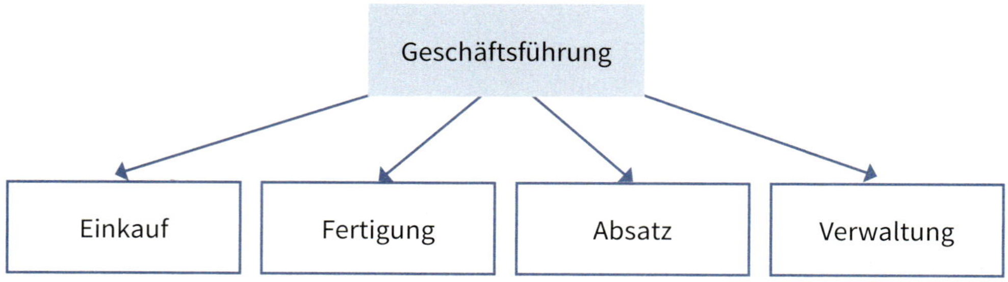

Beim **Einliniensystem** erhält jede Abteilung Anweisungen von einer vorgesetzten Stelle. Es besteht bei dieser Organisation eine klare Struktur und eine genaue Abgrenzung der Kompetenzen. Allerdings dauert es oft lange, bis etwas umgesetzt wird, weil jede Information von einer Abteilung nach unten und wieder nach oben zu einer anderen Abteilung gereicht wird.

Stabliniensystem

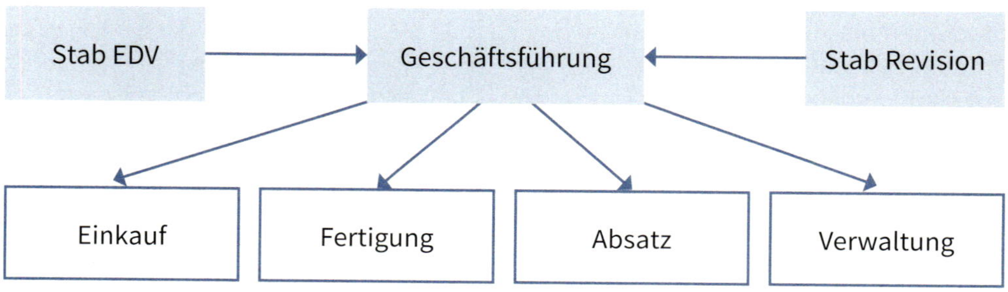

Beim Stabliniensystem werden die Leitungsstellen von Stabsabteilungen unterstützt. Sie haben Spezialwissen, das sie der Leitung zur Verfügung stellen.

Mehrliniensystem

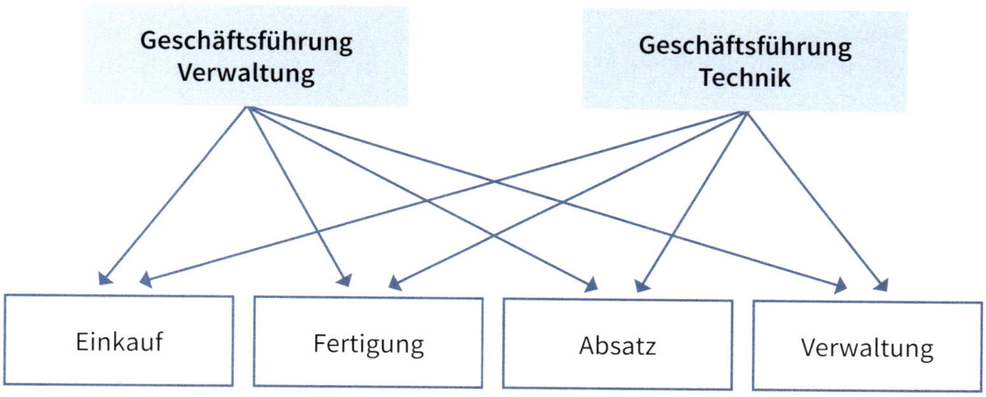

Beim Mehrliniensystem erhalten untergeordnete Abteilungen Anweisungen von mehreren vorgesetzten Stellen. Dadurch ist diese Art der Organisation flexibler und es gibt kürzere Informationswege.

Bei mangelnder Absprache kann es zu Überschneidungen oder zu sich widersprechenden Anweisungen kommen.

Ziele von Unternehmen

Sachziel

Unternehmen haben das Ziel, ein oder mehrere Produkte oder Dienstleistungen für den Markt zu erstellen. Man nennt dies das Sachziel eines Unternehmens:

- Taxiunternehmen: Beförderung von Personen
- Dachdeckerunternehmen: neue Dachkonstruktion oder Reparatur von Dächern
- Textilunternehmen: Herstellung und Verkauf von Kleidung

Formalziel

Formalziele können als Antrieb betrachtet werden, um ein Produkt zu erstellen und anzubieten. Man bezeichnet sie auch als **wirtschaftliche Ziele**:

- Gewinnerzielung
- Umsatzsteigerung
- Ausbau des Marktanteils
- hohe Produktqualität

Immer stärkere Bedeutung bei den Unternehmen gewinnen ökologische Ziele. Hohe Energiekosten, die Begrenztheit der Rohstoffe und Verantwortung für das Klima bestimmen die unternehmerischen Entscheidungen:

- Energieeinsparung
- Recycling von Materialien
- Materialeinsparung
- Auswahl umweltfreundlicher Materialien

Zufriedene Mitarbeiter und ein gutes Betriebsklima tragen dazu bei, dass ein Unternehmen erfolgreich ist. Deshalb werden auch **soziale Ziele** immer wichtiger:

- Arbeitsplatzsicherheit
- gerechter Lohn
- soziale Einrichtungen, wie Betriebskindergarten, Kantine, Ruheräume
- Weiterbildungsmöglichkeiten

Zielharmonie

Lassen sich Ziele verwirklichen, ohne dass es zu einer Einschränkung oder Behinderung eines anderen Zieles kommt, so spricht man von Zielharmonie.

Beispiel: Wenn sich Mitarbeiter aufgrund eines gerechten Lohns und hoher Arbeitsplatzsicherheit in einem Unternehmen wohlfühlen (soziale Ziele), dann sind sie auch bereit, gute Arbeit zu leisten und gute Qualität zu liefern (wirtschaftliche Ziele).

Zielkonflikte

Oft behindern sich Ziele, sie stehen in einem Konflikt zueinander.

Beispiel: Wenn ein Unternehmen in Filteranlagen und energiesparende Maschinen investiert (ökologische Ziele), dann erhöhen sich zunächst die Kosten und der Gewinn wird geschmälert (wirtschaftliche Ziele).

Arbeitsaufgaben

1. Ordnen Sie die Unternehmen den Wirtschaftssektoren zu.
   1.1 Rechtsanwaltskanzlei H. Johann
   1.2 Bauunternehmen Mohammed Azemi GmbH
   1.3 Kieswerk G. Steinhauer KGaA
   1.4 Maschinenbau Klausner GmbH
   1.5 Autowerkstatt Rosenheim KG
   1.6 Abrechnungsunternehmen Digi-Faktur GmbH
2. Erläutern Sie die Aufgaben, die Unternehmen in unserer Wirtschaft übernehmen.

3 Beschreiben Sie den Unterschied zwischen einem Einliniensystem und einem Stabliniensystem.
4 Recherchieren Sie, welche Ziele Ihr Ausbildungsunternehmen verfolgt.
5 Erläutern Sie die Bedeutung von sozialen Zielen in einem Unternehmen.

Zusammenfassung

Merkmale von Unternehmen

- **Aufgaben**
  - Versorgung der Märkte mit Gütern und Dienstleistungen
  - Schaffung von Einkommen
- **Aufbau**
  - Abteilungsbildung
  - Aufbauorganisation:
    - Einliniensystem
    - Stabliniensystem
    - Mehrliniensystem
- **Ziele**
  - Sachziel: Produkte herstellen und Dienstleistungen anbieten
  - Formalziele:
    - wirtschaftliche Ziele
    - ökologische Ziele
    - soziale Ziele

10.2 Wirtschaftliche Verflechtungen

Einstiegssituation

Im Ausbildungsunternehmen von Miranda herrscht große Aufregung. Auf der Betriebsversammlung hat man der Belegschaft mitgeteilt, dass die Werka Maschinenbau GmbH Ende des Jahres von einem größeren Konzern aufgekauft wird. Natürlich fragen sich alle, was dies für den eigenen Arbeitsplatz bedeutet. Ist er noch sicher? Und wird man dieselben Produkte herstellen wie bisher? Welche Vorteile und Nachteile ergeben sich aus diesem Zusammenschluss für die Werka Maschinenbau GmbH?

Gründe für Unternehmenszusammenschlüsse

Unternehmen schließen sich aus vielen Gründen zusammen, z. B.:

- gemeinsame Investitionen in Forschung oder in neue kostenintensive Technologien
- Ausbau der eigenen Marktmacht und Verdrängung von kleinen Konkurrenten vom Markt
- Vergrößerung des Eigenkapitals und dadurch höhere Kreditwürdigkeit
- gemeinsame Automatisierung von Produktionsanlagen und dadurch kostengünstige Massenproduktion
- Ausnutzung von Mengenrabatten beim gemeinsamen Einkauf

Formen der Zusammenschlüsse

Die Zusammenschlüsse werden nach dem Grad der wirtschaftlichen Verflechtung von loser Zusammenarbeit bis zur Bündelung in einem Unternehmen unterschieden.

Kooperationen

rechtlich und wirtschaftlich selbstständig

Arbeiten zwei oder mehr Unternehmen eng zusammen, aber bleiben **rechtlich und wirtschaftlich selbstständig**, so handelt es sich um eine Kooperation. Eine Form der Kooperation ist die Interessengemeinschaft. Die beteiligten Unternehmen verfolgen gemeinsame Ziele. Auch die gemeinsame Nutzung von Gütern ist möglich.

Beispiel: Die Einzelhändler in einem Stadtteil werben gemeinsam und organisieren Märkte und Veranstaltungen. Sie finanzieren gemeinsam die Aktivitäten und können dadurch auch einen größeren Kundenkreis ansprechen.

Kartell

Bundeskartellamt

Eine engere Form der Kooperation ist das Kartell. In einer Absprache verzichten die Unternehmen auf einen Teil ihrer Selbstständigkeit, bleiben aber wirtschaftlich selbstständig. Oft haben die Absprachen das Ziel, den Wettbewerb auf den Märkten einzuschränken, deshalb sind viele Kartelle verboten. Das **Bundeskartellamt** spürt Kartelle auf und löst sie auf.

https://www.bundeskartellamt.de

Beispiel: verbotene Kartelle

- **Preiskartell**: Mehrere Unternehmen, die dasselbe Produkt verkaufen, sprechen den Preis ab.
- **Gebietskartell**: Jedes beteiligte Unternehmen verkauft seine Produkte nur in einem verabredeten Gebiet.

- **Quotenkartell:** Die Mitglieder des Kartells verabreden Produktionsmengen. Dadurch kann sich das Angebot verknappen und die Preise würden steigen.

Die Behörde kann im Fall eines nachgewiesenen Kartells ein hohes Bußgeld verlangen. Dieses kann gegenüber einer beteiligten Person bis zu 1 Million € betragen.

Konzern

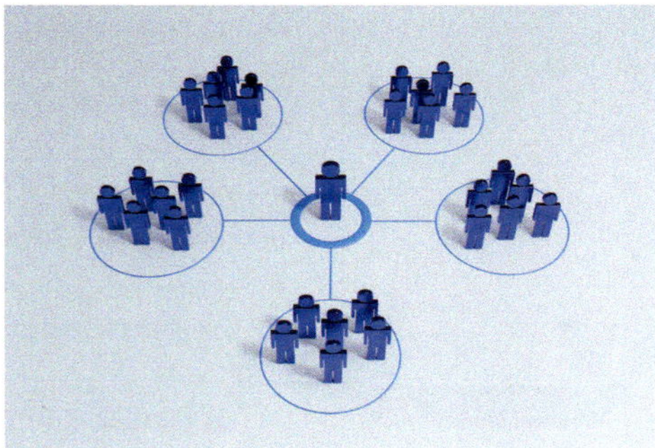

Bei einem Konzern gibt es ein herrschendes Unternehmen und ein oder mehrere abhängige Unternehmen, die rechtlich selbstständig sind.

Das beherrschende Unternehmen ist die **Muttergesellschaft** eines Konzerns. Es hält die Kapitalmehrheit eines anderen Unternehmens, der **Tochtergesellschaft**. Die Tochtergesellschaften sind wirtschaftlich abhängig von der Muttergesellschaft. Unternehmen, die in einem Konzern zusammengeschlossen sind, können zu derselben Branche gehören oder aus unterschiedlichen Branchen stammen.

Muttergesellschaft

Tochtergesellschaft

Beispiel: Der Volkswagen-Konzern besteht aus der Muttergesellschaft Volkswagen AG und den Tochtergesellschaften Porsche, Audi, Seat, Skoda, Traton, die Fahrzeuge herstellen, und den Töchtern Cariad, Moia, Volkswagen Group Fleet International, die Dienstleistungen anbieten. Die Tochtergesellschaft Audi hat die Töchter Lamborghini und Bentley, zu Traton gehören als Töchter die Lkw-Hersteller MAN und Scania.

Konzernformen

Vertikaler Konzern

Unternehmen aus verschiedenen Produktionsstufen bilden den Konzern. Dabei liefert ein Unternehmen die Vorprodukte an das nächste Konzernunternehmen. Dadurch ist der Absatz der Produkte gesichert.

Beispiel: IKEA betreibt die gesamte Wertschöpfungskette von der Holzgewinnung über die Möbelproduktion bis zum Vertrieb.

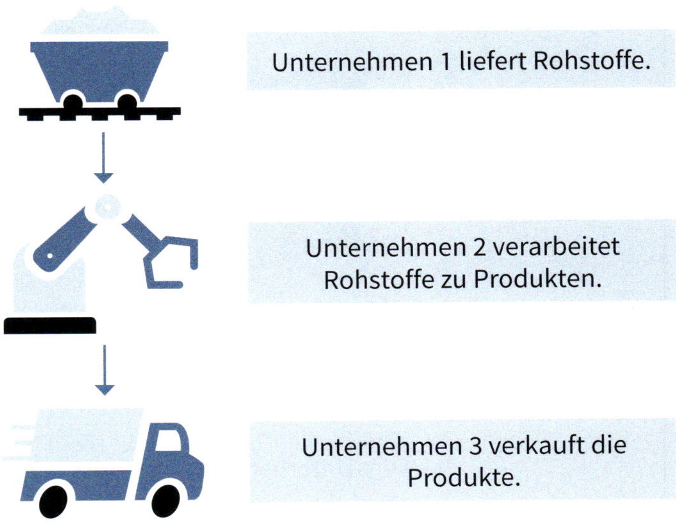

Horizontaler Konzern

Unternehmen aus derselben Branche bilden einen Konzern. Es findet ein Zusammenschluss auf einer Ebene statt. Diese Konzernunternehmen können gemeinsam forschen und entwickeln. Beim gemeinsamen Einkauf können sie günstige Rabatte aushandeln.

Beispiel: Volkswagen hat mehrere Automarken, die gleiche Plattformen, Motoren und Getriebe nutzen.

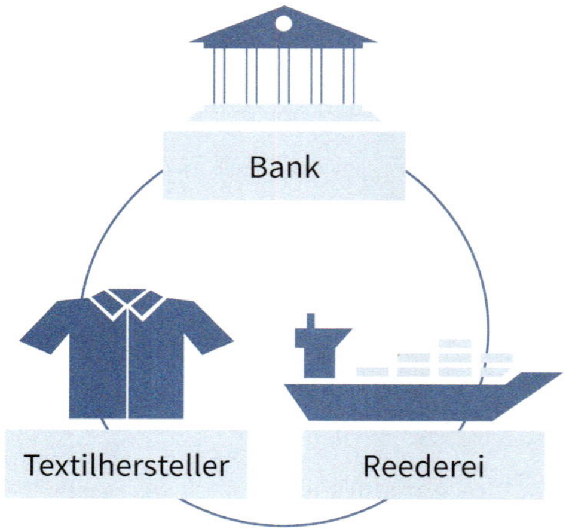

Diagonaler Konzern, Mischkonzern

Stammen die Unternehmen aus ganz verschiedenen Bereichen, dann handelt es sich um einen diagonalen Konzern. Man möchte möglichst viele Branchen abdecken und auf vielen Märkten aktiv sein.

Beispiel: Der Oetker-Konzern ist für Lebensmittel wie Pudding bekannt, aber betreibt auch Hotels, eine Brauereikette und ein Transportunternehmen.

Trust, Fusion

Bedeutet der Zusammenschluss von Unternehmen, dass sie ihre rechtliche und wirtschaftliche Selbstständigkeit aufgeben, dann spricht man von einem Trust. Trusts entstehen durch Verschmelzung (Fusion) von Unternehmen.

Fusion durch Aufnahme	Fusion durch Neubildung

Wird ein schwächeres Unternehmen von einem stärkeren Unternehmen aufgekauft, dann existiert nur noch das stärkere Unternehmen.	Die Unternehmen bilden gemeinsam ein neues Unternehmen, indem sie ihr Vermögen auf die neue Gesellschaft übertragen. Sie selbst existieren nicht weiter.

Arbeitsaufgaben

1. Erklären Sie die Unterschiede zwischen Kartellen, Konzernen und Trusts.
2. Erläutern Sie Ursachen, warum sich Unternehmen zu wirtschaftlichen Verflechtungen zusammenschließen.
3. Beschreiben Sie die Aufgabe des Bundeskartellamtes.
4. Beantworten Sie die Fragen aus der Einstiegssituation zur Zukunft der Werka Maschinenbau GmbH.

Zusammenfassung

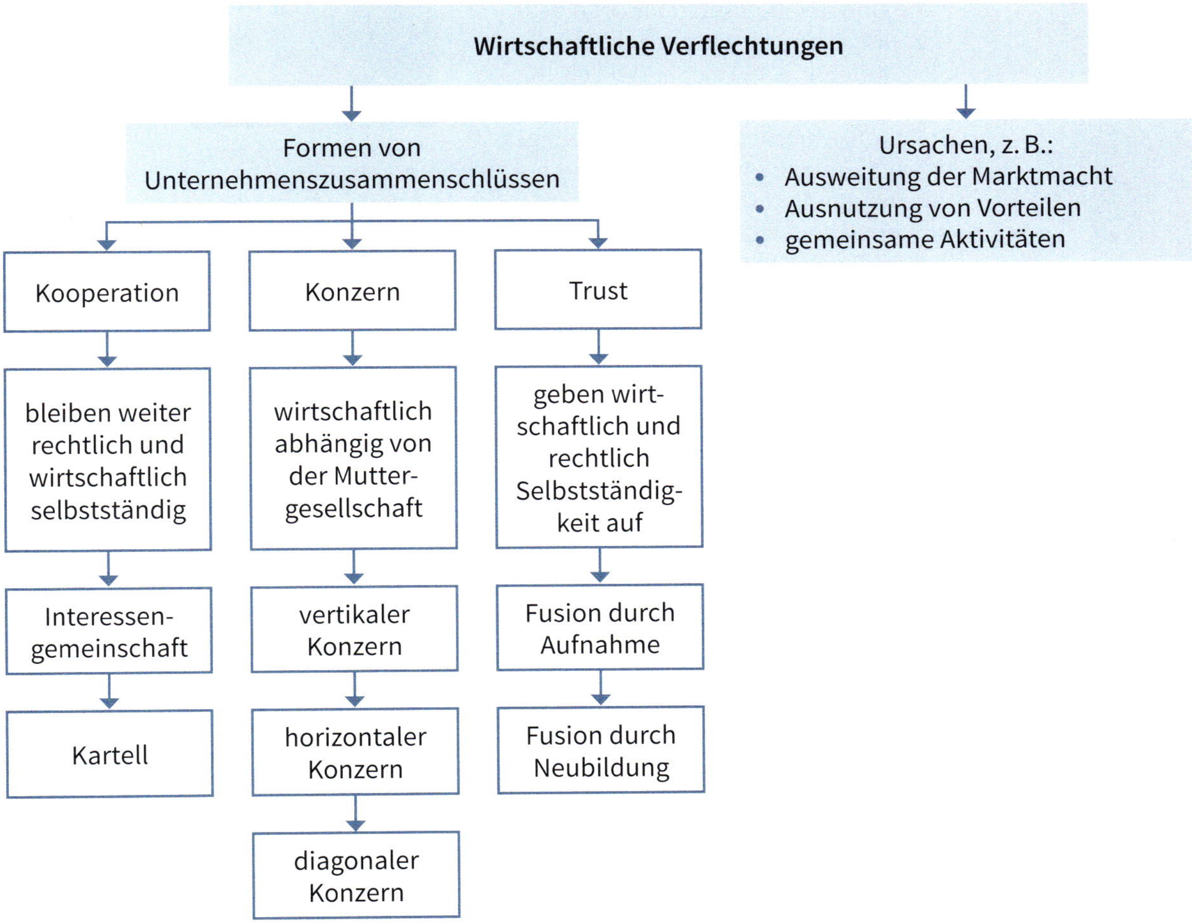

10.3 Rechtsformen am Beispiel einer Personen- und Kapitalgesellschaft

Einstiegssituation

Willi Fischer führt seit acht Jahren das erfolgreiche Einzelunternehmen Willi Fischer Elektrotechnik e. K. Er hat einen Meister, vier Gesellen, zwei Auszubildende und eine Bürokraft angestellt. Die Aufträge werden ständig mehr und der Zeitbedarf für Organisation und Planung wächst mit. Immer öfter möchte Willi Fischer die Leitung seines Unternehmens auf mehrere Schultern verteilen. Deshalb überlegt er, sein Elektrounternehmen durch Aufnahme eines weiteren Gesellschafters umzuwandeln. Er hat dabei an seinen langjährigen und zuverlässigen Meister Dirk Koch gedacht, mit dem er gerne eine Gesellschaft gründen würde. Bevor er ihm ein konkretes Angebot unterbreitet, möchte sich Willi Fischer selbst darüber klar werden, ob er die Rechtsform einer Personen- oder Kapitalgesellschaft wählen soll.

Überblick der Rechtsformen

Bei der Wahl einer Gesellschaftsform ist zu überlegen, ob man allein ein Unternehmen leiten möchte oder zusammen mit anderen Gesellschaftern.

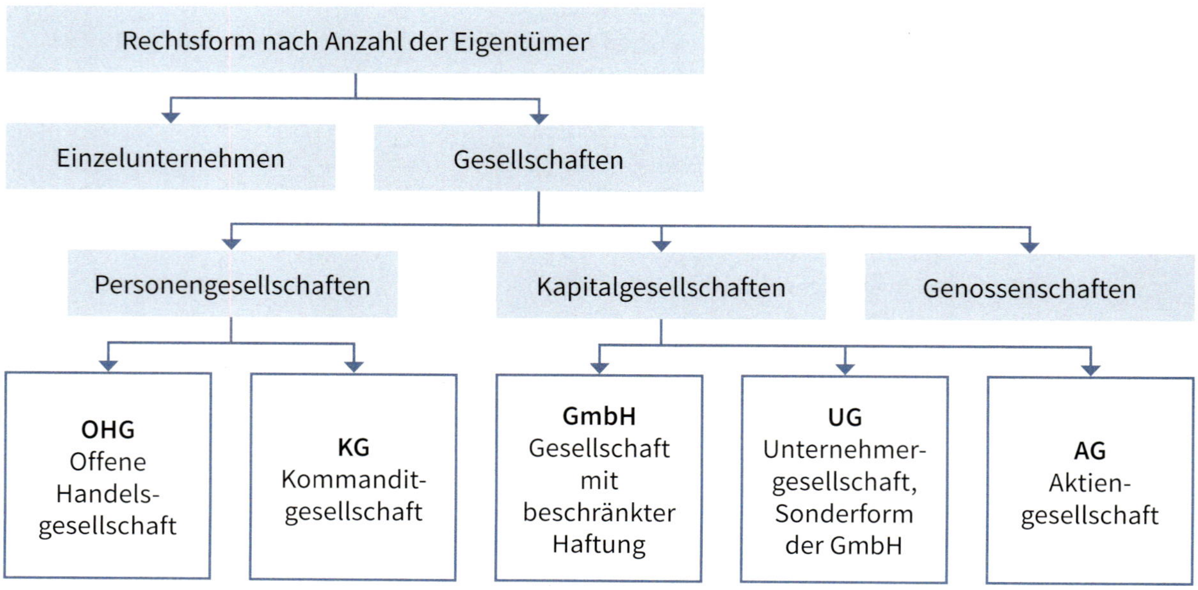

Bei einem **Einzelunternehmen**, einer beliebten Form eines Unternehmens, führt eine Person das Unternehmen alleinverantwortlich. Sie trägt Risiko und Haftung und erhält dafür den gesamten Gewinn.

Schließen sich dagegen mehrere Personen zur Gründung eines Unternehmens zusammen, handelt es sich um eine Gesellschaft. Bei einer **Personengesellschaft** haben die Gesellschafter und ihre Einlagen eine große Bedeutung, bei den **Kapitalgesellschaften** steht das eingebrachte Kapital im Vordergrund.

Genossenschaften verfolgen das Ziel, die eigenen Mitglieder zu fördern. Ihre Leitungsorgane sind von den Mitgliedern, den Genossen, demokratisch gewählt. Mitglieder können dabei **natürliche Personen**, aber auch Unternehmen sein.

natürliche Person

Personengesellschaft am Beispiel einer OHG

Bei der Gründung einer OHG schließen zwei oder mehr Gesellschafter einen Gesellschaftsvertrag. Der Name des Unternehmens, die **Firma**, muss den Namen mindestens eines Gesellschafters und den Begriff OHG enthalten. Damit weiß das Umfeld, wer in dem Unternehmen unbeschränkt und unmittelbar haftet. Unbeschränkte Haftung bedeutet, dass jeder Gesellschafter mit seinem ganzen Privatvermögen für die Gesellschaft haftet. Ein **Gläubiger** kann sich direkt an einen Gesellschafter wenden und von ihm die Bezahlung der Schulden verlangen. Dabei muss der Gesellschafter noch nicht einmal das Geschäft abgeschlossen haben. Er haftet solidarisch für seine anderen Mitgesellschafter.

Firma

Gläubiger

In einer OHG haben alle Gesellschafter die gleichen Rechte und Pflichten.

So dürfen sie alle die Geschäfte führen (**Geschäftsführungsbefugnis**) und die OHG nach außen hin vertreten, indem sie Verträge für die Gesellschaft abschließen.

Geschäftsführungsbefugnis

Erwirtschaftet die OHG einen Gewinn, so erhält jeder Gesellschafter 4 % auf seine Kapitaleinlage. Bleibt dann noch Gewinn übrig, so wird der Rest nach Köpfen verteilt.

Vgl. §§ 105 ff. HGB.

Vorteile einer OHG	Nachteile einer OHG
• keine Mindesthöhe bei der Kapitaleinlage • gleichmäßige Verteilung von Risiko und Haftung • jeder Gesellschafter an Geschäftsführung beteiligt • hohe Kreditwürdigkeit durch persönliche Haftung	• hohes Risiko für den einzelnen Gesellschafter, da Haftung mit Privatvermögen • gute Abstimmung durch enge Zusammenarbeit nötig • Kapitalaufbringung im Vergleich zu einer Kapitalgesellschaft eingeschränkt

Kapitalgesellschaft am Beispiel einer GmbH

Bei der Gründung einer Gesellschaft mit beschränkter Haftung, kurz GmbH, muss ein Stammkapital von mindestens 25.000,00 € vorhanden sein. Dieses Kapital kann von mehreren Gesellschaftern oder von einer Person eingezahlt werden (Ein-Mann-GmbH). Den Anteil eines Gesellschafters nennt man Stammeinlage, die mindestens 1,00 € betragen muss. Vor der Gründung sollen mindestens 50 % des Stammkapitals eingebracht werden.

Die Firma trägt stets den Zusatz **GmbH**.

UG: Die haftungsbeschränkte GmbH ist eine Sonderform der GmbH in der Gründungsphase. Es ist möglich, eine GmbH mit nur 1,00 € Mindesteinzahlung zu gründen. Allerdings müssen jedes Jahr 25 % des Gewinns zurückgehalten werden, bis 25.000,00 € Stammkapital erreicht sind.

Die Haftung der GmbH beschränkt sich auf das Gesellschaftsvermögen. So erklärt sich auch der Zusatz „mit beschränkter Haftung".

Die Gewinne werden nach der Höhe der Anteile am Stammkapital verteilt. Je höher die Stammeinlage, umso höher ist auch die Gewinnbeteiligung.

Jede GmbH verfügt über zwei Organe, die Geschäftsführung und die Gesellschafterversammlung. Gesellschaften mit mehr als 500 Beschäftigten haben auch einen **Aufsichtsrat**.

Die GmbH wird von der Geschäftsführung geleitet. Es können eine oder mehrere Personen von der Gesellschafterversammlung als Geschäftsführer bestellt werden. Alle Anteilseigner bilden zusammen die Gesellschafterversammlung. Sie haben eine Kontrollfunktion und entscheiden über die Verteilung des Gewinns.

Aufsichtsrat

Steigt die Zahl der Beschäftigten über 500, dann wird ein Aufsichtsrat eingesetzt, der die Geschäftsführung überwacht. Der Aufsichtsrat wiederum wird von der Gesellschafterversammlung gewählt.

Vgl. § 1 ff. GmbHG.

Vorteile einer GmbH	Nachteile einer GmbH
• beschränkte Haftung der Gesellschafter, dadurch geringes Risiko für den Einzelnen • einfache Übertragung von Beteiligungen • Suche nach neuen Gesellschaftern einfacher als bei Personengesellschaften • einfache Gründung • Einsatz einer Geschäftsführung, die nicht Gesellschafter sein muss	• geringere Kreditwürdigkeit als Personengesellschaften wegen eingeschränkter Haftung • Mindestkapital erforderlich • keine freie Verfügung über Gesellschaftsvermögen, nur über Ausschüttung von Gewinnen

Arbeitsaufgaben

1. Vergleichen Sie ein Einzelunternehmen mit einer Gesellschaft.
2. Erläutern Sie den Unterschied zwischen Personen- und Kapitalgesellschaften.
3. Erläutern Sie den Unterschied zwischen einer GmbH und einer UG.
4. Beschreiben Sie die Aufgaben der verschiedenen Organe einer GmbH.
5. Willi Fischer hat mit seinem Meister Dirk Koch eine OHG gegründet. Beurteilen Sie die Fälle.
   - 5.1 Willi Fischer erklärt Dirk Koch, dass immer nur eine Person die Geschäfte einer OHG führt und damit das Unternehmen nach außen vertritt. Überprüfen Sie die Auffassung.
   - 5.2 Dirk Koch schlägt als Firma der OHG die Bezeichnung „Elektronik Fischer & Koch" vor. Überprüfen Sie, ob dieser Name zulässig ist. Schlagen Sie sonst eine Alternative vor.
   - 5.3 Dirk Koch ist davon überzeugt, dass er als Gesellschafter einer OHG in Höhe seiner Kapitaleinlage für die Schulden der Gesellschaft haften muss. Beraten Sie den Gesellschafter.
6. Recherchieren Sie, welche Rechtsform in der Bundesrepublik am häufigsten gewählt wird.
7. Beraten Sie Willi Fischer, ob er sich für eine OHG oder eine GmbH entscheiden soll.

Zusammenfassung

Bei der Wahl der Rechtsform hat ein Unternehmer grundsätzlich die Wahl zwischen:

Einzelunternehmen	Eine Person • führt das Unternehmen allein, • trägt allein Risiko und Haftung, • erhält den gesamten Gewinn und • übernimmt den gesamten Verlust.
Gesellschaft	Mehrere Personen • beteiligen sich an einem Unternehmen, • teilen sich Haftung und Gewinn, • führen das Unternehmen selbst oder übertragen die Geschäftsführung an ein Organ.

OHG

Gründung	Geschäftsführung, Vertretung	Haftung	Gewinnverteilung	Kapital
• mindestens zwei Gesellschafter • Gesellschaftsvertrag • Firmenbezeichnung mit Zusatz OHG	• alle Gesellschafter dürfen das Unternehmen führen (Geschäftsführung) • alle Gesellschafter dürfen das Unternehmen nach außen vertreten (Vertretungsmacht) • gleiche Rechte und Pflichten	• persönlich und unbeschränkt, also mit dem Privatvermögen • solidarisch, also haftet einer auch für die Schulden, die ein anderer gemacht hat	• 4 % der Kapitaleinlage • Rest nach Köpfen	• kein Minimum • Einlage der Gesellschafter

GmbH

Gründung	Geschäftsführung, Vertretung	Haftung	Gewinnverteilung	Kapital
• ein oder mehrere Gesellschafter • Gesellschaftsvertrag • Eintragung ins Handelsregister • Firmenbezeichnung muss stets den Zusatz GmbH enthalten • Mindesteinzahlung 12.500,00 €	ausgeübt von der Geschäftsführung, die von der Gesellschafterversammlung bestellt wird	beschränkt auf das Gesellschaftsvermögen	Verteilung nach Höhe der Anteile am Stammkapital	• Stammkapital von 25.000,00 € • Stammeinlage eines Gesellschafters mindestens 1,00 €

PRÜFGEBIET

Unternehmen und Verbraucher in Wirtschaft und Gesellschaft sowie im Rahmen weltwirtschaftlicher Verflechtungen

11 Rolle der Verbraucher

- Bedürfnisse – Bedarf – Kaufwille
- Nachhaltigkeit des Verbrauchers
- Überschuldung und Haushaltsplan
- Rechtsgeschäfte und deren Folgen
- Kaufvertrag: Abschluss und Störungen
- Kreditvertrag
- Verbraucherberatung und Verbraucherschutz

11.1 Bedürfnisse – Bedarf – Kaufkraft

Einstiegssituation

Esra, Lena, Mehmet und Jan treffen sich in der Mittagspause im Aufenthaltsraum des Autohauses Schwarz. Gestern sind ihre Ausbildungsgehälter überwiesen worden.

Jan: „Jetzt habe ich wieder genügend Geld, um mir weitere Ersatzteile für meinen alten Motorroller zu kaufen. Und die verschiedenen Rechnungen für Versicherung, Handyvertrag und Fitnessstudio müssen auch noch überwiesen werden."

Lena: „Ich spare noch für eine Reise nach Spanien. Außerdem zahle ich meinen Eltern jeden Monat einen Geldbetrag für Miete und Lebensmittel, denn schließlich lebe ich ja noch mit ihnen zusammen in unserer Wohnung."

Mehmet: „Es ist ein tolles Gefühl, nun finanziell unabhängig zu sein. Allerdings ist für mich viel wichtiger, glücklich in meinem Beruf zu sein. Und gute Freunde wie euch zu haben."

Esra: „Leider bekommen wir nie unser volles Ausbildungsgehalt ausgezahlt. Jeden Monat werden die Beiträge zur Sozialversicherung abgezogen. Außerdem wird alles teurer. Allerdings beginnt nächsten Monat mein drittes Ausbildungsjahr. Dann erhöht sich mein Gehalt."

Bedürfnisse

Bedürfnis

Jeder Mensch hat viele Wünsche. Diese entstehen, wenn etwas im Leben fehlt. Man nennt dieses Gefühl von Mangel in der Wirtschaft **Bedürfnis**.

Beispiel: Nach einem intensiven Training im Fitnessstudio hat man Durst und verspürt das Bedürfnis zu trinken.

Man kann die Bedürfnisse danach ordnen, wie wichtig sie für das Überleben sind.

- **Grundbedürfnisse** richten sich auf ein sicheres Leben:
  Essen, Trinken, Wohnung

- **Kulturbedürfnisse** richten sich auf geistige, sportliche oder kulturelle Aktivität, sind aber nicht überlebensnotwendig:
  Bildung, Bücher, Sport, Konzerte, Kino, Theater

- **Luxusbedürfnisse** verschönern das Leben und können das Ansehen erhöhen, aber müssen nicht befriedigt werden:
  Schmuck, Segeljacht, Sportwagen

Bedürfnispyramide nach Maslow

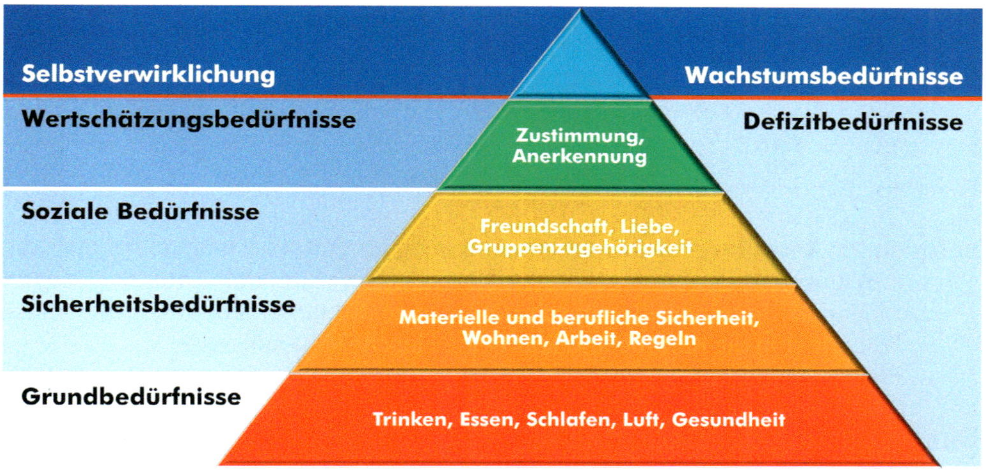

Der amerikanische Psychologe Abraham Maslow hat die vielen Bedürfnisse des Menschen in die Struktur einer Pyramide gebracht.

Abraham Maslow (1908–1970)

Die Anordnung der verschiedenen Gruppen von Bedürfnissen hat eine besondere Bedeutung. So wie man Stufe für Stufe eine Treppe hochgeht, so erfüllt sich der Mensch zuerst die unteren Bedürfnisse, bevor er sich auf die nächsthöheren konzentriert.

Erst wenn die Grundbedürfnisse nach Essen, Schlafen, Gesundheit befriedigt sind, wird der Mensch seine Bedürfnisse nach Sicherheit verfolgen. Der Wunsch, durch ein Zuhause oder Gesetze geschützt zu sein, zählt zu den Sicherheitsbedürfnissen. Danach erst kümmert sich der Mensch um Freundschaften, die zu den sozialen Bedürfnissen zählen. Auf der nächsten Stufe findet man die Bedürfnisse nach Anerkennung, beispielsweise durch einen angesehenen Beruf oder Erfolge im Sport.

Die vier genannten Bedürfnisarten bilden die Gruppe der Defizitbedürfnisse. Sie müssen erfüllt sein, damit man sich gesund und zufrieden fühlt.

Wachstumsbedürfnisse sind unbegrenzte Wünsche, seine Talente und Interessen ausprobieren und leben zu können. Dazu zählt beispielsweise, mit seiner Musik ein bekannter Youtube-Star oder ein Fußballstar zu werden. Man spricht auch von Selbstverwirklichung.

Bedarf – Kaufkraft

Kaufkraft

Bedarf

Bedürfnisse wollen befriedigt werden. Ist ein materielles Gut käuflich zu erwerben, um den Mangel auszugleichen, dann braucht man Geld. Betriebswirte sprechen von der **Kaufkraft**. Entscheidet man sich für ein konkretes Produkt, wandelt sich das Bedürfnis zu einem **Bedarf**.

Beispiel: Die Arbeit in der Werkstatt macht durstig (Bedürfnis). Mehmet verspürt den Wunsch nach einem gekühlten Mineralwasser (konkretisiertes Bedürfnis = Bedarf). In seiner Hosentasche findet er noch 2,00 € (Kaufkraft). In der Pause läuft er in die Kantine und kauft eine Flasche Mineralwasser.

Beeinflussung der Bedürfnisse

Obwohl die Konsumenten ihren Bedarf in vielen Bereichen gedeckt haben, schaffen es Unternehmen durch gezielte Werbung, immer neue Bedürfnisse zu wecken. Gerade bei jungen Menschen finden sie dabei Unterstützung durch Influencer in den sozialen Medien. Nicht immer ist den jungen Verbrauchern klar, dass sie beim Anschauen von Youtube oder Instagram gezielt beeinflusst werden.

Influencer-Marketing ködert Jugendliche – mit Erfolg

Egal ob Mode, Gaming oder Sport – auf Youtube, Instagram oder Twitch geben Influencer in Dauerschleife Einblick in ihren Alltag und ihre Ansichten. Für die zehn bis 18-Jährigen haben sie längst die Popularität von Musikstars erreicht. Diese Beliebtheit wird von immer mehr Unternehmen genutzt, um eine sonst schwer zu erreichende Zielgruppe anzusprechen: Kinder und Jugendliche.
Als Influencer-Marketing bezeichnet man die Strategie, bei der Firmen auf Personen setzen, die sich online, zum Beispiel beim Videoportal Youtube oder dem Fotodienst Instagram, eine Fangemeinde aufgebaut haben. Sie gelten als Influencer, Meinungsmacher, von deren Reichweite die Unternehmen profitieren wollen. Wichtigstes Hilfsmittel dabei: die Produktplatzierung. Dafür stellen Firmen den Influencern Produkte kostenlos zur Verfügung, die sie ihren Fans präsentieren sollen. Im

Gegenzug können sie diese behalten oder werden für ihren Einsatz sogar bezahlt. Das zahlt sich aus. Gerade die jüngere Zielgruppe empfindet Werbung durch Influencer glaubwürdiger als klassische Werbung. Das geht aus einer digitalen Befragung des Bundesverbands Digitale Wirtschaft (BVDW) hervor. Lediglich 44,2 Prozent der 16- bis 24-Jährigen halten demnach Influencer-Werbung für nicht glaubwürdiger als klassische Werbung.

Influencer Marketing zündet

Youtuber, Instagrammer und Streamer machen Eindruck bei deutschen Jugendlichen und beeinflussen deren Kaufentscheidungen. Das bestätigt auch die repräsentative Postbank Jugend-Digitalstudie 2019, für die 1 004 Jugendliche im Alter zwischen 16 und 18 Jahren befragt wurden. Hier gaben 53 Prozent der Jugendlichen im Alter zwischen 16 und 18 Jahren an, sie hätten in den vergangenen sechs Monaten aufgrund von Influencer-Werbung ein bestimmtes Produkt gekauft. Youtuber stehen dabei in der Gunst der Jugendlichen ganz oben, gefolgt von Instagrammern.

Quelle: Verbraucherzentrale Bundesverband e. V.: Influencer-Marketing ködert Jugendliche – mit Erfolg. Unter https://www.verbraucherbildung.de/meldung/influencer-marketing-kodert-jugendliche-mit-erfolg [20.09.2022]

Arbeitsaufgaben

1. Beschreiben Sie die Bedürfnisse, die Jan, Lena und Mehmet in ihrem Gespräch ansprechen.
2. Ordnen Sie die Bedürfnisse den verschiedenen Stufen nach Maslow zu.
3. Erklären Sie, welche Erfahrung Esra in der Einstiegssituation zur Kaufkraft ihres Ausbildungsgehalts gemacht hat.
4. Erarbeiten Sie Beispiele, wie aus einem Bedürfnis Bedarf wird.
5. Erklären Sie die Unterschiede zwischen den verschiedenen Wünschen, die in der Einstiegssituation genannt wurden.
6. Die vier Auszubildenden der Einstiegssituation sind bereit, jeden Monat einen Teil ihrer Ausbildungsgehälter für verschiedene Zwecke auszugeben. Nennen Sie denkbare Gründe.
7. Erstellen Sie eine Liste von eigenen Bedürfnissen. Bestimmen Sie, ob es sich dabei um Grundbedürfnisse, Kulturbedürfnisse oder Luxusbedürfnisse handelt.
8. Diskutieren Sie die Chancen und Risiken, die von einem Influencer-Marketing für Kinder und Jugendliche ausgehen.
9. Reflektieren Sie Ihr eigenes Verhältnis gegenüber Youtubern und Influencern.

Zusammenfassung

- Ein Gefühl von Mangel bezeichnet man in der Wirtschaft als Bedürfnis.
- Man unterscheidet nach der Dringlichkeit zwischen: Grundbedürfnissen, Kulturbedürfnissen, Luxusbedürfnissen.
- Die Bedürfnispyramide von Maslow veranschaulicht, dass man sich zuerst um die Grundbedürfnisse und Sicherheitsbedürfnisse kümmert. Erst danach hat der Mensch das Verlangen nach sozialen Bedürfnissen, Wertschätzung oder Selbstverwirklichung.
- Gibt eine Person Geld aus, um ein Bedürfnis zu befriedigen, so spricht man betriebswirtschaftlich von Kaufkraft. Das Bedürfnis wird dann zum Bedarf.
- Durch gezielte Werbung werden immer neue Bedürfnisse geweckt. In den letzten Jahren haben Influencer zunehmend diese Rolle übernommen.

11.2 Nachhaltigkeit des Verbrauchers

Einstiegssituation

Es ist Freitagnachmittag. Nisrim hat Feierabend und ist auf dem Weg zur S-Bahn-Station. Auf dem Marktplatz, den sie überqueren muss, hat sich eine große Menschenmenge versammelt. Mit Plakaten, Musik, Lautsprecherdurchsagen demonstrieren viele junge Menschen für mehr Klimaschutz und Nachhaltigkeit.

Nisrim bleibt an einem Informationsstand stehen. Ein junger Mann stürzt direkt auf sie zu und klärt sie über die Ziele und Anliegen der Demonstration auf. Die Informationen, die Nisrim erhält, machen sie sehr nachdenklich. Auf der Heimfahrt vertieft sie sich in die Flyer und Prospekte, die der junge Mann ihr in die Hand gedrückt hat. Da ist von nachhaltigem Konsum, Verantwortung des Verbrauchers und klimafreundlichem Verhalten die Rede.

Nisrim fragt sich, ob sie diese Themen betreffen und ob sie als einzelne Person überhaupt etwas bewirken kann.

Nachhaltigkeit

Nachhaltigkeit

Nachhaltigkeit bedeutet, so schonend mit unserer Natur umzugehen, dass auch zukünftige Generationen ihre Bedürfnisse erfüllen können und einen Lebensstil nach ihren Wünschen wählen können. Es sollen Ressourcen nur in dem Maße genutzt werden, wie sie sich natürlich erneuern oder von Menschenhand wiederverwerten lassen.

Beispiel: In rund 200 Jahren einen Großteil des Erdöls zu verbrennen, der in Millionen Jahren entstand, ist nicht nachhaltig. Von einer Weizenernte einen Teil für die nächste Aussaat zurückzubehalten, ist nachhaltig.

Ökologische Folgen des Konsums

Viele Produkte, die wir konsumieren, haben einen langen Weg hinter sich – von der Rohstoffgewinnung zur Produktion über das Verkaufsregal zu uns und irgendwann zur Entsorgung. Auf jeder dieser Stufen werden Rohstoffe sowie Energie verbraucht und es entstehen **Emissionen**. Da viele Produkte aus dem Ausland kommen, ist es wichtig, dass auch die Arbeitsbedingungen dort berücksichtigt werden.

Emission

Als private Konsumenten verbrauchen wir viel Energie für das Heizen unserer Wohnungen und für das Autofahren. Auch unser Bedarf nach technischen Geräten wächst ständig. Später müssen die gebrauchten Güter wieder entsorgt werden. Müllberge wachsen ständig. Besondere Probleme bereitet der Plastikmüll, der sich nicht von selbst abbaut und mittlerweile unsere Weltmeere verschmutzt.

Nachhaltiger Konsum

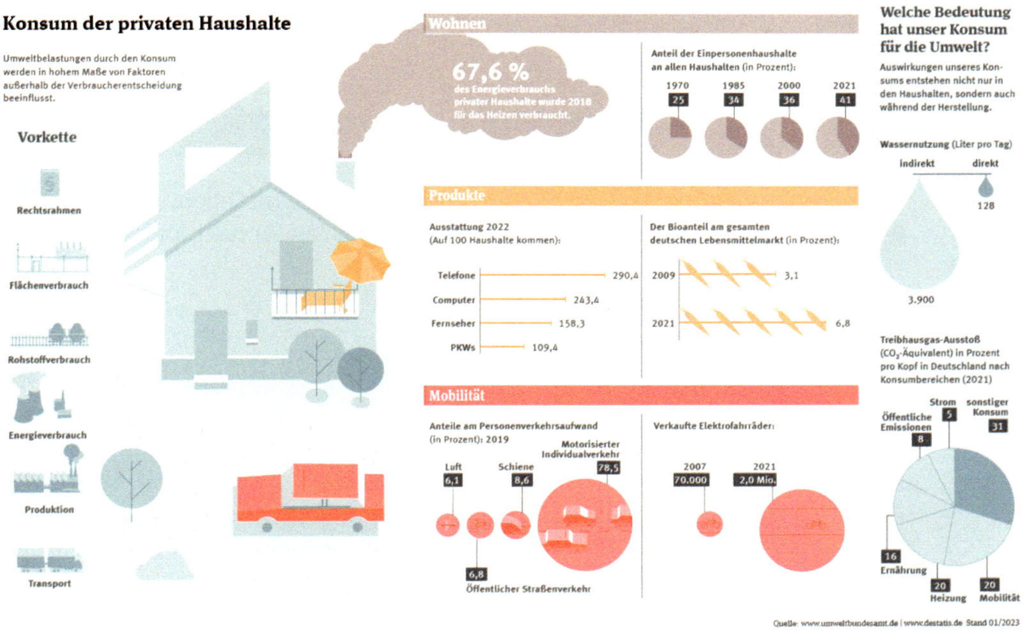

Quelle: Umweltbundesamt: Konsum der privaten Haushalte. Bundesministerium für Umwelt, Naturschutz und nukleare Sicherheit (Hrsg.). In: www.umweltbundesamt.de. Stand 05/2022. Unter https://www.umweltbundesamt.de/sites/default/files/medien/384/bilder/dateien/infografik_konsum_2022-05-31.pdf [21.11.2022]

Ökobilanz

Der Verbraucher besitzt durch den Kauf von Produkten auch Macht. Er zeigt den Unternehmen, was sie produzieren sollen. So ist in den letzten Jahren die Nachfrage nach Bioprodukten, E-Bikes und Ökostrom stark gestiegen. Nachhaltiger Konsum heißt also, bewusst zu konsumieren und genau hinzuschauen. Als Orientierung helfen dem Konsumenten dabei Prüfsiegel, Umweltzeichen und **Ökobilanz**.

Beispiele für Umweltsiegel

Bio-Siegel, Blauer Engel, EU-Energielabel, EU Ecolabel
Das Umweltzeichen Blauer Engel wird an umweltfreundliche Produkte vergeben.

Auch wächst langsam das Bewusstsein, dass die benötigten Güter nicht immer neu sein oder gekauft werden müssen. Tauschbörsen, Secondhandläden bieten gebrauchte und gut erhaltene Produkte zum Kauf. Wenig genutzte, teure oder ressourcenhungrige Gegenstände kann man mieten oder teilen, z. B. Sharing von Autos, E-Scootern, Werkzeugen.

Die Vorliebe für regionale Erzeugnisse wie Gemüse und Obst wächst zunehmend. Dadurch werden die Transportwege kürzer und der Energieverbrauch sinkt.

Arbeitsaufgaben

1. Recherchieren Sie, was die verschiedenen Siegel aussagen.
2. Erstellen Sie ein Plakat, auf dem Sie Alternativen für nachhaltigen Konsum darstellen.

Zusammenfassung

- Nachhaltigkeit bedeutet, mit der Natur und ihren Ressourcen so sorgsam umzugehen, dass auch nachfolgende Generationen ihre Lebensqualität nicht einschränken müssen.
- Als Konsumenten verhalten wir uns oft klimaschädlich. Der Abbau von knappen Rohstoffen, verschwenderischer Energieverbrauch und die ständig wachsende Nachfrage nach Gütern führen zu hohen Umweltbelastungen.
- Nachhaltiger Konsum ist ein Weg, bewusst beim Kauf auf den Energieverbrauch, eine ressourcen- und umweltschonende Herstellung, weniger Verschwendung und eine umweltschonende Entsorgung zu achten.

11.3 Überschuldung und Haushaltsplan

Einstiegssituation

Alicia und Tim leben seit einem halben Jahr in ihrer ersten gemeinsamen Wohnung. Mit ihren Ausbildungsgehältern finanzieren sie alle Ausgaben. Allerdings haben sie festgestellt, dass sie bereits eine Woche vor Monatsende ihr Monatseinkommen ausgegeben haben. Noch können sie auf ein Sparguthaben zurückgreifen, das aber auch bald aufgebraucht ist.
Tims Eltern haben ihnen für die Reparatur ihres Autos bereits mit 2.000,00 € ausgeholfen und Alicia hat bei ihrer Schwester 1.000,00 € ausgeliehen.
Alicia und Tim ist klar, dass sich bei ihrer Finanzplanung etwas ändern muss. Sie vereinbaren einen Beratungstermin bei einer Schuldnerberatung.

Verschuldung – Überschuldung

Viele Haushalte nehmen bei der Finanzierung eines Autos oder einer Wohnungseinrichtung einen Kredit auf, weil das eigene Geldvermögen dazu nicht ausreicht. Man spricht von **Verschuldung**, sobald eine Person gegenüber einem Kreditgeber Schulden hat. Kann sie diese Schulden fristgemäß zurückzahlen, ist die Verschuldung unproblematisch.

Verschuldung

Reichen die Einnahmen allerdings nicht mehr aus, um die Zinsen, die Raten des Kredites und die Kosten für den Lebensunterhalt zu bezahlen, liegt eine **Überschuldung** vor.

Überschuldung

Es gibt viele Gründe, die zu einer Überschuldung führen können:

- Arbeitslosigkeit
- Trennung, Tod des Partners/der Partnerin
- Unfall oder Krankheit
- Sucht
- schlechte Haushaltsführung

https://www.schuldnerberatung.de

https://www.jugendschuldnerberatung.de/recht-und-finanzen/kredit-allgemeines

Schuldnerberatung

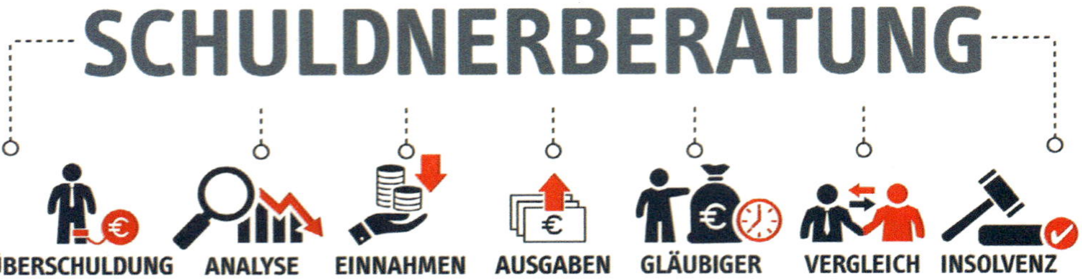

Es ist keine Lösung, Rechnungen und Mahnschreiben zu ignorieren. Denn Zinsen und Mahngebühren führen zu immer mehr Schulden. Oft schafft man es nicht, allein mit dem Schuldenproblem fertig zu werden. Gemeinnützige Organisationen bieten kostenlose Hilfe durch eine Schuldnerberatung an.

In einem ersten Gespräch wird dann mit den Betroffenen eine Übersicht der Lebensverhältnisse und der finanziellen Situation erstellt. Dabei werden Ausgaben und Einnahmen gegenübergestellt. Um zu verhindern, dass jemand wegen ausstehender Miete eine Kündigung erhält und dann obdachlos wird oder durch Pfändung des Kontos nicht mehr auf sein Geld zugreifen kann, können zunächst existenzsichernde Maßnahmen veranlasst werden.

Gläubiger

Weiterhin unterstützt die Schuldnerberatung bei den Verhandlungen mit **Gläubigern**. Gemeinsam wird ein Plan aufgestellt, wie man die Schulden zurückzahlen kann oder welche Möglichkeiten es gibt, die Schulden erlassen zu bekommen.

Vergleich

In vielen Fällen kommt es zu einem **Vergleich** mit den Gläubigern durch

- zeitlichen Aufschub der Rückzahlung der Schulden,
- Vereinbarung von Ratenzahlungen,
- teilweisen oder vollständigen Verzicht auf Rückzahlung der Schulden.

https://www.privatinsolvenz.net/insolvenz

Scheitert die Einigung mit den Gläubigern, kann die **Privatinsolvenz** beantragt werden. Dann muss der Schuldner mehrere Jahre Auflagen wie Erwerbstätigkeit, Wohlverhalten und Abzahlung erfüllen. Danach kann der Schuldner von seinen restlichen Schulden befreit werden und ein neues Leben ohne Schulden beginnen.

Privatinsolvenz

Haushaltsplan und Haushaltsbuch

Eine Überschuldung kann man verhindern, wenn man sich einen Überblick über seine Einnahmen und Ausgaben verschafft. Dazu dient der Haushaltsplan, den jeder selbst erstellen kann.

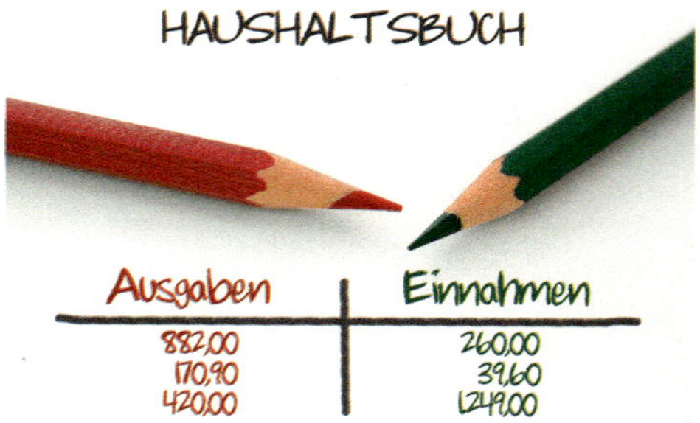

Auf der linken Seite addiert man die wiederkehrenden, festen Einnahmen, z. B. Ausbildungsgehalt, BAföG, Kindergeld, Unterstützung durch die Eltern usw.

Auf der rechten Seite werden die wiederkehrenden, festen Ausgaben gegenübergestellt, z. B. Miete, Strom, Handykosten, Versicherungen, Bahnkarte oder Fahrtkosten usw.

Schließlich ermittelt man die Differenz zwischen den Gesamteinnahmen und den Gesamtausgaben. Der Betrag, der übrig bleibt, ist das Haushaltsgeld, mit dem man alle anderen veränderlichen Ausgaben finanzieren muss, z. B. Lebensmittel, Kosmetik, Benzinkosten, Clubbesuche.

Sind die Ausgaben höher als die Einnahmen, muss Geld durch Verzicht gespart werden.

Das Führen eines Haushaltsbuchs erleichtert es, einen genauen Überblick zu bekommen, wie viel Geld man in einem Monat tatsächlich ausgegeben hat. Neben dem klassischen Haushaltsbuch oder dem Anlegen einer Excel-Tabelle lassen sich Ausgaben auch sehr einfach über eine App auf dem Smartphone festhalten.

Arbeitsaufgaben

1. Erklären Sie den Unterschied zwischen Verschuldung und Überschuldung.
2. Beschreiben Sie die Themen eines ersten Gesprächs bei einer Schuldnerberatung.
3. Alicia und Tim treffen sich mit Herrn Peters, Mitarbeiter einer Schuldnerberatung, zu einem Beratungsgespräch. Entwerfen Sie ein Rollenspiel, in dem Sie das Gespräch simulieren. Beziehen Sie sich dabei auf die Informationen in diesem Kapitel.

Zusammenfassung

- Wenn das eigene Geld nicht ausreicht, nimmt man Kredite bei Banken oder Privatleuten auf. Man verpflichtet sich, den Kredit einschließlich Zinsen pünktlich zurückzuzahlen. Man nennt dies Verschuldung.
- Sind die Ausgaben zu hoch oder die Einnahmen zu niedrig, sodass man den Kredit und die Zinsen nicht zurückzahlen kann, dann spricht man von Überschuldung.
- Die Schuldnerberatung bietet Hilfe an, um aus der Situation der Überschuldung wieder herauszufinden. Ein Mittel dabei ist das Aufstellen eines Haushaltsplans. Es werden Einnahmen und Ausgaben gegenübergestellt und überlegt, wo Geld eingespart werden kann.
- Das Führen eines Haushaltsbuchs ermöglicht, alle Ausgaben in einem Monat genau festzuhalten.

11.4 Rechtsgeschäfte

Einstiegssituation

Am Wochenende treffen sich Ahmed, Jan und Ben zu einer gemeinsamen Fahrt mit ihren Motorrollern. Ben hat sich von seinem Ausbildungsgehalt einen gebrauchten Roller gekauft und möchte diesen voller Stolz seinen Freunden präsentieren. Doch schon nach 15 km bleibt Bens Roller liegen. Nach mehreren Versuchen gelingt es ihm, diesen wieder zu starten. Nach weiteren 20 km passiert dasselbe Missgeschick.
Ben ist frustriert und wütend und sagt zu seinen Freunden: „Wenn jemand die Schrottkiste wieder zum Laufen bringt, kann er sie geschenkt haben." „Lass einmal sehen", meldet sich Ahmed und schraubt routiniert an der Zündkerze. Schon nach ein paar Minuten heult der Motor auf – strahlend dreht Ahmed eine Runde und bleibt grinsend vor Ben stehen: „Ein Wort ist ein Wort, lieber Ben. Du hast vor Zeugen versprochen, den Roller zu verschenken. Jetzt gehört dein Roller mir."

Willenserklärungen

Willenserklärung

Jeden Tag äußern wir Wünsche, Absichten und machen Versprechungen. Durch Erfahrung wissen wir, dass einige unserer Aussagen rechtliche Folgen nach sich ziehen. Das sind **Willenserklärungen**.

Beispiele:

- Willenserklärung im rechtlichen Sinn:
  Kai zieht zusammen mit seiner Freundin in eine gemeinsame Wohnung. Deshalb schreibt er an seinen alten Vermieter: „Ich kündige die Wohnung fristgemäß zum 01.01.20.."

- keine Willenserklärung im rechtlichen Sinn:
  Kai sagt nach einem Streit zu Mehmet: „Ich kündige dir meine Freundschaft."

Willenserklärungen können auf unterschiedliche Weise zum Ausdruck gebracht werden:

- mündlich
  Beispiel: Nach dem Training besucht Kayra eine Imbissbude und bestellt an der Theke einen Döner-Special.

- schriftlich
  Beispiel: Martin bestellt per E-Mail einen Bausatz.

- durch schlüssiges Handeln
  Beispiel: In der Kneipe hebt Jan sein leeres Bierglas und der Kellner bringt ein neues Bier.

Rechtsgeschäfte

Einseitiges Rechtsgeschäft

Es reicht die Willenserklärung einer Seite, einer Person aus, damit ein **einseitiges Rechtsgeschäft** entsteht.

einseitiges Rechtsgeschäft

Beispiele: Testament, Kündigung, Anfechtung

Eine Kündigung oder Anfechtung muss auch empfangen worden sein, damit sie wirksam ist (empfangsbedürftige Willenserklärung). Ein Testament ist bereits gültig, wenn es verfasst wurde.

Zweiseitiges Rechtsgeschäft

Es sind übereinstimmende Willenserklärungen von zwei Seiten oder Personen notwendig. Verträge sind stets zweiseitige Rechtsgeschäfte.

Beispiele: Kaufvertrag, Mietvertrag, Ausbildungsvertrag

Die Willenserklärungen nennt man **Antrag** und **Annahme**.

Übernimmt dabei nur eine Person Pflichten, handelt es sich um einen einseitig verpflichtenden Vertrag.

Beispiel: Schenkung

Bei den meisten Verträgen übernehmen beide Personen Rechte und Pflichten.

Beispiele: Kaufvertrag, Mietvertrag, Ausbildungsvertrag

Formvorschriften

Formfreiheit

Bei den meisten Rechtsgeschäften können die Vertragspartner frei entscheiden, ob sie die Verträge schriftlich oder mündlich abschließen. Es besteht **Formfreiheit**. Allerdings ist es immer sicherer, die schriftliche Form zu wählen, damit man ein Beweisstück in Händen hat.

Bei einigen Rechtsgeschäften ist jedoch gesetzlich eine bestimmte Form vorgeschrieben. Wird diese nicht eingehalten, dann gelten die Rechtsgeschäfte nicht, sie sind dann **nichtig**.

- Schriftform:
  Rechtsgeschäfte müssen schriftlich verfasst und von den Vertragsparteien unterschrieben werden.
  Beispiele: Verbraucherkredit, Testament, Bürgschaft

- Öffentliche Beglaubigung:
  Zusätzlich zu der Schriftform wird die Echtheit der Unterschrift von einem Notar beglaubigt.
  Beispiel: Eine Erbschaft wird nicht angenommen.

- Notarielle Beurkundung:
  Der Vertragsinhalt und die Unterschrift werden von einem Notar beglaubigt.
  Beispiele: Kaufvertrag über ein Grundstück, Schenkungsvertrag

Ein Verstoß gegen eine Formvorschrift führt zur Nichtigkeit des Rechtsgeschäfts.

Beispiel: Der Kauf eines Grundstücks, bei dem Käufer und Verkäufer nur ihre Unterschrift unter einen selbst verfassten Kaufvertrag setzen, ist rechtlich nicht wirksam.

Anfechtbarkeit und Nichtigkeit von Rechtsgeschäften

Im Leben läuft nicht alles ohne Probleme. Das gilt auch für Rechtsgeschäfte, denn einige sind von Beginn an nichtig, andere können angefochten werden und sind dann unwirksam.

Grund der Nichtigkeit	Beispiel	Gesetzliche Grundlage
Abschluss mit einem Geschäftsunfähigen	Die sechsjährige Elisa verkauft ihren Schulranzen, weil er ihr nicht mehr gefällt.	§ 105 BGB
Abschluss zum Schein	Um weniger Steuern zahlen zu müssen, setzen Käufer und Verkäufer eines Grundstücks im Notarvertrag einen geringeren Kaufpreis an. Der Käufer zahlt jedoch einen höheren Preis.	§ 117 BGB
scherzhafte Äußerung	Ein Schüler vor dem Beginn einer Klausur: „Wenn jetzt jemand für mich die Mathearbeit schreibt, dem würde ich mein Auto schenken."	§ 118 BGB
Verstoß gegen eine gesetzliche Formvorschrift	Ein Arbeitsvertrag wird mündlich gekündigt.	§ 125 BGB
Verstoß gegen ein Gesetz	Rolf und Lena kaufen im Darknet Raubkopien.	§ 134 BGB
Verstoß gegen die guten Sitten	Herr M. braucht unbedingt Geld, um seine Schulden zurückzuzahlen. Da er bei der Bank kein Geld mehr erhält, bietet ihm sein Nachbar ein privates Darlehen an. Allerdings verlangt er dafür Zinsen in Höhe von 30 %.	§ 138 BGB
Folge ⇨	**Nichtige Rechtsgeschäfte** sind von Anfang an unwirksam.	

nichtige Rechtsgeschäfte

Anfechtungsgrund	Beispiel	Gesetzliche Grundlage
Irrtum	Luise verkauft einen Ring ihrer Großmutter in der Annahme, dass es Modeschmuck ist. Dabei handelt es sich um echtes Gold.	§ 119 BGB
falsche Übermittlung	Frau Schmidt bittet ihren Auszubildenden, dem Kunden ein Angebot über 10.000,00 € zu unterbreiten. Der Auszubildende vertippt sich und schreibt 1.000,00 € in das Angebot.	§ 120 BGB

Anfechtungsgrund	Beispiel	Gesetzliche Grundlage
widerrechtliche Drohung	Ein Vermieter droht, das Wasser abzudrehen, wenn der Mieter ihm nicht seine alte Küche abkauft.	§ 123 BGB
arglistige Täuschung	Ein Autohändler verkauft einen Gebrauchtwagen als unfallfrei, obwohl er weiß, dass das nicht zutrifft.	§ 123 BGB
Folge ⇒	**Anfechtbare Rechtsgeschäfte** sind zunächst gültig. Werden sie angefochten, so werden sie rückwirkend nichtig.	

anfechtbare Rechtsgeschäfte

Arbeitsaufgaben

1. Erläutern Sie die Begriffe Willenserklärung und Rechtsgeschäft.
2. Erklären Sie, warum das Gesetz bei Rechtsgeschäften unterschiedliche Formvorschriften vorschreibt.
3. Erklären Sie die Wirkung eines anfechtbaren Rechtsgeschäfts.
4. Begründen Sie, ob die Rechtsgeschäfte wirksam, nichtig oder anfechtbar sind.
   - 4.1 Mehmet K. geht wie jeden Morgen in den Kiosk, legt wortlos 2,00 € auf die Theke, nimmt sich kommentarlos eine Tageszeitung und verlässt den Laden.
   - 4.2 Ein Angestellter, der eine Auseinandersetzung mit seinem Chef hatte, kündigt beim Verlassen des Büros mündlich seinen Arbeitsvertrag.
   - 4.3 Gegen Zahlung von Schmiergeld erhält Lena einen Mietvertrag.
   - 4.4 In einer E-Mail bucht Alina für ihren Urlaub ein Hotelzimmer. Sie verschreibt sich und bucht anstatt zwei Übernachtungen zwölf Übernachtungen.
   - 4.5 Die Eheleute Bergmann unterschreiben beim Notar einen Kaufvertrag über ein Eigenheim.
   - 4.6 Das Ehepaar Bergmann lässt nach dem Kauf das Dach ihres Hauses neu decken. Um Steuern zu sparen, einigen sie sich mit dem Dachdecker auf eine Rechnung von 5.000,00 € gegenüber dem Finanzamt. Sie zahlen dem Dachdecker 8.000,00 €.
5. Bewerten Sie mithilfe Ihres Fachwissens den Fall in der Einstiegssituation.
6. Zeigen Sie jeweils an einem eigenen Beispiel, wie eine Willenserklärung
   - 6.1 mündlich,
   - 6.2 durch schlüssiges Handeln

   abgegeben werden kann.

Zusammenfassung

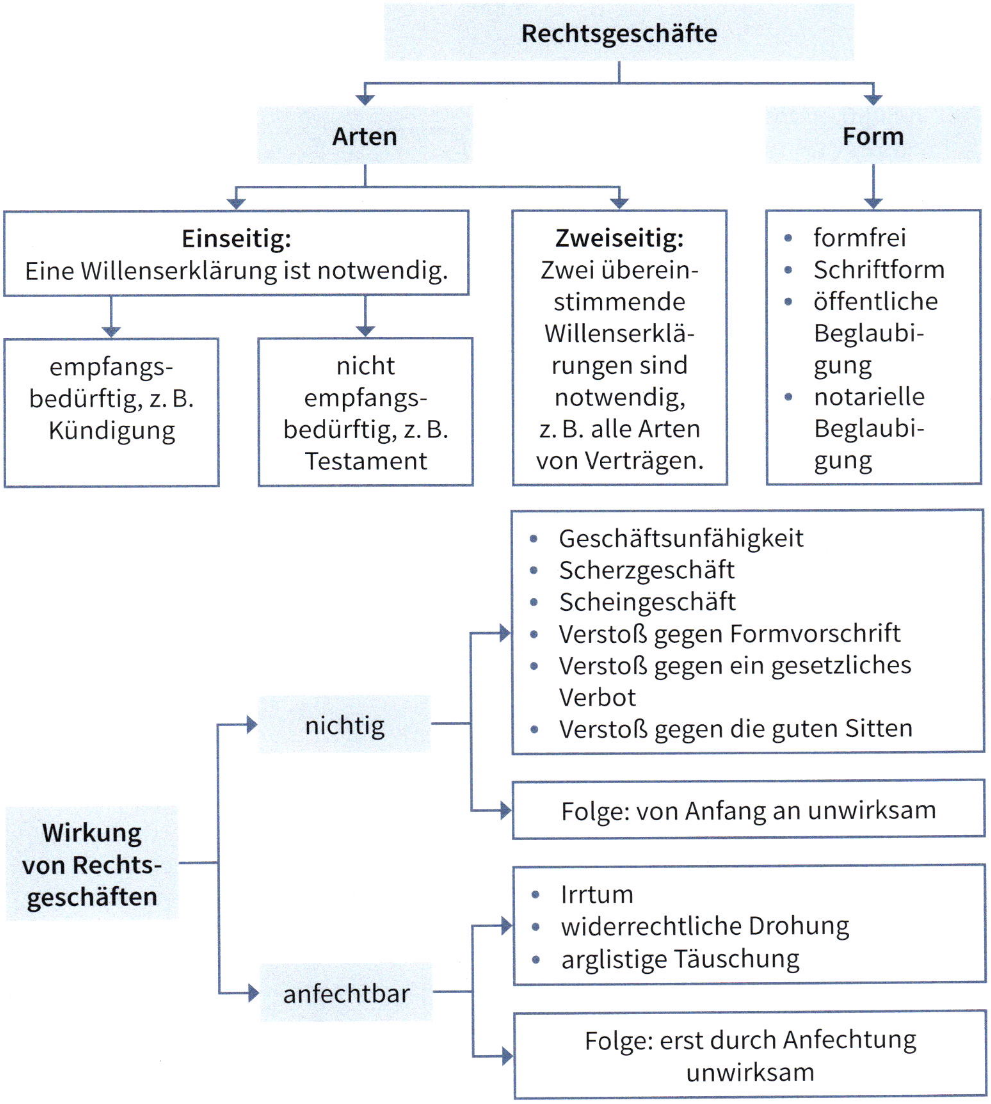

11.5 Abschluss eines Kaufvertrags

Einstiegssituation

Jana und André planen, ihr erstes gemeinsames Auto zu kaufen. Bei eBay Kleinanzeigen finden sie schnell einen Kleinwagen, der genau ihren Wünschen entspricht. Am Wochenende gehen sie in das Autohaus, um sich das ausgesuchte Auto genauer anzusehen. Der Kaufpreis in Höhe von 6.000,00 €, den der Verkäufer ihnen mitteilt, passt in ihr Budget. Nach einer Probefahrt sind sie bereit, das Auto zu dem angegebenen Preis zu kaufen. Sie wollen nun mit dem Autoverkäufer Herrn Profit gemeinsam einen schriftlichen Kaufvertrag unterzeichnen. Herr Profit, der gemerkt hat, wie begeistert Jana und André von seinem Auto sind, erhöht plötzlich den Preis auf 6.500,00 €. Jana und André sind sehr wütend und schauen sich ratlos an.

Kaufvertrag

Antrag

Annahme

Der Kaufvertrag ist ein zweiseitiges Rechtsgeschäft, bei dem ein **Antrag** eines Vertragspartners vom anderen Vertragspartner angenommen wird (**Annahme**).

Der Antrag kann sowohl vom Verkäufer in Form eines Angebotes als auch vom Käufer in Form einer Bestellung ausgehen. Wichtig für einen rechtsverbindlichen Kaufvertrag ist, dass Antrag und Annahme übereinstimmen.

Beispiel: Herr Kluge hat vor vier Tagen bei einem Onlineversandhandel neue Zusatzteile für seinen Oldtimer bestellt. Durch die Bestellung hat er einen **Antrag** gestellt. Der Hersteller von Autoteilen hat die bestellte Ware auf Lager und verschickt diese unverzüglich an den Käufer, das ist die **Annahme** des Antrags.

Vgl. § 145 ff. BGB.

Grundsätzlich ist jeder, der ein Angebot abgegeben hat, auch daran gebunden. Wird ein Angebot telefonisch oder mündlich genannt, dann ist es bis zum Ende des Gespräches gültig. Schriftliche Angebote gelten etwa eine Woche.

Von diesen Bindungsfristen gibt es Ausnahmen:

- **Freizeichnungsklausel**
  Im Angebot hat der Verkäufer schriftlich die Formulierung „unverbindlich“ oder „solange der Vorrat reicht“ verwendet. Damit sagt er, dass er das Angebot jederzeit ändern kann.
- **verspätete Annahme**
  Der Käufer reagiert viel später als üblich auf ein Angebot, sodass sich zwischendurch die Verkaufsbedingungen geändert haben können.
- **Abänderung bei der Bestellung**
  Der Käufer ändert ein vorliegendes Angebot, indem er z. B. die vereinbarten Lieferkosten streicht. In dem Fall ist der Verkäufer nicht mehr an sein Angebot gebunden.

Freizeichnungsklausel

Ein Angebot ist immer an eine bestimmte Person gerichtet. Deshalb sind Schaufensterauslagen, Anzeigen in Zeitungen, Internetseiten von Anbietern, Postwurfsendungen **keine verbindlichen Angebote**. Sie sind Einladungen, einen Kaufantrag abzugeben.

Beispiel: Mia und Arne sehen im Schaufenster eine Hose, die Mia sehr gut gefällt. Sie gehen in die Boutique und äußern den Wunsch, die Hose zu kaufen (Antrag). Die Verkäuferin findet die Hose in Mias Größe. Die Hose passt und Mia erklärt deutlich gegenüber der Verkäuferin, dass sie die Hose kaufen möchte. Ein Kaufvertrag ist nun rechtsgültig zustande gekommen.

Pflichten von Verkäufer und Käufer

Sobald ein Kaufvertrag abgeschlossen ist, haben Käufer und Verkäufer Pflichten übernommen.

Verkäufer	Käufer
• Übergabe der verkauften Sache • frei von Mängeln • zur richtigen Zeit, am richtigen Ort • Verschaffung des **Eigentums** an der gekauften Ware	• Zahlung des vereinbarten Kaufpreises • Annahme der gekauften Ware

Eigentum

Vgl. § 433 BGB.

Inhalt eines Kaufvertrags

Ein schriftlicher Kaufvertrag sollte enthalten:

Zahlungsziel

Vgl. § 269 BGB.

Erfüllungsort

Gerichtsstand

Allgemeine Geschäftsbedingungen

- Art und Menge der Ware
- Preis der Ware: Endpreis, evtl. können Rabatt und Skonto abgezogen werden.
- Lieferbedingungen: Lieferung sofort, wenn nichts anderes vereinbart wurde
- Zahlungsbedingungen: Zahlung sofort, dem Käufer kann allerdings ein **Zahlungsziel** eingeräumt werden.
- Erfüllungsort und Gerichtsstand: Ort, an dem Käufer und Verkäufer ihre vertraglichen Pflichten erfüllen oder an dem sie bei Nichterfüllung ihrer Pflichten verklagt werden können.
  Der Wohn- oder Geschäftssitz des Schuldners ist gesetzlich als **Erfüllungsort** und **Gerichtsstand** festgelegt.

AGB – das Kleingedruckte in Kaufverträgen

Damit Vertragsvereinbarungen nicht immer wieder neu ausgehandelt werden müssen, gibt es **Allgemeine Geschäftsbedingungen** (AGB). Sie werden beim schriftlichen Kaufvertrag als Kleingedrucktes hinzugefügt. Gültig sind sie nur dann, wenn der Verkäufer ausdrücklich auf sie hinweist. Sie beziehen sich beim Kaufvertrag z. B. auf Liefer- und Zahlungsbedingungen und dürfen weder gegen geltendes Recht verstoßen noch überraschende Regeln enthalten, die den Käufer benachteiligen.

Arbeitsaufgaben

1. Erklären Sie, wie in den Fällen ein Kaufvertrag zustande kommt.
   1.1 Sie gehen in der Pause zum Schulkiosk, um ein belegtes Brötchen zu kaufen.
   1.2 Sie bestellen online ein Paar Fußballschuhe, die Ihnen fünf Tage später geliefert werden.
   1.3 Ein Büroausstatter hat auf Anfrage Ihres Ausbildungsunternehmens ein Angebot über neue Bürostühle zugesendet. Ihr Unternehmen gibt einen Tag später einen Auftrag zur Lieferung der Stühle.
2. Beschreiben Sie die Pflichten, die Käufer und Verkäufer bei einem Kaufvertag erfüllen müssen.
3. Nennen Sie fünf Bestandteile eines Kaufvertrags.

4. Nennen Sie die Probleme, die sich beim Abschluss der Kaufverträge ergeben, und mögliche Lösungen.
   - 4.1 Kancaan ist wütend. Im Angebot für einen Laptop stand als Preis „359,00 € (unverbindlich)“. Bei der telefonischen Bestellung weist der Computerhändler ihn darauf hin, dass der Laptop nun nur noch für 379,00 € zu haben ist.
   - 4.2 Ein Sportgeschäft wirbt in der Zeitung für eine Hantelbank zu einem Sonderpreis. Als Nick im Sportgeschäft eintrifft, ist die Hantelbank nicht mehr zu haben. Nick verlangt, dass man ihm diese unverzüglich besorgt, denn schließlich habe man ihm die Hantelbank in der Anzeige versprochen.
5. Beraten Sie Jana und André bei ihrem Autokauf, welcher in der Einstiegssituation beschrieben wird. Beziehen Sie sich dabei auf Ihr Wissen zum Kaufvertrag.

Zusammenfassung

Antrag | **Annahme**

bei Übereinstimmung

Kaufvertrag
- Menge
- Preis der Ware
- Lieferbedingungen
- Zahlungsbedingungen
- Erfüllungsort und Gerichtsstand

Pflichten des Verkäufers
- Übergabe der mangelfreien Ware
- zur richtigen Zeit, am richtigen Ort
- Verschaffung des Eigentums

Pflichten des Käufers
- Annahme der Ware
- Zahlung des Kaufpreises

11.6 Störungen eines Kaufvertrags

Einstiegssituation

Auf der ersten längeren Fahrt von Jana und André mit dem neuen Auto leuchtet die gelbe ABS-Warnlampe mit dem Hinweis auf, umgehend eine Werkstatt aufzusuchen. Der Werkstattleiter sagt, dass zwei ABS-Sensoren zeitweilig aussetzen und erneuert werden müssen. Beim Kauf hat der Händler sie nicht darüber informiert.

Nicht immer läuft bei einem Kaufvertrag alles problemlos. So können sowohl aufseiten des Verkäufers als auch des Käufers Fehler und Versäumnisse entstehen.

Kaufvertragsstörungen durch den Verkäufer – Schlechtleistung und mangelhafte Lieferung

Die Eingangssituation beschreibt eine **Schlechtleistung** des Verkäufers, denn er hat die Ware (Auto) mit einem **Mangel** in der Qualität geliefert. Andere Mängel sind, dass ein Verkäufer zu wenig liefert (Mangel in der Menge) oder eine falsche Ware versendet (Mangel in der Art).

Sachmangel

Nach der Schuldrechtsreform 2022 ist eine Sache mängelfrei, wenn sie

- den subjektiven Anforderungen,
- den objektiven Anforderungen,
- den Montageanforderungen

entspricht.

Vgl. § 434 BGB.

Zwischen Verkäufer und Käufer kann individuell vereinbart werden, dass ein Gegenstand eine besondere Beschaffenheit hat (subjektive Vereinbarung). Wird nichts vereinbart, dann ist eine Ware mängelfrei, wenn sie problemlos zu verwenden und mit anderen Gegenständen derselben Art vergleichbar ist (objektive Beschaffenheit). Muss eine Sache montiert werden, dann muss dies auch fehlerfrei geschehen, ansonsten hat die Ware einen Mangel (Montageanforderung).

Vgl. § 475b BGB.

Da heutzutage viele Kaufgegenstände mit digitalen Elementen verbunden sind, hat man dies bei der Definition des Sachmangels auch berücksichtigt. Funktioniert ein

Gegenstand ohne seine digitale Ausstattung nicht (z. B. Smartphone, Tablet), dann muss der Verkäufer dafür sorgen, dass vereinbarte Updates zur Verfügung gestellt werden und der Verbraucher darüber stets informiert wird. Nur dann ist eine digitale Ware ohne Mangel.

Rechte des Käufers

Vgl. § 437 ff. BGB.

Vgl. § 323 BGB.

Nach Entdeckung eines Mangels muss der Kunde den Verkäufer informieren und ihn auffordern, den Mangel zu beseitigen. Reagiert der Verkäufer nicht innerhalb einer angemessenen Frist, kann der Käufer vom Vertrag zurücktreten. Dann erhält er den gezahlten Kaufpreis zurück und muss die Ware zurückgeben. Diese Regelung gilt zwischen Unternehmen und privaten Käufern. Bei Geschäften zwischen Unternehmen muss zunächst ausdrücklich eine Frist zur Nachbesserung gesetzt werden, erst danach kann der Käufer eine Kaufpreisminderung, Schadenersatz oder Rücktritt vom Vertrag fordern.

Kaufvertragsstörungen durch den Verkäufer – Nicht-Rechtzeitig-Lieferung, Lieferungsverzug

Beispiel: Jana hat in einem Onlineshop ein neues Tablet bestellt. Auf der Internetseite hat der Shop mit einer Lieferzeit von vier Tagen geworben. Nach 14 Tagen ist das Tablet immer noch nicht geliefert worden.

Fehler des Verkäufers	Rechte des Käufers
Ein Verkäufer muss sich an den angegebenen Termin halten. Hat er die Verzögerung selbst verschuldet und ist der angegebene Termin überschritten, so gerät er in **Lieferungsverzug**. Dasselbe gilt, wenn er erklärt, dass er die Ware nicht liefern wird. Nur wenn kein genauer Termin vereinbart wurde, muss der Käufer zunächst mahnen und eine **Nachfrist** setzen.	Nach Ablauf der gesetzten Nachfrist oder bei Eintreten des Lieferungsverzuges hat der Käufer das Recht, vom Kaufvertrag zurückzutreten. Ist durch die verzögerte Lieferung ein Schaden entstanden, so kann auch **Schadenersatz** verlangt werden.

Kaufvertragsstörungen durch den Käufer – Annahmeverzug

Beispiel: Jana und André haben sich bei einem Schreiner einen Einbauschrank anfertigen lassen. Der Schrank wird wie vereinbart an einem Montagnachmittag geliefert. André und Jana haben den Termin vergessen und verbringen gerade ein paar Tage an der Küste. Auf dem Rücktransport zum Verkäufer wird der Einbauschrank beim Einlagern beschädigt. Jana und André verlangen nun einen neuen, unbeschädigten Einbauschrank.

Fehler des Käufers	Rechte des Verkäufers
Wenn der Verkäufer termingerecht eine Ware liefert und der Käufer diese unberechtigt nicht annimmt, so liegt ein **Annahmeverzug** vor. Die Ware muss dem Käufer am „richtigen Ort zur richtigen Zeit“ angeboten werden.	Liegt ein **Annahmeverzug** vor, so muss der Käufer für den Schaden aufkommen, wenn die Sache beim Rücktransport oder später beschädigt wird oder verloren geht. Außerdem kann der Verkäufer weiter auf Abnahme bestehen und die entstandenen Lagerkosten und Transportkosten dem Käufer berechnen.

Kaufvertragsstörungen durch den Käufer – Zahlungsverzug

Beispiel: Jana und André haben ihr Auto am 15. des Monats in Empfang genommen. Der Autohändler hatte ihnen die Rechnung mitgegeben. Darin wurde als Zahlungstermin der 20. des Monats vereinbart. Da es Ende des Monats ist und ihr Konto wenig Guthaben aufweist, wollen sie mit der Zahlung warten, bis die Ausbildungsgehälter eingegangen sind.

Wird eine Leistung vereinbarungsgemäß und ordentlich erbracht und eine Rechnung erstellt, aber nach Fälligkeit nicht gezahlt, so liegt ein **Zahlungsverzug** vor.

Die Fälligkeit einer Zahlung tritt ein

- durch eine Mahnung,
- nach Ablauf des kalendermäßig festgelegten Termins oder
- nach Ablauf von 30 Tagen nach Zugang der Rechnung.

Rechte des Gläubigers

Vgl. §§ 247, 288 BGB.

Neben der sofortigen Zahlung des offenen Rechnungsbetrags hat der Gläubiger Anspruch auf Ersatz des Verzugsschadens, den er durch die verspätete Zahlung erleidet. Dieser Schaden wird in Form von **Verzugszinsen** vom Schuldner gefordert. Bei Privatleuten liegen diese Verzugszinsen 5 % über dem **Basiszinssatz.** Das ist ein amtlicher Marktzins, der von der Deutschen Bundesbank halbjährlich festgelegt wird.

Arbeitsaufgaben

1. Beschreiben Sie die beiden Kaufvertragsstörungen, bei denen der Verkäufer der Verursacher ist.
2. Erarbeiten Sie für die Beispiele die Rechte, die dem Käufer jeweils zustehen.
3. Beschreiben Sie die beiden Kaufvertragsstörungen, die vom Käufer ausgehen.
4. Erarbeiten Sie für die Beispiele die Rechte, die dem Verkäufer jeweils zustehen.

Zusammenfassung

Kaufvertragsstörungen

- durch den Verkäufer
  - Schlechtleistung
  - Nicht-Rechtzeitig-Lieferung
- durch den Käufer
  - Annahmeverzug
  - Zahlungsverzug

11.7 Kreditvertrag

Einstiegssituation

Jana und André haben ihr Wunschauto nun für 5.000,00 € gekauft. Da sie das Geld nicht auf dem Konto haben, sind sie zur ihrer Bank gegangen und haben dort einen Ratenkredit aufgenommen.
Zuvor hatten sie ein Gespräch mit ihrem Kreditberater, der mit ihnen über Zinsen, Tilgung, Laufzeit und Sicherheiten verhandelte. Damit die Bank sicher sein kann, dass nicht noch andere Kredite aufgenommen wurden, wurde eine SCHUFA-Auskunft eingeholt.

Gläubiger

Definition: Ein Kredit ist geliehenes Geld. Man nimmt einen Kredit auf, wenn man selbst zu wenig Geld hat, um etwas zu finanzieren. Es gibt Banken, Privatleute oder Unternehmen, die Geld verleihen, weil sie glauben, es zurückzubekommen. Sie werden **Gläubiger** genannt (lat. credere – glauben). Als **Schuldner** bezeichnet man die Person, die den Kredit erhält.

Schuldner

Prüfung der Kreditwürdigkeit

Bei der Kreditwürdigkeit oder **Bonität** wird geprüft, wie hoch die Sicherheit ist, dass der Schuldner den Kredit rechtzeitig zurückzahlt. Ist die Kreditwürdigkeit sehr niedrig, wird auch kein Kredit gegeben.

Banken überprüfen die Bonität nach mehreren Kriterien:

- Einkommen, z. B. Löhne und Gehälter
- Vermögen, z. B. Wertpapiere, Grundstücke, Immobilien
- Zahlungsverpflichtungen, z. B. weitere Kreditzahlungen, Unterhalt
- Sicherheiten, z. B. Bürgschaft, Grundschuld

SCHUFA – Schutzgemeinschaft für allgemeine Kreditsicherung

https://www.schufa.de/

Die **SCHUFA** ist eine Organisation, bei der alle Verbraucher registriert sind, die ein Girokonto eröffnet oder einen Kredit aufgenommen haben. Auch wird gespeichert, wenn ein Verbraucher einen Kredit nicht oder nicht rechtzeitig zurückzahlt oder nicht pünktlich seine Rechnungen zahlt.

Banken und andere Kreditgeber erhalten bei einer SCHUFA-Auskunft weitere wichtige Informationen über die Kreditwürdigkeit eines Schuldners.

Sicherheitsleistungen für einen Kredit

Sicherungsübereignung

Beispiel: Jana und André haben ihrer Bank den Fahrzeugbrief ausgehändigt. Sie dürfen mit ihrem Auto fahren, doch Eigentümerin des Autos ist die Bank, bis der Kredit zurückgezahlt ist. Sollten Jana und André den Kredit nicht zurückzahlen, dann darf die Bank das Auto verkaufen. Man nennt diese Form der Sicherheit **Sicherungsübereignung**.

Wer einen Kredit gibt, kann die Rückzahlung auf mehrere Arten sicherstellen:

- **Sicherungsübereignung**
  Das Auto dient als Sicherheit. Der Autokäufer darf das Auto fahren, der Fahrzeugbrief wird jedoch der Bank übereignet.
- **Lohn- oder Gehaltsabtretung**
  Ein Teil des Arbeitsentgelts wird vom Arbeitgeber an die Bank gezahlt, wenn die Kreditraten nicht rechtzeitig bezahlt werden.
- **Verpfändung von Wertpapieren**
  Die Bank erhält andere Vermögensanlagen des Schuldners, z. B. Aktien, Lebensversicherungen.
- **Grundschuldeintragung**
  Die Bank darf ein Grundstück oder Haus verkaufen und aus dem Erlös ihren Kredit finanzieren.
- **Bürgschaft**
  Ein Bürge muss für den Gläubiger zahlen.

Zinsen – Laufzeit – Tilgung

Ein Kreditgeber möchte entlohnt werden, wenn er auf sein Geld eine Weile verzichtet und ein Risiko eingeht, dass das Geld nicht zurückgezahlt wird. Er erhält dafür Kreditzinsen (Nominalzins). Bei jeder Kreditvergabe durch Banken fallen nebenher Gebühren und Versicherungsbeiträge an. Rechnet man sie zu den Soll-Zinsen, so erhält man den **Effektivzins**. Dieser „Preis des Kredits" darf nie vergessen werden.

Außerdem muss der Gläubiger den Kredit in einer vereinbarten Laufzeit zurückzahlen. Die meisten Verbraucher zahlen ihre Kredite in gleichen Monatsraten zurück (Ratenkredit). Je länger die Laufzeit des Kredites, umso niedriger wird die Tilgungsrate. Eine längere Laufzeit bedeutet aber gleichzeitig, dass man länger Zinsen zahlt.

Beispiel: Jan und André können ihren Kredit über 5.000,00 € in zwölf oder in 36 Monaten zurückzahlen.

Laufzeit	12 Monate	36 Monate
Kredithöhe	5.000,00 €	5.000,00 €
Effektiver Jahreszins	6,5 %	6,5 %
Monatliche Kreditrate	443,75 €	165,97 €
Zinsaufwand während der Laufzeit	325,00 €	975,00 €
Gesamtzahlung	5.325,00 €	5.975,00 €

Der Kredit mit 36 Monaten Laufzeit ist 650,00 € teurer.

Lohn- oder Gehaltsabtretung

Verpfändung von Wertpapieren

Grundschuldeintragung

Bürgschaft

Effektivzins

Kreditarten: Überziehungskredit – Ratenkredit – Kreditkarte

Überziehungskredit

Die Bank kann einem Girokonto auch einen Kreditrahmen einräumen. Dann darf das Konto bis zu einem bestimmten Betrag überzogen werden, also ein Minus ausweisen. Diese sehr teure Art von Kredit heißt **Dispositionskredit**, kurz Dispo.

Ratenkredit

Beim Ratenkredit oder Konsumentenkredit vereinbart man eine feste Laufzeit und einen festen Zins. Der Kreditnehmer zahlt den Kredit in gleichen Monatsraten für Tilgung und Zinsen zurück. Ratenkredite sind günstiger als Dispositionskredite.

Kreditkarte

Viele Käufe, ob im Geschäft oder beim Onlinekauf, werden mit Kreditkarten bezahlt. Sie ersetzen immer öfter die Zahlung mit Bargeld. Eine Kreditkarte kann bis zu einem monatlichen Höchstbetrag belastet werden. Hinter einer Kreditkarte steht eine Organisation, die bei jeder Zahlung in Vorleistung tritt. Erst am Ende eines Monats werden die Zahlungen abgerechnet und dem Girokonto des Käufers belastet.

Da man erst am Ende des Monats die Abrechnung erhält, besteht die Gefahr, dass man die Kontrolle über die Ausgaben verliert.

Arbeitsaufgaben

1. Nennen Sie die verschiedenen Faktoren, über die eine Bank bei der Bonitätsprüfung informiert werden möchte.
2. Beschreiben Sie die Aufgabe der SCHUFA.
3. Erläutern Sie die verschiedenen Möglichkeiten, um einen Kredit abzusichern.
4. Vergleichen Sie die verschiedenen Kreditarten im Hinblick auf Vorteile und Nachteile für den Kreditnehmer. Begründen Sie, für welche Kreditart Sie sich entscheiden würden.
5. Jana und André planen, für die Finanzierung ihres Autos einen Kredit aufzunehmen. Berechnen Sie, ob sie den Kredit finanzieren können.

Der Kreditberater bietet ihnen einen Ratenkredit an:

Kreditbetrag:	5.000,00 €
Zinsen:	5,6 % pro Jahr
Tilgung:	24 Monate

Janas und Andrés monatlicher Haushaltsplan:

Einnahmen		Ausgaben	
Gehalt Jana (netto)	2.200,00 €	Miete	750,00 €
Gehalt André (netto)	2.050,00 €	Versicherungen	420,00 €
		private Altersvorsorge	250,00 €
		Lebenshaltung	1.250,00 €
		Freizeit	450,00 €

6 Simulieren Sie das Beratungsgespräch zwischen Jana, André und dem Kreditberater der Bank.

Zusammenfassung

Kreditpartner

- Gläubiger = Kreditgeber:
  - prüft die Bonität
  - holt Informationen über den Kreditnehmer bei der SCHUFA ein
- Schuldner = Kreditnehmer: verpflichtet sich, Tilgungsraten und Zinsen pünktlich zurückzuzahlen

Kreditsicherheiten

- Sicherungsübereignung: Der Kreditgeber bleibt Eigentümer des Autos.
- Lohn- und Gehaltsabtretung: Ein Teil des Einkommens kann abgezogen werden.
- Verpfändung von Vermögen: Geldanlagen können versteigert werden.
- Grundschuld: Belastung von Grundstücken und Immobilien

Kreditarten

- Überziehungskredit (Dispositionskredit)
- Ratenkredit
- Zahlung mit Kreditkarte

11.8 Verbraucherberatung und Verbraucherschutz

Einstiegssituation

Benjamin hat in seinem Postkorb eine E-Mail mit einem vielversprechenden Betreff gefunden. Er liest sie seinen Freunden Melanie und Tobias vor:

Herzlichen Glückwunsch zum Hauptgewinn

Lieber Benjamin,

du hast es geschafft und den Hauptgewinn von 2.500,00 € gezogen.

Dazu gratulieren wir dir herzlich. Bevor wir dir den Betrag überweisen können, ist eine Abwicklungsgebühr (Notar- und Verwaltungskosten) in Höhe von 250,00 € fällig. Bitte überweise sie uns am besten noch heute auf die unten angegebene Kontonummer. Wir werden dir dann umgehend deinen Gewinn auszahlen.

Benjamin: „Heute scheint mein Glückstag zu sein. Das Geld kann ich gut für meinen Sommerurlaub in Italien gebrauchen."

Melanie: „Du vertraust doch nicht etwa dieser Nachricht? Hinter dem Absender verbergen sich Betrüger, die dein Geld wollen. Den Hauptgewinn wirst du nie erhalten. Vor dieser Betrugsmasche hat die Verbraucherzentrale gewarnt. Wir haben darüber gerade im WiSo-Unterricht gesprochen."

Benjamin: „Was ist die Verbraucherzentrale? Und was bietet sie mir?"

Verbraucherberatung

Verbraucherbildung

https://www.verbraucherbildung.de/wissen-verbraucherbildung

Menschen sind jeden Tag Verbraucher, um ihre Bedürfnisse zu befriedigen. Selbstbestimmtes Handeln eines Verbrauchers erfordert Wissen und Orientierung im wirtschaftlichen Umfeld. Diese Kompetenzen nennt man **Verbraucherbildung**. Ein Konsument muss fähig sein,

- nachhaltig zu konsumieren (vgl. 11.2),
- ein Budget zu verwalten (vgl. 11.3 und 11.7),
- Lebensrisiken abzusichern (vgl. 8 und 9),
- Verträge zu schließen und einzuhalten (vgl. 11.4 bis 11.6),

- sich gesund zu ernähren und gesund zu bleiben,
- sich an soziale und ethische Maßstäbe bei Konsumentscheidungen zu halten.

Verbraucherberatungsstellen informieren und beraten bei Fragen des privaten Konsums. Sie vermitteln einen Überblick auf den Märkten und helfen, bei Kaufentscheidungen auf Umwelt und Gesundheit zu achten. Bei Streitigkeiten können sie rechtlich beraten.

Die Verbraucherzentralen sind unabhängig und werden weitgehend staatlich finanziert. So wird sichergestellt, dass die Informationen aktuell und verlässlich sind und Verbraucher darauf vertrauen können.

Verbraucherorganisationen

Verbraucherzentrale Bundesverband

Der Bundesverband der Verbraucherzentralen vertritt die Interessen der Verbraucher gegenüber Politik und Wirtschaft. Er ist ein Dachverband, unter dem alle Verbraucherzentralen und andere Organisationen zusammengefasst sind.

Der Bundesverband hat sich als Aufgabe gesetzt, über Missstände zu informieren, Verbraucherrechte auch vor Gericht durchzusetzen, Verbraucher zu stärken und zu ermuntern, ihre Macht bei Konsumentscheidungen verantwortungsvoll durchzusetzen.

Verbraucherzentralen vor Ort

Braucht ein Verbraucher Hilfe und Rat, so findet er in der nächsten größeren Stadt eine Verbraucherzentrale. Hier wird man jederzeit gegen eine Gebühr beraten.

Die Verbraucherzentralen ziehen vor Gericht, wenn gegen Verbraucherrechte verstoßen wird, sie führen Projekte durch und arbeiten sehr eng mit Schulen zusammen.

Verbraucherzentralen

https://www.verbraucherzentrale.de/ueber-uns

Stiftung Warentest

Arbeitsweise der Stiftung Warentest

https://www.test.de/unternehmen/testablauf-5017344-0/

Die Stiftung Warentest wurde von der Bundesregierung als Stiftung gegründet. Ihre Aufgabe ist, einen Überblick über die Qualität von Produkten und Dienstleistungen zu geben.

Sie testet Produkte und veröffentlicht ihre Ergebnisse in einer Zeitschrift, online und in Buchform. Alle Prüfmuster der Produkte werden anonym gekauft, sodass Hersteller vorab keinen Einfluss nehmen können, und von einem unabhängigen Labor geprüft. Jährlich durchlaufen tausende Produkte diese Tests und erhalten die Noten „sehr gut" bis „mangelhaft".

Themenfelder der Verbraucherberatungsstellen

Mini-HiFi-Anlagen — 1/2021

Produkt	Mittlerer Preis ca. (Euro)	Ton 55 %	Handhabung 30 %	Vielseitigkeit 10 %	Stromverbrauch 5 %	Datensendeverhalten der App 0 %	test-QUALITÄTSURTEIL 100 %
Netzwerkfähig (Lan und/oder WLan)							
Grundig CMS 5000BT DAB+ WEB	218 1)	++	+	+	+	**kritisch** 2)	**SEHR GUT (1,5)**
Denon CEOL N10	455	++	+	○	○	**unkritisch**	**GUT (1,8)**
Auna Connect System S	138 1)	+	+	+	+	**kritisch**	**GUT (1,9)**
Lenco MC-250	194 1)	○	+	+	+	Entfällt	**GUT (2,4)**
Nicht netzwerkfähig							
Panasonic SC-PMX94EG	272	+	+	○	++	**kritisch**	**GUT (1,9)**
TechniSat Digitradio 750	168	++	+	⊖	++	**unkritisch**	**GUT (1,9)**
Yamaha MCR-B370D	315	+	+	○	++	Entfällt	**GUT (1,9)**
Grundig CMS 4000 BT DAB+	139	+	+	⊖	++	Entfällt	**GUT (2,1)**
Kenwood M-918DAB-H	194 1)	+	○	⊖	++	Entfällt	**GUT (2,2)**
LG CM1560DAB	64 1)	+	+	⊖	++	Entfällt	**GUT (2,4)**
Grundig CMS 3000 BT DAB+	98	+	○	⊖	++	Entfällt	**GUT (2,5)**
LG CM2460DAB	138	+	+	⊖	++	**unkritisch**	**GUT (2,5)**
Kenwood M-720DAB	138	+	○	⊖	++	Entfällt	**BEFRIED. (2,7)**
Philips BTB2515/12	109	○	+	⊖	++	Entfällt	**BEFRIED. (2,9)**
Panasonic SA-PM254	122	○	○	⊖	++	**kritisch**	**BEFRIED. (3,0)**

Bewertungsschlüssel der Prüfergebnisse: ++ = Sehr gut (0,5–1,5). + = Gut (1,6–2,5). ○ = Befriedigend (2,6–3,5). ⊖ = Ausreichend (3,6–4,5). — = Mangelhaft (4,6–5,5). **Bei gleichem Qualitätsurteil Reihenfolge nach Alphabet.**
Datensendeverhalten der App: unkritisch, kritisch, sehr kritisch.
Alle haben: Bluetooth, USB-Anschluss.
1) Von uns bezahlter Einkaufspreis.
2) Geprüft mit Spotify-App, Grundig bietet keine eigene App.

Einkauf der Prüfmuster: Juli 2020.

In vielfältigen Themenfeldern liefern die Verbraucherzentralen Antworten auf viele Verbraucherfragen.

- **Geld, Versicherungen**
  - Was ändert sich bei Bankkonten, wenn ich 18 werde?
  - Was muss ich bei der Geldanlage mit Aktien beachten?
  - Wann erhalte ich BAföG?
  - ...
- **Digitales**
  - Woran erkenne ich Abzocke und Lockangebote im Internet?
  - Wann sind meine Passwörter sicher?
  - Wie funktionieren Cookies und wie kann man sie löschen?
  - ...
- **Umwelt**
  - Wie wird Abfall richtig entsorgt?
  - Wie lässt sich umweltfreundlich einkaufen?
  - Welche Schadstoffe finden sich in unseren Produkten?
  - ...
- **Gesundheit**
  - Welche Rechte habe ich als Patient/-in?
  - Wann zahlt meine Kasse?
  - Welche Risiken haben Tattoos?
  - Was muss ich bei einer Corona-Erkrankung beachten?
  - ...
- **Verträge**
  - Wie kann ich mich gegen ungünstige Vertragsklauseln im Fitnessstudio schützen?
  - Welche Rechte habe ich bei einem Umtausch?
  - ...

Arbeitsaufgaben

1. Nennen Sie vier Aufgaben der Verbraucherzentralen.
2. Erläutern Sie, wie die Verbraucherberatung im Bereich der digitalen Welt einem Verbraucher helfen kann.
3. Beschreiben Sie eine Situation, in der Sie persönlich auf die Verbraucherberatung zurückgreifen würden.
4. Melanie möchte sich neue kabellose Kopfhörer kaufen. Da das Angebot sehr groß ist, braucht sie eine Orientierung.
   4.1 Beschreiben Sie, welche Schritte Melanie unternehmen kann, um sich zu informieren.
   4.2 Recherchieren Sie, welche Informationen die Stiftung Warentest liefert.
5. Beraten Sie Benjamin, wie er auf die in der Eingangssituation gezeigte E-Mail reagieren soll.

Zusammenfassung

Verbraucherbildung vermittelt Konsumenten und Konsumentinnen einen verantwortungsbewussten Umgang mit ihrem Konsumverhalten und klärt sie über ihre Rechte auf.

Verbraucherorganisationen

- Verbraucherzentrale Bundesverband Dachverband der Verbraucherzentralen
- Verbraucherzentralen in den Ländern und Städten
- Stiftung Warentest

Aufgaben und Ziele

- rechtliche Beratung bei Streitigkeiten
- Informationen über Produkte und Dienstleistungen
- Aufklärung über nachhaltigen Konsum
- Durchsetzung von Verbraucherinteressen

PRÜFGEBIET

Unternehmen und Verbraucher in Wirtschaft und Gesellschaft sowie im Rahmen weltwirtschaftlicher Verflechtungen

12 Berufliche Entwicklung und Existenzsicherung: Die Unternehmensgründung

- Existenzgründung: individuelle, wirtschaftliche, rechtliche Aspekte
- Wirtschaftsförderung

12.1 Pflichten und Voraussetzungen für eine Unternehmensgründung: Individuelle, wirtschaftliche, rechtliche Aspekte

Einstiegssituation

Felix hat sich schon oft über das Verhalten seines Chefs Haberlach geärgert, weil er den Handlanger spielen muss: „Hol mal die Wasserpumpenzange!“, „Felix, wo ist die Rohrschelle?“, „Ich brauche bitte ganz schnell einen Schraubendreher!“ Dass er Herrn Haberlach auch noch Kaffee und Frühstück bringen muss, will Felix nicht erwähnen. Frustriert denkt er: „Wie schön wäre es, selbst Chef zu sein. Dann könnte ich meine Mitarbeiter herumkommandieren.“

Am Wochenende trifft Felix seinen alten Klassenkameraden Jay in einem Club wieder, der sich nach der Ausbildung erst einmal ein Jahr Auszeit genommen hat. Währenddessen hat er begonnen, im Internet coole Sneaker zu verkaufen, die er günstig aus China bezieht. Mittlerweile läuft das Geschäft so gut, dass Jay sich kaum noch vor Aufträgen retten kann. Sein Zimmer im Elternhaus platzt aus allen Nähten und er braucht mehr Raum und Zeit, um alles schaffen zu können. Spontan fragt Jay Felix, ob er sich vorstellen kann, bei ihm einzusteigen, und ob sie gemeinsam eine Firma gründen wollen.

Felix fragt: „Wie? Du hast einen Onlinehandel, obwohl du noch gar keine Berufserfahrung gesammelt hast? Geht das überhaupt?“

Herr Haberlach hat Felix schon angeboten, dass er ihn nach der Ausbildung übernimmt und ihm dann einen ordentlichen Gesellenlohn zahlt. Generell macht Felix die Arbeit in seinem Beruf große Freude, aber ob er weiterhin jeden Tag mit seinem Chef zusammenarbeiten will, das weiß er noch nicht. Schließlich hat ihn neulich Herr Steudter gefragt, ob er in ein paar Jahren nicht seinen Betrieb „Wärme und Kälte Steudter e. K.“ übernehmen möchte. Wäre das nicht viel einfacher, als ein komplett neues Unternehmen zu gründen? Dann kommt Felix noch ein anderer Gedanke: „Wenn ich selbst Chef wäre, müsste ich mich dann nicht auch um die Buchhaltung und den ganzen Papierkram kümmern?“

Existenzgründung

Existenzgründung – was ist das?

Auch eine Erfindung kann eine Innovation sein.

Bei einer **Existenzgründung** geht es um die Gründung eines Unternehmens. Umgangssprachlich sagt man, dass man sich selbstständig macht. Ohne Existenzgründungen wäre Deutschland nicht so vielseitig und wirtschaftlich gut aufgestellt. Existenzgründer sorgen für **Innovationen**, weil sie neue Ideen und Produkte in einem Land schaffen. Daraus ergeben sich moderne, wettbewerbsfähige Unternehmen und neue Arbeitsplätze entstehen. In Deutschland gibt es sehr viele Menschen, die sich selbstständig machen und somit eine neue Existenz aufbauen.

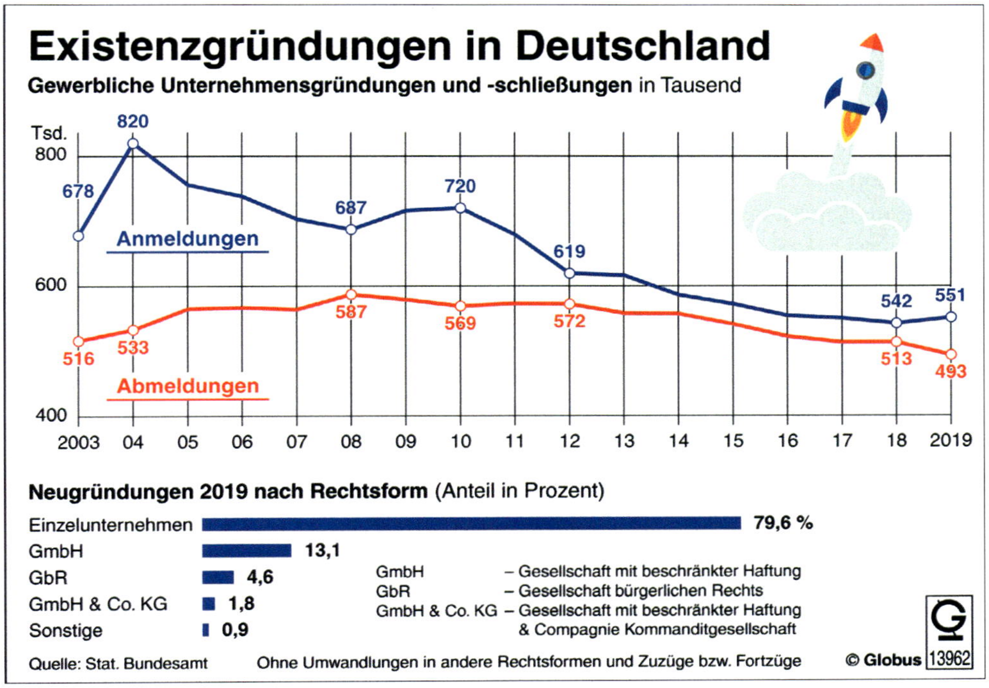

Auch die rote Kurve im Schaubild ist interessant. Abmeldungen von Unternehmen können viele verschiedene Ursachen haben. Nicht jedes neu gegründete Unternehmen ist dauerhaft erfolgreich. Der Erfolg einer Existenzgründung hängt unter anderem von der Persönlichkeit des Gründers ab.

Individuelle Aspekte einer Unternehmensgründung – persönliche Voraussetzungen

Chef des eigenen Unternehmens zu sein, ist zwar spannend und interessant, doch auch anstrengend und nicht für jeden Menschen das Richtige. Die persönlichen Voraussetzungen und Eigenschaften für eine erfolgreiche Unternehmensleitung müssen stimmen, fachliches und unternehmerisches Know-how sind gefragt. Viele Gründer haben zu wenig über die Konkurrenzsituation nachgedacht oder haben unklare Vorstellungen über ihre Kunden. Die Finanzierung ist oft eine große Hürde und der rechtliche Rahmen wird oft nicht richtig durchdacht.

Das Bundesministerium für Wirtschaft und Klimaschutz stellt umfangreiche Informationen zur Existenzgründung zur Verfügung.

Ob man ein Unternehmertyp ist, kann man mit einem Fragenkatalog herausfinden. Je öfter mit „Ja" geantwortet wird, desto eher bringt man gute Voraussetzungen für eine erfolgreiche Existenzgründung mit.

Information: Starthilfe – Der erfolgreiche Weg in die Selbstständigkeit

https://www.bmwk.de/Redaktion/DE/Publikationen/Mittelstand/starthilfe-der-erfolgreiche-weg-in-die-selbstaendigkeit.pdf

- Antriebsstärke
  - Sind Sie begeisterungsfähig?
  - Sind Sie entscheidungsfreudig?
  - Nehmen Sie Herausforderungen gern an?
  - Sind Sie hartnäckig, wenn es um Ihre Sache geht?
- Unabhängigkeit
  - Sind Sie jemand, der gern die Initiative ergreift?
  - Geht es Ihnen eher gegen den Strich, wenn Ihnen jemand sagt, was Sie zu tun haben?
  - Genießen Sie es, selbst entscheiden zu dürfen?
  - Haben Sie eigene Ziele, die Sie erreichen wollen?
- Risikobereitschaft
  - Sind Sie ein optimistischer Mensch?
  - Sind Sie bereit, Risiken einzugehen, wenn Sie etwas erreichen wollen?
  - Kommen Sie gut über Frustrationen hinweg?
  - Hätten Sie als Unternehmer/-in Angst davor, zu scheitern?
  - Sind Sie bereit, als selbstständige Person auf ein sicheres und regelmäßiges Einkommen zu verzichten?
- Kreativität
  - Fällt es Ihnen leicht, neue Ideen zu entwickeln?
  - Denken Sie, es gibt für jedes Problem eine Lösung?
  - Finden Sie Routine auf Dauer langweilig?
- Kontakt
  - Fällt es Ihnen leicht, mit fremden Menschen in ein Gespräch zu kommen?
  - Können Sie sich gut gegen andere durchsetzen?
  - Übernehmen Sie gern Verantwortung?
  - Können Sie sich gut auf andere Menschen einstellen?
  - Können Sie andere begeistern?
- Leistung
  - Sind Sie ehrgeizig?
  - Sind Sie diszipliniert im Beruf?
  - Kommen Sie mit Stresssituationen gut zurecht?
  - Wären Sie bereit, als selbstständige Person 60 Stunden und mehr in der Woche zu arbeiten?

Vgl. Bundesministerium für Wirtschaft und Energie (BMWi): Starthilfe. Der erfolgreiche Weg in die Selbständigkeit. Unter https://www.bmwk.de/Redaktion/DE/Publikationen/Mittelstand/starthilfe-der-erfolgreiche-weg-in-die-selbstaendigkeit.pdf?__blob=publicationFile&v=41 [20.09.2022]

Wirtschaftliche Aspekte einer Unternehmensgründung

Die Standortwahl

Am Standort eines Unternehmens befinden sich die Räumlichkeiten wie Werkstatt, Büro oder Laden. Manche Unternehmen haben mehrere Standorte.

Der Standort ist maßgeblich für den Erfolg eines Unternehmens, denn Umsatz, Preise, Kosten usw. sind von ihm abhängig. Er ist im handwerklichen und gewerblichen Bereich häufig der Wohnort des Firmeninhabers. Doch nicht nur die regionale Nähe, sondern auch andere Faktoren beeinflussen die Entscheidung für den Standort eines Unternehmens. Diese Faktoren nennt man **Standortfaktoren**. Es wird zwischen harten und weichen Standortfaktoren unterschieden.

Harte Standortfaktoren kann ein Unternehmen oder Gründer genau ermitteln, denn sie ändern sich kaum.

Beispiele: Kosten, Lage, Nähe zu Kunden, Konkurrenz, Arbeitskräfte, Verkehrsanbindung

Weiche Standortfaktoren sind Einschätzungen des Unternehmens. Sie können vorher nicht ermittelt werden und ändern sich häufiger. Generell kann man sagen, dass die weichen Standortfaktoren immer mehr an Bedeutung gewinnen.

Beispiele: politische Verhältnisse, Wohlbefinden der Mitarbeiter, Freizeitangebot, Image des Unternehmens

Ein Unternehmensgründer versucht, aus allen Standortfaktoren einen Kompromiss für den am besten geeigneten Standort auszuwählen. Ist ein Standort gefunden, so muss man sich als Unternehmensgründer um die finanziellen Dinge kümmern. In den meisten Fällen kommt es zu einer Kreditvergabe durch eine Bank. Diese verlangt vor der Kreditvergabe einen Businessplan.

Der Businessplan

Ein **Businessplan** wird manchmal auch **Geschäftsplan** genannt. Er muss vom Unternehmensgründer geschrieben werden und stellt übersichtlich dar,

- was für ein Betrieb gegründet werden soll,
- wie genau das umgesetzt werden soll,
- was das in etwa kosten wird und
- welchen Gewinn der Unternehmer ungefähr erwartet.

Ein guter Businessplan ist aussagekräftig, gut gegliedert und nicht zu lang. Als Richtwert gilt ein Umfang von 30 Seiten. Eine gut durchdachte Planung ist deshalb so wichtig, weil die Bank genau wissen möchte, ob sie dem Unternehmensgründer einen Kredit geben kann oder nicht.

Außerdem ist es für die Gründer selbst eine gute Möglichkeit, den Überblick zu behalten und später zu kontrollieren, ob die gesteckten Ziele erreicht wurden.

Ein gut ausgearbeiteter Businessplan umfasst die Punkte:

- Geschäftsidee
- Produkt oder Dienstleistung
- Kunden
- Konkurrenz
- Standort
- Marketing
- Unternehmensführung
- Gründer
- Mitarbeiter
- Rechtsform
- Chancen und Risiken
- Finanzierung
- Ertrag und Gewinn

Vgl. Bundesministerium für Wirtschaft und Energie (BMWi): Starthilfe. Der erfolgreiche Weg in die Selbständigkeit. Unter https://www.bmwk.de/Redaktion/DE/Publikationen/Mittelstand/starthilfe-der-erfolgreiche-weg-in-die-selbstaendigkeit.pdf?__blob=publicationFile&v=41 [20.09.2022]

Rechtliche Aspekte einer Unternehmensgründung

Gewerbefreiheit

Bei der Gründung eines Unternehmens sind einige rechtliche Dinge zu beachten. In Deutschland darf sich grundsätzlich jeder selbstständig machen und einen Betrieb gründen. Diese **Gewerbefreiheit** ist in Artikel 12 des Grundgesetzes verankert. Gewerbe sind alle selbstständigen Tätigkeiten, die dauerhaft ausgeübt werden und darauf abzielen, Gewinn zu erwirtschaften. Generell unterscheidet man Handwerksgewerbe und Handelsgewerbe.

Handwerks-gewerbe

Zum **Handwerksgewerbe** zählen kleine und mittlere Betriebe, die handwerkliche Tätigkeiten ausüben, z. B. eine Schreinerei. Für Handwerksbetriebe gelten besondere Regelungen, sie müssen z. B. in die Handwerksrolle eingetragen werden.

Handelsgewerbe

Ein Betrieb, der nach Art und Umfang einen in kaufmännischer Weise eingerichteten Geschäftsbetrieb erfordert, gehört zum **Handelsgewerbe**, z. B. ein Gebrauchtwagenhandel. Dabei stellt sich die Frage, ab wann ein Gewerbe einen in kaufmännischer Weise eingerichteten Geschäftsbetrieb erfordert. Die Beschäftigung von Mitarbeitern oder das Vorhandensein einer Buchhaltung sind einige Anhaltspunkte. Deshalb sind größere Handwerksbetriebe in der Regel auch Handelsgewerbe.

In einigen Handwerksberufen ist die Meisterprüfung Voraussetzung, um einen Betrieb gründen zu können. Dies war nicht immer so. Im Jahr 2004 lockerte die Bundesregierung die Meisterpflicht für viele Handwerksberufe aufgrund der steigenden Arbeitslosigkeit, doch 2020 wurde die Meisterpflicht für zwölf Berufe wieder eingeführt.

Meisterpflicht für ganz bestimmte Berufe

Folgende Handwerksberufe gehen mit der Meisterpflicht für die Selbstständigkeit einher:

- Bei Maurer und Betonbauer, Dachdecker, Zimmerer, Ofen- und Luftheizungsbauer, Straßenbauer, Brunnenbauer, Wärme-, Kälte- und Schallschutzisolierer, Gerüstbauer, Schornsteinfeger
- Im Lebensmittelbereich: Fleischer, Bäcker, Konditoren
- Für Steinmetze und Steinbildhauer, Maler und Lackierer, Stuckateure
- Metallbauer, Büchsenmacher, Installateur- und Heizungsbauer, Klempner, Elektrotechniker, Elektromaschinenbauer
- Chirurgiemechaniker, Feinwerkmechaniker, Zweiradmechaniker, Karosserie- und Fahrzeugbauer, Kälteanlagenbauer, Kraftfahrzeugtechniker, Landmaschinenmechaniker, Informationstechniker, Zahntechniker
- Augenoptiker, Friseur, Glaser, Glasbläser, Glasapparatebauer, Hörgeräteakustiker, Orthopädieschuhmacher, Orthopädietechniker, Reifenmechaniker, Vulkaniseur

Wiedereinführung der Meisterpflicht für die folgenden Berufe ab 2020:

- Orgel- und Harmoniumbauer, Betonstein- und Terrazzohersteller, Fliesenleger/Plattenleger/Mosaikleger, Raumausstatter, Drechsler- und Holzspielzeugmacher, Böttcher, Estrichleger, Apparate- und Behälterbauer, Sonnenschutz- und Rollladentechniker, Glasveredler, Lichtreklame- und Schilderhersteller, Parkettleger

Zulassungsfreie Handwerksberufe

In einigen Handwerksberufen ist es möglich, **ohne Meisterbrief und ohne Meisterpflicht einen eigenen Handwerksbetrieb zu gründen**. Das sind die sogenannten zulassungsfreien Handwerksberufe:

- Uhrmacher, Metallbildner, Metall- und Glockengießer, Graveur, Gold- und Silberschmied, Schneidwerkzeugmechaniker, Feinoptiker, Edelsteinschleifer und -graveur, Vergolder
- Damen- und Herrenschneider, Modisten, Sticker, Sattler und Feintäschner, Schuhmacher, Weber, Textilreiniger
- Modellbauer
- Holzbildhauer, Korbmacher, Kürschner, Glas- und Porzellanmaler, Keramiker
- Segelmacher, Wachszieher, Gebäudereiniger
- Brauer, Mälzer, Müller, Weinküfer
- Buchbinder, Buchdrucker, Drucker, Fotografen, Flexografen, Siebdrucker, Schriftsetzer
- Bogenmacher, Geigenbauer, Handzuginstrumentenmacher, Holzblasinstrumentenmacher, Klavier- und Cembalobauer, Metallblasinstrumentenmacher, Zupfinstrumentenmacher

Quelle: Mark Leissen (Hrsg.): In welchen Berufen gibt es die Meisterpflicht? Unter https://www.gewerbeanmeldung.de/meisterpflicht [21.09.2022]

Industrie- und Handelskammer (IHK)

Handwerkskammer

Handelsregister

Wenn ein Unternehmen gegründet werden soll, ist dafür immer eine Anmeldung beim Gewerbeamt der jeweiligen Stadt- oder Gemeindeverwaltung nötig. Auch das Finanzamt muss über das neue Unternehmen informiert werden. Je nach Rechtsform muss das Unternehmen auch noch bei der **Industrie- und Handelskammer (IHK)** oder **Handwerkskammer** angemeldet werden oder in das **Handelsregister** des Amtsgerichts eingetragen werden.

Arbeitsaufgaben

1. Können Sie sich vorstellen, selbst ein Unternehmen zu gründen? Erarbeiten Sie die Vor- und Nachteile einer Unternehmensgründung.
2. Erläutern Sie, welche Voraussetzungen man als Unternehmer mitbringen sollte.
3. Angenommen, Felix entscheidet sich dafür, seinen eigenen Betrieb im Installationshandwerk zu gründen. Nennen Sie Standortfaktoren, die für ihn wichtig sein könnten.
4. Nachdem Felix sich für einen Standort entschieden hat, ruft er bei seiner Hausbank an und bittet um einen Beratungstermin. Entwerfen Sie ein Rollenspiel, in dem Sie das Gespräch zwischen Felix und seiner Bank simulieren.
5. Erstellen Sie ein Informationsblatt darüber, was man unter einem Handwerksgewerbe und einem Handelsgewerbe versteht. Tauschen Sie sich mit einem Partner oder einer Partnerin über persönliche Erfahrungen mit der Meisterpflicht aus und stellen Sie Ihre Ansicht dar.
6. Schließen Sie sich in Arbeitsgruppen zusammen und überlegen Sie sich Pro- und Kontra-Argumente zur Meisterpflicht in Handwerksberufen.
7. Führen Sie in Ihrer Klasse eine Pro-Kontra-Diskussion zum Thema Meisterpflicht durch.

Zusammenfassung

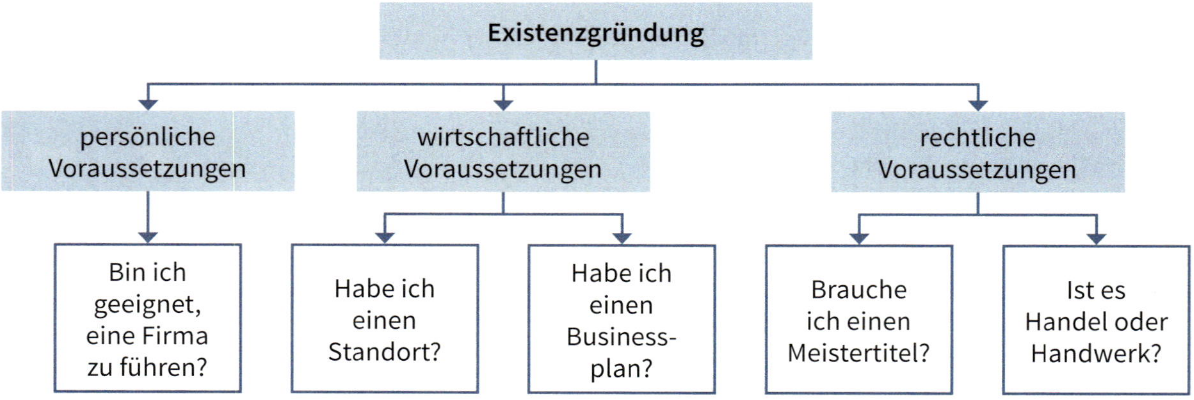

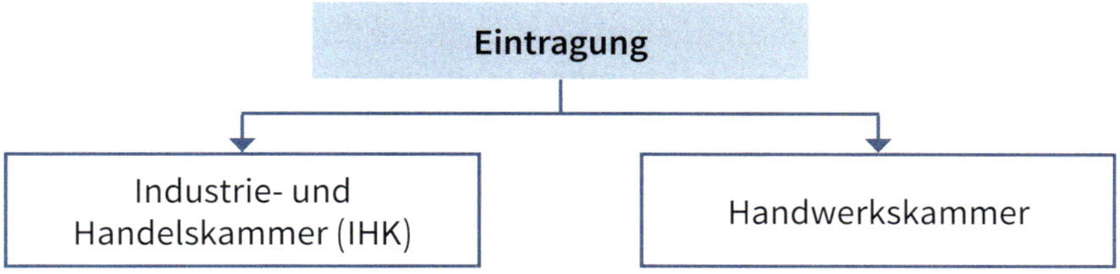

12.2 Wirtschaftsförderung

Einstiegssituation

Mario ist angespannt. Er möchte sich als Fliesenleger selbstständig machen. Die Ausbildung hat er erfolgreich absolviert und auch die Meisterschule hat er vor Kurzem abgeschlossen. Die Auftragsbücher sind bereits voll, doch er weiß nicht, wo er anfangen soll. Er benötigt dringend gutes Personal, einen geeigneten Standort und hat viele Fragen. Seine Mutter meinte, er könne vielleicht auch eine Förderung beantragen. Nur welche? Mario ist ratlos.

Es gibt Behörden und Organisationen in Städten, Landkreisen, Regionen und Bundesländern, die einem bei der Gründung helfen – das ist eine Form der **Wirtschaftsförderung**. Konkret kann diese Hilfe sehr unterschiedlich aussehen – von der Hilfe bei dem Aufstellen des Businessplans oder der Suche nach der richtigen Gewerbefläche über die Unterstützung beim Marketing oder bei rechtlichen Schritten der Unternehmensgründung kann alles dabei sein. Das Ziel der Wirtschaftsförderung ist, dass die Wirtschaft in der Region gestärkt wird und Arbeitsplätze geschaffen oder erhalten werden.

Wirtschafts-förderung

Auch bestehende Unternehmen können Wirtschaftsförderung in Anspruch nehmen, z. B. bei der Beantragung von Fördermitteln. Weitere Aufgaben der Wirtschaftsförderung sind beispielsweise die Organisation von Ausbildungsmessen, die Erschließung von Gewerbeflächen, der Verkauf von Immobilien zur gewerblichen Nutzung, der Aufbau von Kooperationen, das Werben für die Region, die Information über Förderprogramme und das Vorantreiben der Digitalisierung.

Die Wirtschaftsförderung kann unterschiedlich organisiert sein: Oft ist es eine Abteilung oder Stabsstelle innerhalb einer Stadt- oder Gemeindeverwaltung. Manchmal ist sie aber auch eine eigenständige Unternehmung.

Ein Anruf bei der jeweiligen Stadtverwaltung hilft, um herauszufinden, ob es in der entsprechenden Region eine Wirtschaftsförderung gibt. Die Berater und Beraterin-

Kreditanstalt für Wiederaufbau (KfW)

nen aus der Wirtschaftsförderung kennen sich auch mit finanzieller Unterstützung für das Unternehmen aus. Denn eine Unternehmensgründung ist teuer und oft reicht ein Kredit von der Bank nicht aus. Es gibt außerdem Förderprogramme auf Landes-, Bundes- und EU-Ebene. Ein zuverlässiger Partner bei Existenzgründungen ist unter anderem die **Kreditanstalt für Wiederaufbau (KfW)**, eine deutsche Förderbank.

Arbeitsaufgaben

1. Notieren Sie, welche Aufgaben eine Wirtschaftsförderung haben kann. Nutzen Sie hierfür, wenn nötig, auch das Internet zur weiteren Recherche.
2. Bilden Sie Kleingruppen und informieren Sie sich darüber, welche Angebote die Wirtschaftsförderung in Ihrer Region macht. Haben Sie oder Ihr Ausbildungsbetrieb bereits Kontakte zur Wirtschaftsförderung gehabt? Halten Sie Ihre Ergebnisse schriftlich fest.

Zusammenfassung

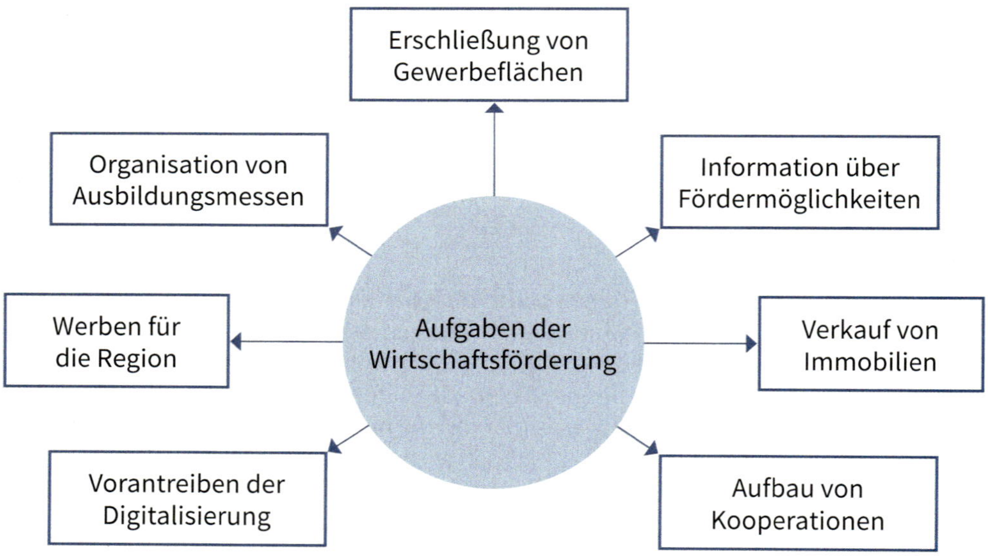

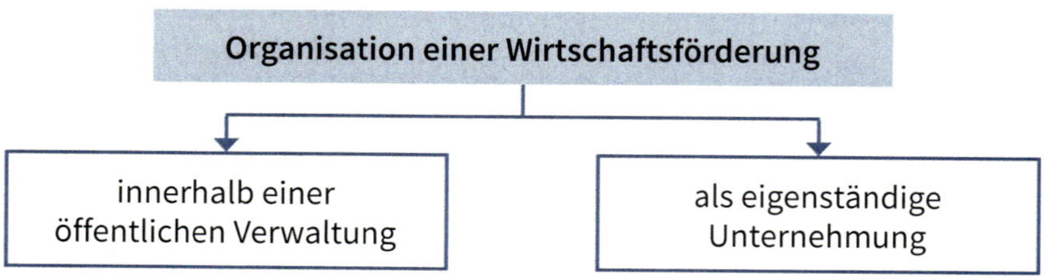

PRÜFGEBIET

Unternehmen und Verbraucher in Wirtschaft und Gesellschaft sowie im Rahmen weltwirtschaftlicher Verflechtungen

13 Rolle der Bundesrepublik Deutschland in der Weltwirtschaft: Die Auswirkungen der weltwirtschaftlichen Arbeitsteilung

- Betriebliche und gesamtwirtschaftliche Arbeitsteilung
- Globalisierung
- Möglichkeiten und Grenzen der Marktwirtschaft

13.1 Betriebliche und gesamtwirtschaftliche Arbeitsteilung

Einstiegssituation

Jeden Montagmorgen findet eine Teamsitzung bei der Medtronic AG statt, einem Unternehmen für Medizintechnik. Die Abteilungsleitungen treffen sich, um Projekte zu diskutieren und Zielvereinbarungen für die kommende Woche festzuhalten. Das Team ist in seiner Zusammensetzung sehr vielfältig. So ist bei dem Treffen jede Abteilung vertreten – Beschaffung, Forschung, Produktion, Vertrieb, Controlling, Lager. Die Teammitglieder haben ganz unterschiedliche Berufe, vom Ingenieur über Wirtschaftsinformatiker und Kaufleute bis zum Lagerlogistiker. Sie bringen dadurch unterschiedliche Qualifikationen und Fähigkeiten mit. Weiterhin ist das Team auch international, da die Produktionsleitungen aus Portugal und Bulgarien am Meeting teilnehmen.
Inwiefern ist die Medtronic AG ein Beispiel dafür, dass Arbeitsteilung zu den Grundpfeilern eines erfolgreichen Unternehmens zählt?

Definition der Arbeitsteilung

In unserer Volkswirtschaft ist es ein durchgängiges Prinzip, Arbeitsleistungen in einzelne Teilvorgänge aufzuteilen. Diese Teilverrichtungen können Menschen, Unternehmen oder Ländern zugeordnet werden. Das Prinzip der Arbeitsteilung hat sich durchgesetzt, weil man erkannt hat, dass man auf diese Weise viel produktiver arbeiten kann.

Gesellschaftliche Arbeitsteilung

Schon früh erkannten die Menschen, dass sie verschiedene Talente haben. So war jemand handwerklich geschickt und konnte gut Jagdgeräte bauen. Ein anderer dagegen konnte sehr schnell laufen und war überzeugend in der Jagd. So konzentrierten sich die Menschen auf das, was sie gut konnten. Es entstanden die ersten Berufe (**Berufsbildung**), wie Jäger, Bauer, Bäcker. Später erfolgte innerhalb der einzelnen Berufe eine Spezialisierung (**Berufsspaltung**). So gibt es heute im Bereich der Elektrikerberufe den Elektroniker für Energie- und Gebäudetechnik, den Elektroniker für Automatisierungstechnik, den Elektroinstallateur, den Elektroniker für Informations- und Telekommunikationstechnik.

Berufsbildung

Berufsspaltung

Betriebliche Arbeitsteilung

Der Grundgedanke, einen komplexen Vorgang in einzelne Schritte zu zerlegen, hat sich dann in den einzelnen Betrieben fortgesetzt. Die Idee dazu lieferte schon im 18. Jahrhundert der schottische Ökonom Adam Smith.

Adam Smith (1723–1790)

Die Idee der Arbeitsteilung

Smith erkannte dabei als Erster die ungeheuren Produktivitätsgewinne durch Arbeitsteilung. „Die Arbeitsteilung dürfte die produktiven Kräfte der Arbeit mehr als alles andere fördern und verbessern“, schreibt er. In seinem berühmt gewordenen Stecknadelbeispiel weist er nach, dass für die Herstellung einer einzigen Nadel bis zu 18 Arbeitsgänge notwendig sind. Wenn sich daher jeder Arbeiter in der Produktion auf einen Arbeitsschritt spezialisiere, steige der Output um ein Vielfaches. „Der eine Arbeiter zieht den Draht, der andere streckt ihn, ein dritter schneidet ihn, ein vierter spitzt ihn zu, ein fünfter schleift das obere Ende, damit der Kopf aufgesetzt werden kann.“

Sparsamkeit fördert Wachstum

Smith war aber durchaus bewusst, was die Zersplitterung des Arbeitsprozesses bedeuten kann, und warnte, dass der Arbeiter „verlernt, seinen Verstand zu gebrauchen, und so stumpfsinnig und einfältig wird, wie es ein menschliches Wesen nur eben werden kann“.

Quelle: Bert Losse: Adam Smith – Urvater der Ökonomie. Unter https://www.wiwo.de/politik/konjunktur/adam-smith-urvater-der-oekonomie/5939410-all.html [21.09.2022]

Fließfertigung als Beispiel für Arbeitszerlegung

Das Prinzip der Arbeitszerlegung lässt sich gut am Beispiel der **Fließfertigung** beschreiben.

Die Herstellung eines Produktes, z. B. eines Autos, wird in viele Arbeitsschritte unterteilt.

Maschinen, Roboter und Arbeitsplätze werden so aneinandergereiht, wie es die Produktion erfordert. Ist ein Arbeitsschritt abgeschlossen, wird das Teil an die nächste Station weitertransportiert. Oft gibt ein Fließband den Takt vor (**Fließbandfertigung**).

Arbeitszerlegung führt zu einer Rationalisierung des Produktionsprozesses, gleichzeitig verlangt sie von den Mitarbeitern eine Spezialisierung.

Vorteile der Arbeitszerlegung	Nachteile der Arbeitszerlegung
• effiziente Organisation des Arbeitsprozesses, da kurze Transportwege, schnelle Durchlaufzeiten • größere Fertigkeit und Sicherheit bei der Ausführung der Arbeitsschritte durch Spezialisierung der Arbeiter, daher höhere Produktivität • kürzere Ausbildungszeiten, da die Einarbeitung wenig Zeit einnimmt • Einsatz angelernter Arbeiter möglich, weniger Fachkräfte werden benötigt	• bei Störungen Unterbrechung des gesamten Produktionsprozesses • einseitige, monotone körperliche Belastung kann zu Gesundheitsschäden führen • Arbeiter werden wenig geistig gefordert, schnelle Ermüdung und Empfinden von Langeweile • Arbeiter sehen nur einen Ausschnitt der Produktion, sehen nicht das Endprodukt, Sinn für Arbeitstätigkeit geht verloren

Lean Production

schlanke Produktion

In vielen Unternehmen wurde die reine Fließfertigung umgewandelt in eine **Lean Production** (**schlanke Produktion**). Handwerkliche Fertigkeiten und Fließbandfertigung werden dabei kombiniert. Die Mitarbeiter arbeiten in Teams in unterschiedlichen Abteilungen, haben mehr Selbstverantwortung. Dadurch soll eine höhere Qualität und Flexibilität erreicht werden. Oberstes Ziel ist die Vermeidung von Verschwendung. Dieses Verfahren der Veränderung zum Besseren wurde zuerst erfolgreich in der japanischen Autoindustrie angewandt (Kaizen bei Toyota) und immer weiter ausgebaut.

In vielen Unternehmen setzt sich immer mehr die Philosophie des **Kaizen** durch. Damit ist gemeint, dass jeder Mitarbeiter/jede Mitarbeiterin die eigenen Arbeitsabläufe kritisch betrachtet und überprüft, ob sich etwas verbessern oder vereinfachen lässt. So können z. B. die Verschwendung von Zeit oder Materialien aufgedeckt oder kundenfreundlichere Prozesse eingeführt werden. Kaizen ist also eine Haltung, die zu ständigen Verbesserungsprozessen in Unternehmen führen soll.

Volkswirtschaftliche Arbeitsteilung

Das Prinzip der Arbeitsteilung lässt sich auch in einer Volkswirtschaft beobachten. Viele Betriebe teilen sich die Aufgabe, Produkte für den Konsum bereitzustellen.

Werden Rohstoffe aus der Natur für die Produktion gewonnen, so ordnet man diese Betriebe der Urproduktion zu: Bergbau, Energiewirtschaft, Landwirtschaft. In Industrie- und Handwerksunternehmen werden die Rohstoffe dann weiterverarbeitet. Die Verteilung und den Transport von Gütern hin zum Endverbraucher übernehmen dann Handels- und Transportunternehmen. Zusätzlich bieten zahlreiche Unternehmen Dienstleistungen an, die den Produktionsprozess begleiten und für die Sicherheit und das Funktionieren einer Volkswirtschaft sorgen: Banken, Versicherungen, IT-Dienstleister.

Vgl. Kap. 1.1 Stellung des Betriebes in der Branche und in der Gesamtwirtschaft, 10.1 Aufgaben, Aufbau und Ziele von Betrieben und Unternehmen.

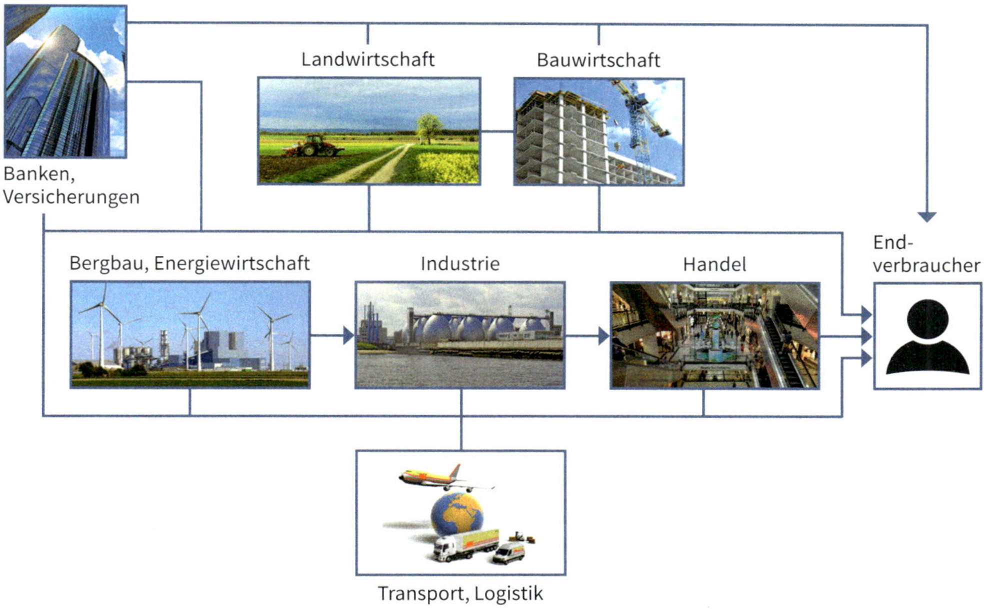

Arbeitsteilung in einer Volkswirtschaft

Internationale Arbeitsteilung

Wenn man die Aufteilung von Produktionen und Arbeitsleistungen weltweit betrachtet, so erkennt man eine internationale Arbeitsteilung. Einige Länder verfügen über begehrte Rohstoffe, andere Länder über eine hoch entwickelte Technik und ein gut ausgebautes Verkehrsnetz. Aber auch Lohnunterschiede zwischen Ländern begünstigen die Verlagerung von Produktionen in Billiglohnländer. Je offener die Grenzen zwischen den Ländern werden, umso stärker wächst die Arbeitsteilung. Bestes Beispiel dafür ist die Europäische Union.

Vgl. Klaus Schubert, Martina Klein: Das Politiklexikon. 7. aktualisierte u. erweiterte Aufl. Bonn: Dietz 2020. Lizenzausgabe Bonn: Bundeszentrale für politische Bildung

Welthandel

Arbeitsaufgaben

1. Beschreiben Sie, in welchen verschiedenen Formen die Arbeitsteilung in der Wirtschaft zu finden ist.
2. Erläutern Sie die Vor- und Nachteile einer Arbeitsteilung in einem Unternehmen.
3. Beantworten Sie die Fragestellung in der Einstiegssituation: „Inwiefern ist die Medtronic AG ein Beispiel dafür, dass Arbeitsteilung zu den Grundpfeilern eines erfolgreichen Unternehmens zählt?"
4. Erläutern Sie, inwieweit sich die Arbeitsteilung in Ihrem Ausbildungsunternehmen wiederfindet.
5. Beschreiben Sie den Weg eines Produkts Ihres Ausbildungsunternehmens. Beziehen Sie sich dabei auf das Schema „Arbeitsteilung in einer Volkswirtschaft" der Seite 205.

Zusammenfassung

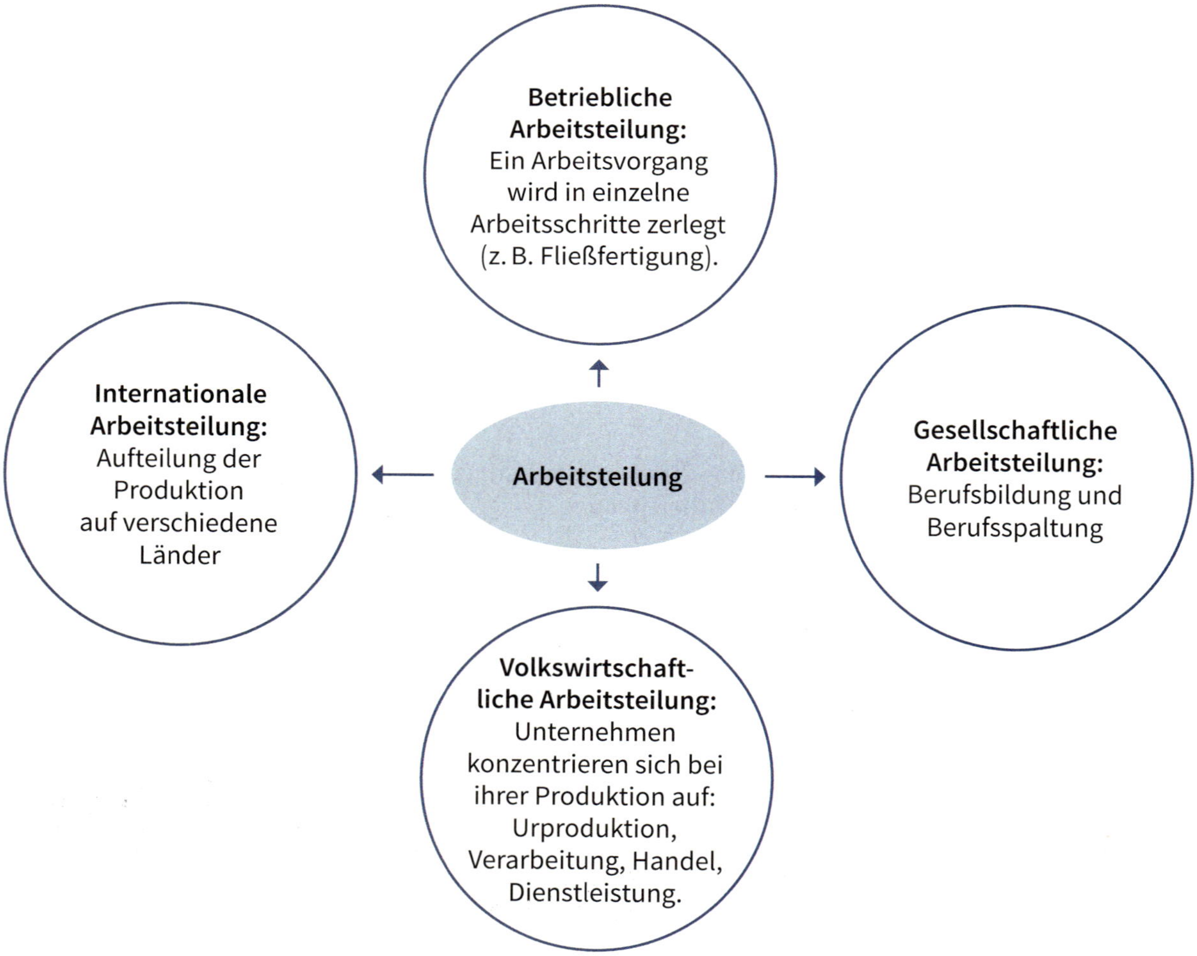

13.2 Globalisierung

Einstiegssituation

In der Kantine der Rheda Werkzeug GmbH unterhalten sich Hassan und Florian, beide auszubildende Werkzeugmechaniker, aufgebracht über die spürbare Produktionseinschränkung der letzten Wochen.
Florian: „Wenn das so weitergeht, werden wir demnächst kaum noch etwas zu tun haben und unsere Produktion wird ganz stillstehen", verkündet Florian pessimistisch.

Wirtschaftliche Verflechtungen

Hassan: „Was ist denn der Grund für diese Entwicklung?"

Florian: „Mein Ausbilder hat mir heute erklärt, dass wir seit Wochen Lieferengpässe bei Stahlimporten haben. Wir beziehen den Stahl aus China. Viele Stahlproduzenten in Asien mussten aufgrund von Pandemiemaßnahmen ihre Produktion einschränken. Auch Häfen waren von Schließungen betroffen, sodass keine Schiffe auslaufen konnten. Aber ohne Stahl können wir keine Kundenaufträge ausführen. Wir sind Opfer der Globalisierung, meinte er abschließend noch."

Hassan: „Den Begriff ‚Globalisierung' habe ich in letzter Zeit schon oft gehört. Aber mir konkret darunter etwas vorstellen, das kann ich nicht."

Erklären Sie Hassan, was mit dem Begriff Globalisierung gemeint ist. Stellen Sie Vorteile und Nachteile der Globalisierung heraus.

Definition von Globalisierung

In dem Begriff **Globalisierung** versteckt sich das lateinische Wort globus für Kugel oder Ball und hat in unserer Sprache die Bedeutung Weltkugel. Wenn man heutzutage von Globalisierung spricht, dann meint man damit die weltweite Verflechtung in vielen Bereichen, vor allem Wirtschaft und Kommunikation.

Dimensionen der Globalisierung

Wirtschaft

Globalisierung bezeichnet zunächst einen Prozess, der zu einer stärkeren wirtschaftlichen Zusammenarbeit zwischen Staaten führt. Dabei spezialisieren sich die Länder auf die Dienstleistungen und Produkte, für die sie Rohstoffe und Materialien, ausgebildete Fachkräfte und Fachwissen haben. Durch Importe und Exporte vergrößern sich die Angebote an Waren und auch die Absatzmärkte. Die internationale Arbeitsteilung ist der Motor dieser immer größeren wirtschaftlichen Abhängigkeit.

Rang	Land	Exportwert in Millionen US-$
1	China	3.548.552,96
2	Deutschland	2.004.251,62
3	Frankreich	879.699,77
4	Großbritannien	860.134,99
5	Niederlande	851.086,92
6	Hongkong	750.712,58
7	Korea	750.398,68
8	Singapur	733.772,68
9	Italien	687.469,34
10	Irland	672.265,57
11	Indien	660.499,39
12	Kanada	610.975,45
13	Schweiz	568.557,47
14	Russland	547.741,27
15	Mexiko	522.771,88
16	Belgien	512.002,25
17	Spanien	497.711,32
18	Polen	410.540,93
19	Australien	342.195,69
20	Brasilien	323.361,38

Vgl. „Exports of goods and services (current US$)“: All Countries and Economies. Unter https://data.worldbank.org/indicator/NE.EXP.GNFS.CD?year_high_desc=true [22.09.2022]

Auch der Arbeitsmarkt zeigt sich global, wenn Arbeitnehmer heute im Inland, morgen im Ausland ihrem Beruf nachgehen. Und natürlich fördert die digitale Kommunikation die globale Zusammenarbeit, wenn Arbeitnehmer über Videokonferenzen gemeinsam an Projekten arbeiten.

Die Globalisierung führt zu einer Verlagerung von Arbeitsplätzen in Länder und Regionen mit niedrigen Lohnkosten. Deutsche Unternehmen behalten ihren Firmensitz in Deutschland, verlagern ihre Produktion aber in Regionen, wo sie geringere Löhne an die Beschäftigten zahlen müssen. Ausbeutung von Arbeitskräften und Kinderarbeit in Entwicklungsländern sind negative Seiten eines globalen Wettbewerbs.

Die Globalisierung am Beispiel eines Smartphones

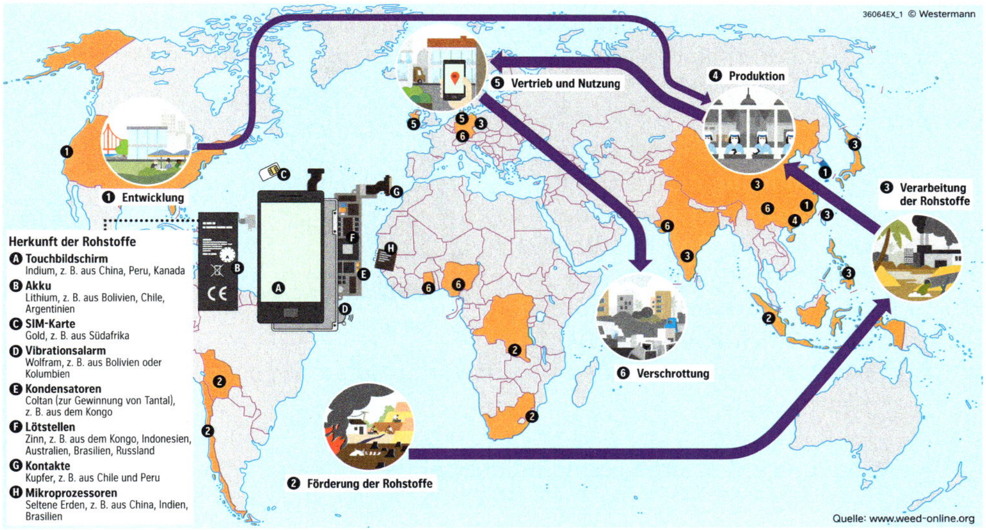

Vgl. WEED – Weltwirtschaft, Ökologie & Entwicklung e. V.: Die Reise eines Smartphones. 29.01.2015. In: www.weed-online.org. Unter https://www.weed-online.org/publikationen/8249830.html [17.02.2023]

Gesellschaften werden immer multikultureller. Menschen verlassen ihre Heimatländer, oft unfreiwillig durch Kriege, wirtschaftliche Notlagen, Naturkatastrophen. Sie nehmen ihre Werte, Traditionen und Religionen in das Einwanderungsland mit. So kommt es zu einer Begegnung zwischen verschiedenen Kulturen, die zu einer größeren Vielfalt führen, aber auch für Spannungen in der Zuwanderungsgesellschaft sorgen.

Die englische Sprache hat die Rolle einer globalen Sprache übernommen.

Die digitale Revolution mit ihrer Möglichkeit der weltweiten Vernetzung und der mobilen Kommunikation verändert auch die sozialen Beziehungen. Menschen müssen nicht mehr an einem Ort leben, um miteinander zu kommunizieren. Die persönlichen Begegnungen werden weniger, die Beziehungen verflachen. Andererseits kann man auch über weite Entfernungen leichter in Kontakt bleiben.

Politik

UNO

EU

WHO

Wegen schlechter Erfahrungen mit zwei Weltkriegen arbeiten Staaten immer enger in multilateralen Beziehungen zusammen. Sie gründeten internationale Organisationen wie die **UNO** und die **EU**. Sie setzen sich für den internationalen Frieden, einen fairen und freien Handel oder ein weltweit funktionierendes Gesundheitswesen (**WHO**) ein. Bei ihren Entscheidungen können Regierungen nicht mehr nur auf das eigene Land schauen, sondern müssen Reaktionen der übrigen Staaten einkalkulieren.

UNO – Vereinte Nationen

EU – Europäische Union

Beispiel: Im Februar 2022 griff Russland die Ukraine an. In der Generalversammlung der UNO haben 141 Staaten in einer Resolution diesen Angriff auf das Schärfste missbilligt, fünf gegen die Resolution gestimmt und 35 sich enthalten. Die EU hat als Reaktion auf den Angriff Wirtschaftssanktionen gegen Russland beschlossen.

Global Player

Auch internationale Konzerne üben Einfluss auf die Politik aus. Sie haben in unterschiedlichen Ländern Produktionsorte, sind Arbeitgeber für viele Beschäftigte und zahlen Steuern. Eine Abwanderung in ein anderes Land würde großen Schaden anrichten. Deshalb versuchen Regierungen, günstige Voraussetzungen zu schaffen, die diese **Global Player** im eigenen Land halten. Ein wichtiges Mittel ist Rechtsstaatlichkeit, weil es verlässliche Bedingungen schafft und für Unternehmen langfristig günstig ist. Ein anderes Mittel ist Harmonisierung der Rechtsvorschriften in einem Wirtschaftsraum, das ist ein zentrales Anliegen der EU.

Umwelt

Der **Klimawandel** ist eines der drängendsten globalen Probleme. Dahinter verbirgt sich eine menschengemachte Veränderung des Weltklimas. Gase wie Kohlendioxid (CO_2) aus der Verbrennung fossiler Energieträger oder Methan aus der Erdgasnutzung und Rinderzucht verursachen einen Treibhauseffekt. Dadurch häufen sich extreme Wetterlagen mit Unwettern und Dürren. Eine Verzögerung und Begrenzung des Erwärmungsprozesses ist nur durch eine weltweite Einschränkung des Verbrauchs von fossilen Brennstoffen möglich.

Aber auch die Überfischung der Ozeane, ihre Verschmutzung durch Plastikmüll und vielfaches Artensterben durch menschliche Eingriffe in die Natur sind globale Katastrophen, die die ganze Menschheit fordern.

Chancen	Risiken
• wachsende Zusammengehörigkeit • mäßigender Einfluss von Staatengemeinschaften auf einzelne Regierungen • Ressourcen	• neuer Nationalismus • Einfluss von internationalen Unternehmen auf regionale, nationale Regierungen
• internationale Kontakte	• Verlust von Heimat und Orientierungslosigkeit
• geringere Produktionskosten • größere, weltweite Absatzmärkte • mehr Wohlstand in den Schwellenländern	• regionaler Verlust von Arbeitsplätzen • zunehmende Gefahr von weltweiten Wirtschaftskrisen • Ausbeutung durch weltweiten Wettbewerb • industriell geprägte Wirtschaftszweige und große Wirtschaftsmacht erdrückten handwerklich geprägte Wirtschaftszweige (z. B. Textilhandwerk in Tansania durch Altkleidersammlung ruiniert)
• grenzenlose, schnelle Kommunikation • weltweite Verbreitung von Nachrichten, Kultur, Sport	• weltweite Verbreitung von Verschwörungstheorien und Fake News in kurzer Zeit
• gemeinsame Ziele und Maßnahmen für den Schutz von Umwelt und Klima	

Arbeitsaufgaben

1. Erläutern Sie, wie sich Globalisierung in unserer Wirtschaft auswirkt.
2. Beschreiben Sie am Beispiel der Produktion eines Smartphones die Globalisierung.
3. Suchen Sie in Ihrem Umfeld nach konkreten Beispielen für den Einfluss der Globalisierung.
4. Sie sind als Jugendvertreter/-in Ihres Unternehmens gebeten worden, an einer überregionalen Konferenz teilzunehmen. Auf dieser wird über das Thema „Globalisierung – Chancen und Risiken“ diskutiert. Bereiten Sie sich auf diese Konferenz mit überzeugenden Argumenten vor. Simulieren Sie diese Diskussion in Ihrer Lerngruppe.

Zusammenfassung

13.3 Möglichkeiten und Grenzen der Marktwirtschaft

Einstiegssituation

Tim ist im dritten Ausbildungsjahr zum Veranstaltungstechniker beim NDR. Nach Abschluss seiner Ausbildung plant Tim, in die USA auszuwandern und einen Job in einem der vielen Filmstudios zu finden.
So ein großer Schritt in ein anderes Land muss gut überlegt sein. Deshalb hat sich Tim schon ausführlich über die USA informiert. Er hat herausgefunden, dass die Wirtschaftsordnung der USA eine freie Marktwirtschaft ist. Freiheit und eigene Leistung sind ihre Grundpfeiler.
Jeder sorgt selbst für die Risiken des Lebens vor. Wer viel verdient, kann sich dann auch eine bessere Absicherung leisten. Arme Menschen werden von privaten Wohlfahrtsorganisationen unterstützt. Der Staat kümmert sich nur um eine Grundsicherung für die Ärmsten. Die Krankenversicherung ist keine Pflicht und ähnelt unserer privaten Krankenversicherung. Wer in den USA entlassen wird, kann nur mit Arbeitslosenhilfe für einige Wochen rechnen. Danach, wenn die eigenen Rücklagen aufgebraucht sind, droht oft die Armut.
Tim vergleicht das Wirtschaftssystem der USA mit dem Deutschlands. Auch unsere Wirtschaftsordnung nennt sich Marktwirtschaft, allerdings hat sie den Zusatz „sozial".
Worin bestehen genau die Unterschiede? Helfen Sie Tim bei der Orientierung.

Freie Marktwirtschaft

Idee der freien Marktwirtschaft

Ein Markt entsteht immer dann, wenn Anbieter und Nachfrager eines Wirtschaftsguts, sei es Ware oder Dienstleistung, zusammentreffen. Das kann ganz real in einem Supermarkt, auf einem Wochenmarkt, einem Taxistand oder virtuell bei einem Onlinehandel, einer Funktaxizentrale sein.

Anbieter und Nachfrager haben unterschiedliche Interessen. Die Anbieter haben das Ziel, möglichst viele ihrer Produkte zu einem hohen Preis zu verkaufen. Die Nachfrager dagegen wollen möglichst niedrige Preise zahlen, um mit ihrem Einkommen auszukommen oder möglichst viele Produkte zu kaufen. Über den Marktpreis ergibt sich ein Ausgleich zwischen den beiden Interessen. Je knapper das angebotene Gut und je größer die Nachfrage, umso höher ist der Marktpreis. Je geringer die Anzahl der Nachfrager und je größer die angebotene Menge, umso geringer ist der Marktpreis.

Beispiel: Steigen die Preise für Gas, so zeigt dies an, dass der Rohstoff knapper geworden ist. Entweder sind die Vorräte kleiner geworden oder der Verbrauch hat zugenommen.
Die Reaktion der Nachfrager auf die steigenden Preise ist, Energie zu sparen. Sie versuchen, ihre Nachfrage zu drosseln oder auf alternative Energien auszuweichen.

Die Marktwirtschaft stützt sich auf wenige Prinzipien:

- **Freie Preisbildung**
  Die freie Preisbildung ist ein grundlegendes Prinzip der Marktwirtschaft. Der Preis gibt dem Unternehmen die Information darüber, was Konsumenten wünschen und kaufen wollen. Produktionsfaktoren werden dahingelenkt, wo Unternehmen am meisten dafür bezahlen.
- **Privateigentum**
  Das Recht auf Privateigentum motiviert die Wirtschaftsteilnehmer, wirtschaftlich aktiv zu sein, zu investieren und ein Vermögen zu erwerben.
- **Wettbewerb**
  Auf dem Markt konkurrieren Unternehmen um die Nachfrager. Der Wettbewerb treibt sie an, ihre Leistungen und Produkte zu verbessern, um einen Vorsprung vor den Konkurrenten zu erzielen. Auch mit Preissenkungen können mehr Kunden von den Konkurrenten abgezogen werden.
- **Rolle des Staates**
  Seine Aufgabe ist, für Sicherheit zu sorgen, das Eigentum der Bürger zu schützen, ein funktionierendes Geldwesen zu schaffen. Er bildet einen Ordnungsrahmen für die Freiheit und den Wettbewerb.

Probleme der freien Marktwirtschaft

In der Wirtschaftsordnung der freien Marktwirtschaft wird auf schwache Marktteilnehmer keine Rücksicht genommen. Da die Nachfrager Einkommen benötigen, um Produkte zu kaufen, müssen sie ihre Arbeitskraft anbieten. Diese Arbeitskraft wird wie eine Ware behandelt, es gibt lange Arbeitszeiten, Kinderarbeit und bei Krankheit keine Absicherung.

Kinderarbeit im 21. Jahrhundert

Die Unternehmen können als stärkere Marktteilnehmer ihre Preise absprechen und Konkurrenz vom Markt drängen. Dadurch steigen die Preise zum Nachteil der Verbraucher, der schwächeren Marktteilnehmer.

Auch gibt es Güter, die nicht von privaten Anbietern angeboten werden, da sie nicht genügend Gewinn bringen oder das Finanzrisiko zu groß ist. Dennoch sind sie für eine Gesellschaft wichtig. Diese Art von Gütern werden als **öffentliche Güter** bezeichnet:

- Bildung, Schulen
- Kultur, Kunst
- Polizei und Landesverteidigung
- Umweltschutz
- ...

öffentliche Güter

Soziale Marktwirtschaft

Die Weiterentwicklung

Chancengleichheit

Eine reine Marktwirtschaft hat sich in der Realität als ungerecht erwiesen. Alfred Müller-Armack entwickelte deshalb die Idee der Marktwirtschaft weiter, indem er den sozialen Gedanken einbaute. So entstand die soziale Marktwirtschaft, die bis heute unsere Wirtschaftsordnung ist. Ihr Kennzeichen ist, dass die Wirtschaftsteilnehmer möglichst viel Freiheit erhalten und dabei auf soziale Gerechtigkeit geachtet wird.

Vgl. Hans-Jürgen Schlösser: Aufgaben und Grenzen von Markt und Staat. In: Informationen zur politischen Bildung/izpb; Nr. 294 vom 10.05.2007

Alfred Müller-Armack (1901–1978) entwickelte die Idee, dass eine Marktwirtschaft sozial gesteuert sein müsse.

Im Gegensatz zur freien Marktwirtschaft kann der Staat steuernd eingreifen, um die wirtschaftlich Schwachen zu schützen.

Ludwig Erhard (1897–1977) realisiert als erster Wirtschaftsminister der BRD diese Wirtschaftsordnung.

Instrument	Wirkung
Wettbewerbspolitik	Mit dem Gesetz gegen Wettbewerbsbeschränkungen soll der Wettbewerb geschützt werden. Unternehmen versuchen, durch Zusammenschlüsse und Absprachen eine beherrschende Stellung auf dem Markt zu erlangen. Das verhindert einen freien Wettbewerb. Der Staat kann Kartelle verbieten und kontrolliert Preise von großen, einflussreichen Unternehmen.

Instrument	Wirkung
Konjunktur-politik	In Zeiten, in denen es der Wirtschaft durch hohe Arbeitslosigkeit, hohe Preise, sinkende Investitionen der Unternehmen schlecht geht, kann der Staat mit seinen Ausgaben und der Steuergestaltung die Konjunktur ankurbeln.
Sozialpolitik	Mit dem System der Sozialversicherungen unterstützt die Gemeinschaft in Notlagen wie Krankheit, Arbeitslosigkeit, Arbeitsunfällen. Sozial schwache Gruppen werden durch den Staat mit Zahlungen unterstützt, z. B. BAföG, Wohngeld, Kindergeld.
Einkommens- und Vermögenspolitik	Je nach Familienstand, Zahl der Kinder zahlen Steuerpflichtige unterschiedlich hohe Steuern (Einteilung in Steuerklassen). Je höher das Einkommen ist, umso höher ist auch die Steuerbelastung. So wird über die Steuern eine Umverteilung von Reich nach Arm vorgenommen.
Struktur-politik	Regionen in Deutschland, in denen der Lebensstandard und die Beschäftigung niedrig sind, werden durch Zuschüsse gestärkt. Auch wenn wichtige Wirtschaftszweige wie die Landwirtschaft geschützt werden sollen, zahlt der Staat Subventionen.

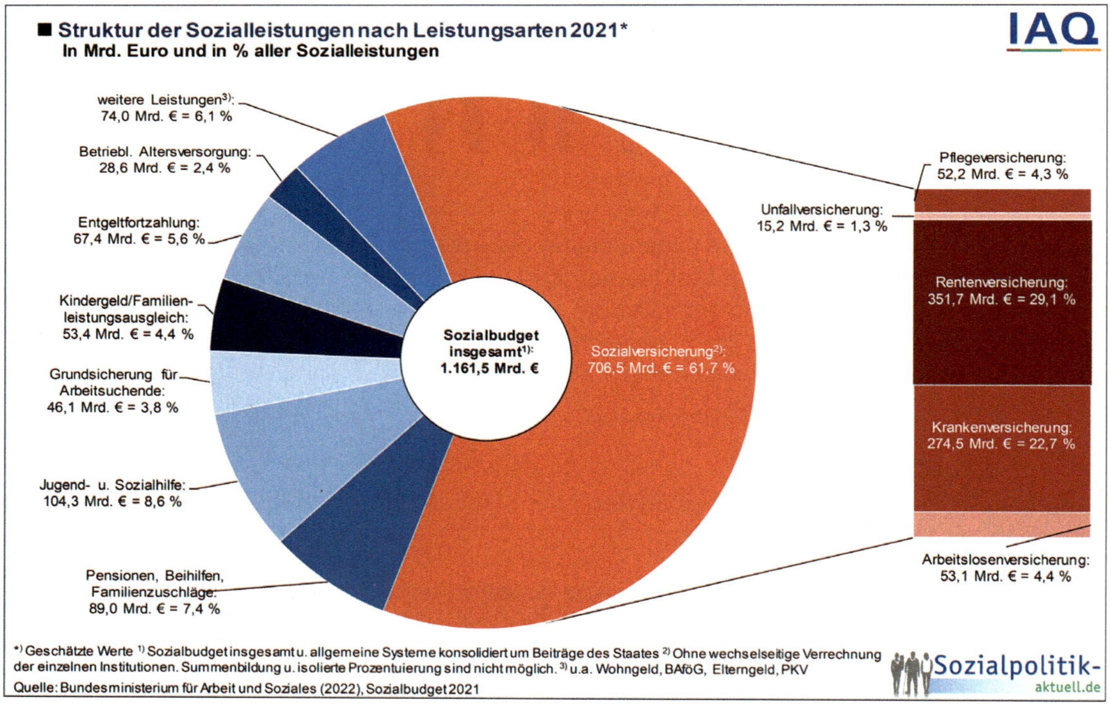

Quelle: Prof. Dr. Gerhard Bäcker Universität Duisburg-Essen, Institut Arbeit und Qualifikation: Sozialpolitik aktuell in Deutschland: Struktur der Sozialleistungen nach Leistungsarten 2021. In: www.sozialpolitik-aktuell.de. Unter https://www.sozialpolitik-aktuell.de/files/sozialpolitik-aktuell/_Politikfelder/Finanzierung/Datensammlung/PDF-Dateien/abbII2.pdf [21.12.2022]

Probleme der sozialen Marktwirtschaft

Auch die soziale Marktwirtschaft kämpft mit systembedingten Problemen:

- **Einhaltung von Regeln**
  Eine soziale Marktwirtschaft kann nur funktionieren, wenn die Wirtschaftsteilnehmer sich ethisch korrekt verhalten. Ethische Werte sind z. B. Unbestechlichkeit, Verantwortungsbewusstsein gegenüber der Natur, Zuverlässigkeit und Pünktlichkeit. Leider kommt es immer wieder vor, dass z. B. Geschäftspartner betrogen, Zahlungstermine nicht eingehalten oder eine schlechte Qualität geliefert werden.

- **Überlastung des sozialen Netzes**
  Werden soziale Leistungen zu Unrecht in Anspruch genommen oder falsche Notlagen vorgespielt, so wird das Sozialsystem geschwächt. Menschen, die ehrlich sind und mit ihren Sozialabgaben das System unterstützen, fühlen sich ausgenutzt.
  Auch ein Ansteigen der Gruppe der älteren Bevölkerung und weniger Geburten führen zu einem Ungleichgewicht bei der Rentenfinanzierung und zu einer höheren Belastung der jungen Generation.

Vgl. Kap. 7.3.4 Rentenversicherung.

- **Umweltbelastung**
  Eine große Aufgabe der Gegenwart ist die Verringerung der Umweltbelastung und Beseitigung von Umweltschäden. Dies gelingt nur durch Einsicht der Bürger und staatliche Vorschriften. Staatliche Verbote widersprechen dem Grundgedanken der Freiheit, aber mangelnde Einsicht der einen widerspricht dem Grundrecht der anderen auf intakte Lebensgrundlagen. Unternehmen und Verbraucher müssen stärker in die Pflicht genommen und an den Kosten beteiligt werden.

Vgl. Boller, Eberhard; Hartmann, Gernot: Volkswirtschaftslehre für das Berufskolleg – Berufliches Gymnasium, Merkur Verlag Rinteln, 2016, S. 277 ff.

Arbeitsaufgaben

1. Grundprinzipien der Marktwirtschaft
   1.1 Beschreiben Sie die Grundprinzipien der Marktwirtschaft.
   1.2 Finden Sie Beispiele für konkrete Begegnungen mit den Grundprinzipien in Ihrem Leben.
2. Nennen Sie mögliche Schwächen einer Marktwirtschaft.
3. Erläutern Sie die Unterschiede zwischen der freien Marktwirtschaft und der sozialen Marktwirtschaft.
4. In der sozialen Marktwirtschaft sorgt der Staat für einen sozialen Ausgleich. Erläutern Sie dieses Verhalten an zwei Beispielen.
5. Recherchieren Sie, mit welchen aktuellen Problemen die soziale Marktwirtschaft zu tun hat.

Zusammenfassung

Grundprinzipien der Marktwirtschaft	Schwächen der freien Marktwirtschaft
• Freie Preisbildung am Markt: Angebot und Nachfrage bestimmen den Preis. • Privateigentum: freie Verfügbarkeit über das Eigentum • Wettbewerb: Unternehmen konkurrieren um Nachfrager. • Der Staat sorgt für den Ordnungsrahmen, aus dem Marktgeschehen hält er sich heraus.	• kein Arbeitsschutz • Ausbeutung der Arbeitskräfte • Bildung von wirtschaftlicher Macht und Ausschaltung des Wettbewerbs • unzureichendes Angebot an öffentlichen Gütern

↓

Soziale Marktwirtschaft	Probleme der sozialen Marktwirtschaft
• Grundprinzipien der freien Marktwirtschaft • soziale Gerechtigkeit durch staatliche Unterstützung • Instrumente des Staates: ◦ Wettbewerbspolitik ◦ Konjunkturpolitik ◦ Sozialpolitik ◦ Einkommens- und Vermögenspolitik ◦ Strukturpolitik	• Missachtung von ethischen Werten, dadurch Gefährdung der marktwirtschaftlichen Ordnung • Ausnutzung und Überlastung des sozialen Netzes • Lösung des Problems der Umweltbelastung

PRÜFGEBIET

Unternehmen und Verbraucher in Wirtschaft und Gesellschaft sowie im Rahmen weltwirtschaftlicher Verflechtungen

14 Umweltschutz und Nachhaltigkeit

- Situation und Stimmungswandel in der Bevölkerung
- Ressourcenverbrauch und Umweltfolgen
- Einfluss von Politik, Wirtschaft und Bevölkerung

Einstiegssituation

Aktuelle Jugendstudie: Jugendliche wollen mehr gehört und einbezogen werden, wenn es um ihre Zukunft geht

85 Prozent der befragten Jugendlichen finden Umwelt- und Klimaschutz wichtig. Damit zählt das Thema zu den vier wichtigsten Themen für junge Menschen in Deutschland. Das zeigt die repräsentative Studie „Zukunft? Jugend fragen! – 2021", für die im Auftrag des Umweltbundesamts (UBA) und des Bundesumweltministeriums (BMUV) mehr als 1 000 Jugendliche im Alter von 14 bis 22 Jahren befragt wurden. Drei Viertel der Befragten blicken der Studie zufolge grundsätzlich optimistisch in ihre persönliche Zukunft in etwa 20 Jahren. Für Umwelt und Klima sieht das anders aus: hier ist nur ein Viertel zuversichtlich, dass sich der Zustand von Umwelt und Klima positiv entwickelt, 71 Prozent sind pessimistisch. Die großen Herausforderungen beim Erhalt der natürlichen Lebensgrundlagen bewegen die jungen Menschen und belasten sie auch emotional. So berichten 88 Prozent von Trauer über menschengemachte Umweltzerstörung. Drei Viertel haben Angst vor den Folgen der Klimakrise.

Quelle: Bundesministerium für Umwelt, Naturschutz, nukleare Sicherheit und Verbraucherschutz (BMUV): Pressemitteilung Nr. 040/22 vom 01.04.2022. Unter https://www.bmuv.de/pressemitteilung/umwelt-und-klimathemen-bewegen-junge-menschen [22.09.2022]

Stellen Sie Überlegungen an, welche aktuellen Entwicklungen zu der pessimistischen Haltung der jungen Menschen führen.
Verschaffen Sie sich einen Überblick darüber, welche Pläne es gibt, der Umweltzerstörung entgegenzuwirken.

Es gibt keinen Planeten B

Unsere Art zu wirtschaften zerstört die natürlichen Lebensgrundlagen durch nichtnachhaltige Ausbeutung, durch Übernutzung. Die Überfischung und Verschmutzung der Meere, die weiträumige Abholzung von Wäldern, Artensterben, die Veränderung des Klimas durch den hohen CO_2-Ausstoß sind alarmierende Entwicklungen. Es scheint keinen Plan B zu geben, unsere Art des Wirtschaftens zu ändern; ganz sicher gibt es keinen Planeten B.

Im letzten Jahrhundert ist die Temperatur der Luft in Bodennähe ständig gestiegen. Wissenschaftliche Forschungen belegen, dass hauptsächlich wir Menschen dafür verantwortlich sind. Durch das Verbrennen von Kohle und Erdöl steigt die Konzentration des Kohlendioxids in der Atmosphäre. Land- und Viehwirtschaft verursachen Gase wie Methan, die auch treibhauswirksam sind. Folgen der erdnahen Erwärmung sind, dass Gletscher schmelzen, Hitzewellen und Extremniederschläge zunehmen.

Vgl. Bundesministerium für Umwelt, Naturschutz, nukleare Sicherheit und Verbraucherschutz (BMUV): Grundlagen des Klimawandels. Unter https://www.umweltbundesamt.de/themen/klima-energie/grundlagen-des-klimawandels [04.01.2023]

Hochwasser im Ahrtal 2022

Waldbrände durch Dürren

Unter den Folgen werden insbesondere die nachfolgenden Generationen zu leiden haben. Die Protestbewegung „Fridays for Future" appelliert mit Klimademonstrationen an Politiker, Regierungen und Unternehmen, nicht so wie bisher weiterzumachen.

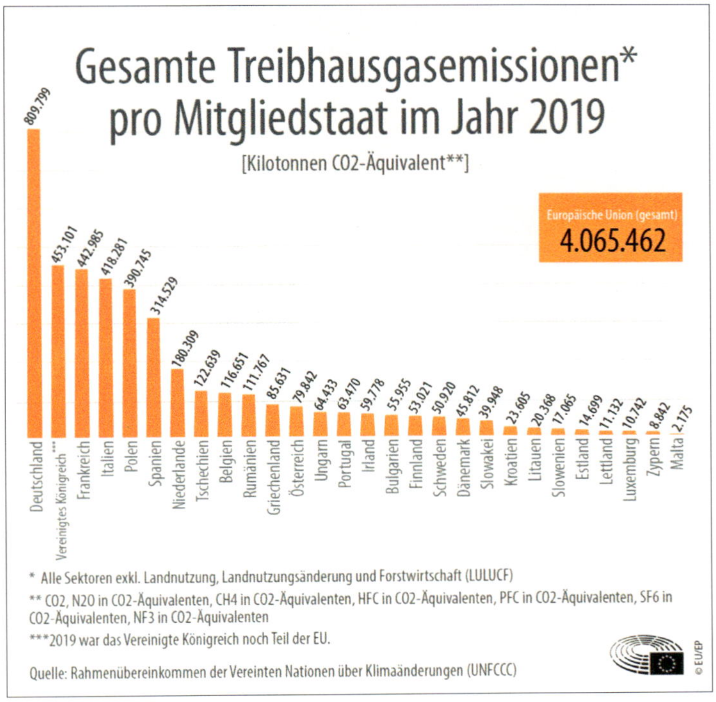

Treibhausgasproduktion in der EU. Deutschland ist dabei Spitzenreiter.

Quelle: EU-Parlament: Treibhausgasemissionen nach Ländern und Sektoren (Infografik), 07.03.2018. In: www.europarl.europa.eu/portal/en. Unter https://www.europarl.europa.eu/resources/library/images/20211027PHT16018/20211027PHT16018_original.jpg [22.09.2022]

Weltklimarat

erneuerbare Energien

Der **Weltklimarat** warnt in seinem Bericht, dass viele Regionen bereits jetzt an einem Punkt sind, an dem es kein Zurück mehr gibt. Es brauche weltweit sofort einen Wandel, denn die Emissionen steigen, anstatt zu sinken. Der Weltklimarat fordert einen Ausstieg aus fossilen Brennstoffen, Energieeinsparung und einen schnellen Einstieg in **erneuerbare Energien**.

Dazu ist es unbedingt notwendig, ins Handeln zu kommen. Gefragt sind dabei die Politik, Unternehmen und die Verbraucher.

Was kann die Politik tun?

Der Weltklimarat (IPCC) ist eine wichtige internationale Organisation, die sich mit der Klimaentwicklung auseinandersetzt. Tausende Wissenschaftler/Wissenschaftlerinnen tragen Erkenntnisse zur Erderhitzung zusammen. Diese sind dann die Grundlage für politische Entscheidungen. Vgl. weiterführend https://www.wwf.de/themen-projekte/klima-energie.

Pariser Abkommen von 2015

Treibhausgasneutralität

Seit Jahrzehnten ist bekannt, dass die natürlichen Ressourcen erschöpflich sind und „Grenzen des Wachstums“ (Club of Rome, 1972) markieren, dass saubere Luft und eine intakte Umwelt ebenfalls erschöpflich sind und dass Abgase das Klima ändern können. Daher treffen sich die Staaten der Welt in der seit 1979 wiederholt tagenden **UN-Klimakonferenz**. Im **Pariser Abkommen von 2015** verpflichteten sich die Länder, die Erderwärmung auf deutlich unter 2 °C zu reduzieren. Um dieses Ziel zu erreichen, soll in der zweiten Hälfte des Jahrhunderts weltweit **Treibhausgasneutralität** erreicht werden. Ärmere Länder sollen mehr Unterstützung beim Klimaschutz erhalten.

Allerdings hat sich der Anstieg der Erderwärmung bis zum Jahr 2022 kaum verringert, sie liegt bereits bei rund 1,2 °C. Das Pariser Abkommen hat dennoch einen Sinneswandel ausgelöst. Weltweit wächst der Anteil an erneuerbaren Energien, während der Kohleverbrauch stagniert.

Ausbau der erneuerbaren Energien bis 2030

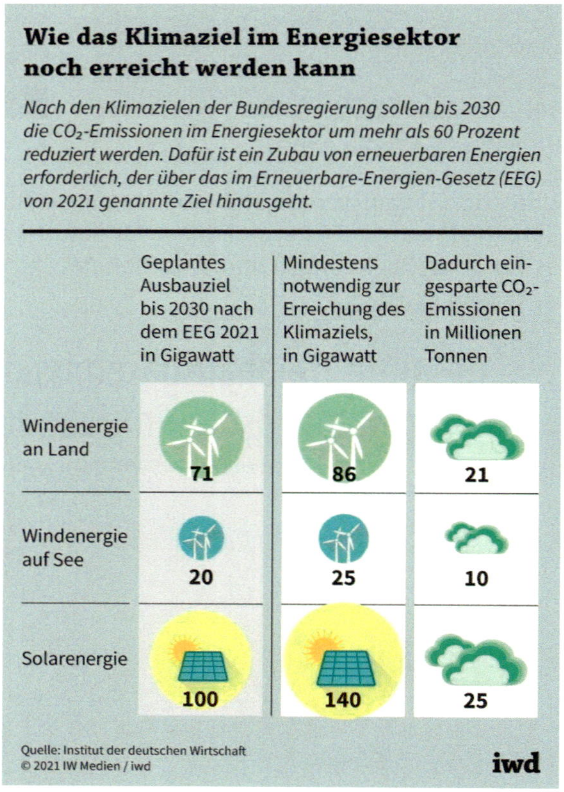

Quelle: Institut der deutschen Wirtschaft Köln e. V.: Wie das Klimaziel im Energiesektor noch erreicht werden kann. In: www.iwd.de/. Unter https://www.iwd.de/fileadmin/Artikel/2021/Versorgung_mit_gruenem_Strom_sichern/iwd_2021-22_xx_Klimaziel_Energiesektor_88_D.jpg [22.09.2022]

In Deutschland hat man sich zum Ziel gesetzt, bis zum Jahr 2035 Strom nur noch aus erneuerbaren Energien wie Wind- und Solarenergie zu gewinnen. Der Kohleausstieg soll bis 2030 erfolgen. Jedoch wird zur Überbrückung zwischen Atomausstieg (2022),

Kohleausstieg (2030) und dem Zieljahr 2035 vermehrt Erdgas zur Verstromung eingesetzt, z. B. in lokalen Blockheizkraftwerken, die Strom und Fernwärme erzeugen.

Ein anderer Bereich mit großem Energieverbrauch ist der Verkehr. Seit etwa 100 Jahren dominieren Verbrennungsmotoren in Straßenfahrzeugen und brauchen große Mengen Erdölprodukte, zugleich steigt der Anteil des Straßenverkehrs an der Gesamtverkehrsleistung. Also setzte vor wenigen Jahren eine Umkehr zu elektrisch betriebenen Autos ein, was wenigstens den Energieverbrauch pro Fahrzeug senkt. Jedoch müssen auch die Anzahl der Fahrzeuge gesenkt und mehr andere Verkehrsträger als die Straße genutzt werden.

Vgl. Bundesministerium für Umwelt, Naturschutz, nukleare Sicherheit und Verbraucherschutz (BMUV): Klimaschutz: Unter https://www.bmuv.de/themen/klimaschutz-anpassung/klimaschutz/internationale-klimapolitik/pariser-abkommen/bilanz-nach-5-jahren-pariser-abkommen [04.01.2023]

Beispiel: Zur Unterstützung der Elektromobilität sollen eine Million öffentliche Ladepunkte bereitgestellt werden, um 15 Millionen vollelektrische Pkws auf den Straßen zu versorgen. Auch der Ausbau von Radwegen und Investitionen in den Schienenverkehr sollen die Abkehr vom Auto fördern.

Was können Unternehmen tun?

Klimaschutz und Nachhaltigkeit sind auch zentrale Themen in Unternehmen. Unternehmen erfahren, dass nicht nur die Umwelt profitiert, wenn sie sich nachhaltiger aufstellen, sondern auch ihr Image und ihre Einkünfte besser werden. Konkretes Umsetzen des Umweltschutzgedankens führt durch geringeren Energiebedarf, weniger Abfälle und umweltschonende Fertigung zu geringeren Kosten. Auch die Kunden achten immer mehr darauf, ob die Produkte umweltverträglich produziert wurden und **recycelbar** sind.

recycelbar

Nachhaltigkeit bei Produktionsabläufen

Produktionsabläufe können so umstrukturiert werden, dass sie umweltschonender ablaufen:

Unternehmen und Nachhaltigkeit

- Investitionen in Maschinen, die weniger Energie und Ressourcen verbrauchen und weniger Schadstoffe produzieren
- Produktionsumstellungen, um den Schadstoffausstoß zu reduzieren
- Einkauf von Vorprodukten und Waren von inländischen Lieferanten, um Transportwege zu verkürzen und Transportkosten zu sparen
- Auswahl von Lieferanten, die selbst auf Umweltschutz achten
- eigene Verpackung von fertigen Produkten reduzieren

Nachhaltigkeit bei Unternehmensorganisation und Mitarbeitern

- Reduzierung des Ressourcenverbrauchs (Strom, Wasser, Gas) in Büros, Küchen, Aufenthaltsräumen und bei elektronischen Geräten
- papierloses Büro durch Digitalisierung
- Dienstreisen vorzugsweise per Bahn, Verzicht auf Flugreisen innerhalb des Landes
- Dienstfahrräder, Jobrad anbieten
- Mitfahrgelegenheiten organisieren, Jobtickets anbieten
- Wechsel der Mitarbeiter zwischen Homeoffice und Präsenz im Unternehmen

Vgl. Konradin Medien GmbH: Nachhaltigkeit und Umweltschutz – wirkungsvolle Maßnahmen für Unternehmen. Unter https://www.wissen.de/nachhaltigkeit-und-umweltschutz-wirkungsvolle-massnahmen-fuer-unternehmen [04.01.2023]

Was können Privatleute tun?

Das Konsumverhalten und der Lebensstil der privaten Haushalte belasten die Umwelt ebenfalls. Hoher Energieverbrauch und CO_2-Ausstoß durch Verkehr, Konsum und Verschwendung, Ausweitung des Wohnraumes und Vernichtung von Natur sind Faktoren, die der Umwelt schaden.

Es gibt vielfältige Maßnahmen, die nachhaltiges Verhalten fördern:

- Bezug von Öko-Strom
- Umstieg auf Elektrofahrzeuge
- Reduzierung der Autofahrten oder Abschaffung eines Autos
- Umstieg auf Bahn, Bus, Fahrrad
- Reduzierung des Fleischkonsums
- Kauf von regionalen Produkten
- Verwenden von Mehrwegverpackungen
- zurückhaltender Konsum von Produkten – ist das Produkt wirklich nötig?
- Kauf von Fairtrade-Produkten

Der ganz persönliche ökologische Fußabdruck kann berechnet werden.

https://www.fussabdruck.de

Wir alle hinterlassen durch unseren Verbrauch einen ökologischen Fußabdruck. Dieser bemisst, wie viel Fläche zur Produktion von Kleidung und Nahrung sowie zur Gewinnung von Energie für den Lebensstil eines Menschen nötig ist.

Die Menschen leben auf einem viel zu großen Fuß. Würden alle Menschen auf der Erde so wie wir in Deutschland leben, würden wir etwa drei Erden benötigen.

Die Welt ist nicht genug

Benötigte Erden, wären die Lebensgewohnheiten weltweit so wie in folgenden Ländern*

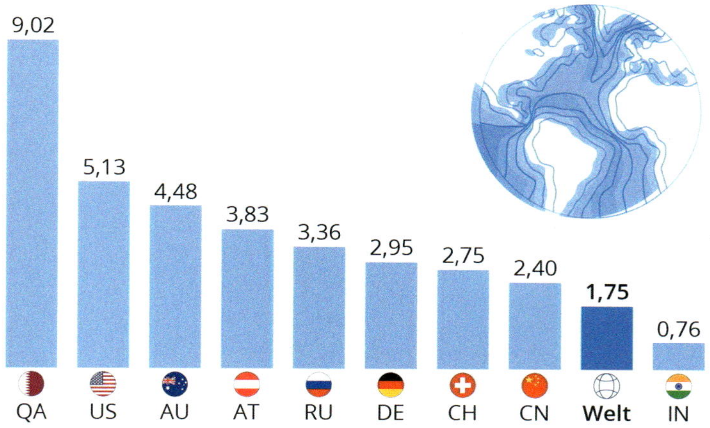

* basierend auf den Werten für das Jahr 2018
Quelle: Global Footprint Network

statista

Arbeitsaufgaben

1. Beschreiben Sie die Ursachen für den Klimawandel.
2. Nennen Sie Folgen, die sich für unser Leben aus dem Klimawandel ergeben.
3. Erkundigen Sie sich, welche Maßnahmen Ihr Unternehmen für den Umweltschutz umsetzt.
4. Berechnen Sie Ihren persönlichen ökologischen Fußabdruck mithilfe des QR-Codes auf Seite 224.
5. Sie nehmen an einer Demonstration von „Fridays for Future“ teil.
   - 5.1 Informieren Sie sich über die Ziele der Bewegung.
   - 5.2 Entwerfen Sie für das abgebildete Plakat einen wirkungsvollen Text.

Teilnehmerin bei einer Demonstration von „Fridays for Future“

Zusammenfassung

Klimawandel und Umweltzerstörung

Folgen	Maßnahmen
• Anstieg der Temperaturen • Zerstörung des natürlichen Lebensraums • mehr Naturkatastrophen	• **Politik:** Verpflichtung zur Treibhausgasneutralität • **Unternehmen:** Investition in umweltfreundliche Anlagen; Recycling; nachhaltige Personalpolitik • **Privatleute:** nachhaltiger Konsum und Verzicht

Ursachen des Klimawandels:

- Verursacher des Klimawandels ist der Mensch.
- Weltweit ist der hohe Energieverbrauch Ursache für den Kohlendioxid-Ausstoß.
- Das Abholzen der Wälder führt dazu, dass wertvolle Speicher für Kohlendioxid verloren gehen.

PRÜFGEBIET

Unternehmen und Verbraucher in Wirtschaft und Gesellschaft sowie im Rahmen weltwirtschaftlicher Verflechtungen

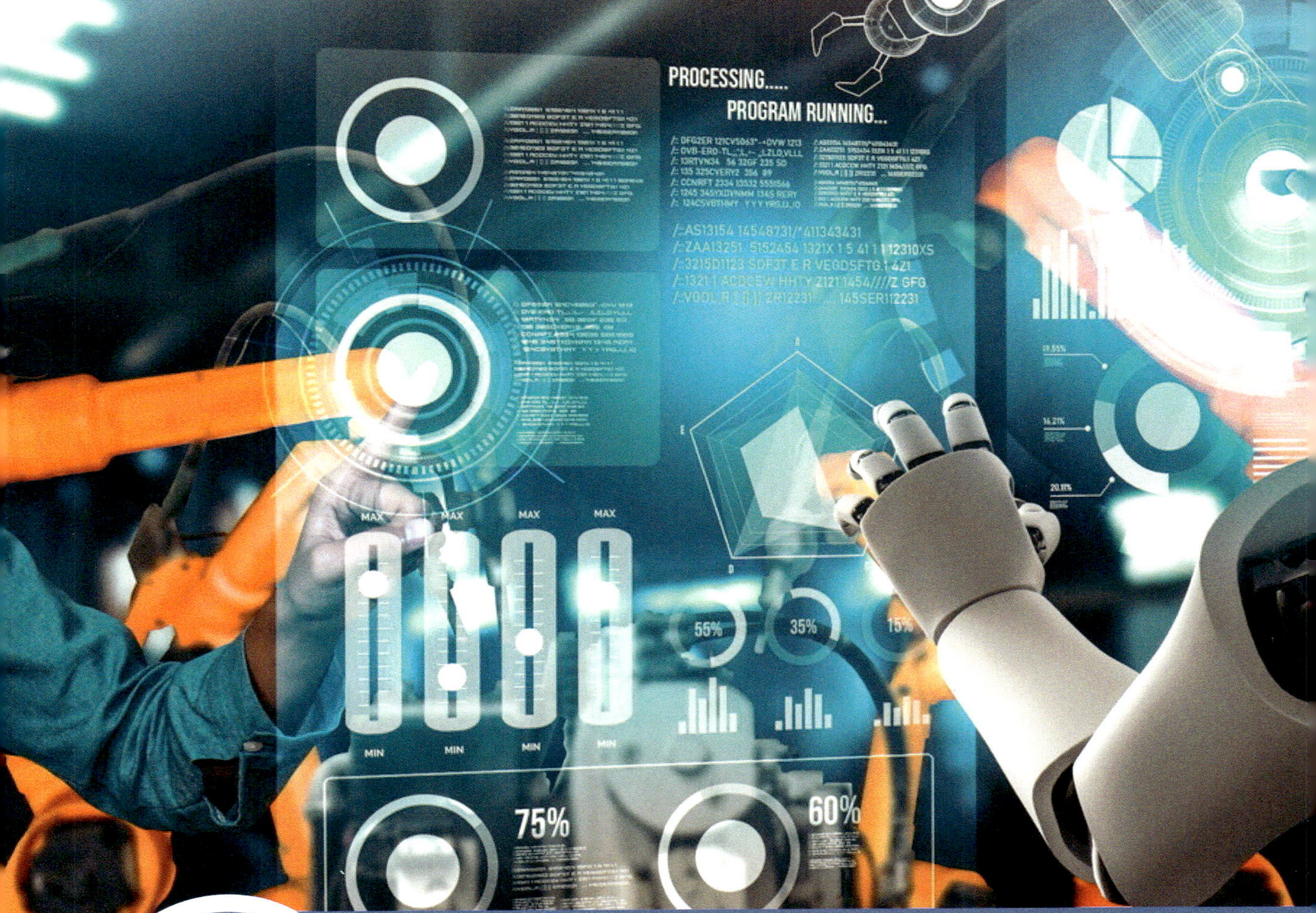

15 Digitalisierte Arbeitswelt

- Datenschutz und Datensicherheit im Betrieb
- Urheberrecht und digitale Mediennutzung

15.1 Datenschutz und Datensicherheit im Betrieb

Einstiegssituation

Finn und Lucija schauen sich den Dienstplan des Betriebes im Internet an.

Finn: „Schau mal, die Claudia ist schon 30 Jahre alt, boah!"

Lucija: „Wow. Hier steht: Sina ist Buddhistin und hat zwei Kinder."

Finn: „Was, die ist doch erst 23 Jahre alt."

Lucija: „Deshalb hat sie nie Zeit."

Wer darf welche Information wissen? Welche persönlichen Daten muss der Betrieb über mich wissen?

Begriffe des Datenschutzes

https://www.datenschutz-grundverordnung.eu/

Mit wenigen Klicks, z. B. auf einen „Gefällt mir"-Button, werden persönliche Dinge Fremden mitgeteilt. Diese Daten werden von international tätigen Unternehmen gesammelt, verknüpft und ausgewertet. Deshalb hat das Europäische Parlament die **Datenschutz-Grundverordnung (DSGVO)** erlassen, die unmittelbar in allen EU-Staaten gilt. Diese Verordnung bestimmt, was persönliche Daten sind, wann sie zu schützen sind und für welche Zwecke sie weitergegeben oder verarbeitet werden dürfen. Die DSGVO vereint den Schutz von persönlichen Daten mit dem freien, aber zweckgebundenen Austausch von Informationen. Sie gibt den betroffenen Personen Kontrolle und Transparenz darüber.

Persönliche Daten von natürlichen Personen sind beispielsweise körperliche Merkmale, Geburtstag, Kontonummer usw. Durch Kombination der Daten können Personen eindeutig identifiziert werden. Wenn dies der Fall ist, dann handelt es sich um Informationen. Die persönlichen Daten eines Menschen werden im Gesetz personenbezogene Daten genannt (Art. 4 Nr. 1 DSGVO). Sie werden unterteilt in normale Daten wie Wohnanschrift und besonders schützenswerte Daten wie körperliche Merkmale.

Personenbezogene Daten
Angaben zu einer natürlichen Person

Normale Merkmale
identifizierende Merkmale für wirtschaftlichen oder gesellschaftlichen Umgang

- Namen
- Telefonnummer
- Konto- und Kundennummer
- Geburtsort und -datum
- Standortdaten
- Wohn- und Arbeitsanschrift

Besondere Merkmale
physische, physiologische, genetische, psychische, soziale, wirtschaftliche, kulturelle Merkmale

- Religion
- Vermögen
- Kinder
- Intelligenz
- Hautfarbe
- Körpergröße

Rechte der Betroffenen

Rechte einer betroffenen Person

Recht auf Einschränkung der Verarbeitung
Es kann verlangt werden, Daten nicht mehr zu verarbeiten. Falls ein Unternehmen nicht bereit ist, Daten zu löschen (Dokumentationspflicht des HGB), darf es diese Daten nicht mehr nutzen.

Recht auf Auskunft
Information über die gespeicherten Daten, den Zweck, die Dauer und die Weitergabe an Dritte

Recht auf Datenübertragung
Daten können auf ein anderes Unternehmen übertragen werden, z. B. Kundendaten von einem insolventen Unternehmen auf dessen neuen Eigentümer.

Recht auf Berichtigung
Falsche Daten müssen berichtigt werden.

Recht auf Löschung
Nach Vertragsende kann eine Löschung der Daten gefordert werden.

Recht auf Widerspruch
Der Verarbeitung kann jederzeit widersprochen werden, um z. B. keine Werbung mehr zu erhalten.

https://deinedaten deinerechte.de/

Die DSGVO bestimmt genau, wie personenbezogene Daten erfasst, verarbeitet oder genutzt werden dürfen. Wann immer personenbezogene Daten erfasst werden sollen, wird ein Informationspapier ausgehändigt. Auf diesem steht, wer die Daten speichert und wofür sie gespeichert werden (**Informationspflicht**).

Beispiel: Ein Supermarkt macht ein Gewinnspiel, bei dem der Name und die Handynummer der Teilnehmenden auf das Los geschrieben werden sollen. In diesem Fall ist der Supermarkt verpflichtet, mitzuteilen, wer diese Daten speichert und für welchen Zweck.

Nachdem Daten einer Person erfasst wurden, spricht die DSGVO von einer betroffenen Person. Sie hat verschiedene Rechte gegenüber den Verantwortlichen. Falls es zu Problemen kommt, kann man sich beim Landesdatenschutzbeauftragten des jeweiligen Bundeslandes beschweren.

Betriebliche Auswirkungen des Datenschutzes

Für ein Ausbildungs- oder Arbeitsverhältnis werden regelmäßig personenbezogene Daten erhoben und verarbeitet, wenn der Betroffene eingewilligt hat, dies für die Vertragserfüllung nötig ist oder aus einer rechtlichen Pflicht des Verarbeitenden folgt.

§

Art. 6 DSGVO – Rechtmäßigkeit der Verarbeitung

1. Die Verarbeitung ist nur rechtmäßig, wenn **mindestens eine der nachstehenden Bedingungen** erfüllt ist:
   a) Die betroffene Person hat ihre **Einwilligung** zu der Verarbeitung der sie betreffenden personenbezogenen Daten **für einen oder mehrere bestimmte Zwecke** gegeben;
   b) die Verarbeitung ist für die **Erfüllung eines Vertrags**, dessen Vertragspartei die betroffene Person ist, oder zur Durchführung **vorvertraglicher Maßnahmen** erforderlich, die auf Antrag der betroffenen Person erfolgen;
   c) die Verarbeitung ist zur Erfüllung einer **rechtlichen Verpflichtung** erforderlich, der der für die Verarbeitung Verantwortliche unterliegt;
   [...]

Daten	Zweck	Bedingung der DSGVO
• Vor- und Nachname • Kontonummer	Überweisung des Gehalts	Erfüllung eines Vertrags
• Vor- und Nachname • Anschrift • Geburtsdatum • Sozialversicherungsnummer	Überweisung der Sozialversicherungsbeiträge, Übermittlung der Beschäftigungsdauer	rechtliche Verpflichtung

Daten	Zweck	Bedingung der DSGVO
• Religion • Familienstatus (ledig, verheiratet) • Anzahl der Kinder	Ermittlung der zu zahlenden Steuern	rechtliche Verpflichtung
• Vor- und Nachname • Betriebszugehörigkeit	Mitteilung an den Kantinenbetreiber zum Bezug vergünstigten Essens	Einwilligung

Zu den **vorvertraglichen Maßnahmen** gehören Bewerbungen, denn für die ausgeschriebene Stelle müssen Zeugnisse mit Noten, Lebensläufe usw. vorgelegt werden. Diese personenbezogenen Daten müssen für den Beruf notwendig sein. Eine Bewerbung muss nicht enthalten, ob man sich vegan ernährt, welche sexuellen Vorlieben bestehen oder welche Religion ausgeübt wird. Nach einer erfolglosen Bewerbung gibt es das Recht auf Löschung der Daten.

Manche Betriebe sind durch Art. 37 DSGVO oder § 38 Bundesdatenschutzgesetz (BDSG) verpflichtet, eine Person für den Datenschutz zu bestimmen. Sie kann dem eigenen Betrieb oder auch einem externen, spezialisierten Unternehmen angehören. Zur Erfüllung der Aufgaben werden berufliche Qualifikationen und Fachwissen im Datenschutzrecht benötigt.

https://www.gesetze-im-internet.de/bdsg_2018/

Die Aufgaben eines Datenschutzbeauftragten sind:

- **Beratung** zu datenschutzrechtlichen Vorschriften,
- **Überwachung**, ob die Arbeitsabläufe im Betrieb dem Datenschutz entsprechen,
- **Information** über die datenschutzrechtlichen Pflichten eines Betriebes,
- **Zusammenarbeit** mit den Aufsichtsbehörden des Datenschutzes.

Eine Person für den Datenschutz ist für die Dauer der Tätigkeit und auch noch ein Jahr danach vor ordentlicher Kündigung geschützt (§ 6 (4) BDSG).

Datensicherheit

Neben den personenbezogenen Daten der Mitarbeiter sind im Betrieb noch andere Daten vorhanden, z. B. Kundendaten, Lieferantendaten, Konstruktionspläne, Warenbestände usw. Auch diese Daten müssen vor Dritten, gegen Verlust oder Zerstörung geschützt werden. Die Gesamtheit aller technischen und organisatorischen Maßnahmen zum Schutz aller Daten des Betriebes wird als **Datensicherheit** bezeichnet.

Maßnahme	Erklärung
Zutritts-kontrolle	Nur ausgewählte Personen dürfen den Betrieb oder bestimmte Räume betreten. **Beispiele:** Server-Räume, Labore, Lagerräume
Zugriffs-kontrolle	Personen wird der Zugriff nur auf Daten erlaubt, die für ihre Tätigkeit nötig sind. **Beispiele:** Beschäftigte im Lager – Warenbestand, Beschäftigte in der Personalabteilung – Personaldaten
Zugriffs-schutz	Der Zugriff auf die IT eines Unternehmens wird durch **Firewalls** verhindert. Eingehende Daten in Unternehmen müssen auf Schadprogramme wie Viren, Trojaner oder Ransomware geprüft werden, um Datenverlust, -veränderung oder Spionage zu vermeiden. Der **Virenschutz** muss immer aktuell gehalten werden. **Beispiel:** Ransomware verschlüsselt Daten, die gegen Bezahlung vielleicht wieder verfügbar werden. Während der Attacke sind die Computer lahmgelegt und der Geschäftsbetrieb ist eingeschränkt, weil Kunden- und Warendaten gesperrt sind.
Back-ups	Regelmäßige Datensicherungen schützen vor Datenverlusten und erlauben, nach Attacken von außen schnell wieder Informationen zu verarbeiten und uneingeschränkten Betrieb aufzunehmen. **Beispiel:** Einem Küchenhersteller sind durch einen Server-Ausfall alle Daten zu Bestellungen, Kunden, Materialbestand und Konstruktionsplänen verloren gegangen, weil es keine Sicherung gab. Produktion und Lieferungen sind nicht mehr möglich.
...	...

Firewall

Virenschutz

Zur Erinnerung: Der Datenschutz befasst sich nur mit den personenbezogenen Daten eines Menschen. Hier steht im Mittelpunkt, über die eigenen Daten entscheiden zu dürfen. Datensicherheit ist die Summe aus technischen und organisatorischen Maßnahmen zum Schutz aller Daten. Datenschutz und Datensicherheit sind voneinander abhängig:

- Datensicherheit muss die Regeln des Datenschutzes befolgen.
- Datenschutz ist nur mit technischen und organisatorischen Maßnahmen der Datensicherheit möglich.

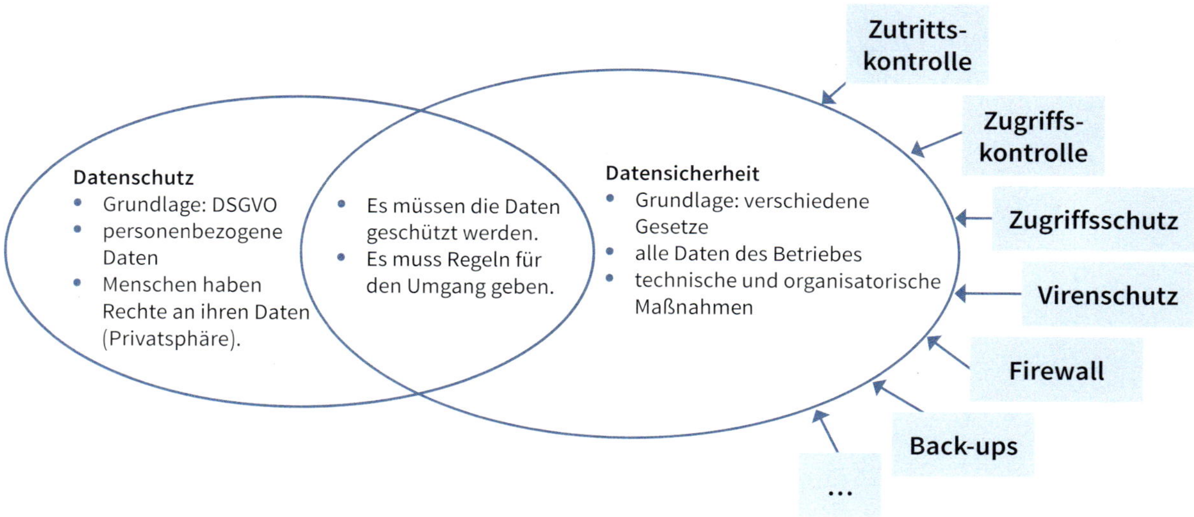

Methoden der Cyberkriminalität

Als Cyberkriminalität werden alle Straftaten bezeichnet, bei denen Computer, elektronische Medien oder Informationstechnik genutzt werden. Das Ziel ist es

- Zugangsdaten zu bekommen,
- Daten zu verschlüsseln oder
- Kontrolle über das IT-System zu erhalten.

Durch die stetig wachsende Digitalisierung unseres Alltags und in Unternehmen kommt es auch zu häufigeren Sicherheitslücken. Die kriminellen Methoden zielen dabei nicht nur auf technische Sicherheitslücken, sondern auch auf die Unwissenheit der menschlichen Nutzerinnen und Nutzer.

Methode	Kurzbeschreibung
Schadsoftware, Malware	Schadsoftware bezeichnet Programme wie z. B. einen Trojaner oder ein Virusprogramm, das auf einem infizierten System einen Schaden (Daten löschen oder senden) anrichten soll. Das System kann ein Tablet, Handy oder eine Smartwatch sein.
Distributed Denial of Service (DDoS)	Ein „Denial of Service“ heißt übersetzt „Verweigerung des Dienstes“. Bei einem DDoS-Angriff werden viele PCs benutzt, um auf eine Website zuzugreifen. Am Ende reagiert die Website nicht mehr und kann nicht mehr erreicht werden.
Spoofing	Mithilfe einer falschen, aber gültigen Identität wird versucht, an sensible Daten und Informationen zu kommen. Die falsche Identität weckt den Eindruck, vertrauenswürdig zu sein. Das Opfer denkt, mit der richtigen Person, z. B. dem Vorgesetzten, per E-Mail zu kommunizieren.

Methode	Kurzbeschreibung
Phishing	Beim Phishing sollen die Opfer durch geschickte Beeinflussung sensible Daten mitteilen. Falls das Opfer eine Sicherheitsabfrage für seinen E-Mail-Account hat, z. B. „sein Lieblingsessen“, wird danach gefragt werden. Oft werden vertrauenswürdige E-Mails verwendet (also Spoofing), um einfacher an die Informationen zu kommen.
Ransomware	Diese besondere Schadsoftware verschlüsselt die Daten auf dem gesamten IT-System des Unternehmens. Die so verschlüsselten Daten werden vielleicht durch Bezahlung wieder zugänglich.
Trojaner	Es ist ein getarntes Programm, das vorgibt, nützlich zu sein. Der Trojaner kann sich nicht selbst installieren, anders als ein Virus. Nur mithilfe der Nutzerin oder des Nutzers kann es Schaden verursachen.

Vgl. Bundesamt für Sicherheit in der Informationstechnik: Methoden der Cyber-Kriminalität. Unter www.bsi.bund.de/ [20.02.2023]

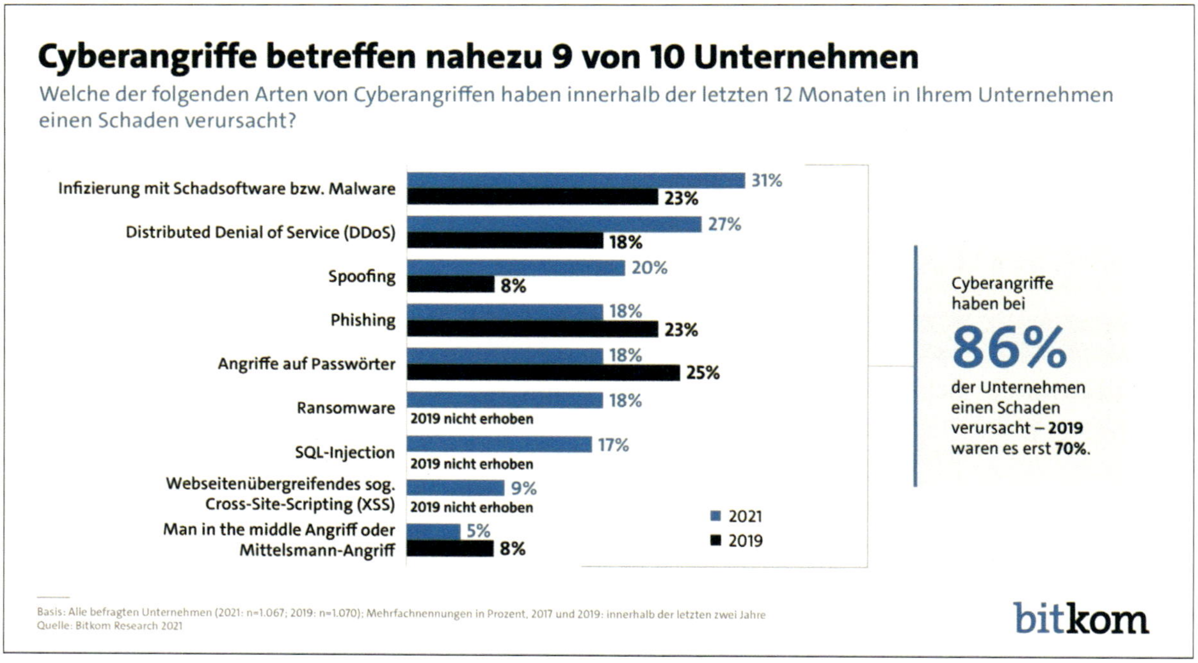

Quelle: Bitkom e. V.: Cyberangriffe betreffen nahezu 9 von 10 Unternehmen. In: www.bitkom.org. Unter https://www.bitkom.org/Presse/Presseinformation/Angriffsziel-deutsche-Wirtschaft-mehr-als-220-Milliarden-Euro-Schaden-pro-Jahr#item-9385-close [04.01.2023]

Arbeitsaufgaben

1. Erklären Sie anhand selbstgewählter Beispiele den Begriff personenbezogene Daten.
2. Nennen Sie drei Rechte der DSGVO, die eine betroffene Person hat.
3. Nennen Sie zwei Maßnahmen für Datensicherheit.
4. In der Einstiegssituation ist der Dienstplan im Internet veröffentlicht. Beurteilen Sie, ob die Informationen so zugänglich sein dürfen und welche Daten durch die DSGVO geschützt sind.

Zusammenfassung

Datenschutz
Grundlage: DSGVO

personenbezogene Daten
Angaben zu einer natürlichen Person

Merkmale
Name, Adresse, Geburtsdatum, Geburtsort usw.

besondere Merkmale
Rasse, Religion, Kinder, Vermögen usw.

Datensicherheit

alle Daten des Betriebes
z. B. Kunden-, Waren-, Personaldaten

Schutz durch technische und organisatorische Maßnahmen

↔ **Datenschutz-beauftragter** ↔

Rechte der betroffenen Person:
- Auskunft
- Berichtigung
- Löschung
- Widerspruch
- Datenübertragung
- Einschränkung der Verarbeitung

- Zutrittskontrolle
- Zugriffskontrolle
- Zugriffsschutz
- Back-ups
- ...

15.2 Urheberrecht und digitale Mediennutzung

Einstiegssituation

Neža und Aurelio unterhalten sich in der Schulbibliothek während der Pause.

Neža: „Meine Präsentation für den Betrieb habe ich gestern Abend fertig gemacht."

Aurelio: „Top, ich sitze immer noch dran. Wie hast du das so schnell hingekriegt?"

Neža: „Ich habe einfach Texte und Bilder aus dem Internet kopiert."

Aurelio: „Oh, da musst du vorsichtig sein. Unser Betrieb will die ja auf der Website veröffentlichen. Das kann dann Ärger geben!"

Warum können fremde Bilder, Texte oder Videos nicht einfach kopiert werden? Helfen Sie Neža herauszufinden, was sie machen kann.

Urheberrecht und verwandte Schutzrechte

Wer etwas erfindet, schreibt, fotografiert, erstellt oder, generell, wer etwas Neues schafft, möchte einen Nutzen von der geleisteten Arbeit haben – Geld, Anerkennung, Lob, Befriedigung. Eine Erfindung kann ein neues Verfahren, ein neues Produkt oder eine neue Dienstleistung sein – mit fast jeder Neuerung kann Geld verdient werden. Um Menschen zu Erfindungen zu ermutigen, wird ihre alleinige wirtschaftliche Nutzung eine Weile geschützt. Es gibt verschiedene Schutzrechte mit unterschiedlicher Schutzdauer.

Urheberrecht

	Patent	Gebrauchsmuster	Marke	Eingetragenes Design	Urheberrecht
Was ist es?	technische Erfindung, die es zuvor nicht gab	technische Gegenstände, die etwas Neues haben	Kennzeichnung von Waren oder Dienstleistungen	Farb- und Formgebung von Produkten	kreative Leistung in Literatur, Wissenschaft oder Kunst

	Patent	Gebrauchs-muster	Marke	Eingetrage-nes Design	Urheber-recht
Wann beginnt der Schutz?	mit der Veröffentlichung im Patentblatt	mit der Eintragung in das Register für Gebrauchsmuster	mit der Eintragung in das Markenregister ab dem Anmeldetag	mit der Eintragung in das Designregister	mit der Fertigstellung, keine Anmeldung nötig
Wie lange dauert der Schutz?	20 Jahre	10 Jahre	10 Jahre, unbegrenzt verlängerbar	25 Jahre	70 Jahre nach dem Tod der Urheberin oder des Urhebers

Vgl. Deutsches Patent- und Markenamt: Schutzrechte kurz erklärt. Unter https://www.dpma.de/service/schutzrechte_kurz_erklaert/index.html [04.01.2023]

Das Urheberrecht muss nicht angemeldet werden und kostet nichts. Es entsteht automatisch mit der Fertigstellung des Werkes. Somit sollte das Datum der Entstehung für zukünftige Nachweise gesichert werden. **Urheber** können ihr Werk in der realen Welt und im Internet vor widerrechtlicher Nutzung schützen. Sie können z. B. verbieten, das Werk zu verkaufen, zu kopieren, zu übersetzen. Für die erlaubte Nutzung eines Werkes oder seiner Teile durch andere Personen bekommen sie Geld. Was ein Werk ist, beschreibt das Urheberrechtsgesetz (UrhG). Im Internet sind am häufigsten anzutreffende Werke:

Urheber

- Sprachwerke wie Bücher, Reden, Computerprogramme
- Musikwerke wie Lieder, Melodien, Liedtexte
- Bildwerke wie Zeichnungen, Skizzen
- Lichtbildwerke wie Fotos
- Filmwerke wie Filme, Videos

Ein Werk muss einige Anforderungen erfüllen:

- **Persönliche Tätigkeit:** Ein Werk kann nur von Menschen erschaffen werden, Tiere oder Computer sind ausgeschlossen.
- **Geistige Leistung:** Ein Werk muss über einen geistigen Inhalt verfügen. Es reicht nicht, eine Idee zu haben, sondern sie muss umgesetzt sein, z. B. als Bild, Text oder Skulptur.

- **Schöpfung**: Ein Werk muss einmalig, neu, noch nie dagewesen sein, also sich von den bisherigen Werken unterscheiden (**Schöpfungshöhe**). Wie stark es sich unterscheiden muss, ist nicht festgelegt. Im Streitfall wird über die Schöpfungshöhe vor Gericht entschieden.

Creative Commons (CC)

Creative Commons

Die digitalen Medien machen es einfach Texte, Bilder oder Videos aus dem Internet zu nutzen. Die Idee des Internets ist der Austausch von Gedanken und Inhalten, um etwas Neues zu erfinden. Nach dem Urheberrechtsgesetz müssten Urheber mit jedem Nutzer einen Vertrag abschließen, um Nutzungsrechte individuell zu vereinbaren. Manche Urheber wollen die Nutzung unter bestimmten Bedingungen erlauben, z. B. nicht kommerzielle Nutzung, ohne jeden einzelnen Nutzer zu kennen oder individuelle Verträge zu schließen. Eine Möglichkeit, das Teilen im Internet für Dritte rechtlich sicherer zu machen, bietet das Lizenzmodell von **Creative Commons**.

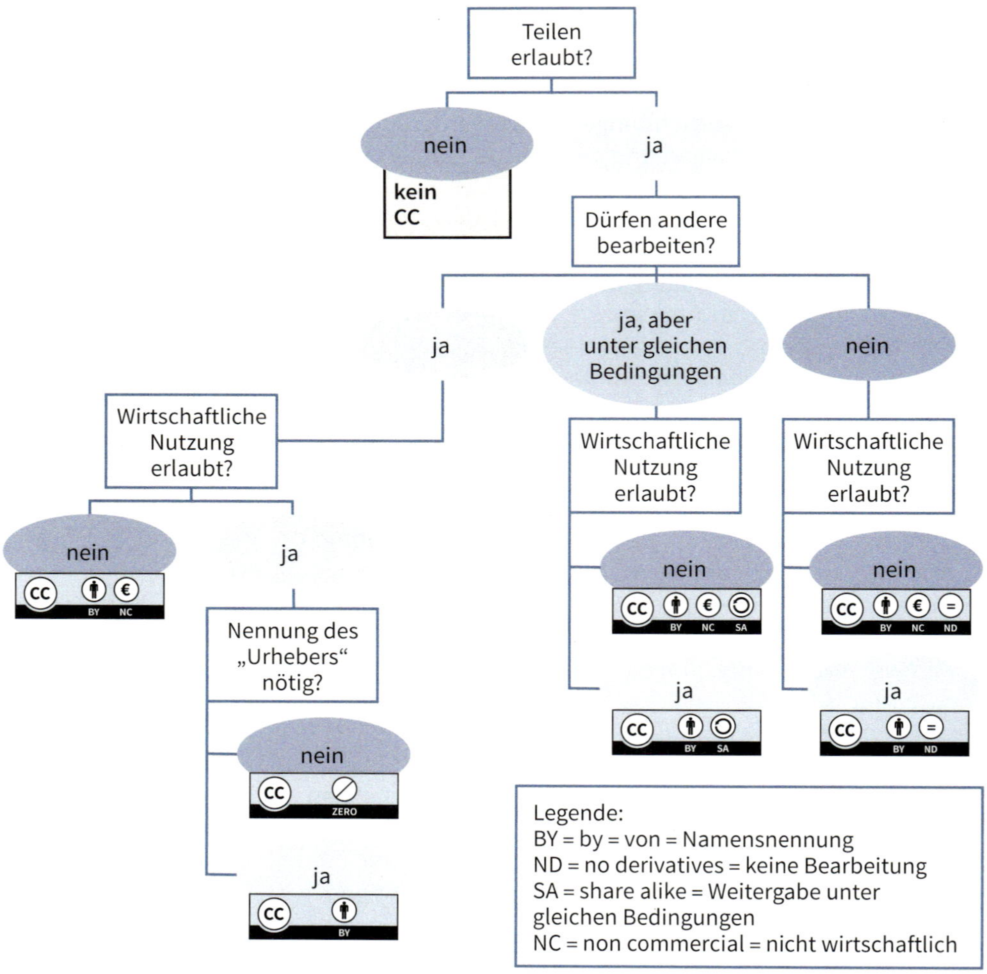

Welches ist die richtige CC-Lizenz?

Die Urheberin oder der Urheber entscheidet sich für eine der sieben **Lizenzen**, die bestimmen, wie Dritte das Werk nutzen können. Dazu muss das Werk beschriftet sein:

Lizenz

- Name der Urheberin oder des Urhebers
- Titel des Werkes
- CC-Code aus Buchstaben
- Link zur entsprechenden Lizenz

Vorteile und Nachteile digitaler Mediennutzung

Digitale Medien dienen der Information und Kommunikation zwischen Personen. Sie transportieren Inhalte und lassen Interaktion zwischen Mensch und Medium zu. Interaktionen sind z. B. Speichern und Vergleich von Spielständen, Bearbeiten von Texten, Verändern von Fotos usw. Als digitale Medien werden sowohl technische Geräte wie Computer, Smartphones, Laptops, Spielekonsolen, Tablets als auch die Übertragung per Internet, Mobilfunk oder digitalem Rundfunk verstanden.

Soziale Medien sind besondere digitale Medien, denn sie verbinden Menschen über ihre sozialen Kontakte, ihre Interessen oder ihre Leidenschaften miteinander. Die meisten Plattformen haben einen Fokus auf bestimmte Themen und kombinieren Texte, Bilder, Videos, Musik mit unterschiedlichen Gewichtungen.

Die Nutzung digitaler Medien ist für viele Menschen praktisch und bequem. Sie ist fast nicht mehr aus dem alltäglichen Leben wegzudenken. Somit entsteht eine Gewohnheit, die das Verhalten verändert. Es könnte dazu führen, den eigenen Umgang mit digitalen Medien nicht mehr kritisch zu hinterfragen. Die Studie „Digitale Nutzung in Deutschland 2019“ des Bundesverbands Digitale Wirtschaft (BVDW) e. V. zeigt, welche Vorteile und Nachteile die Deutschen darin sehen.

Vorteile	Nachteile
• erleichterter Zugang zu Wissen und Bildung • Erleichterung im Alltag (Zeitersparnis) • mehr Möglichkeiten der Kommunikation • Ermöglichung neuer (technischer) Erfindungen • Erleichterung im Beruf (höhere Effizienz, Flexibilität etc.) • Entstehung neuer Berufe • mehr Möglichkeiten zur Meinungsäußerung	• totale Überwachung • Sicherheitsrisiko • Interdependenz (Abhängigkeit von Geräten, Internet etc.) • Abbau von Arbeitsplätzen • Anonymisierung der Gesellschaft • Schnelligkeit des Alltags • Überforderung mit der digitalen Welt

Vgl. Bundesverband Digitale Wirtschaft (BVDW) e.V.: Studie zu den größten Vor- und Nachteilen der Digitalisierung. Unter https://www.bvdw.org/der-bvdw/news/detail/artikel/studie-zu-den-groessten-vor-und-nachteilen-der-digitalisierung-die-deutschen-begruessen-besseren-zugan/ [04.01.2023]

Die Kombination aus ständiger Verfügbarkeit und Schnelllebigkeit kann Menschen überfordern. Sie werden anfälliger für Dark Patterns (Grafik) oder Internetfallen wie Spams. Als Spam oder Spamming oder Junk-Mail (übersetzt „Müllpost“) wird der Massenversand nicht bestellter Werbe-E-Mails, Werbebeiträge in Foren, die nichts mit dem Thema der Gruppe zu tun haben, oder Kettenbriefe bezeichnet. Nach deutschem Recht ist es verboten, Personen unaufgefordert Werbung per E-Mail zuzusenden.

Vgl. Bundesamt für Sicherheit in der Informationstechnik (BSI): Spam, Phishing & Co. Unter https://www.bsi.bund.de/DE/Themen/Verbraucherinnen-und-Verbraucher/Cyber-Sicherheitslage/Methoden-der-Cyber-Kriminalitaet/Spam-Phishing-Co/spam-phishing-co_node.html [04.01.2023]

Die sozialen Medien verbinden Menschen, die die gleichen Interessen haben oder in Kontakt bleiben wollen. Unternehmen nutzen diese Plattformen als Werbefläche oder mit eigenem Auftritt, um für sich, für ihre Produkte oder für Jobs zu werben. Die Nutzung sozialer Medien für Werbung oder Stellenangebote anstatt Zeitungen oder Fernsehen wird **disruptive Innovation** genannt. Bestehende Strukturen oder Technologien werden von neuen verdrängt. Diese Entwicklung kann langsam oder schnell gehen. Im Jahr 2019 nutzten in Deutschland 48 % der Unternehmen soziale Medien, die es erst seit 2003 in Deutschland gibt.

disruptive Innovation

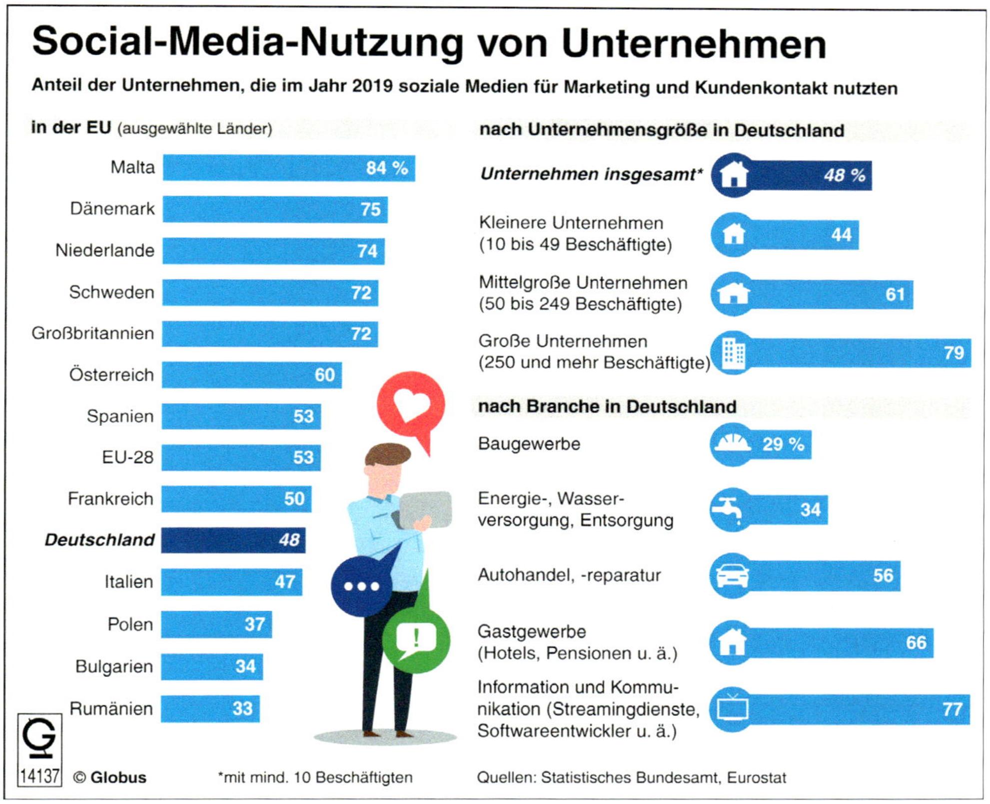

Arbeitsaufgaben

1. Nennen Sie drei Beispiele für Werke laut Urheberrechtsgesetz.
2. Nennen Sie vier Angaben zu einem Werk bei einer CC-Lizenz.
3. Erklären Sie den Fachbegriff digitale Medien.
4. Recherchieren Sie im Internet die Lizenz CC BY-SA 4.0. Beschreiben Sie, was sie Ihnen unter welchen Bedingungen erlaubt.

Zusammenfassung

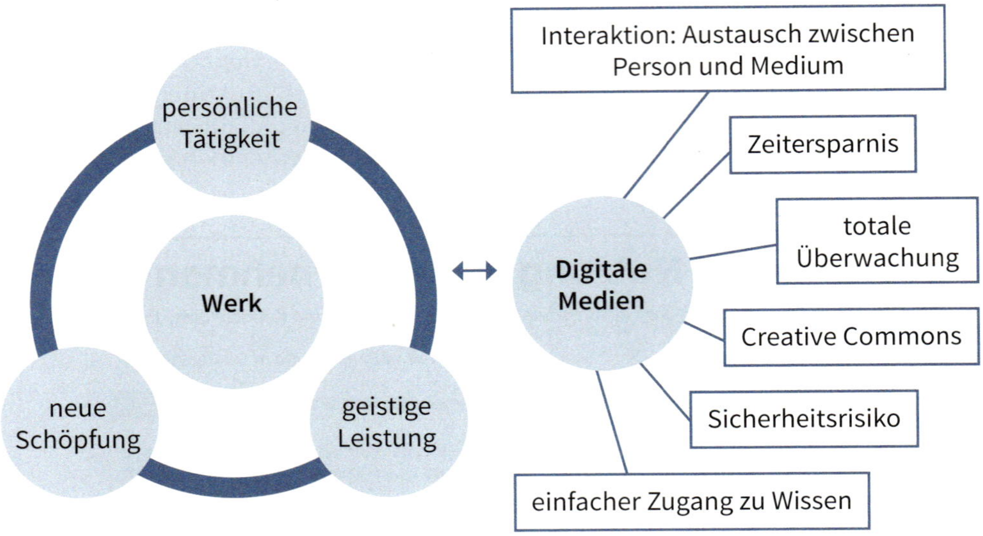

- Das Urheberrecht schützt das Werk einer Urheberin oder eines Urhebers.
- Digitale Medien erweitern das Wissen unter anderem durch Interaktion und Teilen.
- Digitale Medien können zur Überwachung oder für Straftaten dienen.

Cyberkriminalität
(Straftaten im Internet und mit digitalen Medien)

Schadsoftware	Dark Patterns	Spams („Müllpost“)	Distributed Denial of Service (DDoS-Angriffe)
• Viren • Trojaner • Ransomware	• manipulative Designs • manipulative Prozesse	• Phishing • Hoaxs • Scams	
IT-Geräte oder IT-Systeme sollen beschädigt werden.	Sie verleiten dazu, etwas zu tun, was nicht gewollt ist.	Zuerst wird versucht, persönliche oder betriebliche Daten zu erhalten, um dann die Personen oder Betriebe zu schädigen.	Eine Vielzahl von gezielten Anfragen blockieren einen Webdienst oder eine Website.

Literaturverzeichnis

Becker, Silke: Lieber nicht zu locker nehmen. Betriebsgeheimnis: Wer plaudert, riskiert rechtliche Folgen. Institut der deutschen Wirtschaft Köln Medien GmbH (Hrsg.). In: www.aktiv-online.de. Unter https://www.aktiv-online.de/ratgeber/betriebsgeheimnis-wer-plaudert-riskiert-rechtliche-folgen-4360 [17.02.2023]

Boller, Eberhard; Hartmann, Gernot: Volkswirtschaftslehre für das Berufskolleg – Berufliches Gymnasium. 3. Auflage 2016. Rinteln: Merkur Verlag, S. 277 ff.

Bundesamt für Sicherheit in der Informationstechnik (BSI): Methoden der Cyber-Kriminalität. In: www.bsi.bund.de/ [20.02.2023]

Bundesamt für Sicherheit in der Informationstechnik (BSI): Spam, Phishing & Co. In: www.bsi.bund.de. Unter https://www.bsi.bund.de/DE/Themen/Verbraucherinnen-und-Verbraucher/Cyber-Sicherheitslage/Methoden-der-Cyber-Kriminalitaet/Spam-Phishing-Co/spam-phishing-co_node.html [04.01.2023]

Bundesministerium für Arbeit und Soziales: Was ist Arbeitsschutz? 20.01.2021. In: https://www.bmas.de. Unter https://www.bmas.de/DE/Arbeit/Arbeitsschutz/erklaerungarbeitsschutz.html [22.12.2022]

Bundesministerium für Gesundheit: Die Pflegeversicherung. In: www.bundesgesundheitsministerium.de. Unter https://www.bundesgesundheitsministerium.de/themen/pflege/online-ratgeber-pflege/die-pflegeversicherung.html [22.12.2022]

Bundesministerium für Umwelt, Naturschutz, nukleare Sicherheit und Verbraucherschutz (BMUV): Umwelt- und Klimathemen bewegen junge Menschen. Pressemitteilung Nr. 040/22 vom 01.04.2022. In: https://www.bmuv.de. Unter https://www.bmuv.de/pressemitteilung/umwelt-und-klimathemen-bewegen-junge-menschen [22.09.2022]

Bundesministerium für Umwelt, Naturschutz, nukleare Sicherheit und Verbraucherschutz (BMUV): Grundlagen des Klimawandels. In: www.umweltbundesamt.de. Unter https://www.umweltbundesamt.de/themen/klima-energie/grundlagen-des-klimawandels [04.01.2023]

Bundesministerium für Umwelt, Naturschutz, nukleare Sicherheit und Verbraucherschutz (BMUV): Klimaschutz. In: www.bmuv.de. Unter https://www.bmuv.de/themen/klimaschutz-anpassung/klimaschutz/internationale-klimapolitik/pariser-abkommen/bilanz-nach-5-jahren-pariser-abkommen [04.01.2023]

Bundesministerium für Wirtschaft und Energie (BMWi): Starthilfe. Der erfolgreiche Weg in die Selbständigkeit. In: https://www.bmwk.de. Unter https://www.bmwk.de/Redaktion/DE/Publikationen/Mittelstand/starthilfe-der-erfolgreiche-weg-in-die-selbstaendigkeit.pdf?__blob=publicationFile&v=37, [20.09.2022]

Bundesverband Digitale Wirtschaft (BVDW) e. V.: Studie zu den größten Vor- und Nachteilen der Digitalisierung. In: www.bvdw.org. Unter https://www.bvdw.org/der-bvdw/news/detail/artikel/studie-zu-den-groessten-vor-und-nachteilen-der-digitalisierung-die-deutschen-begruessen-besseren-zugan/ [04.01.2023]

Bundeszentrale für politische Bildung: Steuerklassen. In: www.bpb.de. Unter https://www.bpb.de/kurz-knapp/lexika/lexikon-der-wirtschaft/20743/steuer-klassen/ [04.01.2023]

Deutsches Patent- und Markenamt: Schutzrechte kurz erklärt. In: www.dpma.de. Unter https://www.dpma.de/service/schutzrechte_kurz_erklaert/index.html [04.01.2023]

Deutsche Börse AG: Börse Frankfurt. In: www.boersefrankfurt.de. Unter https://www.boersefrankfurt.de/aktie/ heidelbergcementag [04.01.2023]

Deutsche Gesetzliche Unfallversicherung e. V.: Tödliche Arbeitsunfälle. In: www.dguv.de. Unter https://www.dguv.de/de/zahlen-fakten/au-wu-geschehen/toedliche-au/index.jsp [22.09.2022]

Deutsche Rentenversicherung Bund: Das 3-Säulensystem. In: www.deutsche-rentenversicherung.de. Unter https://www.deutscherentenversicherung.de/DRV/DE/Rente/MoeglichkeitenderAltersvorsorge/DreiSaeulenderAV/related/DSDiedrei SaeulenderAltersvorsorge/images/Related_DSDiedreiSaeulenderAltersvorsorge _1557132526256.jpg [16.11.2022]

Konradin Medien GmbH: Nachhaltigkeit und Umweltschutz – wirkungsvolle Maßnahmen für Unternehmen. In: www.wissen.de. Unter https://www.wissen.de/nachhaltigkeit-und-umweltschutz-wirkungsvolle-massnahmen-fuer-unternehmen [04.01.2023]

Leissen, Mark (Hrsg.): In welchen Berufen gibt es die Meisterpflicht?. In: www.gewerbeanmeldung.de. Unter https://www.gewerbeanmeldung.de/meisterpflicht [21.09.2022]

Losse, Bert: Adam Smith – Urvater der Ökonomie. In: www.wiwo.de,18.12.2011. Unter https://www.wiwo.de/politik/konjunktur/adam-smith-urvater-der-oekonomie/5939410-all.html [21.09.2022]

Neuberger, Oswald (Hrsg.): Führen und geführt werden, 1995

Rolle als Element der soziologischen Theorie, 1967; Wiswede, Rollentheorie, 1977. In: www.ruhr-uni-bochum.de. Unter https://www.ruhr-uni-bochum.de/rsozinfo/pdf/Roehl-RS-Kap7.pdf [14.03.2023]

Schubert, Klaus; Klein, Martina: Das Politiklexikon. 7. aktualisierte u. erweiterte Aufl. Bonn: Dietz 2020. Lizenzausgabe Bonn: Bundeszentrale für politische Bildung

Schlösser, Hans-Jürgen: Aufgaben und Grenzen von Markt und Staat. In: Informationen zur politischen Bildung/izpb, Nr. 294 vom 10.05.2007

Sozialgericht Stuttgart: VII- Gesetzliche Unfallversicherung. In: www.sozialgericht-stuttgart.justiz-bw.de/. Unter https://sozialgericht-stuttgart.justiz-bw.de/pb/,Lde/5247698/?LISTPAGE=1211600 [14.09.2022]

Verbraucherzentrale Bundesverband e. V.: Influencer-Marketing ködert Jugendliche – mit Erfolg. In: www.verbraucherbildung.de. Unter https://www.verbraucherbildung.de/meldung/influencer-marketing-kodert-jugendliche-mit-erfolg [20.09.2022]

Bildquellenverzeichnis

akg-images GmbH, Berlin: akg-images 215.3.

Alamy Stock Photo (RMB), Abingdon/Oxfordshire: Pictorial Press Ltd 203.1.

BC GmbH Verlags- und Medien-, Forschungs- und Beratungsgesellschaft, Ingelheim: 56.1, 56.2, 56.3, 56.4, 57.1, 57.2, 57.3, 57.4, 57.5, 57.6, 57.7.

Bitkom e. V., Berlin: 234.1.

Bundesministerium für Ernährung und Landwirtschaft (BMEL), Bonn: 164.1.

Bundesministerium für Umwelt, Naturschutz und nukleare Sicherheit (BMU), Berlin: 163.1.

Europäische Kommission, Berlin: 164.3.

Europäisches Parlament, Berlin: 221.3.

fotolia.com, New York: Scanrail 205.1; seen0001 30.1; T. Michel 122.1.

Gesamtverband der Deutschen Versicherungswirtschaft e. V., Berlin: 99.1.

IAQ Institut Arbeit und Qualifikation, Duisburg: 216.1.

iStockphoto.com, Calgary: amriphoto 219.1; AndreyPopov 93.1; Halfpoint 162.1; KatarzynaBialasiewicz 97.1; Moyo Studio 131.1; unkas_photo 205.3.

IW Medien – Institut der deutschen Wirtschaft Köln Medien GmbH, Köln: © 2021, IW Medien • iwd 22. 222.1.

PantherMedia GmbH (panthermedia.net), München: Rajecky, David 207.2.

Picture-Alliance GmbH, Frankfurt a. M.: Arco Images/Schoening 205.6; Christin Klose 129.1; dpa-infografik 16.1, 62.1, 67.1, 69.1, 72.2, 74.1, 83.1, 84.1, 85.1, 112.2, 115.1, 115.2, 116.1, 120.1, 125.1, 127.1, 240.1, 241.1; dpa-infografik GmbH 193.1; Grafik von Punktgenau GmbH, Brühl/ Foto: Timm Reichert 7.1; Thomas Koehler 60.1; Timm Reichert 66.1.

RAL gGmbH, Bonn: 164.2, 164.4.

Shutterstock.com, New York: 196.1; Dragon Images 175.1; Joyseulay 174.2; muph 203.2; Nestor Rizhniak 174.1; yarm_sasha 16.2; YummyBuum 159.1.

Statista GmbH, Hamburg: 225.1.

Stiftung Warentest, Berlin: Stiftung Warentest (Hg.): test 1/2021, www.test.de 188.2.

stock.adobe.com, Dublin: 27.2, 149.1, 192.1; alexlmx 88.1; alotofpeople 202.2; ambrozinio 55.2; Andrii Yalanskyi 148.1; Animaflora PicsStock 48.1; artinspiring 160.1; asife 101.1; Augenblick 159.3; axel 160.2; bas121 147.1; Berkmann, Daniel 122.2, 205.7; BGStock72 64.1, 157.1; bizvector 12.2; blende11.photo 213.1; Blue Planet Studio 227.1; bluedesign 182.1, 187.2; BlueSkyImages 55.1; bluraz 179.2; Bonn, Andre 19.2; chartphoto 37.1; chawa06 159.2; Coloures-Pic 199.1; contrastwerkstatt 3.1, 4.1, 100.1, 117.1; Daniel Berkmann 43.1; Daniel Ernst 9.1, 68.1, 72.1, 236.1; deagreez 28.1; denisismagilov 228.1; digitalfoto105 142.1; Eichinger, Julien 141.1; Eisenhans 205.9; Fand 42.1; fascinadora 158.2; fizkes 165.1, 176.1; fotofuerst 170.1; fotogestoeber 41.1;

FrankBoston 179.1; Friedberg 33.1; Fröch, Ewald 205.2; Gondex 29.1; Gorodenkoff 202.1; Grecaud Paul 210.2; hansenn 73.1; highwaystarz 106.1; industrieblick 25.1, 26.1, 152.1; Jacob Lund 124.1, 186.1; Joaquin Corbalan 210.1; jörn buchheim 27.1; Jovanovic, Dejan 105.1, 105.2, 105.3, 105.4, 105.5, 105.6, 105.7, 105.8, 105.9, 105.10, 105.11; Kara 205.4; Krakenimages.com 62.2; lembergvector 11.5; lenka 150.1; Liubomir 112.1; Ljupco Smokovski 10.1; magele-picture 42.2; Markus Mainka 44.1; martin951 89.1; Maskot 132.1; mast3r 143.1; metamorworks 5.1, 195.1; Metz, Dimitri 14.1; MQ-Illustrations 34.1; nateejindakum 94.1; nmann77 184.1, 187.1; Nuthawut 79.1, 237.1; olezzo 103.1; petovarga 11.1, 11.2, 11.3; phonlamaiphoto 13.1; Pituk Titel, Titel, Titel; Pixel-Shot 138.1, 138.2, 158.1; Pixi 224.1; Prostock-studio 87.1, 168.3; psdesign1 38.2; Pugun & Photo Studio 207.1; Ralf Geithe 178.1; REMINDFILMS 126.1; Rico Löb 221.2; Rinat Khairitdinov 175.2; ronstik 184.2; Rudzhan 215.1; Sanders, Gina 168.2; SanGero 221.1; Schlierner 205.5; sdecoret 239.1; Seventyfour 80.1; simone-minth 38.1; SimpLine 223.1; slasnyi 180.1; snyGGG 15.1; Steidi 21.1; Stockfotos-MG 19.1; stockpics 166.2; strichfiguren.de 169.1, 169.2; Studio Romantic 59.1; studio v-zwoelf 181.1; Sushiman 133.1; thostr 58.1; Tinnakorn 214.2; Tobias Arhelger 188.1; Torkhov 214.1; Trueffelpix 51.1, 135.1, 166.1, 170.2, 176.2, 191.1; TSUNG-LIN WU 150.2; Valmedia 225.2; VectorMine 11.4, 12.1, 90.1, 111.1; VideoFlow 231.1; Visual Generation 94.2; VRD 15.2; WavebreakMediaMicro 108.1; Westend61 / Uwe Umstätter 102.1; william87 220.1; Yang, Stefan 205.8; YuryKo 168.1; Zerophoto 201.1.

ullsteinbild, Berlin: dpa 215.2; The Granger Collection 159.4.

Zahlenbilder, Bergmoser + Höller Verlag AG, Aachen: 65.1, 65.2; Zahlenbilder 31.1, 49.1.